# 노르타 왕국 및 주변 지역들

레이크랜즈

타리온 호수

초크
코르비움    로캐스

에리스 호수

엘리전트 리버

프린스 스테이...

리프트

피타러스                    타...

리프트 로드

우...

피에드몬트

레드 퀸: 유리의 검 Ⅱ

# RED QUEEN #2
# GLASS SWORD
*by Victoria Aveyard*

# 레드 퀸 : 유리의 검 II

빅토리아 애비야드 | 김은숙 옮김

# GLASS

# SWORD

황금가지

차례

제17장

"죽여 줘."

그 말을 뱉는데 고함을 지르느라 이미 상할 대로 상한 목구멍이 틀림없을 부분이 칼로 베이는 듯하고 입안이 불타는 것만 같다. 피 맛이 날 것만 같다. 아니, 아무것도 안 느껴지겠지. 나는 죽었으니까.

하지만 감각들이 돌아오자, 내가 살과 뼈만 남은 벌거숭이 상태가 아니란 걸 알겠다. 심지어 피도 흘리고 있지 않다. 내 상태는 온전하 다, 비록 전혀 그걸 느낄 수는 없지만. 정신력을 불끈 모아서 억지로 눈을 뜬다. 하지만 메이븐이나 그의 처형인들 대신에, 익숙한 녹색 눈동자와 마주친다.

"메어."

킬런은 내게 숨 돌릴 틈도 주지 않는다. 팔로 내 어깨를 감싸 자기 가슴으로 끌어당기는데 어찌나 세게 누르는지 다시 아무것도 보이지 않는다. 그 접촉에 뼛속까지 파고들던 불과 번개의 느낌이 떠올라서, 움찔하지 않을 수가 없다.

"괜찮아."

킬런이 웅얼거린다. 그렇게 깊고 울리는 목소리로 말하는 그 애의 말투를 들으면 어쩐지 늘 안심이 된다. 내가 무의식중에 움츠러들었음에도, 킬런은 나를 놔주지 않는다. 비록 날카로워진 내 신경들이 그걸 감당할 수 없다고 할지라도 내 심장이 무엇을 원하는지는 킬런이 더 잘 알고 있다.

"다 끝났어, 넌 괜찮아. 넌 돌아왔어."

잠시 동안, 나는 킬런의 낡은 셔츠의 주름 사이로 손가락을 말아 넣고 움직이지 않는다. 내 몸이 떨고 있다는 것을 느끼지 않아도 되도록 그 애에게만 오롯이 집중한다.

"돌아와? 어디로 돌아와?"

나는 속삭인다.

"메어가 숨 좀 돌리게 해 줘, 킬런."

또 다른 손이, 너무 따뜻하여 칼의 것일 수밖에 없는 손이 내 팔을 잡는다. 단단하지만 조심스럽고 절제된 힘으로 정신을 차릴 적당한 정도로 나를 붙들어 준다. 그의 손길에 일부 멍하던 정신마저 악몽 속에서 헤엄쳐 나와서, 나는 완전히 현실 세계로 돌아온다. 나는 느리게 뒤로 기대며 킬런의 품에서 빠져 나온다. 이제 주변 상황을 정확히 볼 수가 있다.

축축한 땅 냄새로 볼 때 지하는 분명한데, 팔리의 터널 중 한 곳은 아니다. 전기적인 감각에 아무 느낌이 없는 것이, 하버베이에서 멀리 떨어진 곳이 틀림없다. 맥동 하나 느껴지지 않는다는 것은, 우리가 도시에서 꽤 먼 곳에 있다는 의미이다. 이곳은 땅을 파서 숲으로 위장한 안전 가옥이다. 적혈이 만들었음은 아무 의심의 여지가 없고, 아마도 진홍의 군대가 사용하는 곳인 듯하다. 모든 것이 어렴풋이 분홍빛을 띠고 있다. 벽과 바닥엔 먼지가 가득하고, 비스듬히 기운 지붕은 풀로 되어 있고 녹슨 금속 봉들로 보강되어 있다. 장식은 전혀 없다. 사실, 이곳에는 거의 아무것도 없다. 내가 누워 있는 것을 포함해서 몇 개의 침낭들과 비상식량들, 불을 켰다 끌 수 있는 랜턴, 그리고 비행기에서 가져 온 몇 개의 보급품 상자들이 보이는 전부다. 이곳과 비교하면 스틸츠의 고향 집조차 궁전으로 보이지만 나는 전혀 불평하지는 않는다. 위험과 눈도 뜰 수 없던 통증에서 벗어난 것이 기뻐서 안도의 한숨이 나온다.

킬런과 칼은 내가 엉성한 방을 눈을 깜빡대며 돌아보며 스스로 결론을 내릴 때까지 내버려 둔다. 두 사람 다 걱정으로 초췌해 보이고, 몇 시간 사이에 늙은이처럼 변했다. 두 사람의 다크서클 가득한 눈매와 깊은 주름을 보고 있자니 무엇이 이 두 사람을 이렇게까지 마음고생 시킨 것인지 궁금하지 않을 수가 없다. 다음 순간 기억이 돌아온다. 좁은 창을 통해 비스듬히 들어오는 빛은 붉은 주황색이고 공기는 이미 차가워졌다. 밤이 온다. 낮이 간다. 그리고 우리는 졌다. 올리버 걸트는 죽었다, 메이븐의 살육에 희생된 신혈. 에이다도, 아마. 나는 그들 모두를 구하는 데 실패했다.

"비행기는 어디에?"

나는 일어서려고 애쓰며 묻는다. 하지만 두 남자 모두 나를 멈추려고 팔을 뻗더니 나를 내 침낭으로 단단히 감싼다. 두 사람의 태도는 놀라울 정도로 부드럽다. 마치 한 번의 손길조차 나를 쪼개 버릴 수 있다는 것처럼.

킬런은 나를 가장 잘 알기에, 내가 짜증스러워 한다는 걸 칼보다 먼저 알아차린다. 그는 뒤쪽으로 물러앉으며 내게 약간의 공간을 만들어 준다. 그는 힐끗 칼을 향해 시선을 보내고 마지못해 고개를 끄덕이며 왕자에게 설명할 기회를 넘긴다.

"우리는 오래 날 수가 없었어, 그대가…… 그런 상태에 있는 한은."

칼이 내 얼굴을 외면하며 말한다.

"그대가 비행기를 과부하 걸린 전구나 가까이서 구운 물건처럼 터뜨려 버리기 전까지 수십 킬로미터를 이동했다. 몇 번 좀 큰 충격을 주긴 했지만 다행히 다들 자기 발로 내려서, 그대가 괜찮아질 때까지 숲속에 잘 숨었지."

"미안해요."가 생각해 낼 수 있는 말의 전부이지만 그는 손을 흔들어 내 말을 일축한다.

"그대가 눈을 떴잖아, 메어. 그게 제일 중요하지."

칼이 말한다.

허기의 파도가 나를 위협하며 집어삼키고, 나는 그 기분이 가시도록 곰곰이 생각에 잠긴다. 하지만 그때 칼의 손이 내 팔에서부터 목을 찾아 올라온다. 그 움직임에 깜짝 놀라서 질문을 담아 눈을 커다랗게 뜨고 그를 바라본다. 하지만 그는 내 피부에 있는 무언가에 집중하고 있다. 그의 손가락들이 내 목 위에서부터 척추 쪽으로 내려가는 낯설고 삐죽삐죽한 가지처럼 퍼진 선들을 더듬는다. 그 사실을 알아차린 사람이 나만은 아니다.

"그게 뭐야?"

킬런이 으르렁거린다. 그의 시선을 엘라라가 봤다면 칭찬해 주고도 남았을 것 같다.

나는 손을 들어 칼의 손을 따라 그 기이한 선을 만져 본다. 우둘투둘한 줄무늬들인데, 굵은 줄이 내 목 뒤를 따라서 흐르고 있다.

"이게 뭔지 나도 모르겠어.'

"이것들은 꼭……."

손가락 하나를 특별히 굵은 골을 따라 움직이며 칼이 말하다 말고 망설인다. 그의 손길에 나는 마음이 떨린다.

"흉터 같군, 메어. 번개 흉터."

할 수 있는 한 빠르게 그의 손길에서 물러나 억지로 내 발로 선다. 놀랍게도 내 멍청한 다리가 너무 약해서 나는 후들거리지만 킬런이 붙들어 준다.

킬런이 내 허리를 놓아주지 않은 채 꾸짖는다.

"진정해."

"하버베이에서 무슨 일이 있었던 거야? 메이븐이…… 메이븐이 내게 무슨 짓을 한 거야? 메이븐이었지, 그렇지?"

검은색 왕관의 이미지가 마음속에서 낙인처럼 깊게 불탄다. 그리고 새 흉터들도 마찬가지다. *낙인. 메이븐이 내게 남긴 표식.*

"그가 울리버를 죽이고 우리에게 덫을 놨지. 그리고 넌 *왜* 이렇게 분홍색으로 보이는 건데?"

늘 그랬듯, 킬런은 내 분노에 웃음을 터뜨린다. 하지만 그 소리는

11

공허하고 억지스러우며, 자신보다는 나를 위한 것이다.

"네 눈. 너 혈관이 터졌어."

그가 한 손가락으로 내 왼쪽 광대뼈를 가볍게 쓸며 말한다.

킬런의 말이 맞다. 나는 한 눈을 감아 보고, 다른 눈을 감아 본 다음에야 그 사실을 깨닫는다. 세계는 왼쪽 눈을 통해서 보면 극단적으로 달라 보인다. 아마도 피인 것이 틀림없는 휘몰아치는 구름 때문에 세상은 붉은색과 분홍색으로 물들어 있다. 이 역시 메이븐의 고통스러운 고문이 남긴 결과물이다.

칼은 우리 둘처럼 일어서는 대신에 손을 대고 뒤로 기댄다. 내 무릎이 여전히 떨리고 있다는 것, 그리고 내가 곧 다시 풀썩 주저앉을 거라는 것을 그가 이미 알고 있는 게 아닌가 의심스럽다. 칼에게는 언제나 그런 것들을 알아내는 재주가 있다는 점이 늘 나를 굉장히 화나게 한다.

"그래, 메이븐이 하버베이로 몰래 들어왔어. 녀석이 호들갑을 떨지 않았던 바람에 우린 그 사실을 몰랐지. 그리고 걘 자신이 찾을 수 있었던 첫 번째 신혈에게로 간 거야."

칼은 사무적으로 대꾸한다.

나는 그 기억에 쉭쉭거린다. 울리버는 고작 18살이었고, 그저 다르게 태어난 죄밖에 없었다. *나처럼 태어난 죄.*

*그가 무엇을 할 수 있었을까?* 우리가 잃어버린 군인을 위해 애도하는 한편 궁금해진다. *그가 가졌던 능력은 무엇이었을까?*

"메이븐에게 필요했던 것은 그저 기다리는 일뿐이었지."

계속 말하는 칼의 뺨 근육이 팽팽하다.

"쉐이드가 아니었다면 그들은 우리 전부를 붙잡을 수 있었을 거야. 뇌진탕을 일으킨 와중에도 쉐이드는 우리 전부를 빼냈어. 몇 번의 점프를 해야 했고, 아슬아슬한 상황도 너무 많았지만, 그가 결국 해냈지."

나는 느리게 안도의 숨을 내쉰다.

"팔리는 괜찮아요? 오빠는요?"

내 질문에 칼이 머리를 숙이며 고개를 끄덕인다.

"그리고 나도 살아 있고."

킬런의 손아귀 힘이 세진다.

"저런, 난 몰랐네."

쇄골에 한 손을 올리자 셔츠 아래로 찌르르한 고통이 느껴진다. 악몽의 일부가 사라진 반면, 나머지 공포들은 몸에 영향을 끼쳤다. 메이븐의 낙인은 너무나 현실로 느껴진다.

"메어, 고통스러웠지, 어땠어?"

칼이 묻자 킬런이 콧방귀를 뀐다.

"얘가 4일 내내 입만 열면 차라리 죽여 달라고 하던 애라는 걸 당신이 잊어버렸을 경우를 위해 내가 상기시켜 주지."

킬런이 끼어들든 말든 칼은 전혀 움찔하지도 않는다.

"물론 그 기계가 했던 짓이 무엇이든 고통스러웠을 거고."

그 *째깍* 하던 소리.

"기계라니?"

나는 두 남자를 이리저리 바라보다가 핼쑥해진다.

"잠깐, *4일이라고?* 내가 그렇게 오래 정신을 잃고 있었어?"

*4일 동안 잤다. 4일 동안 아무것도 안 하고. 아픈 것에 대한 생각은 전부 달아나고 공포가 혈관을 얼음물처럼 꿰뚫는다. 내가 내 머릿속에 갇혀 있는 동안에 얼마나 많은 이들이 죽었을까? 얼마나 많은 이들이 나무와 동상에 매달렸을까?*

"제발 이때까지 다들 내내 날 돌보고 있던 것만은 아니라고 말해 줘. 그 사이 무슨 일이라도 했다고 말해 줘."

킬런이 소리 내어 웃는다.

"나라면 너를 살려 놓는 거야말로 정말 매우 큰 일이었다고 했을 텐데."

"내 말은……."

"네 말이 뭔지 알아."

그가 마침내 우리 사이에 조금 거리를 두면서 대꾸한다.

조금이나마 남겨진 존엄성을 모아서, 나는 다시 침낭에 물러앉아 불만을 늘어놓고 싶은 욕구와 싸운다.

"그래, 메어, 우리도 그저 놀고 있지만은 않았어. 우린 꽤 많은 일들을 했다고."

킬런이 벽으로 몸을 돌리고, 창문 밖을 볼 수 있도록 단단히 다진 흙에 몸을 기댄다.

"다들 계속 사냥을 했지."

그 말은 질문이 아니지만, 킬런은 어쨌든 고개를 끄덕인다.

"혹시 닉스도 같이?"

"그 작은 황소도 도움이 됐지."

칼이 자신의 턱에 든 멍 자국을 만지며 대답한다. 그는 닉스의 힘을 몸소 체험한 바 있다.

"그리고 그는 설득에 제법 재능이 있더군. 에이다도 그렇고."

"에이다?"

나는 이미 시체가 되었으리라고 생각했던 존재에 대한 언급에 놀라서 묻는다.

"에이다 월러스?"

칼이 고개를 끄덕인다.

"크랜스는 바다해골들에게서 탈출한 후에, 그녀를 하버베이 밖으로 빼냈어. 메이븐의 사람들이 총독의 저택에 폭풍처럼 들이닥치기 전에 그녀를 즉시 탈출시켰지. 우리가 비행기에 도착했더니 그들이 거기서 우리를 기다리고 있더군."

그녀의 생존 소식을 들어서 기쁜 만큼이나, 분노가 찌르는 느낌이 드는 것을 막을 수가 없다.

"그래서 당신은 그녀를 즉시 늑대들의 손에 던졌군요. 그녀랑 닉스 둘 다를요."

나는 침낭의 솜털이 보송보송한 온기를 주먹으로 꽉 쥐고는 무언가 위안을 찾으려고 애를 쓴다.

"닉스는 어부예요, 에이다는 하녀였고요. 어떻게 그 두 사람을 그토록 끔찍한 위험에 몰아넣을 수 있었어요?"

칼은 내 질책에 부끄러운 얼굴이 되어 시선을 떨군다. 하지만 킬런은 창문을 향한 채 낄낄거리며, 기울어 가는 석양빛을 향해 고개를 돌리고 있다. 킬런의 모습이 마치 피로 코팅된 것처럼 깊은 붉은 빛에 잠긴다. 그건 그저 다친 눈이 부리는 장난질일 뿐이지만, 여전히 그 장면에 나는 철렁하고 만다. 그 애의 웃음, 내가 느끼는 공포를 늘 그렇듯 묵살하는 킬런의 그 태도가 그중에서도 가장 나를 두렵게 한다.

심지어 지금조차, 이 어부 소년은 어떤 것도 심각하게 받아들이지 않는다. 아마 킬런은 무덤도 웃으면서 걸어 들어가리라.

"뭐가 그렇게 웃기니?"

"너, 지사가 집에 데려왔던 새끼 오리 기억나?"

그의 대꾸에 우리 모두 방심하고 만다.

"지사가 아마 9살이었든가 그랬는데, 그 녀석 어미한테서 데려온 거였지. 그 녀석한테 수프를 먹이려고 하다가……."

그는 혼자 말을 멈추고 또 한 번 키득거리는 웃음을 참는다.

"너도 기억하지, 응, 메어?"

미소를 짓고 있음에도 불구하고, 킬런의 눈은 단호하고 거기엔 거절하기 힘든 무언가가 깃들어 있다. 나를 이해시키려고 애를 쓰는 무언가가.

나는 한숨을 쉰다.

"킬런, 우리 이럴 시간 없어."

하지만 그는 흔들림 없이 더 빨리 자기 말만 한다.

"어미가 올 때까지 그리 긴 시간이 걸린 건 아니었지. 어미가 다른 새끼들을 꼬리에 단 채 너희 집 아래를 빙글빙글 돌 때까지, 어쩌면 몇 시간이었을지도 몰라. 정말 소음 그 자체였지, 그 모든 꽥꽥대고 꽉꽉대던 소리들. 브리랑 트래미 형이 걔네들을 쫓아 보내려고 했었잖아, 기억 나?"

나 역시 킬런만큼이나 그 일을 잘 기억하고 있다. 오빠들이 어미 새에게 돌을 던지는 동안 나는 현관에 앉아서 지켜보았다. 어미는 꿋꿋이 서서 잃어버린 아이를 향해 울었다. 그리고 지사의 팔 안에서 꿈틀거리면서 새끼 오리도 울었다.

"결국 네가 지사에게 그 작은 것을 돌려주라고 했지. '넌 오리가 아니잖아, 지사. 너희 둘은 서로 짝이 아니야.' 그러고 나서 네가 그 새끼 오리를 어미에게 줬고, 놈들이 전부 뒤뚱거리며 돌아가는 모습을 지켜봤지. 줄을 서서 강으로 돌아가는 오리들을."

"이 모든 이야기의 요점이 뭔지 들으려고 기다리는 중이야."

"요점이 뭔지 알겠어."

칼이 가슴 속 깊이 울리는 목소리로 중얼거린다. 그는 거의 놀란 듯이 말한다.

킬런의 눈이 왕자에게로 향하더니 가볍게 고마움의 인사를 한다.

"닉스와 에이다는 새끼 오리가 아니야. 그리고 너는 분명히 그 사람들 엄마가 아니고. 그들은 스스로를 건사할 수 있어."

다음 순간 킬런이 삐딱한 미소를 지으며 오래된 농담을 던진다.

"넌, 다른 한편으로는, 좀 허름해 보이잖아."

"그런 줄 나도 알고 있거든."

그를 향해서 미소를 조금 지어 보이려고 했는데, 미소를 짓는 순간 무언가가 얼굴 위의 피부를 잡아당기고 결과적으로 목과 새로운 흉터를 뒤틀리게 만든다. 말을 할 때마다 흉터 부위가 아프고 더 없이 당기며 끔찍하게 쑤신다. *메이븐이 또 하나를 빼앗았구나.* 불타는 고통을 느끼지 않고는 내가 더 이상 미소 지을 수 없다는 사실을 알게 되면 그는 얼마나 기뻐할까.

"적어도 팔리랑 쉐이드 오빠가 그 둘이랑 같이 가긴 했지?"

두 남자가 동시에 고개를 끄덕이는 장면에 거의 키득거릴 뻔 한다. 늘 극과 극처럼 굴던 두 사람인데. 킬런은 호리호리하고 칼은 건장하다. 킬런은 금발 머리에 녹색 눈인 반면 칼은 생생한 불꽃같은 눈매에 어두운 머리카락을 가졌다. 하지만 여기 이렇게 기울어지는 빛 속에서 피로 얼룩진 막에 덮여 흐릿한 시선을 통해 보니, 그들 두 사람이 닮아 보이기 시작한다.

"크랜스도."

칼이 덧붙인다.

나는 당혹감에 눈을 깜빡인다.

"크랜스가요? 그가 여기 있어요? 크랜스가…… 우리랑 *함께 한다고요?*"

"딱히 여기 말고 다른 갈 곳이 있을 것 같진 않아."

칼이 말한다.

"그래서 다들…… 다들 그를 믿는다고요?"

킬런이 벽에 기대면서 양손을 주머니에 찔러 넣는다.

"그는 에이다를 구했고, 지난 며칠 동안 다른 사람들을 이리 데려오는 일을 도왔어. 왜 그를 믿으면 안 되는데? 그 사람이 도둑이기 때문에?"

*나처럼. 내가 그랬던 것처럼.*

"포인트는 알겠어, 킬런."

그렇다고 할지라도 잘못 보낸 신뢰의 처절한 대가를 잊을 수는 없다.

"하지만 그래도 다들 그 사람한테 완전히 마음 놓고 있는 건 아니지, 그렇지?"

"너야 누구든 믿을 수 없겠지."

킬런이 짜증스런 한숨을 쉬면서 대꾸한다. 그는 한 발을 땅에 대고 긁는다. 분명 무언가를 더 말하고 싶지만 그래서는 안 된다는 걸 알기에.

"크랜스는 지금 팔리와 함께 나갔어. 정찰병으로 나쁘진 않아."

칼이 킬런의 말에 지지하듯이 덧붙인다. 이제 나는 거의 충격에 휩싸인다.

"두 사람 지금 뭔가에 합의를 본 거예요? 도대체 내가 자고 일어난 사이 세상이 어떻게 뒤바뀐 거지?"

진심 어린 미소가 칼의 얼굴 위에 번지고, 킬런의 얼굴에도 마찬가지다.

"칼을 안 좋게 보게 하려고 네가 애를 쓰긴 했지만 실제론 그만큼까진 아니더라고."

킬런이 왕자를 향해서 고개를 끄덕이면서 말한다.

칼이 웃음을 터뜨린다. 그 부드러운 웃음소리는 과거의 모든 기억들로 물들어 있다.

"동감이다."

말 그대로 칼이 정말로 진짜인지 아닌지 확인해 볼 목적으로 나는 칼의 어깨를 쿡 찌른다.

"내가 꿈꾸고 있는 건 아니겠지."

"기쁘게도, 꿈이 아닙니다."

미소는 이미 사라진 모습으로 칼이 속삭인다. 그는 턱선을 한 손으로 문지르고, 빈약한 턱수염을 긁는다. 아케온을 떠난 이래로, 자신의 아버지의 죽음을 지켜본 밤 이래로 그는 면도를 하지 않았다.

"에이다는 그 범법자보다도 더 유능해, 그대가 믿을 수 있다면 말이지만."

"믿을게요."

여러 가지 능력들이 마음속에서 폭풍처럼 번쩍대며 떠오르고, 점점 더 강력한 능력이 생각난다.

"그녀는 뭘 할 수 있어요?"

"내가 결코 본 적이 없는 능력이야."

그가 인정한다. 그의 팔찌가 탁탁 부딪히더니, 곧 휘감기는 불꽃 공으로 변신할 스파크를 떨군다. 그 공은 칼의 손에서 한순간 공회전을 하지만 결코 그의 소매를 태우지는 않는다. 그는 느릿하게 불꽃 공을 바닥 한가운데에 작게 파 놓은 구덩이에 던진다. 지고 있는 태양을 대신해서 불꽃이 열기와 빛을 전해 준다.

"그녀는 영리해, 놀라울 정도로. 총독의 서재에 있던 모든 책의 모든 단어를 기억하지."

그 말과 함께, 새로운 전사에 대한 나의 야망이 그대로 끝장난다.

"도움이 되겠네요. 그녀에게 나중에 이야기를 꼭 좀 해 달라고 해야겠어요."

나는 뱉어 낸다.

"쟤가 이해 못할 거라고 했잖아."

킬런이 말한다.

하지만 칼은 계속 말한다.

"그녀는 완벽한 기억력과 완벽한 지성을 가지고 있어. 매일의 매 순간, 자신이 마주친 모든 얼굴, 심지어 자신이 우연히 들은 모든 단어까지도 *기억해*. 모든 의료 잡지나 역사책이나 지도도 읽기만 하면 이해해 버려. 실용적인 과목까지도 마찬가지야."

태풍 유발자를 기대했던 마음만큼이나, 이런 사람의 가치가 어떨지 이해할 수 있다. 줄리언이 여기에 있었다면 좋았을 텐데. 그는 에이다를 연구하고 그 기이한 능력을 이해하는 데 틀림없이 밤낮을 바쳤을 것이다.

"실용적인 과목들요? '훈련' 수업 같은 거 말인가요?"

자부심 비슷한 것이 칼의 얼굴을 스친다.

"나는 전혀 교사 자질은 없지만, 그녀를 가르치기 위해 할 수 있는 건 다 하고 있어. 그녀는 벌써 총을 괜찮게 쏴. 그리고 블랙런의 비행 매뉴얼은 오늘 아침에 마쳤지."

헉 소리가 입술 사이로 새어 나온다.

"그녀가 비행기를 몰 수 있다고요?"

어깨를 으쓱하는 칼의 입술이 히죽거리는 모양으로 말린다.

"에이다가 다른 사람들을 태우고 캔코르다로 갔어, 곧 돌아오겠군. 하지만 그때까지 그대는 좀 쉬어야 해."

"난 4일 내내 쉬었다고요. *당신이나 쉬든가*."

나는 쏘아붙이면서 그의 어깨가 흔들리도록 팔로 친다. 스스로도 인정하는 바 약하게 떠밀긴 해서 그는 꿈쩍도 안 한다.

"게다가 두 사람 다 좀비처럼 보이는데, 뭐."

"누군가는 네가 계속 숨을 쉬고 있는지 확인해야만 했거든."

킬런의 어조는 가볍고, 다른 이였다면 그가 농담을 하고 있다고 생각했을지도 모르지만 나는 킬런을 더 잘 안다.

"메이븐이 네게 한 짓이 무엇이든 간에 다시는 없어야 해."

그 열렬한 고통의 기억은 여전히 너무나 가깝다. 그 일을 한 번 더 겪을 수도 있다는 생각에 움찔하지 않을 수가 없다.

"나도 동의해."

메이븐이 지닌 새로운 힘에 대한 생각에 우리 모두 정신이 바짝 든다. 항상 몸을 꼬거나 움직이는 킬런조차 고요하다. 그는 창문 밖으로 시선을 던지고 다가오는 밤의 장막을 바라본다.

"칼, 메어가 다시 그렇게 될 경우에 대해 어떤 생각이라도 있어?"

"만약 수업을 들어야 되는 거라면, 물부터 좀 마셨으면 싶은데."

갑자기 바싹 마른 목구멍에 대한 염려가 들어 말한다. 킬런은 도움을 주려는 열망에 벽 쪽의 자기 자리에서 거의 펄쩍 뛰다시피 일어난다. 칼과 둘만 남자, 열기가 밀려온다.

"내 생각에 그건 발신 기기였을 것 같아. 개조했겠지, 물론."

칼이 말한다. 그의 눈이 다시 내 목으로, 척추 위아래로 그려진 번개 흉터로 향한다. 충격적일 정도로 친근하게, 그는 그 흉터들이 마치 어떤 단서라도 쥐고 있는 것처럼 가만히 어루만진다. 내 안의 이성적인 부분은 그를 밀쳐내라고, 불의 왕자가 내 낙인을 탐구하지 못하게 하라고 하지만 탈진과 욕구가 다른 모든 생각을 누른다. 그의 손길은 나를 육체적으로 그리고 감정적으로 달래 준다. 이건 누

22

군가 다른 이가 나와 함께 있다는 증거다. 나는 더 이상 심연 속에 혼자 있지 않다.

"수 년 전에 호수 전투들에서 발신기를 잠깐 실험해 본 적이 있어. 그 장비들은 라디오파를 방출했고, 레이크랜즈의 배들을 난파시키는 대 혼란을 불렀지. 그 기계는 그들이 서로 통신할 수 없게 만들었지만, 우리에게도 마찬가지였어. 모두가 눈 먼 채로 항해를 해야 했지."

그의 손가락이 점점 아래로 미끄러지며 내 견갑골 위를 가로지르는 구부러진 가지 하나를 따라간다.

"이 기계도 전자기파나 잡음을 엄청난 규모로 내뿜는 게 아닐까 해. 네가 정상적인 생활을 하지 못할 정도로, *네 눈을 멀게 만들고 네 번개가 네게 등을 돌리게 만들* 정도로 말이지."

"꽤 빨리 만들어 냈네요. 보울 오브 본즈에서의 일 이후로 고작 며칠이 지났을 뿐인데."

나는 웅얼웅얼 대꾸한다. 속삭임보다 조금만 크게 말해도 이 섬세한 평화를 깨트릴 것만 같다.

칼의 손은 침착하고 맨살 위에 닿은 그의 손바닥은 평평하다.

"메이븐은 보울 오브 본즈보다 훨씬 더 예전에 너에게서 등을 돌렸잖아."

*이제 나도 안다.* 피가 줄줄 흐르는 숨결마다 그 사실을 절절히 깨닫는다. 무언가가 내 안에서 풀어지고, 부서진다. 나는 등을 구부리고 얼굴을 손에 묻는다. 기억들을 몰아내기 위해서 어떤 벽을 세우더라도 그것은 계속해서 먼지로 부스러진다. 하지만 그 아래 매몰될

수야 없다. 내가 저지른 실수들 아래에 묻히지는 않을 것이다. 칼의 온기가 나를 감싼다. 그가 팔을 내 어깨에 두르고 머리를 내 목에 기댄다. 나 역시 그의 품에 기댄다. 턱 섬의 감옥 안에서 이런 일을 다시는 하지 않으리라 두 사람 모두 맹세했건만, 나는 그가 날 보호하도록 허락한다. 우리는 서로에게 있어서 정신을 다른 곳으로 흐트러뜨리는 존재 그 자체이며, 정신을 다른 곳으로 팔았다가는 목숨을 잃게 될 것이다. 하지만 내 손이 그의 손을 덮고 우리의 손가락이 서로의 뼈가 함께 엮일 때까지 얽힌다. 불꽃은 서서히 죽으며 점차 잉걸불로 잦아든다. 하지만 칼은 여전히 여기에 있다. 그는 결코 나를 떠나지 않으리라.

"메이븐이 뭐라고 했어?"

그가 속삭인다.

나는 그가 볼 수 있도록 살짝 물러난다. 떨리는 손으로 나는 셔츠의 칼라를 잡아당겨서 그에게 메이븐이 내게 한 짓을 보여 준다. 낙인 위로 닿은 그의 눈동자가 커다래진다. 내 피부 위로 거친 엠(M)자가 불로 새겨져 있다. 오랫동안 그는 바라보기만 한다. 그의 분노가 내 위로 다시 불타오를까 봐 나는 두렵다.

"메이븐은 자기가 약속을 지키는 사람이랬어요."

나는 그에게 말한다. 그 말은 그의 시선을 내 새 흉터에서 돌리기 충분하다.

"자기가 언제나 나를 찾을 거라고…… 그리고 나를 구할 거라고."

나는 공허한 웃음을 터뜨린다. *메이븐이 누군가에게서 나를 구해 준다면 그 유일한 대상은 바로 그 자신에게서이다.*

24

부드러운 손길로 칼이 내 셔츠를 다시 원래 모습으로 고쳐 자신의 동생이 남긴 흔적을 숨겨 준다.

"그거라면 이미 알고 있었지. 적어도 이제 우리는 정말로 그 이유를 알게 되었군."

"음?"

"메이븐은 숨 쉬는 것만큼이나 자연스럽게 거짓말을 하고, 그리고 그 어머니가 그 애의 고삐를 쥐고 있지만, 적어도 그 애의 심장만큼은 아니라는 것."

내가 이해하고 있는지 살피는 칼의 눈이 커다랗다.

"메이븐이 신혈들을 사냥하는 이유는 자신의 왕좌를 지키기 위해서가 아니야, 너를 상처 입히기 위해서지. 널 찾기 위해서고. 네가 자신에게 돌아오게 만들기 위해서 말이야."

그가 허벅지 위에 놓은 주먹을 꾹 쥔다.

"메이븐은 세상 어떤 것보다도 더 너를 원해."

원컨대 메이븐이 지금 이 자리에 있다면, 그래서 내가 그의 끔찍하고 유령 같은 눈을 찢어 버릴 수만 있다면.

"뭐, 메이븐은 날 가질 수 없어요."

나는 이 일의 중요함을 깨닫고, 그건 칼도 마찬가지다.

"그러면 살인들을 멈출 수 있다고 하더라도 아닌가? 신혈들을 위해서도 안 돼?"

눈물이 눈을 아프게 한다.

"난 돌아가고 싶지 않아요. 어떤 누구를 위해서라고 해도요."

비판이 쏟아질 거라 생각하지만 대신에 그는 미소를 지으며 고개를 숙인다. 그는 자기 자신의 반응이 부끄러운 것이다, 내가 내 반응이 부끄러운 것처럼.

"우린 널 잃는 줄로만 알았어."

그는 단어들을 신중하게 선택하고 조심스럽게 조합한다. 그래서 난 앞으로 몸을 기울이며 한 손을 그의 주먹에 올린다. 계속 말하라는 의미는 그것이면 충분하다.

"*내가 널 잃고 말 거라고 생각했지. 너무나 여러 번이나.*"

"난 여전히 여기 있잖아요."

그가 내 말을 믿지 않는 것처럼 손으로 내 목을 잡는다. 메이븐의 손이 목을 쥐던 것이 희미하게 생각나지만 나는 움찔하고픈 욕구에 맞선다. 칼이 물러나는 건 원치 않는다.

나는 너무나 오랫동안 계속 도망쳐 왔다. 심지어 이 모든 일들이 시작되기도 전부터 계속. 심지어 예전 스틸츠에서도 나는 도망자였다. 내 가족, 내 운명, 내가 느끼고 싶지 않은 모든 것을 피해서. 그리고 나는 여전히 정신없이 달리는 중이다. 나를 죽일 사람들에게서…… 그리고 나를 사랑할 사람들에게서.

너무나 절실히 그만 멈추고 싶다. 스스로나 다른 누군가를 죽이지 않고도 고요하게 서 있고 싶다. 하지만 그것은 불가능하다. 나는 계속 가야만 한다. 나는 스스로를 구하기 위해서 자신을 상처 입혀야만 하고, 다른 이들을 구하기 위해서 그들을 상처 입혀야만 한다. 킬런을 상처 입히고, 칼을 상처 입히고, 쉐이드 오빠와 팔리와 닉스와 나를 따를 만큼 충분히 멍청했던 모든 사람을 상처 입힌다. 나는 그들 모두를 도망자로 만들었다.

"그러니 우리 메이븐과 싸우자."

더 가까이 다가오는 칼의 입술이 그가 뱉는 한 마디 한 마디마다 뜨겁다. 마치 언제라도 누군가가 나타나 나를 빼앗기라도 할 것 같다는 듯이 그가 손에 힘을 준다.

"그것이 우리가 하기 시작한 일이고, 그러니 우리 그렇게 하자. 군대를 만들자. 그리고 메이븐을 죽이자. 그 애와 그 애의 어머니 모두를."

왕을 죽이는 것은 아무것도 변화시킬 수는 없다. 또 다른 의지가 그의 자리를 차지할 것이다. 하지만 그것은 시작이다. 우리가 메이븐보다 더 빠르게 달리지 못한다면, 우리는 그를 차갑게 얼려 세우기라도 해야 한다. 신혈들을 위해서. 칼을 위해서. 나를 위해서.

나는 살로 만들어진 무기이자 피부로 덮인 검이다. 나는 왕을 죽이기 위해서 태어났다. 공포의 치세가 진정으로 시작되기 전에 끝장내기 위해서 태어났다. 불꽃과 번개가 메이븐을 일으켜 세웠지만, 불꽃과 번개가 그를 끌어 내리리라.

"그 애가 다시는 너를 상처 입히게 두지 않을 거야."

그의 숨결에 나는 몸을 떤다. 그렇게 활활 타오르는 열기에 싸여 있자니 이상한 감각이 느껴진다.

"믿어요."

나는 그에게 거짓말을 한다.

내가 약하기 때문에, 나는 그의 팔 안에서 몸을 돌린다. 내가 약하기 때문에, 나는 그의 입술 위로 내 입술을 누르며 내가 그만 달릴 수 있도록, 모든 것을 잊을 수 있도록 해 줄 무언가를 찾는다. 우리 둘 다 약한 듯하다.

칼의 손이 내 피부를 어루만지자 다른 종류의 고통이 느껴진다. 메이븐의 기계보다 더 나쁘고, 내 신경보다 더 깊다. 공허한 것처럼, 텅 빈 무게처럼 아프다. 나는 검이고, 번개에서, 칼의 이 불꽃에서…… 그리고 메이븐이 준 것들에서 태어났다. 하나는 이미 나를 배신했고, 다른 하나는 언제 나를 떠날지 모른다. 하지만 이별로 상심하는 것은 두렵지 않다. 고통은 두렵지 않다.

나는 칼에게, 킬런에게, 쉐이드 오빠에게 매달린다. 할 수 있는 한 모든 신혈을 구하는 일에 매달린다. 왜냐하면 텅 빈 속에서 깨어나는 것이 두렵기 때문에. 내 친구들과 가족들은 사라지고 내가 외로운 태풍의 어둠 속에서 그저 한 줄기 번개에 불과한 그런 곳에서 깨어나는 것이 두렵기 때문이다.

내가 만약 검이라면, 나는 유리로 만들어진 검이다. 그리고 나 자신이 산산이 부서지기 시작한 것이 느껴진다.

## 제18장

열기와 함께한다는 것은 얼마나 추웠든 간에, 얼마나 열기가 필요했던 간에 언제나 결국에는 너무 과하기 마련이다. 아래층의 거실에서 타고 있는 불꽃과 물집이 생길 정도로 추운 날씨가 서로 씨름해야만 했던 날들, 금이 간 창문과 함께했던 수많은 날들을 기억한다. 얼어붙을 정도로 찬 공기에는 어딘지 잠이 오게 만드는 면이 있었다. 그래서 가을의 산들바람을 깊게 들이마시자 조금 진정이 되고, 안전 가옥에 홀로 남겨 두고 온 칼을 잊는 데 도움이 좀 된다. *그러지 말았어야 했는데.* 달아오른 피부에 손을 누른 채 생각한다. 그에게 정신을 팔 만한 여유가 없을 뿐만 아니라, 다가올 것은 비통한 미래뿐이다. 그의 충성은 잘 쳐봐야 위태롭다. 언젠가 그는 떠나든가, 죽든가, 아니면 다른 많은 이들이 그러했듯이 나를 배신할 것이다. 언젠가 그는 나를 상처 줄 것이다.

머리 위로, 태양이 완전히 넘어가며 하늘을 붉은색과 주황색의 어두운 빛줄기들로 물들이고 있다. *아마도.* 내 눈에 보이는 색들을 완전히 믿을 수는 없다. 더 이상은 어떤 것들도 깊게 믿을 수는 없다.

안전 가옥은 언덕마루의 숲으로 둘러싸인 거대한 공터 가운데에 세워져 있다. 집은 나무들과 호수들과 끊임없이 휘몰아치는 안개로 가득한 바람 부는 계곡을 내려다보고 있다. 나는 숲에서 자랐지만 이런 장소는 아케온이나 태양의 홀만큼이나 낯설다. 눈으로 볼 수 있는 범위 내에 인간이 만든 것은 아무것도 없고, 벌목꾼들의 마을이나 농가 도시들로부터 들리는 메아리도 전혀 없다. 비행기를 여전히 쓸 수 있다고 했으니, 근처에 숨겨진 활주로가 있기야 하겠지만. 우리는 분명 노르타의 오지를 찾아 하버베이에서 북쪽으로 내륙을 향해 한참 깊이 들어 온 것이 틀림없다. 리젠트 스테이트에 대해서 잘 아는 것은 아니지만, 이곳은 아마도 그레이트우즈 지역으로, 야생이 주를 이루고 완만한 경사를 이루고 있는 녹색 산들에 레이크랜즈와 얼어붙은 툰드라 지방을 맞대고 있는 바로 그곳으로 보인다. 인구 밀도가 낮고, 글리아콘 하우스의 쉬버들이 온화하게 다스리고 있는 이곳은…… 숨을 곳으로는 놀라운 장소다.

"칼이랑 볼일 다 끝났어?"

하늘을 향해 가지를 뻗고 있는 오크 나무 몸통에 기대 있는 킬런은 그림자 그 자체다. 발치에는 물 주전자가 잊힌 채 놓여 있다. 얼굴을 보지 않아도 킬런이 어딘가 기분이 상했다는 것을 알겠다. 목소리를 듣기만 해도 충분하다.

"박정하게 굴지 마."

보통은 따끔하게 한마디가 잘만 나가더니, 이번에는 꼭 요청처럼 들린다. 예상했던 바이지만 킬런은 내 말을 무시하고 자기 말만 횡설수설한다.

"내 생각에 모든 소문에는 한 톨이라도 진실이 들어가기 마련인 것 같아. 심지어 그 조그맣고 성격 비뚤어진 꼬맹이 메이븐이 내뱉은 말에도 말이야. '메어 배로우가 왕을 죽이라고 왕자를 유혹했다.' 그놈 말이 반쯤 사실이라는 걸 알았으니 놀랄 수밖에."

앞으로 몇 발자국을 초조하게 내딛으며 어슬렁거리는 그의 모습이 최후의 한 방을 날리려고 준비 중인 아이럴 가의 실크를 무척이나 연상시킨다.

"왕자가 정말로 너한테 완전히 넋을 잃었던데."

"계속 그런 식으로 말하면 널 배터리로 만들어 버릴 거야."

"넌 협박할 말을 새로 좀 배워야겠다."

그가 날카롭게 미소 지으며 말한다. 수년 동안 내 허풍에는 익숙해질 대로 익숙해졌으니, 어떤 말로도, 심지어 번개를 들먹거린다고 해도 킬런을 겁줄 수 있을 것 같진 않다.

"칼은 힘 있는 남자지, 말 그대로 모든 의미에 있어서. 오해하지 마, 나는 네가 그의 고삐를 쥐고 있다는 게 기뻐."

크게 콧방귀를 뀌지 않을 수가 없어서, 나는 그의 면전에 대고 웃음을 터뜨린다.

"기뻐? 넌 그냥 질투하는 거잖아. 너는 *나눠* 갖는 일에 익숙한 사람이 아냐. 그리고 쓸모없는 존재가 되는 것도 좋아하지 않고."

*쓸모없다.* 그 말이 그를 찌른다. 그의 목이 꿈틀하는 걸 보니 알

수 있다. 하지만 그 말에도 그는 거침없이 나를 내려다보고, 우리 위로 생명을 얻으며 깜빡거리는 별들이 그의 키에 다 가린다.

"내 질문은, 너도 마법에 걸려 있냐는 거야. 네가 그를 이용하는 똑같은 식으로 칼도 너를 이용하고 있는 거야?"

"난 누구도 이용하고 있지 않아."

거짓말이다, 우리 둘 다 그 사실을 안다.

"그리고 너는 지금 자기가 무슨 얘길 하고 있는지도 몰라, 킬런."

"네 말이 맞아."

그가 조용하게 대꾸한다.

나는 너무 놀라서 거의 쓰러질 뻔 한다. 10년이 넘도록 우정을 나누는 동안, 결코 킬런 워렌에게서 이런 종류의 말을 들어 본 적이 없다. 킬런은 나무 그루터기만큼이나 굽힐 줄 모르고, 스스로에게 넘칠 정도로 자신만만하며, 대부분의 경우에 지나치리만치 상냥한 나쁜 놈인데. 하지만 지금, 이 언덕 꼭대기에 서 있는 그는 지금까지의 자기 자신과는 전혀 다르게 보인다. 그는 작고 흐릿하고, 끊임없이 깜빡대며 사라져 가는 내 예전 삶의 희미한 불빛처럼 보인다. 그가 여전히 존재한다는 것을 확인하기 위해서 팔을 뻗어서 만져 보고픈 마음을 누르느라 나는 양손을 서로 꼭 맞잡는다.

"네가 메리어나가 되었을 때에 너한테 무슨 일이 일어났는지 나는 몰라. 나는 네 옆에 없었고, 네가 그 일을 헤쳐 나가도록 돕지도 못했지. 너를 이해한다고 말하거나, 그런 일들이 유감이라고 말하거나 하지는 않을 거야. 그건 네게 필요한 말들이 아니니까."

하지만 그거야말로 내가 정확하게 바라는 바라서, 나는 그에게 금

방 화를 낼 수 있다. 그래서 그가 말하려고 하는 것이 무엇인지 귀 기울여서 듣지 않아도 되도록. 하지만 불행히도 킬런은 그것보다는 나를 더 잘 안다.

"내가 할 수 있는 최선은 네게 진실을 말하는 거고, 아니면 적어도, 내가 진실이라고 *생각하는* 걸 말하는 거야."

그의 목소리가 한결같음에도 그의 어깨는 깊고 무거운 숨으로 위아래로 들썩거린다. 킬런은 겁을 먹었어.

"내 말을 믿든지 말든지, 그건 너에게 달렸어."

경련에 내 입술이 당기고, 고통스러운 미소가 드러난다. 나는 누군가가 나를 밀거나 당기는 일에 너무나 익숙하고, 내게 가장 가까운 이들이 내 생각이나 행동을 조종하는 것 역시 익숙하다. 심지어 킬런조차 그 점에 있어서는 유죄다. 하지만 지금 그는 내가 그토록 오랫동안 갈망해 왔던 자유를 내게 주려고 한다. 선택, 어쩌면 작을 수도 있는 그것. 그는 내게 스스로 선택할 정도의 분별이 있다고 믿는 것이다. 심지어 만약 내게 실제로 분별력이 없다고 할지라도.

"듣고 있어."

그는 뭔가 다른 말을 하려고 하다가 다음 순간 멈춘다. 그 말들은 입에 딱 달라붙어서 밖으로 나오기를 거부한다. 짧은 순간, 그의 녹색 눈이 이상할 정도로 젖어 보인다.

"대체 뭐냐고, 킬런."

나는 한숨을 쉰다.

"대체 뭐냐면……."

머리를 흔들면서 킬런이 내 말을 따라한다. 긴 시간 후에, 무언가가 그의 안에서 툭 부러진다.

"나도 네가 나와 똑같은 감정이 아니라는 거 알아. 우리 문제에 있어서."

돌에 내 머리를 내려치고 싶은 열망이 엄습한다. *우리.* 이 주제로 대화를 나누는 건 너무 어리석은 느낌이 들고, 그저 시간과 에너지의 낭비 같다. 하지만 그 이상으로, 이 대화가 당혹스럽고 불편하다. 내 뺨이 화르륵 타오른다. 이건 내가 결코 킬런과 나누고 싶지 않은 대화다.

"그리고 그것도 괜찮아."

내가 말을 막기도 전에 그가 계속 말한다.

"넌 내가 너를 바라보듯이는 결코 나를 봐 주지 않았지, 이 모든 일이 일어나기 전에 고향에 있을 때조차도 그랬어. 난 네가 언젠가는 바뀔 거라고 생각했지만, 그랬지만……."

그가 어깨를 으쓱한다.

"그냥 네게는 나를 사랑하는 선택지가 없었을 뿐이지."

내가 스틸츠 마을의 메어 배로우였을 때, 나도 이런 생각들을 하곤 했다. 만약 내가 징병에서도 살아남게 된다면 어떤 일이 일어날지 궁금했고, 그럼 어떤 미래가 펼쳐질지 그려 보고는 했다. 녹색 눈을 가진 어부 소년과의 친숙한 결혼 생활, 사랑하는 아이들, 지주 위에 꾸린 가난한 집. 그때에 그 상상은 그저 꿈처럼 보였고, 불가능해 보였다. 그리고 여전히 그렇다. 언제까지나 그럴 것이다. 나는 킬런을 그가 나를 원하는 방식으로는 사랑하지 않는다. 결코 그렇게는 사랑하지 않으리라.

"킬런."

나는 그를 향해서 한 발짝 내딛으며 속삭인다. 하지만 그는 두 발짝 물러난다.

"킬런, 너는 내 가장 친한 친구야, 너는 가족이나 다름없어."

그의 미소에서 슬픔이 흘러내린다.

"그리고 내가 죽을 때까지 그럴 거야."

*나는 너의 사랑을 누릴 가치가 없어, 킬런 워렌.*

"미안해."

다른 무슨 말을 해야 할지 모른 채로 나는 목 졸린 소리를 낸다. 심지어 내가 무엇을 사과하는지조차 모르겠다.

"네가 어떻게 할 수 있는 게 아니잖아, 메어."

그가 여전히 멀찍이 떨어진 곳에 선 채로 대꾸한다.

"우린 사랑할 사람을 고를 수 없어. 그럴 수 있다면 다른 어떤 것보다 좋겠지만."

모든 비밀이 폭로되는 기분이다. 칼의 포옹에 내 피부는 여전히 달아오른 상태고, 불과 얼마 전에 그가 준 느낌을 기억하고 있다. 하지만 내 모든 정신력에도 불구하고 마음 깊은 곳에서부터 저 공터 너머를 생각하는 내가 있다. 시린 얼음빛 눈동자와 공허한 약속들, 그리고 배 위에서의 입맞춤을 기억하는 내가 있다.

"네가 원하는 만큼 그를 사랑해도 돼, 난 너를 말리지 않을 거야. 하지만 나를 위해서, 네 부모님을 위해서, 우리 나머지를 위해서, 그가 너를 *지배하게* 두지는 마."

다시 한 번, 나는 메이븐을 생각한다. 하지만 메이븐은 멀리 있다.

그는 세계의 날카로운 끝에 선 그림자일 뿐이다. 그가 나를 죽이려고 애쓰고 있는지는 모르지만, 나를 지배할 수는 없다. 더 이상은 아니다. 비록 킬런은 또 다른 왕가의 형제, 캘로어 하우스의 추락한 아들만을 의미했지만. 칼. 흉터와 악몽에 대항할 나의 방패. 하지만 그는 전사이지, 정치가나 범죄자가 아니다. 그는 누구를 조종할 만한 능력이 없다. 특히 나에게는 아니다. 그건 그저 그가 타고나지 못한 능력이다.

"그는 은혈이야, 메어. 넌 그가 무얼 할 수 있는지, 아니면 그가 정말로 무얼 원하는지 모르잖아."

칼 스스로도 자기가 원하는 걸 알긴 하는지 의심스럽다. 저 추방당한 왕자는 괴팍한 번개 소녀를 빼면 어떤 충성 세력이나 동맹군도 없고, 나보다도 더 표류하고 있는데.

"칼은 네가 생각하는 그런 사람이 아니야. 그의 피가 어떤 색깔이라고 하더라도 상관없어."

경멸이 그의 얼굴에 얇고 날카롭게 스친다.

"너 정말로 그걸 믿는 건 아니겠지."

킬런의 말에 나는 슬프게 대꾸한다.

"믿는 게 아니야. 그냥 아는 거지. 그 점이 모든 걸 더 어렵게 만들고 있고."

한때 나 역시 피가 전부라고, 빛과 어둠 사이의 다른 점이자 절대 바뀔 수도 극복할 수도 없는 차이점이라고 생각했다. 그런 생각에 나의 적혈 형제자매들과 비교해서 은혈들은 그저 강력하고 차가우며 잔혹하고 비인간적이라고 느꼈다. 그들은 우리랑은 전혀 달라서,

고통이나 회한이나 친절함 같은 건 못 느낄 거라고. 하지만 칼, 줄리언 그리고 심지어 루카스 같은 사람들이 내가 완전히 잘못 알고 있었음을 내게 알려 주었다. 그들도 그저 사람이다. 공포와 희망으로 가득 찬 사람들. 그들이 무고한 것은 아니지만, 우리 역시 마찬가지다. 나 역시 마찬가지다.

킬런이 믿는 것처럼 그들이 그저 괴물들이었다면 얼마나 좋을까. *모든 것들이 그토록 단순했다면 얼마나 좋을까.* 조용하게, 내 가슴 가장 깊은 곳에서부터 나는 킬런의 그토록 편협한 분노가 부러워진다. 그의 무지에 동참할 수 있다면 좋겠다. 하지만 나는 그 일을 너무 많이 봐 왔고 그 일로 너무 많이 고통스러웠다.

"우린 메이븐을 죽일 거야. 그리고 그 어머니도."

나는 으스스하게 확약한다. *유령을 죽여, 그림자를 죽여.*

"그들이 죽으면, 신혈들은 안전해질 거야."

"그리고 칼은 마음껏 자신의 왕좌의 반환을 요구하겠지. 모든 것을 예전대로 돌리려고."

"그런 일은 일어나지 않을 거야. 아무도 그가 왕좌로 돌아가게 두지 않을 거야, 적혈이든 은혈이든. 그리고 내가 분명히 말할 수 있는데, 칼도 그걸 원하지 않아."

"정말로?"

킬런이 입술이 비틀며 비웃음은 그리자 순식간에 그가 미워진다.

"그건 도대체 누구 생각이었는데? 메이븐을 죽이자는 건?"

내가 대답하지 않자 비웃음은 더 커진다.

"그게 바로 내 생각이야."

"정직하게 말해 줘서 고맙다, 킬런."

내 감사에 그는 깜짝 놀란다. 그가 나를 놀라게 한 만큼이나 놀란 듯하다. 우리는 지난 몇 달 동안 둘 다 바뀌었다. 더 이상 스틸츠에서 어떤 주제로든…… 그리고 모든 주제를 놓고 드잡이를 벌일 준비가 되어 있던 그 소녀와 소년이 아니다. 그들은 어린 아이들이었고, 이제 영원히 사라졌다.

"당연하지만, 네가 한 말은 가슴속에 잘 새겨 둘 거야."

의전 수업을 그토록 고맙게 느끼기도 처음인데, 그때 배운 것들이 상처 주는 일 없이 킬런을 밀어낼 방법을 찾아내는 데 몹시 도움이 된다. 마치 왕자비가 하인에게 하듯이.

하지만 킬런을 물리치는 건 그렇게 쉽지 않다. 내 예절바른 가면을 뚫고 똑바로 바라보는 그의 눈동자가 어두운 녹색 틈처럼 가늘어진다. 너무 혐오스러운 표정이라, 나는 킬런이 침이라도 뱉을 거라고 생각한다.

"언젠가 너는 곧 길을 잃게 될 거야."

그가 조용히 속삭인다.

"그리고 그때엔 널 다시 돌아오도록 이끌어줄 내가 거기 없겠지."

나는 내 가장 오래된 친구에게서 등을 돌린다. 그의 말들이 너무 상처가 되어서 그게 얼마나 말이 되는지 아닌지 간에 그 말을 듣고 싶지가 않다. 서서 숲을 바라보고 있는 나를 남겨둔 채 킬런이 성큼성큼 걸어 사라지는 동안, 그의 신발이 딱딱한 땅에 저벅저벅 울린다. 먼 거리에서 에어젯이 웅웅거리며 돌아오고 있다.

나는 다른 어떤 것들보다도 홀로 되는 것이 두렵다. 그럼 왜 나는 이 일을 하는 걸까? 왜 나는 사랑하는 사람들을 밀어내는 걸까? 내 안의 무엇이 그토록 잘못된 것일까?

*나도 모르겠다.*

그리고 어떻게 멈출 수 있는지도 모르겠다.

* * *

군대를 모으는 것은 차라리 쉬운 부분이다. 하버베이에서 가져 온 기록들이 캔코르다에서부터 타우러스까지, 그리고 반 아일랜드 섬의 반쯤 침수된 항구까지 전 비콘 지역에 흩어져 있는 도시와 마을들에 사는 신혈들에게로 우리를 안내해 준다. 줄리언의 목록 덕분에, 노르타의 모든 영역이 손이 미치는 범위 안에 들어올 때까지 우리는 퍼져 나간다. 심지어 왕국의 가장 남쪽에 있는 도시인 델피조차 비행기로는 몇 시간 거리일 뿐이다.

모든 인구 센터에는 그 규모가 얼마나 작은지와 상관없이, 우리를 붙들어 왕에게 바칠 의도가 충만한 은혈 수비대가 새로 편성된다. 하지만 그들이 항상 모든 목표물을 방어할 수야 없고, 수백 명을 하룻밤에 납치할 정도로 아직 메이븐의 치세가 충분히 안정적이지도 않다. 우리는 아무 정형화된 양식 없이 불규칙적으로 치고 들어가서 대개 그들의 허를 찌른다. 때때로 운이 좋을 때는 우리가 왔는지도 전혀 모를 때도 있다. 쉐이드 오빠는 자신의 쓸모를 몇 번이고 증명하고, 에이다와 닉스도 마찬가지다. 에이다의 능력들은 우리가 도시 벽들 사이로 길을 찾는 데 도움을 주고, 닉스의 도움으로 우리는 그 사이를 곧장 통과한다.

하지만 항상 마지막은 내 차지다. 나는 항상 신혈들을 대면하고 그들이 어떤 존재인지 그리고 그들이 왕에게 어떤 위험을 가하는 존재인지 설명하는 역할이다. 그러고 나서 그들에게 선택권을 주는데, 그들은 항상 생존을 선택한다. 그들은 항상 우리를 선택한다. 우리는 그들의 가족들에게 안전한 길을 제시하고, 뒤에 남는 이들에게 다양한 피난처와 진홍의 군대가 운영하고 있는 기지로 갈 것을 지시한다. 사령부로. 언제나 팔리가 하는 말이다. 그 말은 점점 더 수수께끼 같다. 몇 명은 심지어 대령이 주는 안전을 찾아 턱 섬으로 보낸다. 그가 신혈들을 미워할지는 몰라도 진짜 적혈들을 돌려보내는 일은 없을 거라고 팔리가 내게 보증한다.

우리가 찾은 신혈들은 두려워하고, 일부는 화를 내지만 몇 명은 놀라는데, 대개 아이들이다. 대부분의 경우에 그들은 자신들이 어떤 존재인지 모른다. 하지만 그중에서도 자신의 능력을 깨달은 이들은 이미 돌연변이로 인해 시달리고 있다.

헤이븐의 변두리에서, 우리는 루서 카버를 만난다. 숱이 적은 검정 머리에 나이보다 체격이 작고, 목수의 아들인 여덟 살 소년. 우리는 그의 아버지의 작업장에서 그를 찾는다. 집안 사업을 배우느라 학교 수업을 면제받은 상태다. 우리를 들여보내 달라고 카버 씨의 허락을 구하는 일은 약간의 설명으로 충분하다. 비록 카버 씨가 칼과 심지어 닉스에게도 의심의 눈초리를 보내긴 했지만. 그리고 소년은 내 눈을 마주치는 걸 거부한 채, 작은 손가락들을 신경질적으로 꼰다. 그 애는 내가 자신에게 말을 하자 벌벌 떨면서, 나를 번개 소녀로 부르겠다고 강력하게 주장한다.

"네 이름이 목록에 오른 건 네가 특별하기 때문이야, 네가 다르기 때문이지. 내가 무슨 이야기를 하는 건지 알겠니?"

그 아이는 자신의 머리를 격렬하게 흔들고, 긴 앞머리가 앞뒤로 철썩댄다. 하지만 적절한 이름을 가진(카버는 '조각가'라는 뜻이다—옮긴이) 그 애의 아버지가 등 뒤에 수호천사처럼 서 있다. 침통하게 느릿느릿 그 애는 고개를 끄덕인다.

"괜찮아, 루서, 전혀 부끄러워할 일이 아니야."

나는 테이블 위로, 분명히 카버의 수작업일 듯한 복잡한 무늬 위로 팔을 뻗는다. 하지만 루서는 내 손길을 유령처럼 피하고, 내 손이 닿지 않게 자신의 손을 무릎 위에 올린다.

"전혀 개인적인 이유는 아닙니다."

카버 씨가 자신의 아들의 어깨를 진정하라는 듯 토닥이며 말한다.

"루서는…… 이 애는 그저 당신에게 어떤 피해도 끼치고 싶지 않은 거예요. 능력이 왔다 갔다 하는데…… 점점 나빠지고 있어요, 보시다시피. 하지만 당신이라면 이 애를 도울 수 있지요, 그렇죠?"

그 불쌍한 남자는 고통스러운 듯 말하고, 그의 음성은 갈라진다. 우리 아버지가 이런 상황에 처하셨다면 어떠셨을지 궁금해진다. 자신의 아이를 이해해 주는 사람들, 아이에게 도움을 줄 수 있는 사람들…… 하지만 그 아이를 빼앗아갈 수밖에 없는 사람들을 마주하게 된다면.

"당신은 이 애가 왜 이렇게 되었는지 알죠?"

스스로에게 몇 번이고 물었던 질문이자, 거의 모든 신혈들이 내게 던지는 질문이기도 하다. 하지만 여전히 나로서는 답을 찾지 못한 질문이다.

"그 답을 알지 못해서 죄송합니다. 우린 그저 우리의 능력들이 돌연변이라는 것과 우리의 피로는 설명할 수 없는 어떤 부분에서 온다는 것밖에는 몰라요."

줄리언과 그의 책들, 그의 연구가 생각난다. 그는 결코 내게 '분수령'에 대해서 알려 주지 않았다. 아주 오래 전에 은색 피가 붉은 피에서부터 분리되어 나왔던 순간, 그 순간이 지금의 세계를 만들었다. 나와 같은 피에서부터 새로운 '분수령'이 시작된 것이 아닐까 하고 생각해 본다. 그는 붙들리기 전에 나를 연구했고, 바로 이 질문에 대한 대답을 찾으려 애를 썼다. 하지만 결코 기회를 잡지 못했다.

칼이 내 옆으로 움직여 테이블을 빙 도는 순간, 나는 그가 늘 간직하고 있는 위협적인 가면을 쓸 거라고 생각한다. 대신 그는 친절하게 미소를 짓는다. 눈까지 닿을 정도로 활짝. 다음 순간 그는 허리를 구부리고, 루서와 눈을 마주 볼 수 있게 무릎을 꿇는다. 아이는 그 장면에 얼어붙고, 그저 왕자의 존재감 때문이 아니라 그가 보이는 완전한 관심에 압도된다.

"왕자 저하."

아이가 찍 소리를 내며 심지어 경례까지 하려고 한다. 루서의 등 뒤에 선 아버지 쪽은 다소 부적절하게 눈썹을 찌푸린다. 은혈 왕자들이 그의 마음에 드는 손님은 아닐 것이다.

그럼에도 불구하고, 칼의 미소가 깊어진다. 칼의 시선이 아이에게 고정된다.

"칼이라고 부르렴."

그가 손을 내밀며 말한다. 다시 한 번 루서는 몸을 빼지만, 칼은 신경 쓰는 것 같지 않다. 사실, 그가 그러길 기대했다는 쪽에 돈을 걸어도 좋다.

루서는 벌게지고, 그 아이의 뺨은 어둡고 사랑스러운 빨강으로 물든다.

"죄송해요."

"별 말씀을. 사실, 어릴 때에 나도 똑같이 그러곤 했어. 너보다 조금 더 어렸을 땐데, 하지만 그때 내겐 매우, 매우 많은 선생님들이 계셨지. 나도 그분들의 도움이 필요했단다."

그가 윙크를 하며 덧붙인다. 겁에 질렸음에도 불구하고, 아이는 조금 미소를 짓는다.

"하지만 네게는 그저 아빠밖에 없지, 그렇지 않니?"

아이가 침을 꿀꺽 삼키고, 작은 목젖이 까딱거린다. 다음 순간 아이가 고개를 끄덕인다.

"나도 최선을……."

카버 씨가 말하며 다시 한 번 아들의 어깨를 꼭 잡는다.

"우리도 이해합니다, 선생님. 누구보다도 더 잘."

내가 그에게 말한다.

루서는 자신의 신발로 칼을 꾹 찌른다. 아이의 호기심이 다른 모든 것을 누른 모양이다.

"뭐가 *왕자님*을 두렵게 만들었어요?"

우리의 눈앞에서 칼은 손바닥 안에서 뜨겁게 소용돌이치는 불꽃을 터뜨린다. 하지만 그것은 이상할 정도로 아름답고, 나른하게 춤추며 느리게 타오른다. 노랗고 빨갛고 게으른 움직임. 열기만 아니라면, 무기가 아니라 예술 작품으로 보일 지경이다.

"난 이걸 어떻게 제어해야 하는지 몰랐어."

칼이 불꽃을 손가락 사이로 가지고 놀면서 말한다.

"혹시 내가 사람들을 태우게 될까 봐 무서웠단다. 아버지나, 친구들, 내……."

그의 목소리가 순간적으로 잠긴다.

"내 어린 동생을. 하지만 나는 바라는 대로 불을 움직이는 법을 배웠고, 안전하게 지켜주고픈 사람들을 다치지 않게 조절하는 법을 배웠지. 그러니 너도, 루서."

아이가 얼어붙은 채로 뚫어져라 바라보는 반면, 그의 아버지는 그렇게까지 확신하지는 못하는 듯하다. 하지만 그는 우리가 처음 만나본 부모도 아니고, 나는 그의 다음 질문에 준비되어 있다.

"당신들이 신혈이라고 부르는 건 뭡니까? 그들도 이런 일들을 할 수 있나요? 그들도 자신들의 존재를…… 제어할 수 있나요?"

나는 완벽하게 빛을 내는 구부러진 보라색 번개로 양손을 각각 거미줄처럼 감는다. 그들은 아무 흔적 없이 내 피부 아래로 사라진다.

"네, 우리는 할 수 있어요, 카버 씨."

놀라운 속도로, 그 남자는 선반에서 도자기 하나를 꺼내 와서는 자신의 아들 앞에 놓는다. 식물이, 아마도 양치식물인데 먼지 속에서 싹을 틔우고 있다. 다른 사람들은 알쏭달쏭할지라도, 루서만은 정확하게 자신의 아버지가 원하는 바를 알고 있다.

"어서, 아들아."

그렇게 말하는 그의 목소리는 친절하고 부드럽다.

"저분들에게 뭘 고쳐야 되는지 보여 드려."

그 표현 방식에 내가 발끈하기도 전에, 루서가 떨리는 손을 내민다. 아이가 조심스럽지만 확고하게 손가락으로 양치식물의 잎의 끝을 뜯는다. 아무 일도 일어나지 않는다.

"괜찮아, 루서. 넌 저분들에게 보여 드릴 수 있어."

카버 씨가 말한다.

아이가 집중으로 눈썹을 찌푸린 채 다시 시도한다. 이번에는 줄기에서 그 양치식물을 뜯어내어 자신의 작은 손에 꼭 쥔다. 그리고 느리게, 식물이 그의 손길 아래에서 안으로 말려들고 검게 변하더니 쪼그라든다. ……죽어 간다. 우리가 얼어붙은 채 지켜보는 동안, 카버 씨가 뒷선반에서 또 다른 무언가를 쥐고 나와서 아들의 무릎 위에 올려놓는다. 가죽 장갑이다.

"당신이 이 애를 잘 돌봐 주세요."

마음속에서 일어나는 태풍에 저항하듯 그가 이를 악문다.

"내게 약속해요."

모든 사람다운 사람들처럼, 그는 내가 자신의 손을 잡고 악수할 때도 움찔하지 않는다.

"약속하겠습니다, 카버 씨."

우리가 '노치'라고 부르기 시작한('notch'는 기록을 위해 새겨 놓은 표식을 의미한다 — 옮긴이) 안전 가옥으로 돌아왔을 때에야 나는 스스로에게 홀로 있을 순간을 허락한다. 스스로에게 정말로 잘 만든 거짓말이었다고 말할 시간. 진정으로 이 아이가, 아니면 그 애와 같은 다른 사람들이 다가올 일에서 살아남으리라고 약속할 수는 없다. 하지만 그 애가 살아남기를 분명히 바라고 있고, 그렇게 만들기 위해 할 수 있는 모든 일을 할 것이다.

비록 이 아이의 무시무시한 능력이 죽음 그 자체라고 할지라도 말이다.

\* \* \*

신혈의 가족들만이 달아나는 것은 아니다. '조치'는 사람들의 삶을 예전보다 훨씬 나쁘게 만들었고, 많은 적혈들이 죽을 때까지 일하거나 금 밖으로 살짝 나갔다고 목 매달리지 않고 살 수 있는 장소를 찾아서 숲이나 변경으로 숨어든다. 일부는 우리의 캠프에서 몇 킬로미터 떨어진 곳을 지나가기도 한다. 그들은 이미 가을 눈으로 덮이기 시작한 구불구불한 북쪽 길을 따라서 국경으로 향한다. 킬런과 팔리는 그 사람들을 돕고 싶어 하고 그들에게 음식이나 약을 주고 싶어 하지만 칼과 나는 그들의 애원을 기각한다. 아무도 우리에 대해서 알아서는 안 되며, 이동 중인 적혈들 역시 그 운명에도 불구하고 마찬가지다. 그들은 레이크랜즈와의 국경을 만날 때까지 계속 북으로 향할 것이다. 몇몇은 군대들로부터 멈춰 서라는 강요를 받을 것이다. 빠져나갈 수 있을 정도로 충분히 운이 좋은 다른 이들은 참호 안의 총알들보다는 툰드라 기후의 추위와 굶주림에 무릎 꿇게 될

지도 모른다.

　내 삶은 다른 것들과 섞이기 시작한다. 신병 모집, 훈련, 반복. 그모든 것이 겨울이 가까워지며 계절과 함께 변한다. 이제 깨어나도새벽이 오려면 한참 멀었고 땅은 두꺼운 얼음으로 덮여 있다. 칼은에어젯의 얼음으로 덮인 바퀴와 엔진들을 스스로 덥혀 녹여야만 한다. 대부분 그는 우리가 고르는 신혈이 누구든 그 사람에게로 비행기를 몰고 우리와 함께 이동한다. 하지만 때때로 뒤에 남아서 비행보다는 가르치는 쪽을 택하기도 한다. 그럴 때면 에이다가 그의 자리를 대신하는데 그녀는 칼만큼이나 훌륭한 조종사로, 번개 같은 속도와 정확도로 배우고 있다. 배수시설부터 보급로에 이르기까지 노르타에 대한 그녀의 지식은 믿기 어려울 지경이다. 뇌가 어떻게 그토록 많은 것들을 담고 있을 수 있는지, 그리고 어떻게 그러고도 여전히 그 이상 되는 것들을 위한 공간을 남겨 둘 수 있는지 나로서는 가늠할 길이 없다. 그녀는 내게는 경이 그자체로, 우리가 찾아내는 모든 신혈들이 마찬가지다.

　거의 대부분 모두가 다 다르고, 은혈들이 할 수 있는 것들이나 내가 상상할 수 있는 것들을 넘어서는 기이한 능력들을 갖고 있다. 루서는 꽃에서부터 어린 나무에 이르기까지 모든 것을 쪼글쪼글하게만드는 자신의 능력을 제어하기 위한 조심스러운 훈련을 계속하고있다. 칼은 그 아이가 자신의 힘을 스스로를 치유하는 곳에도 사용할 수 있을 거라고 생각하지만, 아직 알아내지는 못했다. 또 다른 신혈, 모두가 내니라고 부르는 노부인은 자신의 육체적인 외형을 바꿀수 있는 것처럼 보인다. 내니는 엘라라 상왕비로 가장하고 캠프를 통과해 당당하게 걸어 다니는 바람에 우리 모두를 꽤 놀라게 했다. 그녀의 나이에도 불구하고, 곧 그녀가 사람들을 설득하는 일에도 도움을 줄 수 있으리라고 기대하고 있다. 내니는 칼의 훈련 수업에서도 성적이 매우 우수하고, 총을 쏘거나 칼을 사용하는 것을 쉽게 배우고 있다. 당연히 이 모든 일들로 캠프는 꽤나 시끄럽기에 아무리 여기가 그레이트우즈의 깊숙한 곳이라고 해도 확실히 시선을 끌 가능성이 있다. 만약 에이다와 닉스 다음으로 우리가 데려온 파라라는 이름의 여성이 아니었다면 그랬을 것이다. 파라는 소리 그 자체를 조종할 수 있다. 그녀는 총성의 폭발음을 흡수하고 총알이 돌 때마다 그 소리를 덮어 버려서 메아리조차 계곡 사이로 울리지 않는다.

신혈들이 내가 그랬듯이 제어하는 법을 배우면서 자신들의 능력을 펼치는 동안 희망이 생기기 시작한다. 칼은 가르치는 일에 탁월하고, 특히 아이들을 대상으로 할 때 더욱 잘한다. 아이들은 더 나이든 신병들과는 달리 편견이 없고 훈련 수업이 끝난 뒤에도 캠프 주위로 칼을 졸졸 따라다닌다. 이렇게 추방당한 왕자의 존재감이 차례차례 더 나이든 신혈들의 환심을 산다. 아이들이 칼의 발목에 매달려서 또 다른 수업을 해 달라고 조르고 있을 때에 칼을 미워하기란 무척 어려운 일이다. 심지어 닉스조차 칼을 노려보는 일을 그만둔지 오래다. 비록 여전히 칼의 쪽을 향해서는 앓는 소리를 내는 것 이상의 일을 하기를 거부하고 있지만 말이다.

나는 왕자만큼 재능이 있지는 않아서 아침과 늦은 오후의 수업들이 두렵다. 내 불편함이 기진맥진한 탓이라면 좋겠다. 내 시간의 반이 신병 설득과 목록에 있는 다음 이름을 찾아 떠나는 여행으로 차 있지만, 그렇다고 해도 지친 탓은 전혀 아니다. 내가 그저 지독히 부족한 교사일 따름이다.

나는 케샤라는 이름의 여성과 가장 많이 훈련하는데, 그녀의 능력들은 내 것과 마찬가지로 좀 폭력적인 종류다. 그녀는 전기나 다른 어떤 요소들을 창조할 수는 없지만, 파괴할 수는 있다. 은혈 오블리비언들처럼 그녀는 사물을 폭파시켜서 뇌진탕이 날 법한 연기에 불이 나는 구름 덩어리로 날려 버릴 수 있다. 하지만 전형적인 오블리비언이라면 확실히 물건을 만져야만 폭파시킬 수 있다는 제약이 있는 반면 케샤에게는 전혀 그런 한계가 없다.

그녀는 내 손 안의 돌에 시선을 고정한 채로 인내심 있게 기다린다. 그녀의 폭발할 것 같은 시선이 무엇을 할 수 있는지 너무나 잘 알기에 그 시선에 움츠러들지 않으려고 최선을 다한다. 우리가 그녀를 찾은 이래의 짧은 기간 동안, 그녀는 종이 무더기, 나뭇잎들, 심지어 가지들에서부터 단단한 돌까지 파괴하는 단계를 졸업했다. 다른 신혈들과 마찬가지로, 그들 모두에게 필요한 건 진정한 자기 자신을 드러낼 기회일 따름이다. 짐승들이 마침내 자신들 우리 밖으로 나온 것처럼 그들의 능력들은 같은 식으로 대답해 준다.

다른 이들이 그녀의 훈련을 기피하기에, 우리에게는 노치 공터의 제일 끝부분이 주어지지만 나마저도 다른 이들처럼 그런 짓을 할 수는 없다.

"제어해요."

내 말에 그녀가 고개를 끄덕인다.

그녀에게 좀 더 많은 충고를 해 주고 싶지만 내 지도는 한심할 정도로 형편없다. 나 자신도 고작 능력 훈련을 한 달 겪어 봤을 뿐이고, 그 대부분이 줄리언의 수업이었는데 줄리언은 심지어 훈련 수업을 시작하기 적절한 트레이너조차 아니었으니. 한 술 더 떠서 그 수업은 엄청나게 개인적이었고, 그래서 나는 내가 케샤에게 기대하는 것을 정확하게 설명하기조차 어렵다는 걸 깨닫는다.

"제어하라."

그녀가 내 말을 반복한다.

케샤는 눈을 가늘게 뜨고 더 깊게 집중한다. 그녀의 진흙 같은 갈색 눈동자가 그 뒤에 숨은 힘에도 불구하고 평범한 것은 참으로 이상하다. 나처럼 케샤는 강 마을에서 왔고, 그래서 나의 나이가 좀 많은 언니나 이모쯤으로 통할 수 있다. 그녀의 탄 피부와 끝이 회색으로 물든 머리카락은 우리의 비천하고 불공평한 출신을 강력하게 상기시켜 준다. 기록에 따르면 그녀는 학교 선생님이었다.

돌을 하늘 쪽으로 던지며 할 수 있는 한 최대한 높이 날리는 순간, 아벤과 그의 훈련 수업이 떠오른다. 그는 우리가 타깃을 능력으로 때리게 시켰고, 조준하고 집중하는 능력을 연마하도록 했다. 그리고 보울 오브 본즈에서, 나는 그의 타깃이 되었다. 그는 거의 나를 죽일 뻔했지만 그럼에도 불구하는 나는 여기에서 그의 방법들을 똑같이 따라하고 있다. 그건 좀 잘못된 느낌이지만…… 매우 효과적이다.

돌이 마치 그 안에서 작은 폭탄이 터지기라도 한 것처럼 먼지로 분쇄된다. 케샤는 스스로 박수를 치고 나도 억지로 똑같이 한다. 그녀의 능력이 시험대에 올라서, 돌 대신에 사람 살에 대고 능력을 써야 할 때가 오면, 그때도 그녀가 다른 기분을 느낄지 궁금해진다. 킬런에게 우리에게 토끼를 한 마리 잡아 달라고 해서 확인해 봐야겠다는 생각이 든다.

하지만 킬런은 매일 매일이 흐를수록 점점 더 거리를 두고 있다. 그는 우리 캠프를 먹여 살리는 역을 자청하고 떠맡아서, 하루 종일 대부분을 낚시나 사냥에 쓰고 있다. 나 자신의 의무인 신병 채용과 훈련에 그토록 정신이 팔리지만 않았다면 그를 기운 나게 만들려고 애썼을 것이다. 하지만 킬런보고 다시 돌아오라고 구슬리기는커녕 내겐 잠잘 시간조차 거의 없다.

* * *

첫눈이 오기 전쯤, 캠프에는 나이 많은 하녀부터 씰룩대는 어린 남자애들까지 다양한 종류의 신혈 20명이 모인다. 운 좋게도 안전 가옥은 내 처음 생각보다 더 커서, 미로 같은 방과 터널들이 언덕 속을 향해 뒤쪽으로 뻗어 있다. 일부 방에는 길쭉한 창이 있지만 대부분은 그저 어두워서, 결국 우리는 방문하는 곳마다 신혈들과 함께 랜턴도 훔쳐 오기에 이른다. 첫눈이 떨어질 때쯤에 노치는 우리들 26명을 모두 안락하게 수용하지만 그러고도 더 많은 방들이 남아 있다. 킬런과 파라 덕분에 음식도 풍족하다.(그녀는 그를 조용하고 치명적인 사냥꾼으로 바꿔 놓는다.) 겨울 의류들부터 성냥이나 심지어 소량의 소금에 이르는 온갖 범위의 보급품들이 매번 신병 채용 때마다 함께 들어온다. 팔리와 크랜스는 자신들의 범죄자 친구들을 필요한 물건들을 구하는 데 적극 활용하지만, 때로는 물건을 구하기 위해 오래된 방법인 도둑질에 의존할 때도 있다. 한 달의 시간 동안, 우리는 기름을 잘 쳐 숨겨 놓은 기계가 된다.

메이븐은 우리를 찾지 않고, 우리는 할 수 있는 한 계속 그를 감시한다. 표지판이나 신문들이 그 작업을 쉽게 도와준다. *왕이 델피를 방문하시다, 메이븐 왕과 레이디 에반젤린이 렌캐서 요새의 군인들을 사열하다, 킹 스테이트에서 대관식 순방이 계속되다.* 머리기사들은 그의 위치를 콕 집어 주고 우리는 그때마다 각각의 의미를 이해한다. 델피에서, 랜케서에서, 그가 방문하는 모든 장소에서 신혈들이 죽음을 맞는다. 이른바 대관식 순방은 그저 처형 행렬을 가리고 비밀 엄수를 하기 위한 가림막일 뿐이다.

그 모든 우리의 능력과 속임수에도 불구하고, 우리는 모두를 구할 수 있을 정도로 빠르지 않다. 우리가 발견해서 캠프로 데리고 돌아오는 모든 신혈들 하나마다, 두 명이 더 교수대에 목이 매달리거나 "실종"되거나 시궁창에서 피를 흘리는 채 발견된다. 몇몇 시체에는 마그네트론이 개입했다는 숨길 수 없는 흔적들이 보인다. 시체들은 철봉에 꿰이거나 목이 졸린 모습으로 발견된다. 프톨레무스가 범인인 것은 의심의 여지가 없지만, 왕의 빛을 누리고 있을 에반젤린도 그 자리에 있었을지도 모르겠다. 그녀는 곧 왕비가 될 것이고, 메이븐의 가까이에 붙어 있기 위해서 확실히 최선을 다할 것이다. 한때 그 생각에 화가 나기도 했지만 지금은 그저 그 마그네트론 계집애가 불쌍할 따름이다. 메이븐은 칼이 아니고, 자신에게 필요하다면 그녀를 죽일 수도 있다. 마치 신혈들처럼. 그의 거짓말이 계속된다는 것, 우리가 계속 도주 중이라는 것에 무감감해진다. 메이븐이 잘못 계산

했기 때문에, 무감각해진다. 그는 충분한 시체들을 만들면 나를 돌아오게 할 수 있을 거라고 믿는다.

하지만 그런 일은 일어나지 않을 것이다.

제19장

신혈들의 죽음 외에는 아무것도 건진 게 없는 실패의 3일 후에 우리는 템플린으로 떠난다. 그곳은 델피로 가는 길 위에 있는 조용한 도시로 대부분은 거주 구역이고 어마어마한 넓이의 은혈 사유지들과 강을 따라 서 있는 비좁은 적혈들의 연립 주택으로 구성되어 있다. 주인들과 하인들이 사는 곳. 템플린은 까다로운 장소. 거대한 숲도, 터널도, 심지어 숨어들 만큼 사람들로 붐비는 길거리도 없다. 대개 우리는 쉐이드 오빠를 이용해 벽 안으로 스며들지만, 오빠는 오늘 우리랑 함께 있지 않다. 어제 다리를 접질렀는데, 여전히 낫고 있는 중인 근육을 악화시키는 바람에 나는 오빠보고 쉬라고 설득했다. 칼도 수업을 위해 빠지는 바람에 에이다가 블랙런을 담당하게 되었다. 그녀는 지금 블랙런의 조종석에 편안히 앉아서 항상 그렇듯 독서 중이다. 나는 초조해 보이지 않으려고 애쓰면서 칼이 하듯이 사람들을 이끌지만 칼이나 오빠가 없으니 이상하게 벌거벗은 기분이다. 두 사람이 없이 신병 모집 임무에 나서 본 적이 없었기 때문에 이건 나의 시험대나 마찬가지다. 다른 이들에게 그저 내가 해방된 무기일 뿐만이 아니라 기꺼이 그들과 함께 싸울 의지를 가진 누군가라는 것을 보여 줄 기회.

다행히 우리에게는 엄청나게 강력한 새로운 아군이 있다. 해릭이라는 이름의 신혈로 2주 전에 오리엔프래티스의 채석장 구덩이에서 구출해 왔다. 이건 그의 첫 번째 신병 모집이 될 테고, 부디 특별한 사건이 없기만을 바란다. 해릭은 내성적이고 쉽게 초조해하는 성격에 여위었지만 석공다운 강단 있는 근육질의 남자다. 팔리와 나는 수레에 탄 채 그의 옆에 딱 붙어 앉아서 그가 줄행랑을 치기로 결심할 경우에 대비해서 조용하게 지켜보는 중이다. 우리와 같이 온 다른 이들, 내 맞은편에 앉은 닉스와 수레를 몰고 있는 크랜스는 앞쪽의 도로에 더 정신이 팔려 있다.

우리가 탄 수레는 다른 많은 수레들처럼 일하러 번화가로 향하는 상인들과 노동자들의 흐름에 합류한다. 크랜스의 손이 훔친 말의 고삐를 꽉 쥔다. 말은 한쪽 눈이 멀고 말굽 상태도 좋지 않은 늙은 점박이지만, 그는 말을 다그쳐 다른 나머지 수레들과 속도를 맞추어 그 안에 섞여 든다. 시내의 경계가 우리 앞에 희미하게 보이고, 복잡한 돌기둥들 옆으로 열린 문이 나타난다. 깃발 하나가 그 사이에 팽팽하게 매여 있는데, 익숙한 가문의 낯익은 문양이다. 붉은색과 주황색 줄무늬는 이른 아침의 빛 속에서 거의 피를 흘리는 깃처럼 보인다. 르롤란 하우스, 델피 지역의 총독 가문이자 오블리비언들이다.

태양의 홀 저격 사건 때에 모두 사망한 세 명의 르롤란 오블리비언 들의 시체에 대한 기억에 눈을 깜빡인다. 아버지인 벨리코스는 팔리 와 진홍의 군대에 의해 살해당했다. 그리고 고작 아기보다 조금 더 자랐을 뿐인 그의 쌍둥이 아들들은 그 뒤에 따라온 폭발에 함께 희 생되었다. 그들의 죽은 얼굴들이 왕국 전체에 모든 방송마다 도배되 다시피 했다. 그것은 정치적인 선전에 이용되어 은혈의 집결 깃발이 되었다. *진홍의 군대는 아이들을 죽인다. 진홍의 군대는 반드시 사 라져야만 한다.*

팔리 역시 저 깃발의 의미를 아는지 궁금한 마음에 흘깃 시선을 주지만, 그녀는 앞쪽의 요원들에게 집중하고 있다. 해릭도 마찬가지 다. 집중하느라 눈을 가늘게 뜨고, 떨리는 손을 꽉 쥐고 있다. 조용하 게 나는 그의 팔을 두드려 격려해 준다.

"할 수 있어요."

나는 속삭인다.

그가 내게 희미한 미소를 보내고 나는 보증하듯 자세를 똑바로 한다. 나는 그의 능력을 믿는다, 그는 자신이 할 수 있는 한 모든 시 간에 언제나 연습을 하고 있는 사람이다. 하지만 그는 무엇보다 자 기 자신을 믿어야 할 것이다.

닉스가 긴장하고, 그의 셔츠 아래로 근육들이 불거진다. 팔리는 티가 덜 나지만, 신발 속의 칼을 꺼내고 싶어 몸이 근질거리는 중임 이 분명하다. 나는 해릭을 위해서 다른 이들과 똑같은 공포는 보이 지 않을 것이다.

문을 담당한 보안 요원들이 모든 지나가는 사람들을 훑어본다. 얼굴을 훑어보고 짐 사이를 수색하는데, 신분증은 확인할 생각도 안한다. 이 은혈들은 종이 쪼가리에 뭐라고 쓰여 있는지 신경도 쓰지 않는 것이다. 그들이 받은 명령은 자기 마을에서 멀리까지 일하러 나온 농부들이 아니라 나와 내 사람들을 찾는 것이다. 곧 우리의 수레가 다음 차례가 되고, 해릭의 윗입술에 흐르는 땀방울만이 그가 무언가를 분명 하고 있다는 것을 알려 줄 뿐이다.

크랜스가 보안 요원의 명령에 따라 말과 수레를 세운다. 그는 요원이 자신을 바라보는 동안 눈을 아래로 깔고 공손하고 패배자 같은 태도를 취한다. 예상했던 대로 그는 걸릴 것이 없다. 크랜스는 신혈도 아니고, 우리의 협력자로 알려져 있지도 않다. 메이븐이 그를 사냥할 일은 없다. 보안 요원은 수레를 한 바퀴 돌며 안쪽을 들여다본다. 우리는 아무도 감히 움직이지도, 심지어 숨을 쉬지도 않는다. 해릭은 소리까지 가릴 수 있는 능력자는 아니다. 시야만 차단할 수 있다. 보안 요원의 눈동자가 나와 한 번 마주치는 순간 해릭이 실패한 것은 아닌지 궁금해진다. 하지만 심장이 멎을 듯한 순간이 지나고 그는 만족한 얼굴로 움직인다. 그는 우리를 볼 수 없다.

해릭은 보기 드문 종류의 신혈이다. 그는 환상과 신기루를 창조하고 그곳에 있지 않은 것을 사람들에게 보여 준다. 그리고 그는 지금 우리 모두를 가려서 빈 수레 안에 있는 보이지 않는 존재로 만들어 준다.

"공기를 운반하는 중인가, 적혈?"

그 요원이 혐오스러운 미소를 지으며 묻는다.

"수송품을 모으는 중입니다, 델피 안쪽으로 향하는 물건입죠."

크랜스가 에이다가 말해 준 그대로 읊는다. 그녀는 어제 무역 루트를 연구하며 보냈다. 한 시간의 독서 후에 그녀는 노르타의 수입과 수출에 대한 전문가가 되었다.

"양모사입니다, 선생님."

하지만 그 요원은 이미 신경도 쓰지 않고 멀어지는 중이다.

"이동해."

그가 장갑 낀 손을 흔들면서 말한다.

수레는 앞으로 덜컹거리며 향하고, 해릭의 손이 내 손을 강하게 꼭 쥔다. 나도 즉시 그의 손을 맞잡아 꼭 쥐고 부디 그가 지속하기를, 계속 싸우기를, 그의 환상이 우리가 템플린 안으로 들어가 문을 완전히 지날 때까지 지속되기를 빈다.

"1분만 더요. 거의 다 됐어요."

우리는 시장에 들어서기 전에 주요 도로에서 꺾어서 누추한 적혈들의 가게와 집들이 줄 서 있는 반쯤 빈 옆길을 따라 이동한다. 다른 이들은 우리가 무엇을 찾는지 알기에 살피는 중이지만 나는 해릭에게 집중한다.

"거의 다 됐어요."

나는 내 말이 맞기만을 빌며 다시 말한다. 조금 시간이 더 지나면 그의 힘이 다할 테고 환상이 사라지면서 거리 전체에 우리 모습이 드러날 것이다. 이곳의 사람들은 적혈이지만 갑자기 거리 한복판에 나라 최고의 지명 수배자들로 가득 찬 수레가 나타나면 신고하지 않을 리가 없다.

"왼쪽으로."

닉스가 무뚝뚝하게 말하자 크랜스가 따른다. 그는 진홍색 커튼을 친 판잣집으로 수레를 몬다. 태양이 머리 위에서 내리쬐고 있음에도 불구하고 창문에서 초가 타오르고 있다. *새벽은 적혈처럼 붉게 타오르니.*

집 옆에는 골목길이 있고, 그 길을 진홍의 군대의 집과 빈 채로 버려진 집 두 채가 둘러싸고 있다. 입주자들이 어디로 갔는지는 모르겠지만, 아마도 조치나 처형될 위기를 피해 달아났을 것이다. 그 길은 충분히 가림막이 되어 준다.

"자, 해릭."

내 말에 대한 대답으로 그는 커다란 한숨을 쉰다. 그가 친 환상의 보호막이 사라진다.

"잘했어요."

수레 밖으로 빠져 나와서 옆걸음질로 진홍의 군대의 집으로 가는 동안 우리는 지붕의 돌출부를 이용해서 최대한 몸을 숨긴다. 팔리가 앞장서고 옆문을 세 번 두드린다. 문은 재빨리 열리고 그 뒤로 어둠이 불쑥 드러난다. 팔리는 망설임 없이 들어가고 우리도 따른다.

눈은 어두운 집에 재빨리 적응하고, 그곳이 스틸츠의 우리 집과 너무나 유사하다는 사실에 놀라게 된다. 간단하고, 정신없고, 그저 방만 두 개에 울퉁불퉁한 널빤지 바닥과 더러운 유리창까지. 머리 위의 전구들은 어둡고 심지어 깨지거나 사라진 것이 먹을 것을 위해 싸게 팔아치웠으리라.

"대위님."

목소리가 들린다. 푸르스름한 회색빛을 띤 머리의 나이 든 부인이

59

창문 옆에 모습을 드러내고 촛불을 불어 끈다. 얼굴선에서는 나이가 느껴지고 손에는 흉터들이 보인다. 그리고 손목 주변에는 익숙한 문신이 있다. 붉은색 끈 하나, 꼭 윌 휘슬 할아버지가 차고 있던 것과 똑같은 모양이다.

하버베이에서 그랬던 것처럼 팔리는 얼굴을 찌푸리고 그 여자와 악수를 한다.

"난 이제 더 이상……."

하지만 여자는 손을 젓는다.

"대령님에 따르면 그렇지만, 사령부의 의지는 아니지요. 사령부에서는 당신의 관심사에 대해서 다른 의견을 갖고 있습니다."

*사령부.* 그녀는 내 관심을 알아차리고 인사로 고개를 숙인다.

"배로우 양. 난 엘리 휘슬입니다."

나는 눈썹을 치켜 올린다.

"휘슬이라고요? 그럼 혹시 그분과 친척……."

엘리는 내가 말을 마치기도 전에 내 말을 끊는다.

"전혀 아니에요. 휘슬은 대부분은 별명 같은 거죠. 내가 밀수꾼이라는 의미입니다. 바람에 실리는 휘파람 소리처럼(휘슬(whistle)은 휘파람이라는 뜻이 있다—옮긴이) 우리 모두 그렇죠."

*그렇구나.* 윌 휘슬 할아버지와 낡은 수레는 항상 밀수품이나 장물들로 가득했다. 대부분은 내 스스로 갖다드린 물건이었다.

"나도 진홍의 군대입니다."

그녀가 덧붙인다.

그거야 적어도 나도 알고 있었던 사실이다. 팔리는 그녀의 사람들과 지난 몇 주 동안 계속 접촉해 왔다. 대령의 명령 아래에 있지 않은 이들로, 우리가 계속 은밀히 움직일 수 있도록 우리를 도와줄 수 있는 이들.

"좋아요. 우리는 마처 가족을 찾아서 여기 왔습니다."

드물게도 마처 가족 중 두 명이나. 밴시와 매트릭 마처는 *생일로 볼 때 쌍둥이다.*

"그들은 도시에서 즉시 빠져나가야 합니다, 가능하다면 한 시간 이내로요."

엘리는 사무적이지만 집중해서 귀를 기울인다. 그녀가 움직이자 엉덩이에 달고 있는 권총이 잠깐 시야에 들어온다. 엘리는 팔리에게 시선을 보내고 팔리가 그녀에게 고개를 끄덕이자 자신도 똑같이 한다.

"그거라면 할 수 있겠네요."

"보급품도요. 만약 모아둔 게 있다면 식량도 가져가겠지만 겨울옷들이면 더 좋겠군요."

또 한 번의 끄덕거림.

"최대한 시도해 볼게요. 당신들에게 줄 수 있는 것은 무엇이든 가능한 빨리 준비하도록 해 보겠습니다. 그래도 도와 줄 손이 추가로 좀 필요하겠네요."

"내가 맡지요."

크랜스가 제의한다. 그의 덩치는 분명 진행 속도를 올리는 데 도움이 될 것이다.

나는 엘리가 기꺼이 베푸는 호의를 믿을 수가 없고 그것은 팔리도 마찬가지다. 우리는 엘리가 캐비닛과 마룻장을 열고 집 전체의 비밀 공간들을 드러내는 작업에 착수하는 동안 서로 무거운 시선을 주고받는다.

"협조에 감사드립니다."

팔리가 엘리의 어깨 너머로 조용하고 의심스러운 시선을 던지며 말한다. 나 또한 엘리가 보이는 움직임을 계속 주시한다. 그녀는 나이 들었지만 재빠르고, 나는 이 집에 정말로 우리만 있는 건 맞는지 궁금하다.

"말씀드렸다시피 사령부로부터 명령을 받았습니다. 사령부에서 지시 사항을 발송해 왔어요. 그 대가가 무엇이든 팔리 대위와 번개 소녀를 도와라."

그녀가 뒤를 돌아볼 생각도 없이 대꾸한다.

눈썹을 올린 채 나는 놀라는 동시에 기쁘다.

"나중에 이 일에 대해서 나한테 상세하게 말해 줘야 될 거야."

나는 팔리를 향해서 투덜거린다. 다시 한 번, 나는 진홍의 군대가 얼마나 조직적이며 깊은 뿌리를 가지고 있는 것처럼 보이는지 놀라고 만다.

"나중에."

그녀가 대꾸한다.

"마처 가족은?"

엘리가 팔리에게 설명해 주는 사이에 나는 해릭과 닉스의 옆으로 이동한다. 해릭에게는 이번이 첫 번째 구출 임무이지만, 닉스는 이 일을 별것 아닌 것처럼 여기고 있다. 사실 충분히 그럴 만하다. 그가 나와 함께 얼마나 여러 번을 적지에 뛰어들었던지 세는 것조차 잊은 지 오래고, 그 점에 있어서는 몹시 감사할 따름이다.

"준비됐어요, 여러분?"

나는 손가락을 꺾으며 묻는다.

닉스는 베테랑답게 무뚝뚝하고 태연하게 보이기 위해 최선을 다하지만, 해릭의 눈에는 공포가 스친다.

"이번에는 들어올 때만큼 힘들진 않을 거예요. 몸을 숨겨야 하는 대상들도 더 적고, 요원들은 우리를 아예 볼 생각도 안 할 테니까요. 해릭, 당신은 이미 해냈잖아요."

"고마워요, 어, 메어."

그가 몸을 곧게 펴고 가슴을 내밀며 나를 위해 미소 짓는다. 내 이름을 부를 때 그의 목소리가 조금 떨리긴 했지만 나도 마주 미소를 보인다. 사람들 대부분은 나를 어떻게 불러야 할지를 두고 어쩔 줄 몰라 한다. 메어, 배로우 양, 번개 소녀, 몇몇은 심지어 *마이 레이디* 라고 부르기까지 한다. 그 별명을 들으면 따끔거리는 기분이 되지만 점점 덜해지고는 있다. 내가 무슨 일을 하든, 혹은 내가 얼마나 그들 중 하나가 되기 위해서 노력하든 상관없이 그들은 나를 다른 무언가로 여긴다. 지도자든 나병환자든 간에, 항상 아웃사이더다. 항상 분리된다.

크랜스는 골목 밖으로 나가 수레에 짐을 싣기 시작한다. 은혈 쉐도우(빛을 구부리는 능력자―옮긴이)처럼 우아하게 눈을 깜빡이자 우리 존재가 지워지는 순간을 그는 신경도 쓰지 않는다. 하지만 쉐도우들과는 다르게 해릭은 빛만 구부릴 수 있는 게 아니라 밝은 것과 어두운 것을 모두 창조해 낼 수 있다. 그는 자신이 원하는 것은 어떤 것이든 마술을 부릴 수 있다. 나무, 말, 완전히 다른 사람. 이제 그는 길 위에 선 우리를 그렇고 그런 적혈들처럼 더러운 얼굴에 후드를 쓴 존재로 만들어 준다. 우리는 눈에 띄지 않고 심지어 서로를 알아보기도 힘들다. 그의 말로는 이건 우리를 안 보이게 만드는 것보다는 훨씬 쉽다고 한다. 사람들 사이에 숨을 때 좋은 대안이 될 것 같다. 사람들은 자기들과 부딪히는 사람들이 누군지 관심도 없을 것이다.

팔리가 엘리가 알려 준 내용대로 앞장선다. 우리는 시장이 열리는 광장을 가로질러야 하고 많은 보안 요원들의 시야를 지나지만 아무도 우리에게 멈추라고 하지 않는다. 내 머리카락이 가벼운 바람에 날리는데, 눈앞으로 백금발 색의 커튼이 드리운다. 순간 거의 웃음이 터질 뻔 한다. 금발이라니…… 내가.

마처네 집은 작고 당장이라도 무너질 것처럼 보이는 대충 지은 이층집이다. 하지만 집의 뒤쪽에는 사랑스러운 정원이 있고, 덩굴 식물들과 나무들이 가득 자라 있다. 여름에는 분명 멋진 풍경이리라. 우리는 가능한 바닥에서 바스락대는 죽은 나뭇잎들을 밟지 않으려고 최선을 다한다.

"지금 우리는 보이지 않습니다."

해릭이 중얼거린다. 그의 방향을 보자 그의 모습이 안 보인다. 아무도 볼 수 없겠지만 나는 미소를 짓는다.

누군가가 나보다 먼저 뒷문에 다가가서 노크를 한다. 대답이 없고, 심지어 안에서는 부스럭대는 소리조차 들리지 않는다. 가족들이 하루 종일 일하러 나갔을 수도 있다. 내 옆에서 팔리가 조용하게 욕을 한다.

"기다릴까?"

그녀가 속삭인다. 보이지는 않지만 아마도 얼굴이 있을 것 같은 위치에서 숨결이 구름처럼 솟는 모습이 보인다.

"해릭은 기계가 아니야. 안에서 기다리자."

나는 팔리와 어깨를 부딪치며 문으로 향하고, 자물쇠 앞에 무릎을 꿇는다. 간단한 종류다. 나라면 자면서도 딸 수 있을 것 같은 종류고 시간도 거의 들지 않는다. 몇 초 안에 익숙하고 만족스러운 딸깍 소리가 우리를 환영한다.

날카로운 소리를 내는 경첩 위로 문이 흔들리고, 안에 무엇이 있을지 나는 가만히 서서 살핀다. 엘리의 집처럼 안쪽은 어둡고 버려진 것처럼 보인다. 그럼에도 불구하고 나는 주의 깊게 귀를 기울이며 잠시 더 기다린다. 아무것도 안쪽에서 움직이지 않고, 그리고 어떤 전기의 떨림도 느껴지지 않는다. 마치 식구들의 배급표가 다 떨어졌거나, 어쩌면 그들이 심지어 전기 제품을 전혀 갖추지 못했는지도 모른다. 만족스럽게 나는 어깨 너머로 손짓을 하지만 아무 일도 일어나지 않는다. *다들 널 볼 수 없잖아, 멍청아.*

"들어갑니다."

팔리가 내 등 뒤에 있는 게 느껴진다.

문이 안전하게 닫히고 나자, 우리는 번쩍하며 다시 모습을 드러낸다. 나는 그의 능력과 힘에 감사하는 마음으로 해릭을 향해 미소를 짓지만, 다음 순간 그 냄새에 얼어붙고 만다. 이곳의 공기는 퀴퀴하고 고여 있으며 살짝 시큼하기까지 하다. 서둘러 손으로 쓸어 보니 부엌 식탁 위로 먼지가 두껍게 쌓인다.

"어쩌면 이 사람들도 이미 달아났는지도 몰라. 많은 사람들이 그러지 않소."

닉스가 재빨리 의견을 낸다.

뭔가가 아주 작은 속삭임처럼 내 주의를 끈다. 목소리는 아니고, 스파크다. 거의 있는 것 같지도 않아서, 너무 부드러워서 나도 거의 놓칠 뻔 한다. 벽난로 옆에 놓인 바구니에서 오는 그 신호는 더러운 붉은색 누더기로 덮여 있다. 그 작은 등대에 끌린 듯이 나는 그리로 표류해 간다.

"이거 맘에 안 들어. 우리 엘리의 집에서 다시 모이는 걸로 하죠. 해릭, 힘을 다시 모아서 또 다른 환상을 만들 준비를 해요."

팔리가 할 수 있는 한 조용하게 명령을 부르짖는다.

바구니 위로 무릎을 꿇자 벽난로의 바닥돌에 무릎이 긁힌다. 냄새는 더 강해진다. 그리고 스파크도 마찬가지다. 이러면 안 돼. 이제 찾아낼 것은 마음에 안 들 거야. *나도 아는데*, 하지만 그 누더기를 끌어내리는 자신을 멈출 수가 없다. 끈적거리는 천은 내가 세게 잡아당기고 나서야 그 아래 누워 있는 것을 드러낸다. 한순간의 마비 후, 나는 내가 무엇을 보고 있는 것인지 깨닫는다.

나는 뒤로 넘어지고 바닥을 기고 숨을 몰아쉬며 거의 비명을 지르기까지 한다. 눈물이 그럴 수 있을 거라고 생각해 본 적도 없는 속도로 빠르게 떨어진다. 팔리가 제일 먼저 옆에 와서 내게 팔을 두르고 굳건히 붙들어 준다.

"뭐야? 메어, 대체 뭐……."

그녀는 잠깐 멈추고 말을 잇지 못한다. 그녀도 내가 본 걸 보고 있다. 그리고 나머지 다른 이들도 그렇다. 닉스는 거의 토할 뻔 하고, 해릭이 기절하지 않는 건 놀랍기만 하다.

바구니 안에 있는 건 아기다. 고작 태어난 지 며칠 되지도 않을 아기. 죽었다. 버려지거나 방치되어 죽은 것이 아니다. 넝마는 아기의 피로 물들어 있다. 메시지는 끔찍할 정도로 분명하다. *마처 가족들도 역시 죽었다.*

죽음으로 경직된 작은 주먹이 아주 작은 물건을 쥐고 있다. *경보 장치.*

"해릭. 우릴 숨겨 줘요."

나는 눈물을 흘리는 사이로 낮게 속삭인다. 그의 입이 혼란스러운 표정으로 벌어지지만, 나는 절망적으로 그의 다리를 붙든다.

"*우릴 숨겨 줘요.*"

그의 모습이 내 눈앞에서 사라지는 건 조금만 지났어도 늦을 뻔한다.

보안 요원들이 창문에 모습을 드러내더니 총을 높이 들고 소리를 지르면서 각 문으로 들이닥친다.

"너는 포위됐다, 번개 소녀! 체포에 순응하라!"

그들은 마치 반복하면 뭔가 달라지기라도 한다는 것처럼 잇달아 고함을 지른다.

조용하게, 나는 부엌 식탁 아래로 조심히 움직인다. 다른 사람들도 똑같이 할 만큼 분별이 있기만을 바랄 뿐이다.

족히 12명은 되는 요원들이 안으로 붐빌 정도로 밀고 들어와서는 이리 저리 쿵쿵 대며 돌아다닌다. 네 명이 갈라져서 계단으로 향하고 신발 한 쌍은 아기 옆에 멈춘다. 그 요원의 손이 뒤틀리는 모습으로 볼 때 그도 그 작은 시체를 바라보고 있음이 틀림없다. 잠깐 시간이 흐른 후, 그는 벽난로에 토한다.

"진정하게, 마이로스."

다른 이들 중 하나가 그를 끌어내며 말한다.

"불쌍한 것."

그가 아기 옆을 지나치며 말한다.

"위층에 뭐라도 있나?"

"아무것도 없습니다!"

또 다른 사람이 대답하며 다시 내려온다.

"경보음이 잘못 작동한 것 같습니다."

"확신하나? 실수하면, 총독께서 우리 껍질을 벗기실 걸세."

"여기 어떤 다른 이가 보이십니까?"

그 요원이 내 바로 앞에 쪼그리고 앉는 바람에 하마터면 헉 소리를 낼 뻔 한다. 그의 눈이 식탁 아래 여기저기를 훑는다. 다리에 약한 압력이 느껴진다. 다른 이들 중 하나다. 나는 감히 그 느낌에 반응하지 않은 채 숨을 참는다.

"아니, 안 보인다."

그 요원이 마침내 말하더니 다시 일어선다.

"잘못된 경보였군. 각자 위치로 돌아간다."

그들은 쳐들어 왔을 때처럼 재빨리 이곳을 떠나지만 나는 그들의 발자국 소리가 사라지고 한참 동안 감히 숨도 쉬지 않는다. 그러고 나서야 나는 숨을 내쉬고 몸을 떨면서 해릭이 환상을 없애는 동안 다시 깜빡대며 모습을 드러낸다.

"잘했어요."

팔리가 해릭의 어깨를 두드리면서 숨을 내쉰다. 나처럼 그는 거의 말이 없고 일어나려면 누가 도와줘야만 한다.

"내가 알아차렸어야 했는데."

닉스가 신음하면서 계단 아래에서 굴러 나온다. 그는 짧은 보폭으로 문을 향해서 가고, 한 손은 이미 손잡이에 올리고 있다.

"늘 그렇듯, 그들이 돌아올지 모를 이곳에 더 있고 싶진 않군."

"메어?"

내 팔을 건드리는 팔리의 손길은 부드럽다. 특히 그녀치고는 정말로 부드럽다.

나는 내가 아기를 내려다보고 있다는 것을 깨닫는다. 줄리언의 목록에 아기는 없었으니, 이 아기는 신혈이 아니고, 우리의 기록이나 심지어 메이븐이 가지고 있을 기록에도 없다. 아이는 그저 여기 있었기 때문에 살해당했다. 아무 죄도 없이.

결정을 내리고 나는 재킷을 벗는다. 아기를 이렇게 둔 채, 자신의 피에 젖은 담요 속에 둔 채 떠날 수는 없다.

"메어, 그러지 마. 우리가 여기 있었다는 걸 사람들이 알게 될 테고……"

"알아차리라고 해."

나는 아기를 들어올리고…… 내가 가진 힘을 모두 동원해서 그 옆에 누워 다시는 일어나고 싶지 않은 열망에 맞서 싸운다. 손가락으로 아기의 작고 차가운 주먹을 쓸어 본다. 그 아래에 무언가 있다. 쪽지. 조용하게, 재빨리, 나는 그것을 누구도 보기 전에 내 주머니에 밀어 넣는다.

우리가 마침내 에이다와 비행기에게로 돌아왔을 때, 나는 감히 그 것을 읽어 본다. 그것은 어제 날짜로 되어 있다. *어제.* 우리가 그토록 가까웠다니.

10월 22일

봉투가 너무 대충이지, 나도 알아. 하지만 그래야만 했어. 그대도 자신이 무슨 짓을 저지르고 있는지 알아야만 해. 그대 때문에 내가 이 사람들에게 무슨 짓을 저지르고 있는지도 알아야만 해. 모든 시체가 그 대를 향한 메시지이자 나의 형을 향한 메시지야. 내게 항복해, 그러면 이 일은 끝날 거야. 항복해, 그러면 이 사람들은 살 수 있어. 나는 약속 을 지키는 사람이야.

우리가 다시 만날 때까지,
메이븐.

우리는 해질녘에 노치로 다시 돌아온다. 나는 먹을 수도, 말을 할 수도, 잠을 잘 수도 없다. 다른 사람들은 템플린에서 무슨 일이 일어 난 건지 상의하지만, 아무도 내게 감히 묻지는 않는다. 오빠가 시도 는 하지만 나는 몸을 숨길 수 있는 동굴들 속으로 깊이 들어가 버린 다. 침실 비좁은 구멍 안에 몸을 말고 지금은 혼자 있을 필요가 있 다고 애써 납득해 본다. 밤이 올 때면, 다른 사람들과 어울리지 못한 채 혼자 있는 방이 싫었다. 지금은 심지어 더 그 사실이 싫지만, 그럼에도 다른 사람들과 도무지 함께 어울릴 수가 없다. 대신에 나는 모두가 잠들 때까지 기다려서 방 밖으로 나온다. 담요를 두르지만 전혀 추위에 도움이 되지는 않는다.

모든 것이 가을 한기 때문이야, 그것 때문에 그의 방으로 가는 거야, 내 안에 느껴지는 이 텅 빈 기분 때문이 아니야. 나는 스스로에게 속삭인다. 매번 실패할 때마다 자라나는 얼어붙은 심연 때문이 아니야. 주머니 속의 쪽지가 내 안에 불타는 구멍을 남기기 때문이 아니야.

바닥 위에 돌로 둥글게 둘러놓은 깔끔한 구멍 안에서 불꽃이 춤을 춘다. 불꽃의 낯선 그림자 속에서도 그가 깨어 있음을 알겠다. 그의 눈은 불꽃처럼 생생하지만, 화가 난 건 아니다. 심지어 혼란스러워 보이지도 않는다. 한 손으로 그는 자기 잠자리의 담요들을 걷어 나를 위한 공간을 만들어 준다.

"여긴 너무 추워요."

내가 정말로 무슨 말을 하고 싶은 것인지 그는 알고 있다는 생각이 든다.

"팔리가 얘기해 줬어."

내가 자리를 잡고 앉자 그가 속삭인다. 그는 부드럽고 따뜻하게 한 팔을 내 허리에 두르고, 아무 의미 없는 그 행위만으로 나는 편안해진다. 다른 팔이 내 등을 누르고, 그의 손바닥이 내 흉터를 어루만진다. 나 여기 있어. 그렇게 말하듯.

그에게 메이븐의 제안에 대해 말하고 싶다. 하지만 거기에 어떤 이득이 있을까? 내가 그랬듯 그 역시 그저 거절밖에 답이 없고, 그 거절로 인한 수치로 나처럼 고통스러울 것이다. 그건 그저 칼에게 고통만을 선사할 따름이다. 그것이 메이븐의 진정한 목표일 것이다. 그리고 이 문제에 있어서라면, 나는 메이븐이 이기게 둘 수 없다. 그는 이미 나를 정복했다. 칼마저 정복하게 둘 수는 없다.

어쨌든 나는 잠이 든다. 꿈도 꾸지 않는다.

제20장

그날 이후로 그의 침실은 우리 방이 된다. 말없는 동의 속에서 우리 둘은 서로 붙들 무언가를 얻는다. 자는 것 이상의 뭔가를 하기에는 둘 다 늘 너무 지친 상태다. 비록 킬런은 그 점에 있어서 달리 의심하는 것이 분명하지만 말이다. 그는 나와 더 이상 말도 나누지 않고, 칼도 무시한다. 다른 사람들과 더 큰 침실을 공유하고 싶은 마음도 일부 있다. 그곳에서는 아이들이 밤마다 속닥거리고 내니가 그들 모두에게 조용히 하라며 쉿 쉿 하고는 한다. 그렇게 그들은 서로 더욱 끈끈해진다. 하지만 나는 그저 그들을 놀라게만 만들 뿐이라서 나를 정말로 두려워하지 않는 유일한 사람인 칼의 곁에 머무른다.

칼이 일부러 나를 깨우는 법은 없지만, 매일 밤 그가 움찔하는 것을 알고 있다. 그의 악몽은 내 것보다 더 심하다. 그가 무슨 꿈을 꾸는지도 정확히 알 것 같다. 아버지의 머리를 어깨에서 잘라내던 바로 그 순간. 칼이 자신의 그런 상태를 보이고 싶지 않아 하는 것을 알기에 그의 악몽이 지나가는 동안 나는 자는 체 한다. 하지만 내 뺨 위로 그의 눈물이 떨어지는 걸 느낄 때가 있다. 때때로 그 눈물이 나를 태우는 게 아닐까 싶지만 아침에 일어날 때 뺨에 어떤 새로운 흉터가 남아 있는 법은 없다. 적어도 눈에 보이는 그런 종류로는 말이다.

매일 밤을 함께 보냄에도 불구하고, 칼과 나는 서로 많은 이야기를 하진 않는다. 우리의 의무를 넘는 주제로는 그다지 할 말이 없다. 그에게 첫 번째 쪽지에 대해서나, 아니면 그 다음 것들에 대해서도 말하지 않는다. 메이븐이 멀리 있음에도 그는 여전히 우리 사이를 어떻게든 비집고 들어와 앉아 있다. 나는 칼의 눈동자에서 그를 볼 수 있다. 마치 형의 머리 위에 쪼그리고 앉아 있는 두꺼비처럼 안쪽에서부터 칼을 중독시키려고 하는 모습을. 그는 나에게도 똑같은 짓을 하고 있다. 쪽지와 내 기억 속에서 모두 그렇다. 왜인지는 모르지만 나는 양쪽 다 파괴해 버릴 수도 없고, 누구에게도 그 존재를 밝힐 수조차 없다.

그 쪽지들을 태워 버려야 마땅한데, 그러지 않는다.

또 다른 편지를 찾은 것은 코르비움에서의 또 다른 신병 모집 때다. 우리는 메이븐이 재의 땅 초크로 향하기 전에 마지막으로 주요 도시를 방문하느라 그 지역으로 향했다는 것을 알고 있었다. 거기서 그에게 한 방 먹일 수도 있을 거라고 생각했다. 대신 우리는 이미 왕이 다녀갔다는 것만 발견한다.

10월 31일

그대가 내 대관식에 나타나리라고 기대했어. 대관식은 진홍의 군대라면 망치고 싶어 할 만한 딱 그런 종류의 행사처럼 보였거든. 비록 규모가 좀 작긴 하지만. 우린 여전히 아버지를 애도하는 것으로 되어 있으니, 웅장한 행사는 실례처럼 보일 수 있어서 말이야. 특별히 여전히 저기 어딘가에 있을 형과 함께, 그대나 그대의 무리들과 어울리는 일은 더 그래. 어머님 말씀에 따르면, 거의 없긴 해도 몇 명이 여전히 형에게 충성해야 할 의무를 느끼고 있나 봐, 하지만 걱정 마. 그 정도쯤은 충분히 처리할 수 있어. 은혈 계승 위기 같은 건 오지 않을 테고, 누구도 그대의 채찍에서 나의 형을 빼앗아가지 않을 거니까. 할 수 있다면 형에게 나 대신 생일 축하한다고 전해 줘. 그리고 이번이 마지막 생일이 될 거라는 말도 꼭 전해 주고.

어쨌든 그대의 생일도 다가왔지, 그렇지? 우리가 그날을 함께 보낼 수 있으리라는 건 의심하지 않아.

우리가 다시 만날 때까지,

메이븐.


그의 목소리가 단검 대신 잉크를 사용하는 것처럼 생생하게 들린다. 잠시 동안 위장이 철렁하며 더러운 바닥 위로 저녁 식사를 다 쏟아낼 것처럼 위협한다. 메스꺼움이 지나가고 충분히 한참 뒤에야 나는 잠자리에서 빠져나온다. 칼의 품에서 빠져나와, 구석에 있는 내 저장품 상자로 간다. 집에서처럼 나는 내 자질구레한 물건들을 숨긴 채 보관하고 있는데, 그 바닥에는 메이븐이 보낸 쪽지가 두 개 더 구겨진 채 놓여 잇다.

각각의 쪽지들은 똑같이 끝난다. 우리가 다시 만날 때까지.

목을 감싼 손길처럼 무언가가 내게서 생명력을 쥐어짜려고 위협하는 느낌이 든다. 각각의 단어들이 점점 더 손아귀 힘을 더하고, 마치 잉크 자체가 나를 옭죄는 것 같다. 잠시 동안, 다시는 숨을 쉴 수 없을 것 같은 공포가 찾아온다. 메이븐이 여전히 나를 괴롭히고 있기 때문이 아니다. 아니, 진짜 이유는 더 나쁘다.

그것은 내가 그를 그리워하고 있기 때문이다. 나는 내가 그였다고 생각했던 그 소년이 그립다.

그가 내게 남긴 낙인이 기억과 함께 불탄다. 그도 똑같이 느끼고 있을지 궁금하다.

칼이 뒤쪽 잠자리에서 몸을 움찔하는데, 이번에는 악몽 때문이 아니라 그저 깨어날 시간이 되었기 때문이다. 서둘러서 나는 쪽지들을 밀어 넣고, 그가 눈을 뜨기 전에 방을 나선다. 나는 그가 동정하는 모습을 보고 싶지 않다, 아직은 아니다. 그건 정말로 참기 어려울 것이다.

"생일 축하해요, 칼."

나는 텅 빈 복도에 대고 속삭인다.

＊ ＊ ＊

코트를 잊어버리는 바람에 안전 가옥 밖으로 걸어 나가는 사이 피부 위에 11월의 추위로 인한 닭살이 돋는다. 새벽이 오기 전이라

공터는 어둡고, 숲의 지붕 끝자락이 간신히 보인다. 에이다가 질 낮은 석탄으로 만든 캠프파이어 너머에 앉아 있다. 그녀는 담요와 목도리 들을 둘둘 두른 더미가 된 채 몸을 떨며 통나무 위에 앉아 있다. 그녀는 항상 마지막 보초를 맡고, 나머지 우리들보다도 일찍 일어나는 걸 선호한다. 그녀의 가속된 뇌는 내가 가져다 준 책들을 읽는 동시에 숲에 한쪽 눈을 고정하고 있는 것 역시 가능하게 해 준다. 대부분의 아침마다 나머지 우리들이 일어나거나 일어나려고 할 때쯤 그녀는 새로운 기술들을 얻는다. 지난주 동안, 그녀는 타이랙스에 대해서 공부했고 남동쪽에 있는 낯선 나라의 언어와 기본적인 수술 기술에 대해서도 공부했다. 하지만 오늘, 그녀는 훔친 책을 보고 있지 않다. 혼자가 아니다.

케샤가 팔짱을 낀 채 불을 내려다보고 서 있다. 그녀의 입술은 빠르게 움직이지만 무슨 말을 하고 있는지는 들리지 않는다. 킬런이 에이다의 옆에 옹송그리고 앉아서 발을 거의 석탄 속에 집어넣다시피 하고 있다. 어슬렁어슬렁 다가가면서 보니, 킬런의 눈썹이 엄청 집중하느라 구부러져 있다. 손에 쥔 나뭇가지로 그는 바닥에 선들을 그리고 있다. 글자. 엉망이고 성급하게 그었지만 *배, 총, 집* 같은 가장 기초적인 단어들을 만들고 있다. 마지막 단어가 다른 것보다 더 오래 남는다. 킬런. 그 광경에 눈에 새로 눈물이 솟을 뻔 한다. 하지만 그건 행복한 눈물로, 내게는 전혀 익숙하지 않은 종류다. 내 안의 텅 빈 구멍이 오그라지는 것 같이 보인다. 아주 조금이라도.

"까다롭지, 하지만 잘하고 있어."

그렇게 말하는 케샤의 입가에 반쯤 미소가 걸린다. *결국 교사는*

*교사 맞네.*

더 가까이 다가가기 전에 킬런이 내가 오는 걸 알아차리고 딱 하는 소리와 함께 자신이 글을 쓰고 있던 막대기를 부러트린다. 고개 한 번 끄덕이지도 않고, 그는 통나무에서 일어나서 사냥 가방을 어깨 위에 걸친다. 엉덩이에 매달린 그의 칼이 숲의 나무들마다 송곳니 같이 솟은 고드름처럼 차갑고 날카롭게 빛난다.

"킬런?"

케샤가 부르지만 다음 순간 그녀의 눈이 나를 향하고, 내 존재가 그 질문에 대신 대답한다.

"아."

"어쨌든 사냥하러 갈 시간이긴 해."

에이다가 킬런의 희미해지는 형체를 향해 손을 뻗으며 대꾸한다. 따뜻한 피부색에도 불구하고, 그녀의 손가락 끝은 추위로 인해 파랗게 변해 있다. 하지만 킬런은 에이다의 손길을 빠져나가고 그녀는 얼어붙을 것 같은 공기 외에는 아무것도 잡지 못한다.

나는 그를 멈춰 세우기 위해 아무것도 하지 않는다. 대신에 나는 뒤로 물러서며 그가 그토록 절망적으로 소망하는 공간을 만들어 준다. 새 코트의 후드를 뒤집어쓰는 바람에 나무들을 향해서 살금살금 다가가는 그의 얼굴을 거의 알아볼 수 없다. 훌륭한 갈색 가죽에 양털 안감이 붙은 그 옷은 그가 숨어 있을 때 체온을 유지해 줄 수 있는 완벽한 물건이다. 나는 한 주 전에 헤이븐에서 그 옷을 훔쳤다. 킬런이 그 선물을 받아줄 거라고 생각진 않았는데, 심지어 그조차도 온기의 가치는 잘 알고 있는 모양이다.

내 출현이 킬런만 불편하게 만드는 건 아닌 모양이다. 케샤가 나를 곁눈질로 보면서 거의 얼굴을 붉히기까지 한다.

"가르쳐 달라고 청하더라고요."

거의 사죄하는 듯한 어투다. 그러더니 그녀는 나를 지나서 비교적 안락하고 따뜻한 노치로 향한다.

그녀가 떠나는 모습을 바라보는 에이다의 금색 눈동자는 밝지만 슬프다. 그녀는 자기 옆의 통나무를 두드리며 내게 앉으라는 시늉을 한다. 내가 권유에 따르자 그녀는 자기 담요 중 하나를 내 무릎에 건네주더니 그걸로 나를 포근히 감싸준다.

"됐어요, 아가씨."

그녀는 하버베이에서 하녀로 일했고, 새롭게 얻은 자유에도 불구하고, 오래된 습관들을 아직 다 벗지 못했다. 제발 그만두라고 몇 번이나 애원했지만 그녀는 여전히 나를 "아가씨"라고 부른다.

"저 둘도 다른 곳으로 주의를 좀 돌릴 필요가 있을 거라고 생각했어요."

"좋은 생각이에요. 다른 어떤 선생님도 킬런을 위해 이토록 멀리까지 올 수야 없으니까요. 나중에 케샤에게 감사하다고 꼭 말해야겠어요."

*만약 그녀가 다시 도망가지만 않는다면.*

"우리 모두가 조금은 다른 곳으로 주의를 돌릴 필요가 있어요, 에이다."

그녀가 한숨을 쉬며 동의한다. 통통하고 어두운 색을 띤 그녀의 입술이 잘 알겠다는 쓰디쓴 미소를 짓는다. 그녀의 눈이 노치 쪽을 향해 깜박이는 것을 눈치 챈다. 그곳에 내 심장 반쪽이 잠들어 있다. 그러고 나서 그녀의 눈은 숲을 향한다. 그곳을 나머지 반쪽이 방황하고 있다.

"크랜스가 그 애랑 같이 갈 거예요, 그리고 파라도 곧 두 사람에게 합류할 거고요. 곰도 없을 테고요."

그녀는 어두운 수평선을 향해 눈을 찡그리며 덧붙인다. 햇빛 속에서 안개가 물러난다면, 먼 거리의 산들도 볼 수 있으리라.

"곰들은 지금부터 한동안은 조용할 거예요. 겨울 내내 잠을 자거든요."

곰들. 스틸츠의 집에서는 오지의 전설적인 괴물은커녕 사슴도 거의 보지 못했다. 야적장에 벌목 팀들이나 강을 따른 수송선은 너구리보다 큰 동물들을 쫓아 버리기에 충분했지만, 그레이트우즈 지역은 야생의 삶이 충만하다. 거대한 뿔이 달린 수사슴들이나 호기심 많은 여우들, 그리고 때때로 들려오는 늑대의 울음소리 등 모든 것들이 언덕과 계곡에 가득하다. 지금까지 느릿느릿 움직이는 곰들은 단 한 마리도 보진 못했지만, 킬런과 다른 사냥꾼들은 지난주에 본 적이 있다고 한다. 파라의 소음을 죽이는 능력과 킬런의 바람을 타고 움직이는 타고난 감각 덕분에 그들은 그놈의 턱 아래에서 살아남았다.

"곰에 대해서는 어디서 그렇게 많이 배웠어요?"

나는 별 일 없는 대화로라도 공기를 메워 보려는 의도로 묻는다. 에이다는 내가 무슨 생각인지 정확히 알지만 어쨌든 내게 맞장구를 친다.

"램보스 총독이 사냥을 좋아해요."

그녀는 어깨를 으쓱한다.

"도시 밖에 사유지가 있어요, 그 사람 아들들은 그가 죽일 수 있도록 이상한 야수들로 그 땅을 채웠어요. 특별히 곰들로요. 검은색 털에 날카로운 눈을 한 아름다운 생명체예요. 그놈들은 충분히 평화롭게 잘 지냈을 거예요, 그대로 내버려 뒀다면, 아니면 사냥 구역 관리인들이 돌보기만 했다면. 총독의 딸인 어린 로어가 새끼를 키우고 싶어 했지만, 곰들은 교미해 보기도 전에 다 죽었지요."

로어 램보스를 기억한다. 쥐처럼 생겨서는 두 손에 닿는 모든 돌들을 가루로 만들 수 있었던 스트롱암. 아주 오래 전, 내가 에이다처럼 시녀였던 때에 퀸스트라이얼에서 경쟁했던 소녀.

"총독이 하는 일을 정말로 사냥이라고 부를 수 있다고는 생각 안 해요."

에이다가 계속 말한다. 슬픔이 그녀의 목소리에 물든다.

"그는 곰들을 구덩이에 넣고, 그곳에서 동물들과 싸우며 그들의 목을 부러트렸어요. 그의 아들들도 똑같이 했죠, 훈련을 위해서."

곰이라고 하면 흉포하고 공포스러운 야수처럼 들리는데, 에이다의 태도는 반대의 느낌을 준다. 그녀의 멍한 눈을 보니 그녀가 그때 그 자리에서 구덩이를 보고 있었음을, 매 순간을 정확히 기억하고 있음을 알겠다.

"끔찍한 일이네요."

"당신이 그 사람 아들 중 하나를 죽였어요, 알죠. 라이커가 그 사람 이름이었어요. 그는 당신의 처형인들 중 하나로 선택됐죠."

나는 결코 그의 이름을 알고 싶지 않았다. 결코 내가 보울 오브 본 즈에서 죽인 이들에 대해서 누구에게든 먼저 물어 본 적도 없고 아무도 내게 그들의 이야기를 꺼낸 적 없다. 라이커 램보스, 경기장의 모래 위에서 감전되어 까맣게 탄 껍데기만으로 남아 버린 사람.

"용서를 구합니다, 아가씨. 당황하게 만들 생각은 아니었어요."

그녀의 침착한 가면이 다시 돌아오자 하인으로서 자란 여자의 완벽한 매너도 함께 돌아온다. 그녀의 능력을 생각해 보면 보면서도 말하지 못하고, 결코 자신의 가치를 증명하거나 진정한 자신을 드러낼 수 없이 지내는 것이 그동안 얼마나 끔찍했을지 나는 그저 상상만 해 볼 수 있을 따름이다. 하지만 심지어 더 나쁜 점은, 나와는 다르게 그녀는 불완전한 정신의 방패 뒤로 숨을 수도 없다는 거다. 그녀는 자신을 무너뜨리려고 위협하는 것을 너무도 잘 알고 또한 느끼고 있다. 나처럼, 그녀 역시 계속 달려야만 하리라.

"난 당신이 나를 그렇게 부를 때만 당황해요. 아가씨 말이에요."

"습관이에요, 유감이지만."

그녀는 자신의 담요 안에 있는 무언가로 팔을 뻗으며 움직인다. 구겨진 종이에서 나는 소리가 들리기에, 메이븐의 즉위식에 대한 세부사항을 담은 또 다른 뉴스 단신일 거라고 짐작해 본다. 대신 에이다는 매우 공식적으로 보이는 문서 하나를 꺼내고, 그 종이는 모서리가 타고 구겨져 있다. 노르타 군대의 붉은 검이 그려져 있다.

"쉐이드가 이걸 코르비움의 요원에게서 가져왔어요."

"내가 튀긴 사람 말이죠."

다 분해될 것처럼 검게 변해 버린 불탄 종이를 살살 만져 본다. 종이를 갖고 있던 사람은 죽었는데, 종이는 남았다니, 신기하다.

"부대들의 교대를 위한 준비."

나는 종이의 글을 웅얼거린다. 에이다가 고개를 끄덕인다.

"10개 부대들이 초크의 참호에 머무는 중인 9개 부대를 대체할 거예요."

폭풍 부대, 망치 부대, 검 부대, 방패 부대. 부대들의 이름과 숫자들이 평범하게 나열된다. 각각 5000명의 적혈 군인들로 구성되어 있고 500명의 은혈 장교들이 있다. 그들은 전선의 군인들을 대체하기 위해서 속속 초크로 모여드는 중이다. 끔찍한 일이지만, 내 흥미를 끄는 점은 없다.

"우리가 이미 코르비움을 확인한 뒤라니 잘됐네요. 적어도 몇 천의 은혈 장교들을 피할 수 있었잖아요."

하지만 에이다가 내 팔을 부드럽게 쥔다. 그녀의 길고 재능 있는 손가락들은 심지어 내 소매 아래로도 차갑게 느껴진다.

"10개 부대가 9개를 대체하잖아요, 왜겠어요?"

"대공격일까요?"

다시 한 번 이게 왜 문제가 되는지 이해가 안 간다.

"메이븐은 어쩌면 보여 주고 싶은 건지도 모르죠, 자신이 얼마나 대단한 전사인지 입증해서 사람들이 칼을 잊도록 하려……."

"말도 안 돼요. 참호 공격은 적어도 15개 부대는 있어야 해요, 다섯은 수비를 하고 10개 부대가 진군하는 거죠."

그녀의 눈이 깜빡이며 마치 마음의 눈으로 전투를 그려보는 것처럼 이리저리 움직인다. 나는 그저 눈썹만 들어올린다. 내가 아는 거라고는, 우리는 전략을 알려 줄 사람을 갖지 못했다는 정도다.

"왕자님은 전쟁에 조예가 깊지요. 그분은 좋은 스승이세요."

그녀가 설명한다.

"이걸 칼에게도 보여 줬어요?"

그녀의 망설임이면 대답은 충분하다. 그녀가 눈을 낮게 깔며 속삭인다.

"내 생각에 이건 살인 명령이에요. 9개 부대는 자신들의 위치를 차지하겠지만, 10번째는 죽으러 가는 거죠."

하지만 이건 아무리 메이븐이라고 해도 미친 짓이다.

"그건 정말로 말도 안 돼요. 어느 누가 일부러 5000명이나 되는 좋은 군인들을 낭비하겠어요?"

"그들의 공식 명칭은 단검 부대예요."

그녀는 종이 위에 해당 단어를 가리킨다. 다른 부대들처럼, 그 부대도 5000명의 적혈들로 되어 있고, 곧장 참호를 향해 진군하고 있다.

"하지만 램보스 총독은 그들을 다른 이름으로 불렀어요. '어린 부대'라고 했죠."

"어린……?"

내 머리가 그제야 요점을 따라잡는다. 갑자기 나는 턱 섬의 의무실로 돌아가서 앉아 있고, 목에는 대령의 숨결이 내려앉는다. 그는 칼을 교환할 계획이었다. 그를 이용해서 때 이른 죽음으로 행진해 가고 있는 5000명의 아이들을 구해 보려고 했지.

"새로 징병된 거군요. 아이들이."

"15살에서 17살 사이의 아이들이죠. 단검 부대는 왕이 '임전 태세가 되었다'고 여기는 최초의 아이들 부대예요."

그녀는 코웃음을 감출 생각도 하지 않는다.

"고작해야 두 달도 훈련받지 못했는데 말이죠."

15살 때의 내가 어땠는지 생각해 본다. 그때도 도둑이었던 나는 작고 어리석었으며 내 미래보다는 여동생을 괴롭히는 일에 더 많이 신경을 썼다. 내게 여전히 징병을 피할 기회가 있으리라고 여겼다. 라이플과 재가 날리는 참호가 내 꿈을 악몽으로 물들이기 시작하기 전이었다.

"그들은 살육당할 거예요."

다시 담요 속에 몸을 묻는 에이다의 얼굴은 엄숙하다.

"그래, 나도 바로 그렇게 믿어요."

그녀가 원하는 것이 무엇인지, 아이들로 이뤄진 군대에 메이븐이 내린 명령에 대해서 알게 되면 많은 이들이 원하게 될 것이 무엇인지 알겠다. 이제 곧 초크로 보내질 아이들은 '조치'의 결과물이며 진홍의 군대의 반란 사태를 두고 왕국을 벌하는 방법이다. 마치 내가 그들에게 사형선고를 내린 것 같은 기분이 든다. 실제로 많은 이들이 그 점에 동의하리라는 것에는 의심의 여지가 없다. 곧 내 손에는 피의 바다가 흐를 텐데 나는 그것을 멈출 방법이 없다. 템플린의 아기처럼 죄 없는 피가.

"그들을 위해서 해 줄 수 있는 일이 없어요. 전 부대와 싸울 수는 없잖아요."

에이다의 눈에 어린 실망을 보고 싶지 않아서 시선을 떨어뜨린다.

"메어……."

"당신은 그들을 도울 방법을 생각해 낼 수 있고요?"

그녀의 말을 자르는 내 목소리는 분노로 날이 서 있다. 그 말이 위협적으로 그녀를 패배의 침묵 속으로 몰아넣는다.

"그런데 나보고 뭘 어쩌란 거예요?"

"물론이죠. 당신 말씀이 옳아요. *아가씨.*"

그 올바른 호칭이 그녀의 의도대로 너무나 아프게 찌른다.

"보초를 계속 설 수 있게 비켜줄게요."

나는 여전히 손에 명령서를 든 채로 통나무에서 일어나며 중얼거린다. 느리게 나는 그것을 접어 단단히 내 주머니 깊은 곳에 밀어 넣는다.

*모든 시체가 그대를 향한 메시지야.*

내게 항복해, 그러면 이 일은 끝날 거야.

"우리는 몇 시간 날아서 피타러스로 갈 거예요."

에이다는 이미 오늘 우리의 신병 모집 계획을 알고 있지만 그녀에게 다시 말하는 걸로 그래도 뭔가 할 일이 생긴 기분이다.

"칼이 조종할 거예요, 그러니 쉐이드 오빠에게 뭐라도 필요한 공급품 목록을 주세요."

"기억해 둘게요. 왕은 다시 델피에 있어요, 비행기로 고작 한 시간 거리예요."

그 생각에 내 흉터에 소름이 돋는다. *메이븐의 고통스러운 조종에서부터 고작 한 시간 거리만 떨어져 있다니. 내 모든 힘이 나 자신을 공격하게 만드는 그의 테러 기계로부터.*

"델피? 다시?"

칼이 노치의 입구에서 우리에게 걸어온다. 자다 일어나서 머리가 헝클어져 있지만 눈은 완전히 잠에서 깬 상태다.

"왜 다시 갔을까?"

"그가 르롤란 총독을 방문하는 중이라고 주장하는 기사를 코르비움에서 봤어요. 개인적인 애도를 나누기 위해서라고."

칼의 갑작스러운 관심에 당황해 하며 에이다가 말한다.

"벨리코스와 그의 아들들을 위해서군요."

나는 벨리코스를 고작 한 번, 그것도 그의 죽음 직전 몇 분 동안 만나 봤을 뿐이지만 그는 친절했다. 그는 내가 일조했던 그런 최후를 맞을 만한 이가 아니었다. 그의 아이들도 마찬가지였다.

하지만 칼은 떠오르는 해를 향해 눈을 가늘게 뜬다. 그는 우리가 보지 못하는 무언가를 보고 있다. 심지어 에이다의 목록과 사실로도 이해할 수 없는 무언가를.

"메이븐은 그런 일에 시간을 낭비하지 않을 거야, 심지어 겉치레로도. 르롤란들은 그에게 아무것도 아니고, 그는 이미 델피의 신혈들을 죽였지. 제대로 된 이유가 아니라면 돌아가지 않았을 텐데."

"그래서 그게 뭔데요?"

내가 묻는다.

그의 입이 꼭 맞는 대답이 나오길 기대하는 것처럼 열린다. 아무 말도 나오지 않고 마침내 그가 머리를 흔든다.

"나도 모르겠어."

이것이 전쟁을 위한 책략이 아니기 때문이다. 이건 좀 다른 종류, 칼이 이해하지 못하는 무언가이다. 그는 전쟁을 위한 재능은 타고

났지만, 음모에는 아니다. 그건 메이븐과 그의 어머니의 영역이고 그들의 놀이터에서 우리는 비참할 정도로 속절없이 밀린다. 우리가 할 수 있는 최선은 그들에게 우리 영역에서 도전하는 것이다. 정신이 아니라, 능력으로. *하지만 더 많은 능력이 필요해. 그리고 속도도.*

"피타러스."

나는 크게 최종 선언을 한다.

"그리고 내니에게 그녀도 갈 거라고 말해요."

그 노부인은 여기 온 이래로 자신도 돕게 해 달라고 요청해 왔고, 이제 칼은 그녀가 준비되었다고 생각한다. 한편으로 해릭은 또 다른 신병 모집에는 함께하지 않고 있다. 템플린 이래로. 그를 탓하지는 않는다.

＊ ＊ ＊

리프트 지역이 어디에서 시작하는지 칼에게 지적할 필요는 없다. 우리가 킹 스테이트를 지나서 프린스 스테이트로 들어서자, 두 지역의 차이점은 우리가 떠 있는 높은 고도에서도 놀라울 만큼 분명하게 보인다. 에어젯은 연속되는 열곡(열곡은 영어로 'rift valley'이며 'rift'는 '갈라진 틈, 균열'을 의미한다 —옮긴이)들의 위로 치솟으며 날고, 각각의 열곡들은 산맥으로 경계가 나뉜다. 그 깊은 틈들은 꼭 사람이 만든 것처럼 보인다. 마치 손톱을 땅에 대고 긁은 것처럼 깊이 파여 있다. 하지만 그것들은 은혈들이라고 해도 불가능할 정도로 너무 커다랗다. 이 땅은 뭔가 더 강력하고 파괴적인 힘에 의해 수천 년도 더 전에 만들어졌다. 가을이 땅 전체에 흐르면서 아래의 숲을 다양한 불꽃의 그림자로 칠하고 있다. 노치보다 훨씬 먼 남쪽이지만 떠오르는 태양에게서 숨어 있는 산꼭대기에는 여전히 눈이 쌓여 있다. 그레이트우즈처럼 리프트는 또 다른 야생을 갖고 있다. 비록 이곳의 부(富)는 벌목이 아니라 철강 산업에 기대고 있지만 말이다. 리프트의 주도인 피타러스는 이 지역의 유일한 도시로 산업의 신경 중추 역할도 하고 있다. 강의 분기점 위에 자리한 도시는 철강 공장들과 북쪽의 전선을 연결하고, 남쪽의 석탄 지대와 왕국의 나머지 지역들도 연결하고 있다. 리프트는 공식적으로는 라리스 하우스의 윈드위버들이 지배하는 지역이지만 사모스 하우스의 조상들이 대대로 살던 지역이다. 철광 광산과 공장들의 소유자로서, 그들은 실질적으로 피타러스와 리프트를 지배하고 있다. 우리에게 운이 따른다면 에반젤린이 몰래 동네를 돌아다니고 있을지도 모르고, 그렇다면 나는 그녀가 저지른 온갖 악행들에 대한 대가를 갚아줄 수 있을 것이다.

피타루스에 가장 가까운 열곡은 25킬로미터 이상 떨어져 있지만 비행기를 세우고 숨기기 적절하다. 온통 파괴된 활주로가 울퉁불퉁하기에 너무 과한 것이 아닌가 걱정이 든다. 하지만 칼은 블랙런을 완전히 자기 뜻대로 조종해서, 좀 흔들리기는 해도 우리를 안전하게 내려 준다.

손뼉을 치며 비행의 경험에 기뻐하는 내니의 주름진 얼굴이 커다란 미소로 밝아진다.

"비행이란 거 항상 이렇게 재미있니?"

그녀가 우리 모두를 바라보며 묻는다.

그녀 맞은편에서 쉐이드 오빠가 찡그린 얼굴로 일어난다. 오빠는 여전히 비행에 도통 익숙해지질 못해서 아마 아침 식사를 내니의 무릎에 쏟아내지 않기 위해 최선을 다하고 있을 것이다.

"4명의 신혈들을 찾아야 합니다."

내 목소리가 안전벨트 장치를 푸는 탁 소리를 빼곤 조용한 비행기 안을 울린다. 쉐이드 오빠의 상태가 나아져서 오빠는 오늘 다시 참여했고, 그 옆엔 팔리가 앉아 있다. 그리고 다음은 내니와 신혈 가레스 보먼트가 있다. 이건 그에게는 4일만에 세 번째의 신병 모집 임무다. 이 전직 조마사(調馬師)가 매일의 임무에 함께해도 모두에게 훌륭히 환영받을 만하다고 칼이 판단한 이래 쭉 함께하고 있다. 한때 그는 바로 그 레이디 에이라 아이럴을 위해서 캐피탈 리버의 가족 사유지에 있는 그녀의 어마어마한 마구간을 유지하는 일을 했다. 궁중에서는 그 빛나는 검은색 머리카락과 고양이 같은 민첩함 때문에 모든 사람이 그녀를 팬서(검은 표범이라는 뜻―옮긴이)라고 부르곤 했다. 가레스는 그렇게까지 호의적이지는 않지만 말이다. 그는 그녀를 '실크 암캐'라고 부르는 편을 더 선호한다. 다행히 아이럴 하우스에서의 일이 그를 건강하고 유연하게 유지시켰고, 그의 능력은 결코 코웃음을 칠 수 있는 종류의 것이 아니다. 내가 처음 그에게 어떤 특별한 능력을 보여 줄 수 있느냐고 물었더니 나는 천장에 붙어 있는 처지가 되었다. 가레스는 나를 땅에 붙들어 두는 중력을 조종할 수 있다. 아마 우리가 열린 공간에 서 있었다면, 나는 아마도 구름 사이로 둥둥 떠다니는 처지가 되었을 것이다. 하지만 그 부분은 가레스에게 맡긴다. 사람을 공기에 던지는 것뿐만 아니라, 그는 자신의 능력을 나는 데에도 쓸 수 있다.

"가레스가 내니를 도시 속에 떨어트려 줄 거고, 그녀는 라리스 경으로 변장하고 보안 센터로 들어갈 겁니다."

그녀의 쪽으로 시선을 던지자, 내가 알아온 여성이 아니라 조금 더 나이 먹은 남자가 나를 바라보고 있다. 이전에 한 번도 사용해 본 적 없다는 듯이 손가락을 풀며 그가 나를 향해 고개를 마주 끄덕인다. 하지만 알고 있다. 그 피부 아래에서 은혈 비행 중대의 장군인 척 하고 있는 사람은 내니다.

"그녀는 우리에게 피타러스와 리프트 지역의 나머지 부분에 살고 있는 네 명의 신혈에 대한 정보를 뽑아 줄 겁니다. 우리는 걸어서 따라갈 거고, 쉐이드 오빠가 우리 전부를 빼내줄 거예요."

늘 그렇듯, 팔리가 제일 먼저 일어난다.

"행운을 빌어요, 낸."

그녀는 말하며 손가락으로 가레스를 쿡 찌른다.

"비행이 마음에 들었다면, 분명 이 친구가 해 주는 것도 좋아하게 될걸요."

"그 미소 마음에 안 드는군, 어린 아가씨."

내니가 라리스의 목소리로 말한다. 전에 그녀의 변신을 본 적은 없음에도, 나는 여전히 이 이상한 광경에 적응할 수가 없다.

가레스는 내니 옆에서 그녀가 일어나는 것을 도우며 큰 소리로 웃음을 터뜨린다.

"팔리는 지난번에 저랑 함께 날았어요. 우리가 착륙했을 때 제 신발을 정말 엉망으로 만들었죠."

"그런 일 한 적 없거든."

팔리는 그렇게 대꾸하지만 재빨리 비행기 아래로 내려간다. 아마도 달아오른 얼굴을 숨기기 위해서인 것 같다. 쉐이드 오빠가 언제나 그렇듯 그녀를 뒤따르며, 손으로 웃음을 가리려고 애를 쓰고 있다. 그녀는 최근에 아팠지만 다른 사람들의 즐거움을 위해서 그 사실을 감추기 위해서 최선을 다하고 있다.

칼과 내가 마지막으로 비행기에 남는다. 내게 그를 기다릴 어떤 이유가 없음에도. 그는 익숙한 움직임으로 손잡이를 돌리고 스위치를 끄며 비행기의 여러 다른 부분들을 빠른 속도로 순서대로 끈다. 각각의 동작마다 전기가 죽는 것이 느껴지고 마침내 전체 엔진의 낮은 웅웅거리는 소리만이 남는다. 침묵이 마침내 내 심장 박동에 맞춰 쿵쿵 뛰자 갑자기 나는 비행기에서 충분히 빨리 내리지 않을 수가 없다. 칼과 둘이서만 있으려니 어딘지 갑자기 겁이 난다. 적어도 햇빛 속에선. 하지만 밤이 찾아오면, 내겐 달리 찾아갈 사람이 없다.

"킬런이랑 얘기를 좀 해 봐."

그의 목소리에 나는 리어 램프로 반쯤 향하다 그대로 얼어붙는다.

"걔랑 얘기하고 싶지 않아요."

그가 나에게 점점 더 가까이 다가오는지, 열기가 매순간 치솟는다.

"재미있네, 그대는 보통 꽤 괜찮은 거짓말쟁이인데 말이야."

빙그르르 돌자 그의 가슴이 눈앞에 있다. 한 달도 더 전 그가 처음 입었을 때는 새것 같았던 비행복은 이제는 입은 티가 제법 난다. 우리의 전투에 관여하지 않기 위해서 그가 최선을 다하고 있음에도, 전투는 그를 고요히 건드리고 있다.

"킬런은 그쪽보다 내가 훨씬 더 잘 알고, 내가 무슨 말을 해도 걔 자기 그 왕짜증에서 건져낼 방법이 없어요."

"킬런이 우리와 함께 와도 되는지 물어본 거 알고 있어?"

칼의 눈은 어둡고 반쯤 감겨 있다. 그는 잠들기 직전의 상태처럼 보인다.

"킬런이 매일 밤 내게 물어 봐."

노치에서의 시간이 나를 무디게 하고 읽히기 쉽게 만들었다. 칼이 내가 느끼는 혼란과 낮게 흐르는 질투심을 보았음은 분명하다.

"킬런이 *당신에게* 말을 했다고요? 걔 당신 *때문에* 나한테 말을 안 걸고 있는데, 그런데 도대체 왜 걔가……."

갑자기 그의 손가락이 내 턱 아래를 잡더니 다른 곳을 보지 못하도록 내 얼굴을 기울인다.

"킬런이 화를 내는 이유는 내가 아니야. 그 친구는 우리가……."

다음 순간 말꼬리를 흐리는 건 그의 차례다.

"킬런은 그대가 스스로 선택을 하게 해 줄 정도로 그대를 존중하고 있어."

"걔도 똑같은 말을 했어요."

"하지만 그대는 킬런의 말을 믿지 않잖아."

내 침묵은 충분한 대답이다.

"왜 그대가 누구도 믿을 수 없다고 생각하는지 알고 있어…… 내 피에 맹세코, 나도 알고 있어. 하지만 그대는 이 일을 홀로 헤쳐 나갈 순 없어. 그리고 그대의 곁에 내가 있을 거라고도 하지 마, 왜냐 하면 우리 두 사람 다 그대가 그것 또한 믿지 않는다는 걸 알고 있으니까."

그의 목소리에서 느껴지는 고통이 내 코를 거의 납작하게 만든다. 내게 닿은 그의 손가락이 떨린다.

느리게 나는 얼굴을 그의 손길에서 빼낸다.

"그러지 않았어요."

반은 거짓말. 나는 칼에 대한 권리를 주장한 적이 없고 그를 믿지도 않았지만 그에게서 멀리 떨어질 수도 없다. 떨어져 보려고 애쓸 때마다 나는 다시 부메랑처럼 되돌아오는 자신을 발견한다.

"킬런은 아이가 아니야, 메어. 그대가 더 이상 그 친구를 보호해 줄 필요는 없어."

생각해 보면 지금껏 킬런은 내가 자신을 살려 두고 싶어 한다는 이유로 계속 화를 냈다. 그 생각에 웃음이 터질 뻔 한다. *어떻게 나는 감히 그런 짓을 했을까? 어떻게 나는 감히 그가 안전하길 바랐을까?*

"그럼 다음번에는 킬런도 데려와요. 개보고 무덤 속으로 비틀거리며 들어가라고 하죠."

내 목소리의 떨림을 들은 것은 분명하지만, 칼은 예의바르게 그 점을 무시한다.

"그리고 대체 언제부터 킬런을 그렇게 신경 썼다고 그래요?"

걸어나가는데 그의 대답이 간신히 들린다.

"킬런을 위해서 이 말을 하는 게 아니야."

활주로 아래에 다른 사람들이 다들 모여서 기다리고 있다. 팔리는 가레스의 가슴에 내니를 묶느라 바쁘다. 비행기 좌석 하나에서 가져온 응급장비용 벨트를 이용하는데, 쉐이드 오빠는 발만 쳐다보고 있다. 오빠의 경직된 태도로 보건대 칼과 내가 나눈 모든 말을 다 들은 모양이다. 내가 옆을 지나갈 때 오빠는 내게 시선을 주지만 아무 말도 하지 않는다, 또 다른 훈계를 들을 예상은 해야겠지만, 지금으로서는 피타러스를 향하는 일에 더 집중해야 한다. 바라건대 또 다른 성공적인 임무로 끝났으면.

"팔은 안으로, 머리는 아래로."

가레스가 내니에게 지시 사항을 말한다. 우리의 눈앞에서 그녀는 덩치 좋은 장군에서 훨씬 작고 가느다란 원래의 몸으로 돌아온다. 그녀는 그에 맞춰 끈들을 더 단단히 조인다.

"이편이 더 가볍잖아."

작게 키득거리며 그녀가 설명한다. 진지한 대화만 가득한 긴 낮들과 잠들지 못하던 밤들 후라서, 그 광경에 나는 큰 소리로 웃게 된다. 나도 어쩔 수가 없어서, 손으로 입을 가려야만 한다.

가레스가 내니의 머리 위를 어색하게 토닥인다.

"당신은 정말 끊임없이 놀라게 하는 사람이에요, 낸. 눈을 감고 자유를 느껴요."

그녀는 고개를 젓는다.

"일생 동안 눈 감고 살아 왔는걸. 다시는 안 그럴 거야."

내가 아이였을 때 새처럼 나는 꿈을 꾼 적은 있지만 결코 이런 것은 상상해 본 적도 없다. 가레스의 다리는 구부러지지도 않고, 그의 근육들 역시 긴장하지도 않는다. 그는 땅을 발로 차지도 않는다. 대신 그는 손바닥을 펴고 활주로에 평행하게 그저 *이동하기* 시작한다. 그의 주변의 중력이 가벼워지고, 실이 풀리는 중이다. 그는 내니를 매단 채로 올라가고, 점점 더 빠르게, 그저 하늘 위의 점처럼 될 때까지 올라간다. 다음 순간 실이 팽팽해지고, 땅을 향해서 작은 점을 당긴다. 점은 매끄럽게 위 아래로 호를 그리며 돈다. 느슨하게 다시 팽팽하게, 그들이 가장 가까운 산마루 너머로 사라질 때까지 반복된다. 여기 아래에서는 거의 평화로워 보이는 풍경이지만, 정말로 평화로운지 어떤지 결코 내가 직접 알아낼 수는 없을 거라는 생각이 든다. 비행기로도 내 비행은 충분하다.

팔리가 제일 먼저 지평선을 바라보며 즉시 임무에 집중한다. 그녀는 우리 앞에 솟아 있는 언덕을 가리킨다. 언덕은 붉은색과 금색 나무로 알록달록하다.

"갈까요?"

나는 대답 대신 앞장서서 걸어 나가고, 산마루를 넘어갈 정도로 적당한 속도를 낸다. 그동안 어마어마하게 모아둔 지도에 의하면 반대편에는 광산 마을인 로젠이 있을 것이다. 아니면 적어도, 한때 로젠이었던 곳이든가. 석탄 화재가 몇 년 전에 그곳을 파괴했다. 할 수 없이 적혈과 은혈 들은 변덕스럽지만 유용한 광산들을 포기해야만 했다. 에이다가 읽은 바에 따르면 그곳은 하룻밤 사이에 갑자기 비워진 곳이기에 우리에게 필요한 공급품들이 제법 남아 있을 거라고 했다. 지금까지는 할 수 있는 한 돌아오는 길에 들르기 위해서 그런 마을은 그냥 지나치는 경향이 있었다.

탄내가 먼저 코를 때린다. 마을은 경사면의 서쪽에 붙어 있는데, 산마루에서 내려갈수록 냄새는 점점 더 강력해진다. 팔리, 쉐이드 오빠 그리고 나는 재빨리 스카프로 코를 막지만 칼은 연기가 풍기는 무거운 향기는 신경도 쓰지 않는다. *뭐, 그럴 만도 하지.* 대신 그는 망설이며 코를 킁킁거린다.

"여전히 타는 중인데."

그가 나무를 바라보면서 속삭인다. 산마루의 반대편과는 달리, 여기의 오크 나무와 느릅나무들은 전부 죽었다. 잎이 거의 없고 몸통은 회색이며 심지어 구부러진 뿌리 사이로는 잡초가 자라 있다.

"어디 깊은 곳에서부터."

칼이 함께 있지 않았다면, 계속되는 석탄 화재에 겁이 났을 것이다. 하지만 광산의 붉은 열기조차 그에게는 상대가 되지 않는다. 왕자는 자신이 원한다면 폭발을 손만 흔들어도 없앨 수 있기에 우리는 기쁜 침묵 속에서 죽은 숲속으로 계속 이동한다.

언덕에 점처럼 자리하고 있는 광산의 갱로들은 각각 급하게 판자로 막혀 있다. 하나가 연기를 내뿜자 회색 구름의 칙칙한 흔적이 안개 낀 하늘 속으로 흘러든다. 팔리는 조사해 보고 싶은 욕구를 누르며 낮은 가지나 돌들 위로 재빠르게 오른다. 그녀는 조용한 집중력으로 그 지역을 조심스럽게 정찰한다. 그리고 항상 몇 걸음 떨어지지 않은 곳에는 쉐이드 오빠가 그녀에게서 시선을 떼지 않은 채로 서 있다. 아무도 들을 수 없던 음악에 맞춰 춤을 추는 것 같았던 줄리언과 사라가 조용히 떠오른다.

로젠은 내가 본 중에 가장 회색인 장소이다. 재가 전 마을을 눈처럼 덮고, 공기 중을 표류하다가 건물들에 붙어 허리 높이로 쌓인다. 심지어 재가 해까지 가리고 마을을 영구적인 연무의 구름으로 둘러싸고 있다. 그 장면에 기술자들의 빈민가였던 그레이 타운이 생각나지만 그 거짓된 장소조차 느리고 검게 변한 심장처럼 여전히 맥동하고는 있었다.

✳ ✳ ✳

이 마을은 오래 전에 죽었다. 광산 깊은 곳에서 일어난 불꽃으로 인한 사고 때문에. 몇 개의 상점 건물들과 판잣집들이 이루고 있는 조잡한 교차로를 포함하여 제일 큰 거리만이 여전히 서 있다. 나머지는 무너지거나 불에 탔다. 우리가 숨 쉬는 재 안에 휘몰아치고 있는 먼지 속에 뼛가루도 포함되어 있을지 궁금하다.

"전기 신호는 없어요."

아무것도, 전구조차 느낄 수 없다. 한 가닥 긴장이 가슴 안에서 풀어진다. 로젠은 오래 전에 사라지고 우리에게 아무 해도 끼치지 않는다.

"창문들을 확인해 봐요."

사람들은 나를 따라한다. 가게 앞유리를 한번 닦기만 해도 바로 소매가 더러워진다. 나는 눈을 가늘게 뜨고 여전히 서 있는 건물들 중 제일 작은 곳을 들여다본다. 그 건물은 박살난 보안 초소와 반쯤 무너진 학교 건물 사이에서 거의 옷장에 가깝게 찌그러져 있다. 희미한 불빛에 적응하자 나는 책이 줄을 서서 놓여 있는 것을 볼 수 있다. 선반마다 마구 꽂혀 있을 뿐만 아니라, 되는 대로 여러 더미를 이룬 채 더러운 바닥 위를 채우고 있다. 에이다에게 얼마나 많은 보물을 가져다 줄 수 있을지에 대한 생각으로 나는 유리에 대고 미소를 짓는다.

쾅 하는 소리가 신경을 달린다. 그 소리에 빙글 돌자 팔리가 가게 앞쪽에 서 있는 것이 보인다. 그녀는 나무 한 조각을 들고 있고 발치에는 유리가 떨어져 있다.

"쟤들이 갇혀 있었어."

그녀가 가게 안을 가리키면서 설명한다.

잠시 후에 까마귀 떼 하나가 깨진 유리창을 통해서 폭발하듯 뛰쳐나온다. 녀석들은 재로 물든 하늘로 사라지지만 그 울음소리는 한참 동안 더 길게 메아리친다. 그 소리는 고통에 빠진 아이들처럼 들린다.

"맙소사."

칼이 그녀의 방향으로 머리를 흔들며 낮게 속삭인다.

그녀는 비웃음을 지으며 어깨만 으쓱한다.

"나 때문에 겁먹었어, 왕자 저하?"

대꾸하려고 입을 여는 칼의 입가에 미소가 떠오르지만, 누군가 다른 사람이 그가 말하기도 전에 끼어든다. 그 목소리는 익숙하지 않고, 그 주인은 내가 결코 본 적도 없는 사람이다.

"아직은 아닙니다, 다이애나 팔리."

재를 뭉쳐 놓은 것처럼 보이는 남자가 말한다. 그의 피부, 그의 머리카락, 그의 옷들은 이 죽은 마을만큼이나 그저 회색이다. 하지만 그의 눈은 무서울 정도로 피 같은 붉은색으로 빛을 발하고 있다.

"당신은 놀랐겠지만 말이죠. 여러분 모두가 놀랐겠지만요."

칼이 불을 불러내고 나 역시 내 번개를 꺼내고, 팔리는 그 회색 남자 쪽으로 총을 꺼낸다. 이런 행동들 어느 것도 그를 겁먹게 만든 것 같진 않다. 대신에 그는 앞쪽으로 한 발을 딛고 그의 핏빛 시선이 나를 응시한다.

"배로우 양."

내 이름이 자신에게 엄청난 고통이라도 되는 듯이 그가 한숨처럼 말한다. 그의 눈에 눈물이 고인다.

"이미 당신을 알고 있는 것처럼 느껴지는군요."

아무도 움직이지 않고 그의 모습에 얼어붙는다. 나는 그것이 그의 눈이나 그의 긴 회색 머리 때문이라고 변명해 본다. 그의 외모는 심지어 우리 눈에도 특이하다. 하지만 우리가 바닥에 못 박힌 듯 서 있는 것은 그것 때문이 아니다. 무언가 다른 것이 날을 세우게 만들고, 그건 내가 이해할 수 없는 본능이다. 이 남자가 나이 때문에 허리가 굽어 있는 것처럼 보임에도, 칼과 싸움을 벌이기는커녕 주먹 한 방 날릴 수 없을 것 같아 보임에도, 나는 그가 두렵다.

"누구세요?"

내 떨리는 목소리가 마을에 울린다.

회색 남자는 고개를 기울이고 우리 각각을 하나씩 순서대로 쳐다본다. 시간이 흐르고 그는 울려는 게 아닌가 싶을 정도로 고개를 떨군다.

"피타러스의 신혈들은 죽었습니다. 왕은 그곳에서 당신을 기다리고 있어요."

칼이 입을 열기도 전에, 우리 전부가 생각한 것을 묻기도 전에, 그 회색 남자가 한 손을 든다.

"저는 그 사실을 제가 봤기 때문에 알고 있는 겁니다, 티베리아스. 여러분이 오는 것을 제가 본 것처럼."

"그게 무슨 뜻이지, 보았다니?"

팔리가 그를 향해서 재빨리 몇 발자국 걸으며 으르렁거린다. 언제라도 쏠 준비를 마친 권총을 야무지게 들고 있다.

"말해!"

"그 참 성질하고는, 다이애나."

그가 놀라울 정도로 재빠른 발걸음으로 그녀를 피하면서 꾸짖는다. 그녀는 당황해서 눈을 깜빡이고는 그를 붙들려고 돌진한다. 다시, 그는 재빨리 피한다.

"팔리, 멈춰!"

그 명령에 스스로도 놀랄 지경이다. 그녀는 나를 향해서 코웃음을 날리지만 그 말에 따른다. 그녀는 빙글 돌아서 그 이상한 남자의 뒤편에 선다.

"이름이 뭡니까, 선생님?"

그의 미소는 그의 머리카락만큼이나 회색이다.

"그건 전혀 중요하지 않아요. 제 이름은 당신 목록에는 없답니다. 저는 당신 왕국의 경계 너머에서 왔어요."

그가 어떻게 줄리언의 목록에 대해 아는지 물어보기도 전에, 팔리가 낼 수 있는 최고의 속력으로 남자의 등을 향해서 와락 달려든다. 그녀가 아무 소리도 내지 않았으며 그가 그녀를 전혀 볼 수 없었는데도 불구하고, 그는 쉽게 그녀의 공격을 슬쩍 피한다. 그녀는 얼굴부터 재에 처박히고는 욕설을 퍼붓지만, 시간 낭비하지 않고 벌떡 일어난다. 이제 그녀는 총을 그의 심장에 겨냥한다.

"이것도 피해 볼 텐가?"

그녀가 총알을 장전하면서 으르렁거린다.

"전 그럴 필요가 없어요."

그가 이상한 미소를 지으며 대꾸한다.

"그래야 할까요, 배로우 양?"

*당연히 아니다.*

"팔리, 이분을 내버려 둬. 이분은 또 다른 신혈이야."

"당신…… 당신 아이즈로군."

칼이 재로 가득한 거리 위로 발을 느릿하게 몇 발자국 끌며 속삭인다.

그 남자는 손을 흔들며 코웃음을 친다.

"아이즈는 자신들이 보고자 하는 것만 볼 수 있지요. 그들의 시야는 풀잎보다도 더 좁아요."

다시 한 번 그의 슬픈 진홍색 시선이 우리를 붙든다.

"하지만 저는 모든 것을 봅니다."

# 제21장

불에 타서 껍데기만 남은 로젠 선술집에 들어갔을 때야 회색 남자는 비로소 다시 입을 연다. 우리가 까맣게 타 버린 테이블에 자리를 잡으며 둘러앉는 동안 그가 자신을 소개한다. 그의 이름은 놀라울 정도로 간단하다. 존. 그리고 그는 내가 살면서 겪어 본 것 중에서 가장 불편한 종류의 존재감을 뿜고 있다. 그가 핏빛 눈동자로 나를 볼 때마다 내가 심장이라고 부르곤 하는 그 뒤틀린 녀석을 피부 아래로 곧장 꿰뚫어 보는 것 같은 감각에 사로잡힌다. 하지만 팔리에게 화를 낼 시간을 줘야 할 것 같아서 그 생각은 혼자만 간직한다. 그녀는 투덜거렸다가 고함을 쳤다가 오락가락하며 잿속에서 나타난 이 낯선 남자를 믿을 수 없다고 주장한다. 한 번인가 두 번쯤, 쉐이드 오빠가 그녀를 진정시키기 위해서 팔에 손을 얹고 토닥이기까지 한다. 존은 그 모든 소란에도 딱딱한 미소를 지은 채 앉아서 팔리가 반대하는 말을 쏟아내는 걸 지켜보고만 있다가, 마침내 그녀가 입을 다물고 나서야 말을 시작한다.

"저는 여러분을 너무나 잘 알고 있으니, 자기소개를 할 필요는 없어요."

그가 한 손을 쉐이드 오빠의 방향으로 들면서 말한다. 오빠는 이상한 소리를 내면서 조금 뒤로 물러난다.

"제가 여러분을 찾을 수 있었던 건 제가 여러분이 어디에 있을지 알았기 때문입니다. 제 여정을 여러분의 여정과 조정하는 것과는 아무 상관없어요."

존이 시선을 칼에게 돌리며 덧붙인다. 칼의 얼굴이 달아오르며 창백해지지만 존은 바로 나에게 시선을 돌린다. 그의 미소가 조금 부드러워진다. *조금 소름끼치기는 하지만, 우리 일행이 된다면 환영할 만해.*

"저는 노치에 합류할 의도도 없습니다, 배로우 양."

다음 순간 혀를 깨무는 건 내 차례다. 다른 질문을 던질 만큼 정신을 차리기도 전에 그가 다시 한 번 내가 던지지도 않은 질문에 대답을 하고, 이번 대답은 내 배를 차가운 단검으로 찔리는 것 같이 느껴진다.

"아니에요, 전 여러분의 생각은 읽을 수 없어요, 하지만 저는 다가올 일을 보지요. 제가 언젠가는 우리들을 구할 수 있으리라고 생각해요."

"유능하셔라."

팔리가 이를 벅벅 간다. 그녀는 이 남자 때문에 얼어붙지 않은 유일한 사람이다.

"그냥 자기가 무슨 말을 하려고 하는지 말해 주고 그만 일을 마무리하지 그래? 아니면 우리한테 무슨 일이 일어날지 바로 말해 주면 더 좋고."

"당신 본능은 분명히 당신에게 도움이 될 겁니다, 다이애나."

그가 대꾸하며 회색 머리를 숙여 절을 한다.

"여러분의 친구들, 변신자와 비행인은 곧 돌아올 겁니다. 두 사람은 피타러스 보안 센터에서 저항에 부딪혔고, 치료가 필요할 거예요. 다이애나가 비행기에서는 해 줄 수 있는 일은 아무것도 없지요."

쉐이드 오빠가 의자에서 벌떡 일어서지만 존은 손을 흔들어 그를 다시 앉힌다.

"진정하세요, 아직 여러분에게는 시간이 좀 있어요. 왕은 추적할 생각이 없으니까요."

"왜?"

팔리가 눈썹을 추켜세운다.

선홍색 눈동자가 대신 대답하라는 듯 나를 바라본다.

"가레스는 날 수 있지, 그건 어떤 은혈도 할 수 있다고 알려진 바 없는 능력이야. 메이븐은 누구도 그걸 보지 않길 원할걸, 심지어 자기에게 충성을 맹세한 군인들일지라도."

칼이 내 옆에서 고개를 끄덕인다. 나만큼이나 자신의 동생을 잘(아니 조금일까) 알기에.

"그는 왕국에 신혈들이 존재하지 않는다고 공표했고 계속 그 방식을 지키려고 하고 있어."

"그의 많은 실수들 중 하나죠."

존이 생각에 잠긴 채 혼잣말을 한다. 그의 목소리는 꿈꾸는 듯 먼 곳을 헤맨다. 아마도 실제로 먼 곳을 헤매는 것 같다. 우리 중 아무도 이해할 수 없는 미래를 살펴면서.

"하지만 여러분은 제 말을 곧 확인할 수 있을 겁니다."

자꾸만 수수께끼가 늘어나니 팔리가 으르렁거릴 거라고 생각했는데, 쉐이드 오빠가 그녀를 제치고 나선다.

"여기 온 건 우리에게 과시하기 위해선가요? 아니면 그냥 우리 시간을 낭비하러 온 겁니까?"

사실 똑같은 점이 궁금하지 않을 수가 없다.

회색 남자는 우리 오빠의 절제된 분노 앞에서도 전혀 움찔하지 않는다.

"정말로 그래섭니다, 쉐이드. 몇 킬로미터만 더 가면 메이븐의 아이즈들이 당신들이 오는 것을 알아낼 겁니다. 아니면 당신은 좋아서 그의 덫으로 걸어 들어가는 겁니까? 고백하건대, 저는 행동만 볼 수 있지 생각은 볼 수 없어요. 그리고 아마도 당신은 투옥되거나 처형되길 원하는 모양인가 보죠?"

존은 우리를 둘러본다. 그의 어조는 놀라울 만큼 쾌활하다. 그의 입 한쪽이 움직이더니 반쯤 미소를 그리며 구부러진다.

"피타러스는 죽음으로 끝날 뿐이에요, 심지어 더 나쁜 운명들로 이어지죠."

더 나쁜 운명들. 테이블 아래로, 칼의 손이 내 손을 덮는다. 마치 내 안에서 공포가 휘감으며 생긴 떨림을 알아차리기라도 한 것 같

106

다. 본능적으로 나는 손바닥을 돌려 그의 손가락과 내 손가락을 마주잡는다. 어떤 더 나쁜 운명들이 우리를 기다리고 있었던 것인지, 묻고 싶지도 않다. 입을 열자 공포로 인해 쉰 목소리가 나온다.

"고마워요, 존. 우리를 구해 줘서."

"당신은 아무것도 구하지 않았어."

칼이 재빨리 말하며 내 손을 잡은 손에 힘을 준다.

"어떤 결정이라도 당신이 본 것을 바꿀 수 있지. 숲에서 발을 헛딛거나 새가 날개를 한 번 퍼드덕거리거나. 난 당신 같은 사람들이 어떻게 보는지도 알고, 당신의 예견이 얼마나 틀릴 수 있는지도 잘 알아."

존의 미소가 얼굴을 쪼개 버릴 정도로 커진다. 칼은 존의 그 태도가 다른 어떤 것보다도, 심지어 자신의 성보다도 더 마음에 안 드는 모양이다.

"저는 당신이 만나 본 어떤 은혈 아이즈보다도 더 멀리 분명하게 봅니다. 하지만 제가 말해야만 하는 것들에 귀를 기울이는 것은 당신의 선택이 되겠죠. 하지만 여러분은 저를 믿기 시작할 겁니다, 분명해요."

그가 윙크를 하면서 덧붙인다.

"감옥에 대해서 알게 될 때쯤에는요. 줄리언 제이코스는 친구죠, 맞나요?"

이제 내 양손이 떨리기 시작한다.

"맞아요. 그가 여전히 살아 있나요, 그래요?"

나는 눈을 크게 뜨고 희망에 차서 속삭인다.

다시 한 번, 존의 눈이 먼 곳을 헤맨다. 그는 스스로에게 뭔가 알아들을 수 없는 단어들을 중얼거리고 가끔씩 고개를 끄덕인다. 테이블 위에서 경련하는 손가락은 땅을 가는 갈퀴처럼 앞뒤로 움직인다. 밀고 당기고, 하지만 무엇에 대고 저러는 걸까?

"네, 그는 살아 있어요. 하지만 처형될 예정이고 또한……."

그가 생각하느라 잠깐 멈춘다.

"사라 스코노스도요."

다음 순간 우리는 기이한 경험을 한다. 우리 입술 밖으로 흘러나오기도 전에 존이 우리가 던질 모든 질문에 대답을 준다.

"메이븐은 그들의 처형을 발표하고 당신과 당신 친구들을 위한 또 다른 덫을 놓을 계획이에요. 그 일은 '코로스 감옥'에서 열릴 겁니다. 그곳은 버려진 곳이 아니에요, 티베리아스, 은혈들을 감금하기 위해서 다시 세워졌지요. 침묵하는 돌이 박힌 벽은 다이아몬드유리로 강화되어 있고 군대가 경비를 서지요. 아니, 그건 전부 줄리언과 사라 때문만은 아닙니다. 감옥 안에는 다른 반대자들도 함께 있어요. 새 왕에게 의문을 품거나 그의 어머니에게 대항한 이들이 투옥되어 있지요. 르롤란 하우스는 예전부터 특히 까다롭게 굴어 왔고, 아이럴 하우스도 마찬가지죠. 그리고 신혈 죄수들은 은혈들만큼이나 위험하다는 것을 증명하고 있고요."

"신혈들?"

존의 말을 자르고 그 말이 불쑥 튀어나가지만 존은 빠른 속도로 계속 말한다.

"당신이 결코 찾을 수 없었던 이들, 당신이 죽었으리라고 가정했던 이들 말입니다. 그들은 관찰과 실험을 목적으로 붙들려 왔지만 제이코스 경은 그들을 연구하는 것을 거절했습니다. 심지어…… 설득 후에도요."

담즙이 입 안까지 올라온다. 설득이라는 건 단 한 가지 의미밖에 없다. 고문.

"고통보다도 더 끔찍한 것들이 있답니다, 배로우 양."

존이 부드럽게 말한다.

"신혈들은 이제 엘라라 상왕비에게 휘둘리고 있어요. 그녀는 그들을…… 신중하게 사용할 계획이에요."

존의 눈이 칼을 향하고, 두 사람은 고통스러운 이해로 가득 찬 시선을 주고받는다.

"신혈들은 당신들에게 대항할 무기가 될 겁니다. 충분한 시간만 주어진다면 왕비와 그의 아들에게 조종당하게 될 거예요. 그리고 그 건 매우, 매우 어두운 길입니다. 당신은 이 일이 일어나게 해서는 안 돼요."

그의 갈라지고 더러운 손톱이 테이블을 파고들고, 검게 탄 나무 안으로 깊은 홈을 만든다.

"당신은 반드시 막아야 해요."

"우리가 줄리언이나 다른 이들을 풀어 주면 무슨 일이 생기나요?"

나는 의자에서 앞으로 기댄다.

"볼 수 있어요?"

그가 거짓말을 하더라도 알 수 없을 것이다.

"아니요, 저는 오직 현재의 흐름만을, 그것이 얼마나 길든지 현재의 흐름만을 볼 뿐입니다. 예를 들어 지금 당신은 피타러스 덫에서 살아남아서 고작 4일 뒤에 죽는 모습이 보여요. 아 잠시만요, 제가 당신에게 말해서 또 바뀌고 있어요. 흠."

또 한 번 낯설고 슬픈 미소.

"말도 안 돼."

칼이 자기 손을 내 손에서 빼내며 으르렁거린다. 그는 테이블 위로 일어나서는 느리고 신중하게 울리는 천둥처럼 말한다.

"사람들은 당신 예언에 귀를 기울이다가는 미칠 거야. 불확실한 미래에 대한 지식 때문에 엉망이 될 거라고."

"본인 말 말고는 증거도 없잖아."

팔리가 끼어들어 맞장구를 친다. 처음으로 팔리가 칼에게 동의를 한 셈인데, 둘 다 그 사실에 놀란 듯하다. 그녀는 다시 의자로 털썩 주저앉는데 그 동작은 빠르고 과격하다.

"그리고 그 파티에서 쓸 법한 몇 가지 속임수들하고."

*파티의 속임수.* 우리가 할 말들을 예견하고, 팔리의 공격이 이뤄지기도 전에 읽는 것은 전혀 그런 종류가 아니다. 하지만 존의 능력이 불가능하다고 믿는 편이 더 쉽다. 그것이 모든 사람들이 나와 신혈들에 관한 메이븐의 거짓말을 믿는 이유다. 그들은 내 힘을 자신의 눈으로 보았지만 진실보다는 자신들이 이해할 수 있는 것을 믿기로 선택했다. 그들은 그 어리석음에 대한 대가를 치러야 할 것이고, 나는 그들 같은 실수를 하진 않을 것이다. 존은 어딘지 나를 당황하게 만들긴 해도 내 안의 본능이 믿음을 가지라고 계속 권한다. 그 남자가 아니라, 그의 예지력을 믿으라고. 그가 말하는 것은 사실이다.

비록 그가 우리에게 그 말을 해 주는 이유들은 그다지 존경할 만하지 않을지도 모르지만 말이다.

상대를 화나게 하는 그의 미소가 시들고, 급한 성미를 무심코 노출시키듯 그는 쏘아보는 표정이 된다.

"왕관에 피가 뚝뚝 흐르는 모습이 보여요. 천둥이 없는 태풍도요. 불꽃의 막 위로 흔들리는 그림자도요."

옆으로 늘어뜨린 칼의 손이 경련한다.

"호수가 기슭을 넘어 범람하는 것이, 사람들 전부를 삼키는 것이 보여요. 한쪽 눈이 붉은 색인 남자가 보이는데, 그의 코트는 푸른색이고 그의 총에서는 연기가 나……."

팔리가 주먹을 테이블에 쾅 내리친다.

"그만!"

"나는 이 사람을 믿어."

그 말에 이상한 기분이 든다.

나는 자신의 친구들도 믿지 못하는데, 지금 나는 여기서 스스로 저주받은 낯선 이에게 협력하고 있다. 칼이 나한테 두 번째 머리라도 돋아난 것처럼 나를 바라본다. 그의 눈에는 질문이 가득하지만 그는 감히 그 질문들을 큰 소리로 쏟아내지 않는다. 나는 어깨만 으쓱여서 존의 붉은 눈동자가 주는 타는 듯한 무게를 피한다. 그 눈들은 나를 꿰뚫고 번개 소녀의 모든 부분을 샅샅이 관찰한다. 처음으로 나는 내가 그런 척 하고 있는 리더처럼 보이기 위해서 비단이나 은색 갑옷이라도 걸치고 있었으면 싶다. 대신에 나는 다 해진 스웨터를 입고 떨면서 흉터들과 그 아래의 뼈를 숨기려고 애를 쓴다. 존이 내 낙인을 볼 수 없어서 기쁘지만 그가 어쨌든 그 사실을 알고 있을 것 같다는 생각이 든다.

*힘내, 메어 배로우.* 용기를 가득 내어 나는 턱을 들고 의자에서 일어나서 효과적으로 등을 다른 이들에게 돌린다. 존은 재가 가득 찬 빛 속에서 미소를 짓는다.

"코로스 감옥이 어디죠?"

"메어……."

"가는 길에 날 내려 주고 가면 되잖아요."

나는 칼에게 그 언어 공격이 제대로 먹히는지 볼 생각도 없이 계속 쏘아붙인다.

"난 그들이 엘라라 상왕비의 꼭두각시가 되도록 내버려 둘 수 없어요. 줄리언도 버리지 않을 거고요, 다시는요."

존의 얼굴 주름들이 깊어지자 그가 보냈을 많은 고통스러웠던 시간들이 느껴진다. 그는 내 생각보다 더 젊다. 그 주름들과 회색 머리 아래에 젊음을 숨기고 있었다. 얼마나 많은 것들을 보았기에 이런 식이 되었을까? *모든 것을 보았겠지.* 나는 깨닫는다. *일어날 수 있는 모든 끔찍하거나 멋진 것들을. 죽음, 삶, 그리고 그 사이의 모든 것들을.*

"당신은 제가 그럴 거라고 생각했던 바로 그대로네요."

존이 내 손을 자신의 손으로 덮으면서 속삭인다. 그의 피부 아래에 거미줄처럼 퍼져 있는 파랑과 보라색 혈관은 붉은 피로 가득 차 있다. 그 광경에 어떤 위안이 든다.

"당신을 만날 수 있어서 정말 감사합니다."

그의 말에 나는 희미하지만 친절한 미소를 할 수 있는 한 지어 보인다.

"감옥이 어디예요?"

존이 내 어깨 너머를 흘깃 바라본다.

"사람들은 당신이 홀로 가게 두지 않을 거예요. 하지만 그건 우리 두 사람 다 아는 바지요, 안 그런가요?"

뺨이 붉어진 채 나는 고개를 끄덕여야만 한다.

존의 시선이 움직이기 전에 테이블에 앉아 있었던 때와 똑같은 일이 일어난다. 꿈꾸는 듯한 표정이 돌아오더니 그는 손을 뗀다. 흔들리는 발로 일어서서는 우리는 볼 수 없는 무언가를 계속 바라보고 있다. 다음 순간 그가 코를 킁킁 거리더니 자신의 목 칼라를 세우고는 우리에게 똑같이 하라는 듯한 시늉을 한다.

"비가 와요."

폭우가 머리 위의 지붕에 쏟아지기 바로 몇 초 전에 그가 경고한다.

"애석하지만 걸어야겠군요."

* * *

앞이 안 보이게 들이붓는 비를 뚫고 진흙탕 위를 곧장 걸어서 비행기에 도착할 때쯤에 나는 쫄딱 젖은 생쥐 꼴이 된다. 존은 우리가 일정한 속도를 유지하게 하고, 심지어 한두 번은 속도를 늦추기까지 하는데 그의 말에 따르면 "일들을 제자리에 맞추"기 위해서라고 한다. 비행기가 시야에 들어오고 나서 몇 초가 지나자 나는 그의 말의 의미를 이해한다. 젖은 옷에 피가 묻은 가레스가 하늘에서부터 느

113

린 별똥별처럼 굴러 떨어진다. 그는 잘 착륙하기는 한다. 그의 팔 안의 꾸러미는 겉으로는 아기처럼 보이는데 우리 눈앞에서 갑자기 움직이더니 변신하기 시작한다. 내니의 발이 바닥을 세게 치는 바람에 그녀는 발이 꼬이고, 한쪽 무릎을 바닥에 꿇는다. 쉐이드 오빠가 그녀의 옆으로 점프해서 그녀를 안정적으로 붙드는 사이에 팔리가 가레스의 팔을 자신의 어깨로 받친다. 그는 기쁘게 그녀에게 몸을 기대는데 아마도 피가 뚝뚝 떨어지고 있는 망가진 다리 때문인 것 같다.

"피타러스에 매복이 있었어요."

가레스가 분노와 고통으로 으르렁거린다.

"내니는 깨끗하게 도주했는데 그들이 날 포위했어요. 탈출하기 전에 도시 한 구역을 뒤집어야 했어요."

존이 우리에게 추적은 없을 거라고 장담했음에도 불구하고, 어두운 하늘 쪽을 바라보지 않을 수가 없다. 구름이 흔들릴 때마다 꼭 또다른 에어젯처럼 보이지만 멀리서 울리는 천둥 소리 말고는 아무것도 느껴지지 않는다.

"쫓아오지 않을 겁니다, 배로우 양."

존이 비 너머로 말한다. 그의 짜증나는 미소가 다시 돌아왔다.

가레스는 혼란스러운 표정으로 그를 흘깃 보지만 따라서 고개를 끄덕인다.

"누가 따라온 것 같지는 않아요."

그가 고통으로 인한 신음을 흘리며 말한다.

팔리가 가레스를 잡은 손을 조정하며 거의 그의 몸무게 전부를 받친다. 그가 비행기 안으로 들어가도록 돕는 동안에도 그녀는 존에게 계속 집중한다.

"작은 야수들이 거기도 있었어요?"

팔리의 질문에 가레스가 고개를 끄덕인다.

"감시병들도 있었어요, 그러니 분명 왕이 그리 멀지 않은 곳에 있는 거죠."

팔리는 욕을 하는데 무엇에 화가 난 것인지는 모르겠다. 메이븐이 우리 친구들을 맞아 매복하고 있었기 때문인지, 아니면 존이 옳았기 때문인지.

"다리는 실제보다 더 나빠 보이는 겁니다."

존이 비 너머로 외친다. 그는 팔리의 도움을 받아서 램프를 올라 비행기 안으로 사라지는 가레스를 가리킨다. 다음 순간 그의 손가락이 내니를 향한다. 내니는 여전히 쉐이드 오빠에게 기대어 쭈그리고 있다.

"저분은 지칠 대로 지쳤고 추워요. 담요들이 필요하겠군요."

"나는 갇혀서 둘둘 감싸고 있어야 되는 멍청이가 아니야."

내니가 땅에서 으르렁거린다. 그녀는 할 수 있는 한 재빨리 일어나더니 불타는 시선을 존에게 보낸다.

"혼자 걷게 해 줘, 쉐이드, 안 그러면 정신을 잃을 때까지 혼내 줄 테니까."

"스스로 결정하신 겁니다, 내니."

쉐이드 오빠가 웅얼거리고는 그녀가 점잔을 빼며 옆을 지나가는 동안 히죽대지 않으려고 애를 쓴다. 오빠는 내니가 움직이기 충분할 만큼은 거리를 두되 결코 한 팔 이상은 떨어지지 않는다. 내니는 으스대며 걸어서 비행기 안으로 사라진다. 마지막까지 머리는 빳빳이 들고 등은 대쪽같이 꼿꼿하다.

"당신 일부러 그런 말을 한 거지."

칼이 어깨로 존을 밀치고 지나면서 으르렁거린다. 그는 자신의 후퇴하는 모양새에 존이 웃음을 터뜨릴 때도 돌아보지 않는다.

"그리고 먹혔잖아요."

그가 나만이 들을 수 있을 정도로 낮게 말한다.

*예지력은 믿되, 사람은 믿지 마라.* 배워야 할 좋은 교훈이다.

"심리 게임과 관련해서 안 좋은 일을 겪은 터라 저래요."

나는 한 손으로 가리키며 경고한다. 번개 스파크 하나가 손가락을 따라 달린다. 위협은 명백하다.

"그리고 나 또한 그렇고요."

"저는 게임을 하지 않습니다."

존이 머리 옆을 두드리며 어깨를 으쓱한다.

"제가 아이였을 때조차요. 이 능력은 경쟁 상황을 만나기 좀 어렵게 만들거든요. 보세요."

"내 말은……."

"저도 당신이 하고자 하는 말의 의미를 압니다, 배로우 양."

그의 얌전한 미소는 불안정하게 좌절로 바뀐다. 나는 빙글 돌아서 비행기를 향하지만, 몇 발자국 걸은 후에 존이 따라오지 않는다는 걸 깨닫는다.

그는 빗속에서 바라보고 있다. 그의 눈은 크고 밝게 빛난다. 예지력이 지금은 발휘되고 있지 않다. 그는 그저 고요하게 선 채, 차갑고 깨끗한 물이 그의 피부에 앉은 재를 씻어내는 순간을 즐기고 있다.

"여기가 제가 당신을 떠나는 곳입니다."

비행기의 맥박이 생명을 얻으며 풀려나는 느낌이 갈비뼈 안에서 메아리치지만 그 감각은 멀고 중요하지 않게만 느껴진다. 나는 그저 존만을 바라보고 있다. 폭풍우의 희미한 빛 속에서 그는 마치 사라지는 것처럼 보인다. 재처럼 회색이고 비처럼 회색인, 그 둘처럼 덧없는 존재.

"나는 당신이 감옥에서 우리를 도와줄 거라고 생각했는데요?"

절망이 내 목소리에 넘실대는 것이 느껴진다. 존은 신경 쓰는 것처럼 보이지도 않아서 나는 또 다른 전술을 시도해 본다.

"메이븐이 당신도 사냥할 거예요. 그는 우리 모두를 죽이려고 하고, 기회만 닿으면 당신도 죽일 거예요."

그 말에 너무 심하게 웃음이 터진 존이 몸을 거의 반으로 접다시피 한다.

"당신은 제가 자신이 죽는 순간을 모를 거라고 생각합니까? 저는 알고 있어요, 배로우 양, 그리고 그 일은 결코 왕의 손에서 일어나지 않습니다."

짜증이 나서 이를 악물고 만다. *어떻게 떠날 수 있어? 모든 다른 사람들이 싸우기를 선택했는데. 왜 자기만 그러지 않겠다는 거야?*

"당신이 강제로 우리와 함께 가도록 할 수 있다는 거 알죠."

다시 한 번 존은 미소 짓는다.

"당신이 할 수 있다는 건 알죠, 그리고 그러지 않을 거라는 것도 알고요. 하지만 힘내요, 배로우 양. 우린 다시 만날 겁니다."

그는 고개를 기울이고, 생각에 잠긴다.

"그래요, 그래, 우린 만날 거예요."

*내가 약속한 것들은 지켜야 해. 그에게 기회를 주어야만 해. 그럼에도 불구하고 그를 비행기 안으로 끌어올리지 않기 위해서 온갖 힘을 다 써야 한다.*

"우린 당신이 필요해요, 존!"

하지만 그는 이미 뒤로 물러나기 시작한다. 매 걸음마다 그의 모습이 점점 더 안 보이게 된다.

"당신이 하지 않을 거라고 한 말 믿어 주세요! 몇 가지 지시사항들을 남길게요……. 시라카스 교외로 날아가서, 리틀 소드 레이크 호수를 찾으세요. 거기서 찾은 것을 보호해요, 안 그러면 당신의 투옥된 친구들은 죽은 거나 다름없으니까요."

*시라카스, 리틀 소드 레이크 호수.* 나는 그 말들을 외울 때까지 반복한다.

"내일도 안 되고, 오늘밤도 안 되고, 지금이에요. 당신은 지금 날아가야만 해요."

공기 그 자체가 진동할 때까지 비행기의 소음이 커진다.

"우리가 뭘 찾아야 되는데요?"

쏟아지는 비에 얼굴을 보호하려고 한 손을 위로 올린 채 소음 위로 고함을 지른다. 비가 찌르는 듯하지만 나는 회색 남자의 마지막 윤곽이라도 볼 수 있을까 싶어서 눈을 찡그리고 바라본다.

"알게 될 거예요!"

빗속에서 그 말이 터져 나온다.

"그리고 다이애나가 의심할 때가 오면 그녀에게 말해 줘요. 그녀의 질문에 대한 대답은 예라고 말해 줘요."

"무슨 질문요?"

하지만 그는 거의 훈계하듯이 손가락을 흔든다.

"당신 자신의 운명에 힘써요, 메어 배로우."

"그래서 그게 뭔데요?"

"일어나는 거죠. 홀로 일어나는 거요."

그 말은 늑대의 울부짖음처럼 메아리친다.

"제게는 당신이 되어야 할 존재가 보여요, 더 이상 번개가 아니라 폭풍이 된 모습이 보여요. 전 세계를 삼킬 수 있는 폭풍이지요."

아주 짧은 순간 동안 그의 눈은 빛나는 것처럼 보인다. 회색에 대조적인 빨간색이 나를 꿰뚫고 불태우며 모든 미래를 들여다본다. 그의 입술이 다시 그 상대를 화나게 하는 미소를 지으며 구부러지고, 그의 이가 은색 빛 안에서 빛난다. 다음 순간 그는 사라진다.

비행기 안으로 쿵쿵거리며 홀로 들어가자, 칼은 분별 있게도 혼자 화를 식힐 수 있게 날 내버려 둔다. 오직 절망이 내 분노를 식힌다. *홀로 일어나라. 홀로.* 손톱이 손바닥을 파고들 정도로 누르면서, 고통으로 슬픔을 쫓아 보려고 한다. *운명은 바뀔 수 있어.*

팔리는 칼처럼 눈치가 있지는 않다. 그녀는 가레스 다리의 붕대에서 고개를 들고 올려다보더니 콧방귀를 뀐다. 그녀의 손가락이 진홍색 피로 끈끈하다.

"잘됐네, 어쨌든 늙은 미치광이는 우리도 필요 없어."

"그 늙은 미치광이가 이 전쟁을 완전히 끝낼 수도 있었어. 그가 자신의 능력으로 뭘 할 수 있을지 생각해 봐."

쉐이드 오빠가 그녀의 어깨를 손바닥으로 가볍게 치지만 어두운 시선만 되받을 뿐이다.

조종석에서 칼이 쏘아본다.

"그 사람은 충분히 했어."

칼은 옆 의자에 앉은 채 계속 속을 부글부글 끓이고 있는 나를 바라본다.

"정말로 우리 같은 이들을 위해 지어진 비밀 감옥을 급습하고 싶은 거야?"

"그럼 당신은 차라리 줄리언이 죽게 놔뒀음 좋겠어요?"

아무 대답 대신 낮은 혀 차는 소리만 들린다.

"바로 그게 내 생각이에요."

"알겠어, 그럼."

그는 한숨을 쉬고 비행기는 서행을 시작한다. 바퀴가 우리 아래에서 튀어오르며 평탄치 않은 길 위를 구른다.

"다 모여서 함께 계획을 짜야만 해. 오고 싶은 사람은 누구든 환영이지만, 애들은 안 돼."

"애들은 안 되죠."

나도 동의한다. 내 마음이 노치에 있는 루서와 다른 신혈 아이들에게로 흘러간다. 싸우기에는 너무 어리지만 메이븐의 사냥에서 해를 입지 않을 정도로 어리지만은 않은 나이. 그 애들은 뒤에 남는 것을 좋아하지 않겠지만 나도 칼이 얼마나 그 애들을 아끼는지 안다. 그는 그들 중 누구도 총의 잘못된 반대편을 보게 두지 않을 것이다.

"두 사람이 무슨 얘기 중이든 간에, 나는 낄 겁니다."

다리의 통증 때문에 이를 갈면서 가레스가 팔리 너머로 우리를 바라본다.

"그럼에도 내가 대체 뭐에 자원한 건지 알고 싶긴 하네요."

코웃음을 치면서 내니가 뼈만 남은 손으로 그를 찰싹 친다.

"네놈이 다리에 총을 좀 맞았다고 해서 주의를 기울이지 않아도 된다는 건 아니야. 이번엔 탈옥이라고."

"완전 정확하시네, 낸."

팔리가 동의한다.

"그리고 내게 묻는다면 부질없는 시도라고 하겠어요. 미친 사람 말에 따르다니."

그 말은 내니의 농담조차 잠잠하게 만든다. 내니는 오직 할머니만이 할 수 있을 것 같은 시선을 내게 고정한다.

"사실이니, 메어?"

"*미친 사람*은 좀 가혹한 표현이지."

쉐이드 오빠가 중얼거리지만 오빠는 모두가 하고 있는 생각을 부인하지는 않는다. 나는 존의 말을 믿는 유일한 사람이고, 이들은 내 믿음을 따라올 정도로 나를 신뢰하고 있다.

"그는 피타러스에 대해서도 옳았고 다른 모든 한 말도 그랬어. 왜 감옥에 대해서 거짓말을 하겠어?"

*일어나라, 홀로 일어나라.*

"그는 거짓말을 하지 않았어!"

내 고함에 모두가 침묵한다. 오직 비행기 엔진들이 덜컹대는 소리만이 들린다. 익숙하고 둔탁하게 커지는 소음에 비행기 안이 떨리고, 곧 우리 아래의 길이 멀어져 간다. 비가 창문을 두드려서 아무것도 볼 수가 없지만 칼의 실력은 우리를 떨어뜨리기에는 너무 훌륭하다. 시간이 좀 지나고, 우리는 암회색의 구름을 지나서 밝은 한낮의 태양 아래로 들어선다. 철의 무게가 떨어져나가는 기분이다.

"리틀 소드 레이크 호수로 데려가 줘요. 존이 우리가 거기서 뭘 찾을 거랬어요. 뭔가 도움이 될 만한 걸요."

나는 속삭인다.

더 많은 논쟁이 있을 것을 예상하지만 누구도 감히 내게 거스르지 않는다. 금속 관 안에서 날고 있을 때에는 번개 소녀를 짜증나게 만드는 건 현명하지 못하다.

천둥이 우리 아래의 구름에서 우르릉댄다. 폭풍우에서 번개가 칠 조짐이다. 거대한 번개가 땅에 내리치고, 나는 각각의 번개를 몸이 늘어나는 것처럼 느낄 수 있다. 유리처럼 부드럽고 또한 날카롭게, 지나는 길에 있는 모든 것을 불태운다. 리틀 소드는 멀지 않다. 호수는 폭풍의 북쪽 끝에 자리한 채, 여전히 깨끗한 하늘을 거울처럼 반영하고 있다. 칼은 구름 속에 비행기 모습을 숨길 수 있을 정도로 충분히 높은 고도에서 호수 둘레를 한 바퀴 돌아 숲이 우거진 언덕 안에 반쯤 묻힌 활주로를 발견한다. 우리가 뭘 찾고 있는 건지 하나도 모르지만 비행기가 착륙할 때 나는 자리에서 거의 뛰어오르다시피 한다.

호수로 가고 싶은 열망에 비행기 램프로 전력으로 달려가는 동안 쉐이드 오빠가 내 뒤에 바싹 붙는다. 기억대로라면 호수는 1.5킬로

미터 정도 북쪽이고, 나는 본능에 몸을 맡긴다. 하지만 나무들이 서 있는 곳까지 가지도 못했는데 익숙한 소리가 들려 나는 그대로 얼어 붙는다.

총이 딸깍 하는 소리다.

**제22장**

그 애는 총을 잘못 들고 있다. 심지어 나도 그 사실은 알겠다. 그
건 그녀에겐 너무 크다. 총은 번쩍이는 검정색 금속에 총열만 거의
30센티미터쯤 되게 길다. 덜덜 떠는 가냘픈 십 대 소녀보다는 잘 훈
련받은 군인에게 어울릴 법하다. *군인.* 갑자기 명확하게 이해가 간
다. *은혈.* 그것은 아주 오래 전에 태양의 홀의 깊은 지하에 있던 감
옥에서 감시병 하나가 내게 쐈던 것과 같은 종류의 총이다. 총알은
망치가 때리는 느낌이었고 곧장 내 척추를 관통했었다. 줄리언과 그
의 지배하에 있었던 스킨 힐러가 아니었다면 나는 죽었을 것이다.
내 능력에도 불구하고, 나는 항복의 뜻으로 손바닥을 앞으로 해서
손을 들어 올린다. 나는 번개 소녀지만 내 몸은 방탄은 아니다. 하지
만 그녀는 이 행동을 항복 대신 위협으로 받아들이고, 더 긴장해서
손가락을 방아쇠를 당길 정도로 가까이 밀어 넣는다.

"움직이지 마."

그녀가 감히 내 쪽으로 몇 발자국을 더 디디며 낮게 말한다. 불쏘시개용 나무들의 껍질처럼 풍부한 어두운 색 피부가 숲 속에서는 그녀에게 완벽한 위장이 되어 준다. 그럼에도 불구하고, 나는 그 아래의 붉은 혈색을 알아볼 수 있다. 그녀의 양쪽 눈의 흰자에는 작은 진홍색 혈관들이 올라와 있다. 나는 헉 하고 숨을 들이쉰다. *애는 적혈이야.*

"꿈도 꾸지 마."

그 애가 말한다. 나는 머리를 기울이며 그녀의 말에 대꾸한다.

"나는 안 할 거야. 하지만 다른 사람 몫까진 장담할 수 없겠는데."

그 애의 눈썹이 혼란으로 찌푸려진다. 그녀는 두려워할 시간조차 없다. 쉐이드 오빠가 얇은 공기 밖으로 굳어지며 그녀의 뒤로 나타나고, 그녀를 전문적인 군대식 방법으로 감싸 붙든다. 총이 그녀의 손아귀에서 떨어지지만, 울퉁불퉁한 바닥에 떨어지기도 전에 내가 잽싸게 잡는다. 그 애는 고함을 치며 저항하지만 쉐이드 오빠의 팔이 머리 위에서 확고하게 맞물려 있어서 무릎을 꿇는 것 외에는 선택의 여지가 없다. 오빠도 손 안에 그 애를 단단히 붙들고 있느라 똑같이 무릎을 꿇는데, 완전 안 좋은 표정이다. 뼈만 남은 여자애는 오빠에게 전혀 상대가 안 된다.

손 안에 들고 있는 총이 낯설게 느껴진다. 이건 내가 고를 만한 형태의 무기가 아니다. 난 이걸 전에 쏴 본 적조차 없다. 그 사실이 거의 웃기기까지 하다. 이렇게까지 오는 동안에 심지어 총 한 번 안 쏴봤다니.

"은혈 놈들아, 당장 나한테서 손 치워!"

그 애가 쉐이드 오빠의 손아귀에서 빠져나오려고 저항하면서 신음한다. 그녀는 힘이 세지는 않지만 길고 여윈 근육에 다루기 힘든 사람이다. 그녀를 붙들고 있는 것은 장어를 붙들고 있는 것 같은 수준이다.

"난 돌아가지 않을 거야, 돌아가지 않을 거라고! 차라리 날 죽여야 할걸!"

한쪽 손이 여전히 총을 쥐고 있는 동안 스파크가 내 텅 빈 손에서 탁탁 소리를 낸다. 내 번개를 보자 그녀가 즉시 얼어붙는다. 공포로 커다래진 그녀의 눈만이 움직인다.

그녀가 혀를 내밀어서 마르고 갈라진 입술을 적신다.

"너를 알아볼 수 있을 것 같아."

칼이 내 옆으로 미끄러지듯 오기도 전에 그의 열기가 뿜어져 나오며 따뜻한 봉투에 들어간 것처럼 나를 감싼다. 그의 손가락 끝이 공포스러운 푸른빛으로 불타지만 그의 불꽃은 소녀를 보자마자 희미해진다.

"당신한테 줄 선물이 있어요."

나는 그 총을 칼의 손에 쥐어 주며 중얼거린다. 그는 그것을 노려보다가 정확히 내가 본 것을 알아낸다.

"어떻게 이걸 구했지?"

그 애의 눈을 들여다볼 수 있게 쪼그려 앉으면서 그가 묻는다. 그의 태도, 그 차갑고 확고한 태도가 그가 마지막으로 다른 누군가를 심문하던 모습을 지켜보던 때로 기억을 되돌린다. 팔리의 비명과 피를 얼리던 장면에 대한 기억에 여전히 내 위장이 뒤틀린다. 여자애가 대꾸하지 않자, 그는 단단한 근육으로 만들어진 전선처럼 더 엄격해진다.

"이 총? 어떻게?!"

"내가 훔쳤다!"

그녀가 몸을 꿈틀거리면서 마주 격렬히 폭발한다. 그 동작에 그녀의 관절에서 삐그덕 소리가 난다.

나는 얼굴을 찡그리고 그녀를 보다가, 쉐이드 오빠에게로 눈을 돌린다.

"걜 놔 줘, 오빠. 이 정도는 잘 해결할 수 있을 것 같아."

오빠는 고개를 끄덕이더니 꿈틀거리고 있는 십 대 소녀를 기쁘게 놓아 준다. 그녀는 앞으로 푹 고꾸라지지만 바닥의 흙먼지를 먹기 전에 멈춘다. 그녀는 칼의 도와주려는 손길을 피한다.

"만지지 마, 로디."

번쩍이며 드러낸 이를 보니 물어뜯을 것처럼 보인다.

"로디?"

이제는 그 여자애만큼이나 혼란스러운 얼굴이 되어 칼이 작은 소리로 중얼거린다.

그녀의 위쪽에서, 쉐이드 오빠가 뭔가를 깨달은 얼굴로 눈을 가늘게 뜬다. 오빠가 우리를 위해 설명한다.

"로디(Lordy). 하이 하우스의 귀족(lord)들…… 은혈들을 두고 하는 말이야. 빈민가의 속어지. 너 어느 동네에서 왔어?"

칼의 목소리보다 훨씬 부드럽게 오빠가 묻는다. 그 어조에 그녀의 태도가 누그러지지만 오빠를 향한 그녀의 검은 눈에는 공포가 가득하다. 어쨌든 그 애는 내 손가락 사이를 돌고 있는 스파크에 얼어붙은 채로 계속 내 쪽을 돌아본다.

"뉴 타운. 그들은 나를 뉴 타운에서 데려왔어."

이제 몸을 구부리고 그녀를 완전히 살피는 사람은 내 쪽이다. 이 아이는 나와는 완전히 정반대인 것처럼 보인다. 내가 키가 작은 반면 크고 말랐고, 내 머리카락이 갈색에서 시작해서 회색으로 갈라지는 반면 이 애의 땋은 머리는 빛나는 기름진 검정색이다. 나보다 좀 더 어린 것 같다. 얼굴에서 알 수 있다. 아마도 15살 아니면 16살, 하지만 그 짧은 삶에도 불구하고 이 애의 눈에는 피로가 가득하다. 손가락은 길고 굽었고, 아마도 셀 수 없을 정도로 여러 번 기계에 다친 것 같다. 이 애가 뉴 타운의 빈민가에서 왔다면, 아마도 기술직으로 연기 속에서 태어나서 도시의 조립 라인이나 공장들에서 일할 운명이었을 것이다. 목에는 문신이 있는데 크랜스의 닻처럼 그렇게 불필요한 종류가 아니다. *숫자들이다.* 나는 깨닫는다. *NT-ARSM-188907.* 크고 뭉툭하며 5센티 높이로, 이 애의 목 반을 감싸고 있다.

"예쁘진 않지, 안 그래, 번개 소녀?"

내 시선을 알아차린 그녀가 코웃음을 친다. 어금니에서 떨어지는 독액처럼 그녀의 말에서도 업신여김이 뚝뚝 떨어진다.

"하지만 너도 흉한 외모를 신경 쓰는 것처럼은 안 보이네."

그녀의 혀가 신경을 건드려서, 내가 얼마나 흉한지 정확히 보여줄까 싶은 마음이 인다. 대신에 나는 궁중에서 받은 훈련을 떠올리며 많은 이들이 내게 했던 것처럼 행동한다. 나는 그녀의 얼굴에 대고 불쾌한 미소를 지으면서 조용하게 웃는다. 이곳에서 카드를 쥐고 있는 사람은 나니까 그녀도 그 사실을 알아야만 한다. 내 반응에 짜증이 난 그녀는 시큰둥한 얼굴이 된다.

"이걸 은혈에게서 가져왔다고? 누가 도와줬지?"

칼이 총을 가리키면서 계속 말한다. 그의 불신은 누가 들어도 분명하다.

"아무도 도운 사람 없어. 그 사실을 직접 알아내야 할걸. 전부 내가 알아서 저지른 일이라고. 이그리에 부대는 내가 오는 걸 보지도 못했어."

"뭐라고?"

레이디 블로노스가 가르친 수업 덕분에 간신히 밖으로 헉 소리를 내지는 않는다. 이그리에 하우스의 군인. 아이즈의 가문. 그들은 누구든 가까운 미래를 볼 수 있다. 존의 좀 더 낮은 버전인 셈이다. 적혈 소녀는커녕 그 어떤 누구도 그들을 자신들이 알지 못하는 사이에 공격하기란 불가능하다. *불가능하다.*

그녀는 어깨만 으쓱한다.

"은혈들이 강할 거라고 생각은 했는데, 어쨌든 그 여잔 아무것도 아니었어. 그리고 감옥 안에서 기다리고만 있는 것보다 싸우는 편이 훨씬 나았고. 그놈들이 계획하고 있는 것이 무엇이든 간에 말이야."

*감옥.*

나는 이해와 동시에 뒤로 넘어질 뻔 한다.

"너 코로스 감옥에서 탈옥했구나."

그녀의 눈이 나를 향하고, 아랫입술이 떨린다. 그것은 화를 내고 있는 겉모습 밑에 공포가 자리하고 있다는 유일한 증거다.

칼의 손이 팔꿈치를 붙들고 나를 단단히 잡아 준다.

"이름이 뭐지?"

그의 어조도 좀 더 온화해진다. 그는 그녀를 겁먹은 짐승처럼 다루지만, 그것은 딱히 어떤 효과도 가져오지 않는다.

그녀는 재빨리 주먹을 꼭 쥐고 일어서고, 수 년 간의 공장 작업으로 흉터가 가득 생긴 팔 위로는 혈관들이 도드라진다. 눈을 가늘게 뜨고 그녀가 나를 마주보는 한순간, 그녀가 총알처럼 달아날지도 모르겠다는 생각이 든다. 하지만 대신에 그녀는 발로 바닥을 차면서 자신감 있게 허리를 쭉 편다.

"내 이름은 카메론 콜이야, 그리고 당신들이 신경 쓰지 않는다면 난 이만 내 갈 길을 가 볼게."

그녀는 나보다 더 크고, 궁정의 숙녀들만큼이나 우아하고 고상하다. 내 머리는 몸을 쭉 펴고 섰을 때조차 그녀의 뺨에 가까스로 닿을까 말까 하지만 공포가 여전히 그녀의 눈에서 깜빡거린다. 그녀는 내가 누구인지 어떤 존재인지 정확히 알고 있는 것이다.

"카메론 콜."

나는 반복한다. 줄리언의 목록이 떠오르고, 그 안에 있던 그녀의 이름과 정보들이 생각난다. 다음 순간 하버베이의 기록들, 줄리언의 발견보다 더 상세한 내용들도 떠오른다. 기억하고 있는 것들을 뱉어 낼 때는 조금은 에이다처럼 된 것 같은 생각도 든다. 내 말은 빠르고 정확하다.

"305년 1월 3일 뉴 타운에서 출생. 직업: 기계공의 조수. 소규모 제조업 구역에서 제조와 수리 부분에 대한 도제로 일함. 주소: 뉴 타운 거주 구역 12블록 48단위. 혈액형: 해당사항 없음. 유전자 변이, 계통 불명."

그녀의 입이 벌어지고 작은 헉 소리가 새어나온다.

"다 맞게 말했니?"

그녀는 동의의 뜻으로 고개를 희미하게 끄덕인다. 그녀의 속삭임은 심지어 더 약하다.

"그래."

쉐이드 오빠가 작게 휘파람을 분다.

"망할, 존."

오빠가 머리를 저으며 속삭인다. 나도 오빠를 향해 동의의 뜻으로 고개를 끄덕인다. 그가 우리를 이리로 보내서 찾아보게 한 것은 결코 *것*이 아니었다. *누구*였다.

"넌 신혈이야, 카메론. 쉐이드 오빠나 나처럼. 그게 그 사람들이 너를 코로스에 감금한 이유고, 그것이 네가 탈출이 가능했던 이유이기도 하지. 네 능력이 무엇이든 간에 너를 자유롭게 해 줬고, 그래서 네가 우리를 찾을 수 있었던 거야."

신혈 자매를 안아 주려는 마음에 그녀를 향해 한 발짝 내딛지만 그녀는 내 손길을 휙 피한다.

"난 *너희*를 찾으려고 탈출한 게 아니야."

나는 그녀를 편안히 해 주려고 애쓰며 할 수 있는 한 미소를 지어 보인다. 그토록 많은 신병 모집을 경험한 후라, 말들은 쉽게 나온다.

정확히 무슨 말을 해야 하는지, 정확히 그녀가 어떻게 반응할지도 알고 있다.

"네가 오려고 한 건 아니지, 물론이야, 하지만 넌 홀로 죽었을 거야. 메이븐 왕이 너를 다시 찾았을 거고……."

또 한 번 더 뒤로 물러나는 발걸음에 나는 깜짝 놀란다. 그녀는 코웃음을 치면서 고개를 흔든다.

"내가 가려고 하는 유일한 장소는 초크야, 그리고 너나 네 번개가 나를 막을 순 없어."

"초크?"

나는 당혹스러워 소리친다.

내 옆에서 칼이 정중하게 굴려고 최선을 다한다. 그의 최선이 그리 훌륭한 건 아니지만 말이다.

"백치 같은 짓이로군. 초크에는 그대가 아는 것보다 더 많은 은혈들이 있고, 그들 모두가 그대를 체포하거나 보는 즉시 죽이란 명령을 받았을 것이다. 운이 좋아 봤자, 그들이 그대를 다시 감옥에 잡아넣는 정도겠지."

카메론의 입술 끝이 비틀린다.

"내 쌍둥이 형제가 나머지 5000명의 다른 애들과 같이 무덤을 향해 초크로 진군하는 중이야. 이유가 무엇인지 내 알 바는 아니지만 감옥에 들어갈 일만 없었다면 나 역시 거기에 가 있었겠지. 너는 네 사람들을 그렇게 내버려두고도 괜찮을지 모르겠지만, 나는 *아니야*."

카메론의 숨결은 딱딱하고 냉혹하다. 그 애의 머릿속에서 누군가가 이리저리 움직이면서 자신의 선택지들을 재어 보는 것을 들여다

볼 수도 있을 듯하다. 생각과 감정이 표정에 다 그대로 드러나기에 그 애를 읽는 것은 쉽다. 그래서 카메론이 다짜고짜 나무를 향해서 전력질주로 달아날 때도 나는 움찔하지 않는다. 아무도 그 애를 따라가지 않는다. 쉐이드 오빠와 칼이 다음에 뭘 할지 묻듯이 나를 향해 시선을 던지는 것이 느껴진다.

모두에게 선택의 기회를 줄 거라고 나 스스로에게 다짐했었다. 그래서 우리에게 존이 너무나 필요했음에도 그를 보내 주었다. 하지만 카메론이 존보다 더 절실히 필요하다는 것을, 그리고 이 엄청난 결정과는 별개로 저 어린 여자애는 믿을 수 없다는 것을 본능적으로 알 수 있다. 그 애는 어떻게 해서든 코로스를 탈출했고, 우리를 다시 들여보내 줄 것이다.

"쟤를 잡아."

나는 속삭인다. 말로 뱉는 것조차 잘못인 듯한 기분이 든다.

쉐이드 오빠가 엄숙하게 고개를 끄덕이며 사라진다. 깊은 숲속에서, 카메론이 비명을 지른다.

✳ ✳ ✳

팔리와 자리를 바꾸어야만 했다. 나는 팔리에게 조종석 의자를 양보하고 카메론의 맞은편에 앉아서 계속 그 애를 감시한다. 카메론은 단단히 묶여 있고, 손은 특별히 여분의 안전벨트에 묶여 있다. 우리의 현재 고도와 더불어 그 점이 그녀가 다시 달아나지 못하도록 하는 데에 충분한 효과를 발휘 중이다. 하지만 애초에 그런 기회 자체를 감수할 생각도 없다. 익히 경험해 왔듯이, 그 애는 날 수 있을 수도 있고 아니면 심지어 에어젯에서 떨어져도 살아남을 수도 있다. 노치로 돌아가는 여정을 밀린 잠을 보충하는 데에 쓰고 싶은 마음이 굴뚝같은 만큼이나 나는 눈을 부릅뜨고 동원할 수 있는 모든 불꽃을 모아서 그 애의 노려보는 시선에 마주 응수하는 중이다. *카메론의 선택은 틀렸어.* 나는 죄책감이 스멀스멀 올라올 때마다 스스로에게 몇 번이나 반복한다. *우린 얘가 필요해, 그리고 얘의 가치는 잃기엔 너무 커.*

내니가 카메론의 옆에 앉아서 재잘거리며, 노치에 대한 이야기들과 자신의 인생에 대한 이야기로 그 애를 즐겁게 해 주려고 애를 쓴다. 나는 내니가 늘 그렇듯 자신의 손자들을 찍은 빛바랜 사진을 꺼내지 않을까 반쯤 기대하지만, 카메론은 우리 중 아무도 그러지 못할 만큼 꿋꿋하다. 친절한 노부인조차 우거지상인 여자애를 어쩌지 못한다. 카메론은 침묵 속에서 발치만 내려다본다.

"네 능력은 뭐니, 애야? 초인적인 무례함?"

무시에 신물이 난 내니가 마침내 콧방귀를 뀌며 말한다.

그 말에 카메론은 적어도 바닥에 고정하고 있던 시선을 확 떼며 고개를 들기는 한다. 그 애는 마주 콧방귀를 뀌려고 입을 열지만 노부인 대신에 자신이 자기를 내려다보고 있는 것을 발견한다.

"선을 지켜요!"

카메론이 욕을 뱉으며 빈민가의 속어들을 마구 사용한다. 눈을 크게 뜨고 묶인 손은 자유를 찾아 꿈틀거린다.

"다른 사람은 이게 안 보이는 거야?"

나는 히죽거리는 웃음을 숨길 생각도 안 하고 어둡게 혼자 킥킥 댄다. 저 애를 겁 줘서 말하게 만드는 건 내니에게 맡겨야겠다. 나는 카메론에게 말한다.

"내니는 자신의 외모를 바꿀 수 있어. 가레스는 중력을 조종할 수 있지."

가레스가 비행기 옆면에 임시로 고정한 들것에서 손을 흔든다.

"그리고 이미 나머지는 알고 있겠고."

"난 쓸모없어."

팔리가 자기 자리에서 재잘거린다. 그녀의 손 안에서 이리저리 번 뜩이는 칼날을 보면 그 얼마나 틀린 말인가 싶다.

카메론은 코웃음을 치지만, 그 애의 눈은 팔리의 손에서 번쩍대는 칼날을 향한다.

"나랑 똑같네."

그 목소리에 동정의 기색은 없고, 그저 사실만 존재한다.

나는 옆에 놓인 줄리언의 노트를 두드린다.

"그건 사실이 아니지. 넌 아이즈를 통과했잖아, 잊어버린 것 같아 서 하는 말이지만."

내 말에 카메론의 팔을 묶고 있는 줄들이 비틀리지만, 줄은 튼튼 하다.

"뭐, 내가 뭔가 한 게 있다면 그게 전부야, 앞으로도 그럴 거고. 넌 아무도 아닌 존재를 붙든 거라고, 번개 소녀. 나한테 시간을 낭비하 고 싶지 않을걸."

다른 사람의 입에서 나왔다면 그 말은 분명히 슬프게 들렸겠지만,

카메론은 그것보다 더 영리하다. 그녀는 자신의 의도를 내가 모를 거라고 생각한다. 하지만 그녀가 뭐라고 하든 스스로 얼마나 쓸모없어 보이려고 애를 쓰든 나는 전혀 믿지 않는다. 그녀의 이름이 목록에 있다. 그건 절대 실수가 아니다. 아마도 카메론은 자신이 어떤 존재인지 아직 모르는 걸 수도 있다. 하지만 우리는 확실히 알아내야만 한다. 나도 장님은 아니다. 심지어 카메론의 도전하는 듯한 시선에 맞서며 그 애가 자신이 나를 속이고 있다고 믿게 내버려 두는 동안에도 나는 그녀의 더 깊은 게임을 경계하고 있다. 공장에서 단련되어 유능한 그 애의 손가락은 느리지만 효율적으로 몸을 묶고 있는 끈들 위로 움직인다. 내가 계속 그 애를 지켜보고 있지 않다면, 자기 안전벨트에서 빠져나오는 것은 시간문제이리라.

"넌 우리 중 누구보다도 코로스에 대해서 잘 알잖아. 그러면 내겐 충분해."

내가 말하는 사이, 내니는 원래 자신의 모습으로 돌아온다.

"여기 마음을 읽는 사람이라도 있어? 왜냐면 그게 나한테서 원하는 말을 끄집어 낼 수 있는 유일한 방법이거든."

카메론이 내 발치에 침을 뱉을 수도 있겠다는 생각도 반쯤 든다.

최선을 다하려고 노력하고 있음에도 불구하고, 나는 점차 인내심을 잃어가는 중이다.

"쓸모없는 존재가 되거나 저항하거나 둘 중에 하나야. 골라."

그녀는 내 어조에 놀란 듯 눈썹을 추켜세운다.

"거짓말을 할 거면, 올바로 하는 편이 나을걸."

그 말에 그 애의 입가가 비틀리며 삐뚤어진 미소가 삐져나온다.

"네가 그걸 다 알거란 사실을 까먹었네."

*아, 나는 애들이 정말 싫다.*

"그렇게 고귀하고 대단한 척 좀 그만해."

카메론은 단검처럼 말들을 던진다. 그 애 목소리 외에는 비행기 안에는 웅웅거리는 소리만이 울릴 뿐이다. 다른 사람들은 그저 집중하여 귀만 기울이고 있고, 칼이 그중에서도 가장 골똘히 듣고 있다. 언제라도 열기가 올라와도 이상할 것 같지 않다.

"넌 이제 로디 레이디가 아니야. 얼마나 많은 사람들한테 네가 이 래라 저래라 하려고 하는지랑은 상관없이 말이야. 왕자랑 잠을 잔다 고 해서 네가 무리의 여왕이 되는 건 아니지."

내 분노의 신호로 그 애 머리 위의 전구들이 반짝거린다. 눈 한쪽 구석에서 칼이 비행기 조종간을 꽉 쥐는 것이 보인다. 나처럼 그도 진정하고 이성적으로 굴기 위해서 최선을 다하고 있는 것이다. 하지 만 이 나쁜 년은 계속 그 노력을 힘들게 만들고 있다. *존도 참, 차라 리 지도나 보내 줄 것이지!*

"카메론, 넌 네가 어떻게 그 감옥을 탈출했는지 말해 줄 거란다."

레이디 블로노스라면 내 평정에 자부심을 느꼈을 것이다.

"넌 우리에게 그곳이 어떻게 생겼는지, 감옥들은 어디에 위치하 고 있는지, 경비들은 어디에 있는지, 그들이 은혈들과 신혈들을 어 디에 가두어 두는지 그리고 네가 기억하는 모든 것들을 마지막 사소 한 것까지 모조리 다 말해 줄 거야. 내 말 이해했니?"

카메론은 자신의 어깨 위로 내려온 땋은 머리 한 가닥을 재빨리 털어 움직인다. 그것이 그 많은 벨트와 줄들에 묶인 상태로는 그 애가 움직일 수 있는 유일한 것이다.

"그러면 나한테 무슨 이득이 있는데?"

"무죄."

나는 숨을 들이쉰다.

"너는 계속 네 입이나 놀릴 뿐 그 모든 죄수들을 그런 운명 속에 버려두고 있잖아."

존의 말들이 다시 떠오르고, 경고의 메아리가 유령처럼 쫓아온다.

"죽거나 아니면 사는 편이 더 나쁠 운명 속으로. 내가 너를 그 죄책감에서 구해 줄게."

나도 너무 잘 아는 그 죄책감.

어깨에 가벼운 손길이 느껴진다. 쉐이드 오빠다. 오빠는 살짝 몸을 기울이고, 자신이 거기 있다는 걸 내게 알려 준다. 친오빠이자 전우이며, 승리를 공유한 동시에 책임도 같이 진 사람.

하지만 합리적인 사람이라면 누구나 할 법한 동의를 보이는 대신에, 카메론은 심지어 전보다 더 화난 얼굴이 된다. 그 애의 얼굴은 감정의 폭풍이 만든 그늘로 어둡다.

"네가 그런 말로 남에게 돌을 던질 수 있다니 믿을 수가 없네. 바로 너, 그 많은 아이들을 참호로 보내는 선고를 내린 다음에 그들을 버리고 떠난 네가 말이야."

칼은 이미 충분히 참았다. 그는 주먹으로 자신의 의자 팔걸이를 쾅 내리친다. 그 소리는 퉁명스럽게 울린다.

"그건 메어의 명령이 아니었……."

"하지만 그건 너희들 잘못이야. 너랑 너희 그 붉은 넝마를 걸친

멍청한 쥐새끼들 모임."

그녀는 팔리가 던질 어떤 반박도 자르는 듯한 시선을 팔리에게 보낸다.

"우리 가족들과 우리 생명을 놓고 도박을 했지, 그래 놓고 자기는 그 사이에 달아나서 숲속에 숨어 있는 주제에 말이야. 그리고 이제 너는 자기가 무슨 영웅 같은 거라도 된다고 생각하는지 여기저기 날아다니며 네 생각에 특별한 사람들은 누구라도 구해 주는 거잖아, 번개 소녀의 귀중한 시간을 쓸 가치가 있는 사람들만을. 네가 빈민가나 가난한 마을들은 그냥 지나쳤으리라는 데 돈이라도 걸겠어. 네가 심지어 우리에게 저지른 일은 보지도 않는다는 데 내기를 걸어도 좋아."

화를 내는 사이에 피가 올라서, 그 애의 뺨이 어둡고 끔찍한 홍조로 물든다.

"신혈들, 은혈들, 적혈들, 그건 전부 다 같은 거야, 다 다시 되풀이될 뿐이라고. 몇몇은 특별하고, 몇몇은 나머지 사람들보다 더 낫고, 그리고 여전히 아무것도 갖지 못한 사람들도 있고."

뱃속에서부터 토할 것 같은 기운이 맴돌며 끔찍한 예감이 든다.

"무슨 말이야?"

"*분수령.* 한쪽이 다른 쪽보다 더 사랑받았네 하는 거. 넌 너 같은 사람들을 찾아나서서는 그들을 보호하고, 그들을 훈련시키고, 그들을 네 전쟁에서 싸우게 만들려는 거지. 그들이 그러고 싶어서가 아니라, *네가* 그들을 필요로 하기 때문에. 아까 그 애들은, 싸우러 가야 하는 애들은 어때? 넌 그런 애들에 대해서는 조금도 신경 쓰지 않지.

넌 자기가 다른 길을 가기 위해서 그 애들 전부를 맞바꾼 거야, 이 징징대는 스파크 플러그야."

전등이 전보다 더 빨리 다시 깜빡댄다. 비행기 엔진의 모든 회전을 그 눈 뜰 수 없는 속도에도 불구하고 느낄 수 있다. 그 감각은 미칠 것만 같다.

"난 사람들을 메이븐에게서 구하기 위해서 애쓰고 있어. 그는 신혈들을 무기로 바꿀 거고, 그럼 결국에는 *더 많은* 죽음이, *더 많은* 피가……."

"넌 정확히 *그 사람들*이 하는 그대로 하고 있어."

그 애는 묶인 손으로 칼을 가리킨다. 그 손은 화가 나서 덜덜 떨리고 있다. 나도 그 기분을 정확하게 알겠다. 나는 분노로 인해 떨리는 내 손가락을 숨기려고 애를 쓴다.

"메어."

칼의 경고가 멀 것 같은 귓가로 내려앉지만, 천둥치는 맥박 사이로 사라진다.

카메론은 독을 뱉어낸다. 이 애는 이걸 즐기고 있다.

"한 시대 전에, 은혈들이 새로운 존재였을 때. 그때 그들의 수는 적었고, 그들은 오히려 그들이 너무 다르다고 생각했던 사람들에게 사냥당했어."

손으로 좌석의 양 끝을 세게 잡자, 손가락이 뭔가 꽉 찬 부분을 파고든다. *제어해.* 이제 비행기는 귓가에서 낑낑거리고, 끼익 하는 소리가 뼈를 적신다.

우리는 공기 중에서 요동치고 가레스가 다리를 붙들면서 꽥 악을 쓴다.

"카메론, 그만!"

손을 안전벨트 위로 움직이며 팔리가 고함을 친다. 팔리는 빠르게 연속해서 벨트를 푼다.

"스스로 그 입 다물지 않으면, 내가 그렇게 만들겠어!"

하지만 카메론은 그저 나만을 바라보며 나를 향해 분노를 토한다.

"그 길이 자신을 어디로 이끄는지 보라고."

그 애는 끈이 허락하는 한 최대한으로 몸을 앞으로 기울이면서 으르렁거린다. 내가 무슨 짓을 하는지 깨닫기도 전에 일어서는데 비행기가 흔들리는 바람에 균형을 잡기가 어렵다. 두개골에 금속이 끼익 하는 소리가 울리는데, 그 때문에 그 애의 말이 거의 들리지도 않는다. 묶은 끈에서 빠져나온 카메론의 손이 놀라울 정도의 정확도로 안전벨트를 푼다. 그 애는 벌떡 일어나서 서더니 내 얼굴에 대고 으르렁거린다.

"지금부터 백 년이 더 지나면 신혈 왕이 네가 그를 위해서 어린이들의 해골로 지은 왕좌에 앉게 될지도 모르지."

뭔가가 내 안에서 찢어진다. 인간과 짐승 사이의 어떤 장막, 의식과 광기 사이의 장막이다. 갑자기 나는 비행기, 고도, 내 약해 빠진 제어에 의존하고 있는 나머지 모든 다른 사람들을 잊어버린다. 오로지 이 쥐새끼를 교육시켜야겠다는 생각, 녀석에게 우리가 구하려고 애를 쓰고 있는 존재들이 누구인지 정확하게 보여 주겠다는 생각밖에 없다. 내 주먹이 그 애의 턱과 충돌한 순간, 나는 그 애의 피부 위로 스파크가 퍼지고 그 애가 바닥으로 매다 꽂히는 장면을 상상한다.

아무 일도 일어나지 않고, 내 손가락 마디에 멍만 든다.

카메론은 나만큼이나 놀라서 바라보고 있다. 우리 주변으로 온통 전기들이 깜빡대며 다시 정상으로 돌아오고 비행기는 고도를 낮춘다. 머릿속에서 휘몰아치던 것들이 불쑥 사라진다. 마치 침묵의 담요가 내 감각 위로 떨어져 내린 것처럼. 그건 마치 위장에 한 방 세게 맞은 것 같은 느낌이라서, 나는 한쪽 무릎을 꿇는다.

쉐이드 오빠가 즉시 내 팔을 붙들어 주며 오빠다운 걱정으로 들여다본다.

"너 괜찮아? 무슨 일이야?"

조종석에서는 칼의 머리가 조종 패널과 나를 번갈아 보느라 이리저리 획획 움직인다.

"안정됐어."

내 상태가 결코 그렇지 않음에도 그가 중얼거린다.

"메어……."

"내가 아니야."

식은땀이 눈썹 사이로 흐르고, 갑자기 토하고 싶은 욕구가 들지만 애써 참는다. 짧게 헐떡이며 숨이 돌아오는데 마치 공기가 폐를 짓누르는 것만 같다. 뭔가가 나를 질식시키고 있다.

"쟤야."

거짓말을 하기엔 너무 놀란 카메론이 뒤로 한 발 물러선다. 그 애의 입이 공포로 떡 벌어진다.

"난 아무 짓도 안 했어. 내가 아니야, 정말 맹세코."

"네 의도는 아니었겠지, 카메론."

그 말이 그 애를 가장 놀라게 한 듯하다.

"그냥 좀 진정해, 그냥…… 그냥 멈춰……."

숨을 쉴 수가 없다. 정말로 숨을 쉴 수가 없다. 쉐이드 오빠를 잡은 손에 힘이 들어가고, 손톱이 오빠의 살갗 안으로 파고든다. 공포가 신경을 쿡쿡 찌르는데 나는 번개도 없이 혼자다.

오빠가 자신의 미약한 고통은 무시한 채 아픈 어깨로 내 무게를 온전히 받친다. 적어도 쉐이드 오빠는 내가 하려고 하던 말을 알아들을 정도로 똑똑하다.

"넌 메어를 침묵시키는 중이야, 카메론. 네가 얘 능력을 꺼 버리고 있어. 네가 얘를 정지시키고 있다고."

"난 아니…… 어떻게?"

그 애의 어두운 눈동자에 공포가 가득하다.

시야가 깜빡거리지만 칼이 미끄러지듯 지나가는 것이 보인다. 카메론은 제정신인 사람이라면 그럴 법하게 움찔하면서 그를 피하지만, 칼은 자신이 무엇을 해야 할지 알고 있다. 그는 아이들을 가르쳐 왔고, 나도 가르쳤으며, 초인들의 혼돈에 관한 여러 유사한 경험들을 겪었다.

"놓아줘."

그가 확고하고 안정된 말투로 말한다. 친절한 태도는 아니지만, 그렇다고 화를 내지도 않는다.

"코로 숨쉬고, 입으로 뱉어. 네가 붙잡고 있는 것을 놓아줘."

*제발 놓아줘. 제발 놓아줘.* 숨이 막히기 시작하고 점점 더 가늘어진다.

"메어를 놓아줘, 카메론."

마치 내 가슴 속에만 경계를 두른 공간이 있는 것 같다. 그것은 나를 죽음으로 내리누르고 내 몸에서 나를 쥐어짜서 쫓아내려고 하는 것 같다.

"그녀를 놓아줘."

"노력 중이에요!"

"진정해."

"노력 중이에요."

그녀의 목소리는 더 부드럽고, 더 자제하는 듯하다.

"노력 중이라고요."

칼이 고개를 끄덕이고, 그의 동작은 흔들리는 파도처럼 매끄럽다.

"그래, 바로 그거야."

또 다시 헉 하고 숨을 들이쉬지만, 이번에는 공기가 폐로 후끈 치민다. 다시 숨을 쉴 수 있다. 감각이 둔하게나마 돌아온다. 심장 소리에 맞춰서 모든 것이 점점 나아진다.

"바로 그거야."

칼이 다시 말하며 어깨 너머로 돌아본다. 그의 눈과 내 눈이 마주치자 우리 사이의 긴장의 실이 끊어진다.

"바로 그거야."

나는 그와 시선을 오래 마주치지 않는다. 나는 카메론을, 그 애의 공포를 바라봐야만 한다. 그 애는 눈을 꽉 감고 집중하느라 눈썹을 찌푸리고 있다. 눈물 한 방울이 흘러나와 뺨을 타고 흐르고, 손은 자신의 목에 있는 문신을 문지르고 있다. 그 애는 고작 15살이다. 이런 일을 겪을 이유가 없다. 자기 자신을 두려워해서는 안 된다.

"나 괜찮아."

내가 억지로 뱉어내자 그 애가 눈을 번쩍 뜬다.

마음속에 다시 벽을 치기 전에 안도가 잠깐 카메론의 얼굴을 스쳐 지나간다. 그리 길지는 않다.

"이 일이 내 기분을 바꾸지는 못해, 배로우."

설 수만 있었다면, 그랬을 것이다. 하지만 근육이 여전히 약하게 떨리고 있다.

"너, 다른 사람에게도 똑같이 이런 일을 저지르고 싶니? 네 쌍둥이 형제를 만났을 때 걔한테도?"

그렇다. 우리는 반드시 협상을 해야만 한다. 카메론도 그걸 잘 알고 있다.

"우리를 코로스로 들여보내 줘, 그러면 자신의 능력을 사용하는 법을 확실히 알게 해 줄게. 널 세상에서 가장 치명적인 사람으로 만들어 줄게."

그 말들을 후회하게 될 거란 공포가 밀려온다.

## 제23장

내 목소리가 안전 가옥의 넓은 입구 회의실에 낯설게 메아리친다. 리프트에서부터 온 폭풍이 우리를 따라잡았고, 눈과 진눈깨비가 뒤섞인 바람이 더러운 벽 반대편에서 울부짖고 있다. 추위가 녀석들과 함께 찾아오지만, 칼은 추위를 쫓아내기 위해서 최선을 다한다. 노치의 거주민들은 다함께 옹송그려 모여서, 칼이 바다 위에 피워 놓은 불 위로 몸을 데우려고 애쓰는 중이다. 불꽃을 따라서 움직이는 모든 눈동자가 수없이 많은 빨간빛 주황빛의 보석이 되어 빛난다. 불꽃이 흔들릴 때마다 눈동자도 반짝거리면서 나를 바라본다. 전부 다 해서 15쌍이다. 카메론, 칼, 팔리 그리고 우리 오빠에 더해서 노치의 어른들은 모두 내가 이제부터 할 말을 들으러 모였다. 에이다의 옆에 앉은 건 케샤, 해릭, 그리고 닉스다. 고통에 면역을 가진 스킨 힐러 플레처가 창백한 손을 불에 너무 가까이 뻗고 있다. 가레스가 그의 피부가 화상을 입기 전에 플레처를 뒤로 잡아당긴다. 닉스처럼 불사신인 다미안과 켄토스포트의 돌섬에서 온 로리도 있다. 심지어 킬런조차 출석하여 이 자리를 빛내 준다. 그는 자신의 사냥 파트너들인 크랜스와 파라 사이에 앉아 있다.

고맙게도 이 자리에 아이들은 전혀 없다. 아이들은 이 일에서는 아무 역할도 맡지 않는다. 내가 제공할 수 있는 안전은 무엇이든 그 애들의 것이다. 내니가 아이들의 방에서 변신 기술로 아이들을 즐겁게 해 주고 있다. 그 사이 16살이 넘은 사람들은 누구라도 내가 피타러스로 가는 길에 알게 된 모든 것을 설명하는 얘기에 귀를 기울인다. 사람들은 완전히 몰입하여 집중한 채로 앉아 있다. 얼굴에는 충격이나 공포나 결의가 엿보인다.

"존은 4일이면 너무 길다고 했어요. 그러니 우리는 3일안에 그 일을 해내야 합니다."

3일만에 감옥을 기습하고, 3일만에 계획을 짜고. 나는 은혈들과 함께 강도 높은 훈련을 한 달 이상 받았고, 스틸츠의 뒷골목에서 몇 년을 굴렀다. 칼은 태어날 때부터 전사였고, 쉐이드 오빠는 군대에서 1년 이상을 보냈으며 팔리는 자신에게 아무 능력이 없다고 생각할지언정 훌륭한 대장이다. 하지만 나머지 사람들은? 이렇게 노치에 모여 우리가 그간 모아 온 힘들을 일일이 바라보는 동안, 결심이 약해진다. 시간이 조금만 더 있었더라면. 에이다, 가레스 그리고 닉스는 우리가 가진 가장 훌륭한 전력이다. 이들은 급습에 가장 걸맞은 능력들을 갖추고 있다. 노치에서의 대부분의 훈련 때도 마찬가지로, 언급할 필요도 없다. 다른 이들도 강력하다. 케샤는 한쪽 눈만 깜빡

해도 물체를 없앨 수 있다. 하지만 비참할 정도로 경험 부족이다. 이들은 이곳에 며칠부터 최대한 몇 주까지 머물렀고, 배수로에서부터 그들이 아무것도 아무도 아니었던 잊힌 마을까지 다양한 곳에서부터 왔다. 이런 이들을 싸우러 보낸다는 것은 아이를 자동차 바퀴 뒤로 밀어 넣는 것과 같을 것이다. 이들은 모두에게 위험하지만, 특히 자기 자신들에게 위험하다.

모두가 이 일이 어리석으며 불가능하다는 것을 알지만 아무도 그 말을 하지 않는다. 심지어 카메론조차 입을 다물고 있을 정도의 분별은 있다. 그 애는 불꽃만 바라보며 고개를 들지 않는다. 나는 그 애를 오래 바라보지는 않는다. 카메론은 나를 너무 화나게 만드는 동시에 너무 슬프게 한다. 그 애는 내가 피하려고 애써 온 존재 그 자체다.

팔리가 제일 먼저 목소리를 낸다.

"만약 이 괴짜 존이 자기 능력에 대해 진실을 말했다고 치더라도, 우리한테 말해 준 것들이 거짓말이 아니라는 증거가 없잖아."

그녀가 앞으로 몸을 기울이자, 불구덩이 위로 날카로운 윤곽이 드리운다.

"존은 메이븐의 첩자일 수도 있어. 그 사람이 엘라라가 신혈들을 조종하기 시작할 거라고 말했었지. 만약에 그녀가 그를 조종하고 있다면? 존을 이용해서 우리를 낚는 거라면? 그가 메이븐이 덫을 놓을 거라고 했잖아. 어쩌면 이게 그거일 수도 있잖아?"

가라앉는 느낌과 함께, 몇 명이 그녀의 말에 고개를 끄덕이는 것이 보인다. 크랜스, 파라, 그리고 플레처다. 킬런은 사냥꾼 동료들과 뜻을 같이 할 거라 생각하지만, 그는 조용히 침묵을 지킨다. 카메론처럼 그는 나를 쳐다보지 않을 모양이다.

열기가 모든 방향에서 나를 덮친다. 불꽃 너머, 저 뒤에 칼이 더러운 벽에 기대 있다. 그는 용광로처럼 불을 뿜지만, 무덤처럼 조용하다. 그는 입을 여는 바보짓은 하지 않는다. 이곳의 많은 이들이 그저 나 때문에, 아니면 아이들 때문에, 아니면 둘 다 때문에 그를 참고 있다. 칼에게 의지해서 군인들을 얻을 수는 없다. 나 스스로 그 일을 해내야만 한다.

"나는 그를 믿어요."

내 입에서 나오지만 낯설게 느껴지는 그 말은 동시에 돌처럼 견고하다. 이 사람들은 나를 리더처럼 취급하기를 고집하고 있으니, 나는 그런 것처럼 행동할 것이다.

"난 코로스로 갈 겁니다, 덫이든 아니든. 그곳에 있는 신혈들에게는 두 가지 운명만이 있어요. 죽거나 아니면 모든 사람이 왕비라고 부르는 인형술사에게 이용당하거나. 양쪽 다 용납할 수 없습니다."

동의의 웅성거림이 퍼져 나간다. 그 중심에 가레스가 있다. 그는 충성을 보이듯 머리를 끄덕거린다. 그는 존을 직접 보았기에 내 말이상의 확신이 더 필요하지도 않은 듯하다.

"어느 누구도 강제로 가게 하진 않겠습니다. 전처럼, 여러분 모두에게는 이 일에 대한 선택권이 있어요."

카메론이 살짝 머리를 젓지만, 아무 말도 하지 않는다. 쉐이드 오빠가 항상 팔 하나 정도 거리에서 붙어서 만약 그 애가 뭔가 어리석은 결정을 내릴 경우에 대비하고 있다.

"쉽지는 않을 겁니다, 하지만 불가능하지도 않아요."

충분히 여러 번 하다 보면, 나 스스로도 그 말을 믿기 시작할 것만 같다.

"어째서?"

크랜스가 말을 시작한다.

"내가 네 말을 제대로 들었다면, 그 감옥은 너 같은 사람들을 가두기 위해서 만들어진 건데. 네가 통과해야 할 것들은 그냥 막대기로 잠궈 둔 문들이 아니잖아. 문마다 아이즈가 지키고 있을 거고, 은혈 요원들이 한 부대에 무기고, 카메라, 침묵하는 돌도 있겠지, 그리고 그것도 네가 운이 좋아야 되는 거고, 번개 소녀."

크랜스의 옆에서 플레처가 걸쭉하게 침을 삼킨다. 그 창백하고 통통한 남자는 고통을 느끼지 않을지는 모르지만 분명 공포는 느끼는 모양이다.

"그래서 당신 운이 나쁘면요?"

나는 카메론 쪽으로 고개를 까딱하며 대답한다.

"쟤한테 물어봐요, 쟤가 거길 탈출했어요."

헉 하는 소리가 마치 연못의 수면처럼 사람들 사이로 파문을 일으키며 퍼져 나간다. 사람들의 시선이 내가 아닌 다른 곳을 향하자 조금은 안도감이 든다. 대조적으로 카메론은 몸을 굳히고 긴 팔다리를 안쪽으로 구부려 수많은 사람들의 시선에서 자신을 보호하려는 것처럼 보인다.

심지어 킬런조차 고개를 들어 바라본다. 하지만 카메론을 바라보는 것은 아니다. 그의 시선은 카메론을 지나서 벽에 뒤로 기대어 있는 나에게로 향한다. 그러자 아까 느낀 안도가 모두 사라지고 설명할 수 없는 어떤 간질간질한 감정이 그 자리를 대신 차지한다. 공포도 아니고 분노도 아니다. 그렇다, 이건 다른 무언가다. 갈망. 밖에는 폭풍이 불고 안에는 흔들리는 불빛이 비추는 지금, 나는 우리가 가을의 울부짖음을 피할 피난처를 찾아서 스틸츠의 집 아래에 옹기종기 모여 앉아 있었던 소년과 소녀로 다시 돌아간 척도 할 수 있을 것 같다. 누군가가 시간을 조종할 수만 있다면, 그래서 나를 그 시절로 다시 돌아가게 해 줄 수만 있다면. 그렇게만 해 준다면 다시는 추위와 배고픔에 징징거리지 않고 오히려 질투심을 느끼며 그들에게 매달려 있을 것이다. 지금도 마찬가지로 춥고, 마찬가지로 배가 고프지만 어떤 담요도 나를 따뜻하게 해 줄 수 없고 어떤 음식도 나를 채워 줄 수 없다. 어떤 것도 다시는 예전 같을 수 없으리라. 그것은 모두 내가 저지른 잘못이다. 그리고 킬런은 나를 따라서 이 악몽 속으로 들어왔다.

"쟤 말하긴 해?"

카메론이 입을 열기를 기다리는 데 지친 크랜스가 코웃음을 치자 팔리가 키득거린다.

"내 취향보다 과할 정도지. 말해, 콜, 네가 기억하는 모든 걸 우리에게 말해 줘."

카메론이 톡 쏘아 붙이지 않을까, 아니 어쩌면 심지어 팔리의 코를 깨물지도 몰라 하고 생각하지만 청중이 그 애의 성질을 가라앉힌다. 카메론은 내 계략이 무엇인지 꿰뚫어 보지만 그렇다고 해서 그 계략이 먹히지 않는 것도 아니다. 희망을 담은 시선들이, 위험한 곳으로 기꺼이 발을 담그려는 이들이 너무 많이 있는 것이다. 그 애는 그들을 그저 무시할 수가 없다.

"그곳은 델피를 지나 있어요."

카메론이 한숨을 쉰다. 그 애의 눈이 고통스러운 기억으로 흐릿해진다.

"워시 근처 어디인데 너무 가까워서 방사능의 냄새를 거의 맡을 수도 있을 지경이지요."

워시는 노르타의 남쪽 경계를 형성하고 있는 지역으로 피에드몬트 지역을 다스리고 있는 은혈 왕자들과 노르타를 자연스럽게 나누고 있다. 내얼시처럼 워시도 파괴된 지역이지만 너무 심하게 파괴가 되어 은혈들조차 재개발하기를 원치 않는다. 진홍의 군대조차 그곳에는 감히 발을 들이지 않는데, 그곳의 방사능은 눈 가리기가 전혀 아니며 천 년이 넘는 연기가 여전히 그 지역을 덮고 있다.

"그들은 우리를 각자 고립시켰어요. 한 감옥당 한 명씩, 그리고 많은 사람들이 간이침대 위에 눕는 것 이상은 더 이상 어떤 일도 할 수 없을 정도로 기력이 없었어요. 그곳의 뭔가가 사람들을 아프게 만들었어요."

"침묵하는 돌이야."

나는 그녀의 질문 아닌 질문에 대답한다. 그 모든 느낌을 나 역시 똑같이 기억하고 있기 때문이다. 그런 감옥에 갇혀 본 것이 두 번, 내 힘을 뽑혀 본 것이 두 번.

"빛도 별로 없고, 먹을 것도 별로 없었어요."

그녀는 불꽃을 향해 눈을 가늘게 뜨고 보며 의자에서 몸을 움직인다.

"서로 얘기도 별로 할 수 없었어요. 경비들은 우리가 말하는 걸 좋아하지 않았고, 항상 순찰을 돌고 있었거든요. 때때로 감시병들이 와서 사람들을 데려갔어요. 몇몇은 걸을 수도 없을 정도로 약해져 있어서 질질 끌려갔죠. 우리 구역이 꽉 차 있었던 것 같지는 않아요. 많은 감옥들이 비어 있었거든요."

그녀의 숨이 잠깐 멎는다.

"매일이 피를 흘리는 나날이었죠."

"구조물에 대해서 묘사해 봐."

팔리가 말하며 해릭을 쿡 찌르고, 나는 그녀의 생각이 뭔지 알 것 같다.

"우리 비콘 지역에서 잡혀 온 신혈들은 같은 구역에 있었어요. 커다란 네모 광장에, 벽에 줄지은 감옥들로 향하는 계단참이 4개 있었어요. 좁은 보행자용 통로가 서로 다른 층들을 연결하고 있었어요, 전부 다 혼란스럽게 얽혀 있고 마그네트론들이 밤마다 그것들을 뒤로 당겨 놓았어요. 감옥들도 마찬가지에요, 마그네트론들이 열어 주어야 했어요. 마그네트론들이 어디에나 있어요."

그녀는 욕을 하지만 화를 낸다고 해서 그녀를 탓할 수는 없다. 그 감옥에 루카스 사모스 같은 남자는 없었을 것이다. 나 때문에 아케온에서 죽음을 맞았던 것 같은 그런 친절한 마그네트론은 절대 없었을 것이다.

"창문도 없었지만 천장에 채광창이 하나 있었어요. 작지만 우리가 태양을 몇 분이라도 보기에는 충분했죠."

"이것처럼?"

해릭이 손을 서로 문지르며 묻는다. 우리 눈앞에 그의 환상이 모닥불 위로 나타나고, 그 이미지는 느리게 돈다. 희미한 녹색 선들로 그려져 있는 상자다. 내가 무엇을 보고 있는지 적응하고 나자, 카메론이 있던 감옥 구역의 거친 윤곽선들을 알아볼 수 있다.

그녀는 눈을 깜빡이면서 그 환상의 면면 위를 바라본다.

"더 크게요."

그녀가 중얼거리자 해릭의 손가락이 움직인다. 환상이 그에 대답한다.

"통로 두 개 더 있어요. 꼭대기에는 문이 네 개 있고요, 각 벽마다 하나씩."

해릭은 들은 대로 움직여 카메론이 만족할 때까지 이미지를 조정한다. 그는 미소를 보이기까지 한다. 이 일은 그에게는 그림을 그리는 것이나 마찬가지로 간단하고 쉬운 게임인 것이다. 우리는 침묵 속에서 그 거친 그림을 뚫어져라 바라보면서, 각자 그곳으로 들어갈 방법을 골똘히 생각한다.

"구덩이네요."

파라가 신음하며 머리를 손에 떨군다. 정말로 그 감옥 구역은 네모나고 날카로운 구멍처럼 보인다.

에이다는 덜 우울해 보이는데 할 수 있는 한 감옥의 모든 부분을 해부하는 것에 흥미를 느끼는 듯하다.

"문들은 어디로 향하죠?"

한숨을 쉬는 카메론의 어깨가 처진다.

"더 많은 구역들로요. 전부 얼마나 많이 있는지 나는 몰라요. 내가 나올 때까지 일렬로 3개 구역을 통과했어요."

환상이 변하며 카메론의 구역 옆으로 구역들을 추가한다. 그 광경을 보니 위장에 주먹을 한 방 때리는 기분이다. 이렇게 많은 감옥들과 이렇게 많은 문들. *우리가 발만 헛디뎌도 쓰러질 수없이 많은 장소들. 하지만 카메론은 탈출했어. 카메론은 전혀 훈련을 받지 않았고 어디까지 할 수 있는지도 알 수 없지만.*

"감옥에 은혈들도 갇혀 있다고 했지."

우리가 회의를 시작한 이래 처음으로 칼이 입을 연다. 그의 분위기는 정말로 어둡다. 그는 모닥불의 불빛 안으로 걸어 나오지도 않는다. 잠시 동안 그는 메이븐이 항상 주장하고는 했던 바로 그 그림자처럼 보인다.

"그게 어디지?"

짖는 듯한 소리, 화가 난 웃음소리, 금속에 돌을 대고 긁는 듯 날카로운 소리가 닉스에게서 난다. 그는 고발하는 듯이 손가락을 허공에 대고 마구 찌른다.

"왜? 네놈은 자기 친구들을 그놈들 우리에서 빼주고 싶은가? 그들을 다시 그놈들 저택과 티파티로 돌려보내려고? 흥, 그놈들은 썩게 내버려 둬!"

그는 혈관이 도드라진 손을 칼의 쪽으로 흔들고, 그의 웃음소리는 가을 폭풍우만큼이나 차갑다.

"메어, 저놈은 뒤에 남겨두고 가야만 해. 저놈을 멀리 보내 버리쇼, 그편이 더 낫겠군. 저놈은 자기네 사람들을 뺀 어떤 것도 보호할 마음이 없으니까."

내 입은 머리보다 더 빨리 움직이지만, 이번에는 입이 머리와 같은 말을 한다.

"여러분 한 사람 한 사람 모두가 그 말이 거짓말인 거 알잖아요. 칼은 우리 모두를 위해서 피를 흘렸고, 우리 모두를 보호해 왔어요. 여러분 대부분을 훈련시킨 것은 언급할 필요도 없겠죠. 그가 코로스의 다른 은혈들에 대해서 질문을 던진다면, 그건 그가 합당한 이유를 가졌기 때문이고 그리고 그 말이 그들을 자유롭게 해 줄 거라는 의미는 *아니에요*."

"사실은……."

칼의 목소리에 나는 눈을 크게 뜨고 몸을 빙 돌린다. 내 놀란 목소리가 방에 울린다.

"당신 정말로 그들을 자유롭게 해 주고 싶은 건가요?"

"그 점에 대해서 생각해 봐. 그들은 메이븐이나 엘라라, 아니면 두 사람 다에게 저항했기 때문에 그곳에 갇힌 거야. 내 동생은 이상한 환경에서 왕좌를 차지했고, 많은 이들이, 많은 이들이 그의 어머니가 말하는 거짓말을 믿지 않을 겁니다. 몇 명이야 납작하게 엎드려서 때가 오길 기다릴 정도로 현명하겠지만, 그렇지 못한 이들이 있죠. 그들이 쓴 책략의 최후는 감옥이 되었고, 그리고 당연히, 내 외숙인 줄리언 같은 분들도 있어요. 외숙부는 메어에게 그녀가 어떤 존재인지 가르친 장본인이죠. 그분은 진홍의 군대를 도왔고 킬런과 팔리를 처형에서 구했지만, 그분 피는 눈이 멀 것 같은 은색입니다. 그분도 그 감옥에 갇혀 있어요. 피의 색을 넘어서 평등의 가치를 믿는 다른 사람들과 같이. 그 사람들은 우리의 적이 아닙니다, 적어도 지금 이 순간만큼은."

그는 팔짱을 풀고, 군인으로서의 자신이 본 것을 우리 역시 이해하게 만들려고 애를 쓰며 팔을 마구 움직인다.

"만약 우리가 그들 전부를 코로스에서 풀어 준다면, 거기는 혼란에 빠질 겁니다. 그들은 경비들을 공격할 테고 자신들이 빠져나오기 위한 모든 것들을 하겠죠. 우리 중 누가 줄 수 있는 것보다 더 좋은 시선 끌기가 될 겁니다."

그 재빠르고 결단력 있는 제안에, 심지어 닉스조차 기가 꺾인다. 그가 칼을 미워하고 딸들의 죽음을 칼의 탓으로 돌리고 있을지라도, 이것이 좋은 계획이라는 것까지는 부인하지 못한다. 아마도 우리가 찾아낼 수 있는 최선의 방법이리라.

"게다가……."

칼이 그늘 속으로 다시 물러서며 덧붙인다. 이번에 그의 말은 오직 나만을 향한 것이다.

"외숙부와 사라는 은혈들과 같이 있을 거야, 신혈들이 아니라."

아. 서두른 나머지 나는 정말로 왠지, 그 두 사람의 피가 내 것과 같은 색이 아니라는 사실을 잊고 있었던 것이다. 그들도 은혈이라는 사실을.

칼이 계속 설명하려고 애를 쓰며 말을 잇는다.

"그들이 어떤 존재인지 그리고 그들이 어떤 기분일지 기억해 보십시오. 그들은 이 세계의 붕괴를 아는 유일한 이들이 아닙니다."

유일한 이들이 아니다. 논리로는 칼의 말이 분명히 옳다. 은혈들과 보냈던 제한적인 시간 동안 나는 줄리언, 칼, 사라 그리고 루카스를 만났고 그 네 명의 은혈들은 결코 내가 그럴 거라고 믿었던 잔혹한 이들이 아니었다. 분명히 더 많은 이들이 그럴 것이다. 노르타의 신혈들처럼, 메이븐은 그들을 제거하려고 하고 자신에게 반대하는 사람들과 정치적인 적들을 감옥에 집어넣고 쓸어 버려서 사람들이 그들의 존재를 잊도록 만들고 있다.

카메론이 입술을 물고 당기자, 이가 번뜩인다.

"은혈 구역은 우리 구역하고 똑같아요. 누비이불처럼 번갈아 있어요. 하나는 은혈, 하나는 신혈, 은혈, 신혈, 그런 식으로."

"체크무늬처럼."

칼이 고개를 끄덕이며 중얼거린다.

"그들을 서로에게서 분리해 놓았군. 제어하기 더 쉽고, 싸우기도 더 쉽지. 그리고 탈출은 어떻게 했지?"

"그들은 우리를 한 주에 한 번 산책시켜요, 죽지 못하게 하려고요. 몇몇 경비들이 그걸 두고 농담까지 했는데, 자기들이 우리를 조금이라도 빼내 주지 않으면 감옥이 우릴 죽일 거라나요. 나머지 사람들은 싸움은 고사하고 간신히 비틀거리며 걸을 수만 있었지만 난 달랐어요. 감옥에서 나는 전혀 아프지 않았어요."

"감옥이 당신에게는 전혀 영향을 미치지 못했기 때문이죠."

에이다의 목소리는 아주 조심스럽고 침착하고 부드럽게 카메론의 말을 수정한다. 에이다가 너무나 줄리언처럼 말해서 나는 자리에서 펄쩍 뛴다. 아주 잠깐 동안, 나는 책으로 가득한 그의 교실로 돌아가서 탐구 대상이 된 듯하다.

"당신의 침묵시키는 능력들은 너무나 강력해서 평범한 조치들은 작동하지 않을 거예요. 내 생각에는 무효화하는 효과 같아요. 다른 능력을 상대하는 사일런스의 한 형태죠."

카메론은 그저 어깨만 으쓱하고, 전혀 관심을 두지 않는다.

"그래요."

"그래서 산책 중에 빠져나온 거군."

칼이 다른 누구가 아니라 자기자신에게 말하듯 속삭인다. 그는 지금 이 일을 깊이 생각하는 중이다. 카메론의 입장이 되어 그 애가 탈출한 감옥을 상상해 보면서, 거꾸로 들어갈 방법을 생각해 보려는 것이다.

"아이즈는 네가 계획한 것들을 보지 못했지, 그래서 그들은 널 멈추지도 못했고. 그들이 문을 지키고 있지, 그렇지?"

그 애는 동의의 뜻으로 머리를 앞뒤로 끄덕인다.

"모든 감옥 구역을 지키는 사람이 하나 있었어요. 그의 총을 훔쳐서 머리를 숙이고 달아났죠."

크랜스가 카메론의 대담성에 감명을 받은 듯 낮은 휘파람을 분다. 하지만 그보다 날카로운 칼은 더 밀어붙인다.

"문들은 어떻게 하고? 마그네트론만이 문을 열 수 있다며."

그 말에 카메론의 불안정한 미소에 금이 간다.

"은혈들이 더 이상 모든 감옥과 문을 사악한 금속 조종사들 손에만 맡겨 둘 정도로 멍청하진 않더라고요. 주변에 마그네트론이 없거나 할 경우를 대비해서 문을 열 수 있게 문에는 열쇠로 돌아가는 스위치가 있고, 착하게 굴지 않기로 마음먹으면 돌로 된 빗장으로 닫아 버릴 수도 있어요."

*이건 내가 벌인 일 때문이구나. 내가 루카스가 태양의 홀의 감옥을 열게 만들었지. 메이븐은 또 한 번 같은 일이 벌어지지 않도록 확신할 수 있는 처리를 해 둔 거야.*

칼이 아마도 정확히 똑같은 생각을 한 모양인지 내 쪽으로 시선을 던진다.

"그리고 넌 열쇠를 가지고 있었고?"

카메론은 머리를 흔들고, 대신에 목을 가리켜 보인다. 문신이 거기, 카메론의 피부보다 더 어두운 검정색으로 자리를 차지하고 있다. 그것은 그 애가 기술자라는, 공장과 연기의 노예라는 흔적이다. 그 애는 구부러진 손가락을 좌우로 흔든다.

"나는 정비공이에요. 스위치에는 엔진과 전선들이 있죠. 바보들만이 그런 게 제대로 작동하게 만들려고 열쇠를 쓰는 법이죠."

카메론은 고통스러운 존재임이 틀림없지만 분명히 유용하기도 하다. 나조차도 그 점은 인정해야만 한다.

"나는 징병되었어요, 심지어 내가 뉴 타운에 살고, 직업을 갖고 있었음에도 말이에요."

계속 말하는 카메론의 목소리가 낮아진다.

나는 그 애에게 말한다.

"감옥, 카메론, 우린 그쪽에 집중해야⋯⋯."

"모두가 일을 해요, 그리고 우린 군대에 갈 일이 없을 것만 같았죠, 우리가 원한다고 해도 말이에요."

그 애는 나를 누르고 말을 잇고, 목소리는 더 강하고 더 커진다.

계속 경쟁해 봤자 소리 지르는 싸움으로 이어질 것 같다.

"조치는 그 점을 바꿔 놨어요. 추첨이 있었죠. 20명에 한 명, 15살에서 17살 사이의 모두에게요. 내 동생이랑 내가 둘 다 선택됐어요. 말도 안 되는 확률이죠, 안 그래요?"

"3퍼센트도 안 되는 확률이네요."

에이다가 속삭인다.

"우리 둘은 다른 부대로 갈라졌어요. 나는 패트리어트 요새 밖에 주둔하는 비콘 부대로, 모리는 단검 부대로 배치됐죠. 그게 그 사람들이 문제를 일으키는 사람 누구에게나, 심지어 요원 얼굴을 잘못 쳐다보기만 해도 저지르는 짓이에요. 아시겠지만 단검 부대로 가는 건 사형 선고나 다름없어요. 5000명이나 되는 애들이 가진 거라고는 뼈밖에 없는 채로 싸우러 가고, 그 애들의 최후는 결국 거대한 무덤이 되겠죠."

나는 이를 부드득 간다. 군대 명령에 대한 기억이 날카롭고 밝게 타오른다.

"그 애들이 코르비움을 떠난 후부터는 그건 그저 죽음의 행진이 될 거예요, 살육일 뿐이라고요. 단검 부대는 참호로, 초크의 심장부로 곧장 향하고 있어요. 모리가 그 부대로 보내진 건 우리 어머니를 마지막으로 한 번 안아 드리려고 했기 때문이라고요."

내가 미약하게나마 붙들고 있던 통솔력이 한계에 이른다. 모든 신혈들이 카메론의 말을 이해하자, 그 점을 모두의 얼굴 위에서 볼 수 있다. 에이다가 가장 최악이다. 그녀는 눈도 깜빡이지 않고 나를 바라본다. 날카로운 표정이 아니라 텅 빈 얼굴이다. 그녀는 흐릿한 눈에 비판의 빛을 담지 않기 위해 최선을 다하지만 잘되지 않는다. 불꽃이 모닥불의 중앙에서 타오르자 그녀 눈의 흰자위가 금색과 붉은색으로 번쩍거린다.

"감옥에는 신혈도, 은혈도 있지요."

카메론은 이제 자신의 손에 그들을 쥐었다는 사실을 깨닫고는 손아귀에 힘을 준다.

"하지만 5000명의 아이들이, 5000명의 적혈 소년과 소녀들이 곧 영원히 사라질 거예요. 당신들은 그 애들이 죽게 내버려 둘 건가요? 당신은 저 애를(카메론은 머리를 내 방향으로 기울인다.) 그리고 저 애의 애완 왕자를 따를 건가요?"

칼의 손가락이 내 손 가까이에서 경련하지만 나는 몸을 피한다. *여기서는 안 돼.* 사람들은 모두 우리가 침실을 공유한다는 사실을 알고 있지만 그 이상을 더 가정할지 누가 알랴. 하지만 카메론이 이미 가지고 있는 정보 이상의 것을 그 애에게 줄 수는 없다.

"쟤는 당신들에게 선택권이 있다고 했지만 쟨 그 말의 의미도 모르는 사람이에요. 나는 여기에 끌려왔어요, 군대에 끌려갔던 것처럼, 감시병들한테 며칠 후에 다시 또 끌려갔던 것처럼요. 번개 소녀는 사람들에게 선택권 같은 거 주지 않아요."

그 애는 내가 그 비난에 맞서 싸우기를 기대하지만, 나는 잠자코 있는다. 패배의 기분이 느껴지고, 그 애 역시 그 사실을 잘 알고 있다. 그 애 눈 뒤로, 엔진은 이미 돌아가기 시작했다. 카메론은 전에도 나를 상처 입혔고, 다시 한 번 내게 상처를 입힌다. *그럼 쟨 왜 여기에 머무르는 거지? 우리 모두를 침묵시키고 여길 빠져나가면 될 것*

을. *왜 머무르냐고?*

"메어는 사람들을 구해요."

킬런의 목소리는 다르게, 더 나이든 것처럼 들린다. 가슴 속의 고통스런 갈망이 돌아온다.

"메어는 여러분 모두를 감옥이나 죽음에서 구해 냈어요. 메어는 여러분의 도시로 들어갈 때마다 매번 자청해서 위험을 짊어졌죠. 메어는 결코 완벽하지 않지만, 괴물도 아니에요, 어떻게 봐도요. 믿어 주세요."

그 말을 하는 동안에도 킬런은 여전히 내 쪽을 보지 않는다.

"나는 괴물들을 많이 봤어요. 그리고 여러분도 그렇게 될 겁니다, 만약 우리가 신혈들을 왕비의 자비로운 손길에 맡겨 두면요. 그럼 그녀는 여러분 같은 존재가 아무도 남지 않을 때까지, 그리고 여러분들이 어떤 존재인지 기억하는 누구도 살아남지 못할 때까지 여러분이 서로를 죽이게 만들 거예요."

*자비.* 나는 거의 코웃음을 칠 뻔 한다. 엘라라 상왕비에게 자비 같은 게 있을 리가.

킬런의 말이 그토록 대단한 무게를 지닐 거라고 기대하지도 못했건만, 나는 완전히 틀렸다. 나머지 사람들은 존경과 관심을 갖고 그를 바라본다. 그건 이들이 나를 보는 방식과는 완전히 다르다. 그렇다, 이들의 눈은 항상 공포의 빛을 띠고 있다. 이들에게 있어서 나는 장군이자 리더이지만, 킬런은 이 사람들의 형제다. 이들은 칼이나 나에게는 결코 할 수 없는 방식으로 킬런을 사랑한다. 킬런의 말에 귀를 기울인다.

그리고 바로 그 때문에, 카메론의 승리는 바로 사라진다.

"우리 그 감옥을 먼지로 만들어 버립시다."

닉스가 킬런의 어깨에 한 손을 얹으면서 으르렁거린다. 그의 손아귀 힘이 엄청 셀 텐데도 킬런은 움찔하지도 않는다.

"난 가겠소."

"나도요."

"그리고 나도."

"나도."

목소리들이 머릿속에서 메아리친다. 내가 바랐던 것 이상의 지원자들이 나선다. 가레스, 닉스, 에이다, 폭발 전문가 케샤, 또 다른 불가침의 파괴자 다미안, 초감각을 가진 로리, 그리고 당연히, 이미 함께 가겠다고 맹세했던 내니도 있다. 침묵하고 있는 사람은 크랜스, 파라, 플레처, 그리고 환상 마술사 해릭으로 그들은 자신들의 자리에서 꼼지락대고 있다.

"좋아요."

나는 다시 앞으로 나서서 지을 수 있는 가장 강해 보이는 얼굴을 보인다.

"아이들이 숲에 불을 지르지 않게 나머지 여러분이 여기 남아서 지켜주실 필요가 있어요. 그리고 무슨 일이 일어나면, 그들을 보호해 주셔야 하기도 하고요."

무슨 일. 또 다른 습격, 전면적인 공격, 무엇이 더 내가 그토록 힘들게 구해 온 이들에게 위협적일 것인지. 하지만 뒤에 남는 쪽이 코로스로 가는 것보다는 덜 위험할 것이고, 그들은 조용한 안도 속에서 한숨을 내쉰다. 그들이 안도하는 모습을 지켜보는 카메론의 얼굴이 부러움으로 비틀린다. 그 애는 할 수만 있다면 그들과 함께 남고 싶을 터이지만, 그럼 누가 그 애를 훈련시킬 수 있을까? 누가 카메론을 가르치고 어떻게 자신의 능력을 제어할지…… 그리고 그 능력을 사용할지 알려 줄 수 있을까? 칼도 아니고, 분명히 나도 아니다. 그 애는 값을 좋아하지는 않지만, 치르게 될 것이다.

나는 다른 지원자들의 얼굴에서 결의나 집중력을 보길 바라며 하나하나 살펴본다. 대신 보이는 것은 공포, 의심, 최악의 경우로는 후회다. 벌써, 우리가 시작하기도 전에. 팔리가 얻은 것 없이 잃어야만 했던 진홍의 군대나 심지어 대령의 레이크랜즈 군인들이라도 있었으면 좋았을 텐데. 적어도 그들은 스스로가 아닌 대의에 대한 어떤 믿음 쪼가리라도 갖고 있었다. *나는 우리 모두를 충분히 믿어야만 해. 다시 한 번 가면을 쓰고, 그들이 원하는 번개 소녀가 되어야만 해. 메어는 기다릴 수 있어.*

희미하게, 내가 다시 메어가 될 기회를 얻을 수 있을 것인지 궁금해진다.

"저 안으로 다시 들어가려면, 네가 도와줘야 해."

칼이 카메론과 회전하고 있는 코로스 감옥의 환영 사이를 가리켜 보이며 말한다.

"나머지 여러분들은, 잘 먹고 할 수 있는 한 훈련을 해 두십시오. 폭풍이 지나가면, 모두 마당에서 뵙도록 하죠."

다른 사람들은 따르지 않을 수가 없다. 내가 왕자비처럼 말하는 법을 배워 왔듯이, 칼은 항상 장군처럼 말하는 법을 정확히 알고 있다. 그는 명령을 내린다. 그것은 그가 가장 잘하는 영역이고, 그가 타고난 운명이다. 그리고 이제 그에게 신병 모집과 숨는 것을 넘어서 임무가, 명확한 목표가 생기자, 다른 모든 것은 사라진다. 심지어 나조차. 그가 계획을 혼자 중얼중얼 대며 짜고 있는 사이에 다른 사람들처럼 나도 방을 나온다. 칼의 구릿빛 눈동자는 환상이 발하는 희미한 빛을 받아 마법에 걸린 것처럼 빛을 발한다. 해릭이 뒤에 남아서 충실하게 환상을 유지하고 있다.

나는 노치 안으로 깊이 들어가는 신혈들을 따라가지 않는다. 사람들은 서로 다치지 않게 하면서 연습을 하기 위해서 구멍이나 터널들을 이용한다. 폭풍우를 바라보면서 밖으로 나서자, 진눈깨비가 뒤섞인 차가운 폭풍이 머리 위를 때린다. 칼의 온기는 빠르게 사라진다.

*나는 번개 소녀다.*

비와 눈으로 무거워진 어두운 구름이 휘몰아치고 있다. 님프라면 쉽게 조종할 수도 있을 것이다. 은혈 스톰(날씨를 조종할 수 있는 능력자—옮긴이)도 가능했을 것이다. 내가 메리어나였을 때, 나는 어머니가 놀 하우스의 스톰이라고 거짓말을 해야 했다. 그녀는 내가 전기를 지배하듯이 날씨에 영향을 줄 수 있었을 것이다. 그리고 보울 오브 본즈에서 나는 하늘에서부터 번개를 불러왔고 내 위의 보라색 보호막을 부숴 버리며 경기장에 쏟아들어져 오던 메이븐의 군인들에게서 나와 칼을 구해냈다. 그때는 그 일이 나를 약하게 만들었지만 나는 이제 더 강해졌다. 이제 더 강해져야만 한다.

비 사이로 눈을 가늘게 뜨고 얼어붙을 듯한 빗방울이 눈을 찌르는 것을 무시한다. 두꺼운 겨울 코트를 비가 흠뻑 적시자, 손가락과 발가락이 오한으로 덜덜 떨린다. 하지만 무감각해지지는 않는다. 느껴야만 하는 모든 것들이 느껴진다. 피부 아래로 거미줄처럼 맥박치는 파동에서부터 구름 너머, 검은 심장처럼 느리게 두드리는 파동까지도. 그것은 집중할수록 점점 더 강해지고, 피를 흘리는 것처럼 보인다. 움직이지 않는 손가락으로 볼 수는 없지만 거대한 소용돌이를 만들어 그것들이 더 낮은 비구름 속으로 얽힐 때까지 움직인다. 또 다른 폭풍이 모양을 갖추고 그 안의 에너지가 삐거덕거리는 동안 목 뒤의 털이 일어난다. 번개 폭풍. 주먹을 꼭 쥐고, 폭풍이 울려 퍼지기를 바라며 스스로 창조해 낸 것 위로 손에 힘을 준다.

처음 천둥이 치는 소리는 부드럽고, 거의 우르릉대지도 않는다. 이어 약한 번개가 계곡 아래로 내리치며 눈과 비의 안개 사이로 잠깐 보인다. 다음 것은 좀 더 강하고, 자백색으로 번뜩인다. 그 광경에 자부심과 기진맥진함이 동시에 느껴져 숨을 멈춘다. 몰아치는 번개들이 모두 내 안에서 눈부시게 느껴지지만 그만큼이나 많은 힘이 고갈된다.

"겨냥할 게 아무것도 없잖아."

킬런이 노치의 입구에 기대어 있다. 할 수 있는 한 지붕 처마 아래에 서서 젖지 않으려고 노력하는 중이다. 불가에서 떨어져서 보니 그는 스틸츠에 있을 때만큼 먹고 있음에도 불구하고 지금까지보다 좀 더 딱딱하고 마른 것처럼 보인다. 긴 사냥과 지속되는 분노가 대가를 치룬 모양이다.

"네가 계속 *저걸*로 집에서 그렇게 가까이서 연습하고 싶은 거라면, 일단 그게 최선이긴 하겠네."

167

그가 계곡을 가리키면서 덧붙인다. 먼 거리에서 키가 큰 소나무 하나가 연기를 뿜고 있다.

"하지만 좀 더 실력을 개선할 생각이라면, 우리 모두에게 호의를 베풀어서 산으로 좀 멀리 꺼져 줘."

"너 지금 나한테 말 걸고 있는 거야?"

나는 씩씩대면서, 내가 얼마나 숨을 헉헉대고 있는지 숨기려고 애를 쓴다. 나는 눈을 찡그리고 연기 나는 나무를 바라본다. 약한 번개가 100미터도 더 떨어진 곳에 내려치며, 내가 겨냥한 곳을 훨씬 지나친다.

1년 전이었다면 킬런은 내 노력에 웃음을 터뜨리며 내가 맞붙을 때까지 놀려 댔을 것이다. 하지만 그의 마음은 몸처럼 성숙해졌다. 그의 유치한 면들은 사라지고 있다. 한때 나는 그런 장난스러운 면들이 너무 싫었다. 하지만 이제는 그런 면들이 사라지는 것이 너무 슬프다.

그는 스웨터의 후드를 끌어올려 형편없이 자른 머리를 숨긴다. 머리를 자기 머리처럼 정신없는 스타일로 잘라 주겠다는 팔리의 제안을 거부하자, 닉스가 직접 나섰는데 그 덕에 킬런에게는 삐뚤삐뚤한 커튼 같은 황갈색 머리 타래가 남았다.

"나도 코로스에 가게 해 줄 거야?"

킬런이 마침내 묻는다.

"너 자원했잖아."

그 얼굴에 퍼지는 미소는 우리 주변으로 떨어지는 눈만큼이나 하얗다. 킬런이 이 일을 이토록 바라지 않았으면 좋겠다. 내 말에 귀를 기울이고, 뒤에 남았으면 좋겠다. 하지만 칼은 킬런이 내가 스스로 결정을 내리도록 나를 믿어 줄 거라고 했다. 그러니 나도 킬런이 자신의 결정을 내릴 수 있도록 해 줘야 할 것이다.

"아까 저기서 나 대신 말해 줘서 고마워."

나는 진심으로 말한다.

킬런이 머리를 기울이자 머리카락이 눈을 가린다. 그는 자신이 기대고 있던 흙벽에서 몸을 일으키며 흥미 없다는 듯한 어깻짓을 억지로 해 보인다.

"넌 자신이 그 은혈 수업을 들은 덕분에 사람들에게 확신을 주는 법을 배웠다고 생각하는 모양인데. 하지만 만약 그렇다고 하면, 넌 정말 멍청이야."

우리가 터뜨린 웃음소리가 함께 섞인다. 오래 전에 가 버린 날들에서나 들을 수 있던 소리다. 그때 우리는 지금의 우리와는 달랐지만 항상 그래 왔듯이 서로 꼭 같았다.

우리는 몇 주 동안 이야기를 나누지 않았지만 나는 내가 얼마나 그를 그리워했는지 깨닫지도 못했다. 잠시 동안 나는 모든 것에 대해 불쑥 이야기해 버리고 싶은 고통스러운 충동에 맞서 싸운다. 그대로 서서 킬런에게 메이븐의 쪽지나 내가 매일 밤 보는 죽은 얼굴들이나 칼이 악몽에서 어떻게 깨어나는지에 대한 이야기를 하지 않으려니 몹시 힘들다. 킬런에게 모든 이야기를 하고 싶다. 그는 아무도 모르는 방식으로 메어를 알고 있고, 나 역시 같은 방식으로 어부 소년 킬런을 알고 있다. *하지만 그 사람들은 이제 없어. 그 사람들은 없어져야만 해. 그 사람들은 이런 세상에서는 살아남을 수 없어. 나*

는 다른 누군가가 되어야만 한다. 자신의 힘 외에는 어떤 것에도 의지하지 않는 누군가. 킬런은 너무나 쉽게 나를 메어로 돌려놓고, 내가 되어야 할 사람을 잊게 만든다.

차가운 공기 속에 흩어지는 우리 숨이 만들어 낸 입김만큼이나 부드럽게 침묵이 퍼진다.

"죽으면 죽을 줄 알아."

내 말에 킬런은 슬프게 미소 짓는다.

"동감이다."

**제24장**

이상하게도 지난 몇 주간 잔 것보다 그 다음 3일 동안 더 푹 잔다. 계획을 세우는 긴 회의 시간과 함께 마당에서 벌이는 거친 훈련이 우리 전부를 넝마로 만든다. 신병 모집은 전면적으로 멈춘 상태다. 그 임무가 그립진 않다. 매번 신병 모집 때마다 안도나 공포의 숨소리가 따랐고, 그것들은 그 의미가 어느 쪽이든 늘 나를 부서뜨린다. 교수대 위의 너무 많은 시체들, 자신의 어머니의 품을 떠나는 선택을 하는 너무 많은 아이들, 자신들이 알았던 삶을 억지로 떼어내는 너무 많은 사람들. 더 나은 것이든 더 나쁜 것이든, 내가 그들 전부에게 그 일을 저질렀다. 하지만 비행기가 착륙하고, 지도와 평면도를 숙독하며 시간을 보내는 지금, 나는 또 다른 종류의 수치를 느낀다. 나는 그들을 저기 밖에 유기했다. 마치 카메론이 내가 어린 부대의 아이들을 버렸다고 한 것처럼. 얼마나 더 많은 아기들과 아이들이 죽게 될까?

하지만 나는 더 이상 미소 지을 수 없는 오직 유일한 사람, 오직 유일한 소녀다. 나는 그 애를 나머지 것들 뒤로, 내 번개 가면 뒤로 숨긴다. 하지만 그 아이는 계속 남아서 공포에 질린 커다란 눈을 하고 두려워한다. 나는 그 아이를 깨어 있는 매 순간 밀어내지만 그 아이는 여전히 유령처럼 나를 쫓는다. 아마 결코 떠나지 않으리라.

모두가 잠을 잘 자지 못한다. 심지어 훈련을 받은 후에는 더욱 잘 자야 한다고 모두에게 확고히 주장하는 칼조차 그렇다. 킬런이 다시 나와 얘기를 나누기 시작하고, 다시 가족으로 돌아온 반면 칼은 시간이 지날수록 점점 더 멀어진다. 그의 머리에 대화를 위한 공간이 전혀 남지 않은 것 같다. 코로스는 이미 그를 옭아맸다. 그는 내가 일어나기도 전에 일어나서 더 많은 아이디어들과 더 많은 목록들을 우리가 그간 함께 슬쩍해 둔 모든 종이 쪼가리 위에 휘갈긴다. 에이다는 그의 가장 큰 자산으로 그녀는 눈으로 지도에 불구멍을 내는 게 아닐까 싶게 무서울 정도로 집중하며 모든 것을 암기한다. 카메론은 결코 멀리 가진 않는다. 칼의 명령에도 불구하고, 그 애는 시간이 갈수록 점점 더 고갈되는 것 같다. 다크서클이 눈 주위에 생기고, 할 수 있을 때마다 기대거나 앉아 있다. 하지만 적어도 다른 사람들의 앞에서 불평은 하지 않는다.

급습 이전의 마지막 날인 오늘, 카메론은 특히 더러운 기분인 모양이다. 그 애는 그 기분을 자신의 훈련 타깃에 푼다. 다시 말해, 나와 로리에게.

"그만."

로리가 악문 이 사이로 낮게 말한다. 그녀는 카메론의 방향으로 손을 흔들며 한쪽 무릎을 꿇는다. 카메론은 주먹을 쥐지만 힘을 빼고, 그 애의 능력은 사라진다. 그 애는 침묵의 커튼을 억눌러 끌어내린다.

"내가 아니라 내 감각을 나가게 만들었어야지."

로리가 자기 발로 일어서려고 애를 쓰며 덧붙인다. 몹시 추운 켄토스포트 지방 출신임에도, 그녀는 자기 코트를 더 가까이 끌어당긴다. 켄토스포트는 바위투성이의 반쯤 잊힌 항구 도시로 지금쯤이면 이미 눈과 바다 폭풍이 점령했을 것이다. 카메론의 사일런스 능력은 타고 난 무기만 빼앗아 가는 것이 아니라 상대방 자체를 전적으로 정지시켜 버린다. 맥박이 느려지고, 눈앞이 캄캄해지고, 체온이 떨어진다. 뼛속까지도 불안정해진다.

"미안해요."

카메론은 할 수 있는 한 적은 단어만 사용해서 말한다. 사나운 수다가 사라진 건 좋은 변화이기는 하다.

"이쪽에 재능이 없어요."

로리가 바로 회복한다.

"음, 잘해야 할 텐데, 빨리 말이야. 우린 오늘 밤 떠나, 콜, 그리고 넌 그저 여행 가이드 역할로 따라가는 게 아니란 말이야."

싸움을 끝내는 건 나랑은 전혀 어울리지 않는다. 싸움을 붙이는 건, 어울리지. 싸움 구경, 그건 당연하고. 하지만 싸움을 멈추는 건? 그럼에도 불구하고 우리에겐 논쟁할 만한 시간이 없다.

"로리, 그만. 카메론, 한 번 더."

메리어나의 궁중 목소리가 여기서 잘 먹혀서, 두 사람 다 멈추고 귀를 기울인다.

"로리의 감각을 가려. 로리를 평범하게 만들어 봐. *그녀의 존재를 제어해.*"

카메론의 뺨 근육이 꿈틀거리지만 반대 의견을 내지는 않는다. 많은 불평에도 불구하고, 카메론은 이것이 자신이 반드시 해야 할 어떤 일이라는 것을 알고 있다. 우리를 위해서가 아니라면, 자신을 위해서라도. 자신의 능력을 제어하는 법을 배우는 것은 그 애가 할 수 있는 최선이고, 우리의 협상이기도 하다. 나는 카메론을 훈련시키고, 카메론은 우리를 코로스로 데려가 준다.

로리는 그렇게 동의하는 것 같진 않다.

"다음 번은 꼭 네 차례야, 배로우."

그녀는 나를 향해 툴툴거린다. 그녀의 북부 억양은 날카롭고 가차 없는 것이 꼭 로리나 그녀가 온 동네 같다.

"콜, 네가 날 다시 한 번 아프게 하면, 네가 잘 때 내장을 파 버릴 거야."

왜 그런지는 몰라도 그 말에 카메론의 얼굴에 미소로 인한 주름이 진다.

"해 보든가요."

그 애가 대꾸하며 구부러진 긴 손가락을 뻗는다.

"느낌이 오면 알려 줘요."

나는 어떤 신호를 기다리면서 지켜본다. 하지만 카메론의 능력처럼, 로리의 것은 보기 더 어렵다. 그녀의 이른바 감각 능력은 그녀가 듣고, 보고, 만지고, 냄새 맡고 맛보는 모든 것을 믿을 수 없을 정도로 키워 준다. 그녀는 매처럼 멀리 볼 수 있고, 1킬로 넘게 떨어진 곳에서 나뭇가지가 떨어지는 소리도 들을 수 있으며 심지어 사냥개처럼 추적도 가능하다. 만약 그녀가 사냥을 좋아하기만 한다면 말이다. 하지만 로리는 좀 더 캠프 경비를 선호하는 경향이 있고, 자신의 초감각을 숲을 보고 소리를 듣는 데만 사용한다.

"천천히."

나는 지도한다. 카메론의 눈썹이 집중으로 치솟고, 나도 이해가 간다. 그것은 느슨하게 하고, 댐의 벽을 무너뜨려서 그 안의 모든 것을 쏟아내는 작업이다. 붙들고 있는 것, 자신을 억제하는 것, 안정적이고 단단하게 제어하는 것보다 마구 쏟아내는 쪽이 훨씬 쉽다.

"그건 네 능력이야, 카메론. 네가 다 가지고 있어. 능력이 *네게* 대답할 거야."

뭔가가 그 애의 눈에서 깜박인다. 보통 때 보이는 분노가 아니다. *자부심.* 나는 그 감정 역시 이해한다. 우리 같은 여자애들, 아무것도 갖지 못하고 아무것도 기대 받지 못한 아이들에게는 무언가 나 자신만의 것이 있다는 것, 다른 사람들은 주장하거나 가져갈 수 없는 무언가가 있다는 것은 중독되는 기분이다.

왼쪽에서 로리가 눈을 깜빡이며 얼굴을 찡그린다.

"되고 있어. 캠프 건너편 소리가 거의 안 들려."

여전히 멀었다. 그녀의 능력이 남아 있으니.

"조금만 더, 카메론."

카메론은 내가 말하는 대로 하며 다른 손을 뻗는다. 그 애의 손가락이 아마도 자신의 맥박임이 틀림없는 것을 따라서 경련하고, 자신이 되고 싶은 것으로 모양을 만든다.

"지금은?"

카메론이 말하자 로리가 고개를 기울인다.

"뭐?"

로리가 좀 더 눈을 가늘게 뜨면서 외친다. *그녀는 거의 보거나 듣지도 못하고 있구나.*

"항상 이렇게 해야 해."

생각 없이 나는 팔을 뻗어서 카메론의 어깨에 손바닥을 올린다.

"이게 네가 지향해야 하는 거야. 곧 스위치를 켜고 끄는 것만큼이나 쉬워질 거야, 너무 익숙해서 잊을 수도 없을걸. 순간이면 돼."

"곧? 우리 오늘 밤에 떠나잖아."

카메론이 고개를 돌리며 말한다. 생각할 틈 없이 나는 손가락으로 카메론의 턱을 잡아서 로리를 향해 다시 강제로 돌린다.

"그 사실은 잊어 버려. 그녀를 다치게 하지 않고 얼마나 오래 버틸 수 있는지 보자."

"앞이 아예 안 보여!"

로리가 너무 큰 소리로 외친다. *완전히 눈도 멀었구나.*

"네가 무엇을 할 수 있든지 간에, 그게 제대로 먹히고 있네. 네 능력이 무엇인지 말할 필요는 없어, 하지만 그저 알아 둬, 이게 네 발화점이야."

몇 달 전에, 줄리언이 내게 같은 얘길 했었다. '스파이럴 가든'에서 내 스파크를 해방시켰던 발화점을 찾으라고. 나는 이제 그 놓아

버림이 힘을 준다는 것을 알고 있고, 카메론도 무엇이 자신의 능력을 가능하게 하는지는 몰라도 그것을 찾은 것처럼 보인다.

"기분이 어떤지 잘 기억해 둬."

추위에도 불구하고, 땀방울이 카메론의 목으로 흘러 내려서 칼라 안으로 사라진다. 그녀는 이를 갈고 절망의 신음 소리를 삼키기 위해 턱을 앙 다문다.

"점점 더 쉬워질 거야."

나는 손을 카메론의 어깨 위로 다시 떨어뜨리면서 계속한다. 그 애의 근육이 손가락 아래에서 지나치게 단단하게 감겨 있는 코드처럼 뻣뻣하고 탱탱하게 긴장하는 게 느껴진다. 사일런스 능력이 로리의 감각들을 완전히 누르는 동시에 카메론도 약화시킨다. 우리에게 시간이 조금만 더 있었더라면. 한 주만 더, 아니 심지어 하루라도 더 있었다면.

적어도 카메론은 우리가 코로스에 들어가고 나면 힘을 참을 필요는 없다. 감옥 안에서는, 그 애가 할 수 있는 한 많은 고통을 상대에게 가했으면 싶다. 카메론의 성질과 감옥에서의 역사를 생각해 보면 경비들을 침묵시키는 일은 어려울 것도 아닐 테니, 돌과 살로 이루어진 뻥 뚫린 길이 열릴 것이다. 하지만 만약 잘못된 사람이 그 길에 끼어들 땐 어떻게 하지? 카메론이 분간하지 못하는 신혈이라거나? 칼이나? *내가?* 이 능력은 내가 보거나 느껴 본 중에 가장 강력할지 몰라도, 다시 그 희생양이 되는 것은 분명 사절이다. 뼛속 깊은 곳에서부터 스파크들이 그 생각에 반응해 신경을 뚫고 튀어 오른다. 나는 수업에 집중하기 위해 번개들을 집어넣고 쫓아 버린다. 번개는 복종하면서 더 이상 거의 느낄 수도 없는 둔한 소음을 내면서 사라진다. 지속되는 걱정과 스트레스에도 불구하고, 내 능력은 자라는 것처럼 보인다. 능력은 전보다 더 세고 더 강하고 생생하다. *적어도 내 일부라도 세지고는 있다.* 번개 아래로 또 다른 요소들이 버티고 있다.

추위는 결코 떠나지 않는다. 결코 끝나지 않는 그 추위는 내가 짊어지고 있는 다른 어떤 짐보다도 더 무거워지고 있다. 공허한 추위가 내 안을 먹어치운다. 부패처럼, 질병처럼 그것이 퍼져나가다 언젠가는 번개 소녀의 텅 빈 껍데기만이 남아서 메어 배로우의 숨만 쉬는 시체가 되는 것은 아닌지 두렵다.

보이지 않는 채로 로리가 눈을 굴리며 카메론의 어둠의 담요를 뚫으려는 헛된 탐색을 한다.

"다시 아까처럼 느껴지기 시작했어."

그녀가 크게 말한다. 로리의 목소리에서 느껴지는 쉿 소리가 고통을 저도 모르게 표출한다. 자신이 자란 동네의 소금기 어린 돌멩이처럼 터프할지라도, 로리조차 카메론의 무기에 평정을 유지하기 어려운 것이다.

"더 나빠지는데."

"놓아줘."

생각보다 너무 긴 순간이 지난 후에 카메론의 팔이 떨어지며 몸이 풀어진다. 카메론이 오그라지는 것처럼 보이자, 로리는 다시 한쪽 무릎을 꿇는다. 손으로 관자놀이를 누르면서 그녀는 빠르게 눈을 깜빡이며 감각이 돌아오게 한다.

"아야."

그녀가 카메론을 향해서 히죽 웃으면서 투덜거린다.

하지만 소녀 기술자는 전혀 미소를 짓지 않는다. 그 애는 땋은 머리가 휘날릴 정도로 날카롭게 빙 돌아서 내 얼굴을 완전히 마주본다. 아니, 정확히 말하자면 그 얼굴은 내 머리 꼭대기에 있지만. 카메론의 얼굴에서 익숙한 종류의 분노가 보인다. 오늘 밤 잠은 다 잤겠다.

"뭐지?"

"오늘은 이만할래."

딱 자르는 카메론의 이가 하얗게 번뜩인다.

나는 팔짱을 끼고 허리를 할 수 있는 한 곧게 세운다. 똑바로 그 애를 노려보고 있자니 자신이 레이디 블로노스가 된 것처럼 느껴진다.

"그만두는 건 2시간 뒤야, 카메론, 그리고 연습 시간이 더 길었으면 하고 바라는 게 좋을 거다. 우린 할 수 있는 모든 시간을 다 투자해서……."

"말했잖아, 이만하겠다고."

그 애가 반복한다. 15살의 여자애치고는 상대방을 무장 해제시킬 정도로 심각하다. 긴 목의 근육은 땀으로 번들거리고, 숨은 거칠다. 하지만 카메론은 헐떡이지 않고 침착하게 말을 하려고 애를 쓴다. *나와 동등해 보이기 위해서 노력하고 있구나.*

"지쳤고, 배도 고파, 그리고 난 원하지도 않는 전투에 *다시* 곧 끌려가야만 하잖아. 그러다 만약에 빈속으로 죽기라도 한다면 그건 정말 빌어먹을 짓이잖아."

카메론의 뒤에서 로리가 눈을 크게 뜨고 깜빡이지도 않은 채 지켜보고 있다. 칼이라면 어떻게 했을지 정확히 알 것 같다. 불복종. 칼은 이 상황을 그렇게 부를 테고, 아마 용납하지도 않을 것이다. 나는 카메론을 더 몰아붙여서 공터를 따라 한 바퀴 달리기라도 시켜야 할 것이다. 어쩌면 카메론이 자기 능력으로 새 한 마리라도 떨어뜨리는 모습을 볼 수 있을지도 모른다. 칼이라면 분명히 했을 것이다. *카메론이 이 일에 있어 결정권자가 아니라는 것을.* 칼은 군인들을 알지만, 이 애는 그의 부대의 일원이 아니다. 카메론은 내 의지나 그의 의지에 따라 굽히지 않는다. 이 아이는 교대 팀이 바뀌는 호루라기 소리에 복종하며 지내거나 노예나 다름없는 공장 노동자의 몇 세대에 걸쳐 전해져 내려오는 스케줄에 따라서 지낸 시간이 길지 않다. 이미 자유를 맛본 몸이고, 자신이 따르고 싶지 않은 명령에는 굴하지 않을 것이다. 그리고 이곳에서의 시간 내내 이의만 제기하고 있음에도, 여전히 여기 머무르고 있다. 자신의 능력에도 불구하고, 머무르고 있다.

그 사실에 고마운 마음이 드는 것은 아니지만, 나는 카메론에게 먹으러 가라고 허락해 준다. 조용히 나는 옆으로 비킨다.

"30분 휴식, 그리고 다시 돌아와."

그 애의 눈이 분노로 번뜩이는 광경이 익숙해서 미소를 지을 뻔한다. 이 여자애를 칭찬해 주지 않을 수가 없다. 언젠가 우리는 친구가 될 수 있을지도 모른다.

카메론은 딱히 동의하지 않지만 반박하지도 않고 그저 공터의 모퉁이를 돌아 살그머니 사라진다. 마당의 다른 이들이 카메론이 가는 모습을 지켜본다. 사람들의 눈은 카메론이 번개 소녀에게 반항하는 내내 카메론을 보고 있었지만, 나는 그들이 무슨 생각을 할 것인지 조금도 신경 쓰지 않는다. 나는 그들의 대장도, 하물며 그들의 여왕도 아니다. 나는 그들보다도 더 낫거나 못할 것도 없는 존재고, 이제 슬슬 그들이 나를 내 자신으로 봐 줄 때도 됐다. 또 다른 신혈, 또 다른 전사, 아니면 아무것도 아니거나.

"킬런이 토끼를 몇 마리 잡았네."

로리가 침묵을 깰 의도로 말한다. 그녀는 공기 중으로 코를 쿵쿵대며 혀를 핥는다. 레이디 블로노스라면 꽥 하고 비명을 질렀을 것 같은 매너다.

"군침 도는 애들인데."

"가 봐요, 그럼."

나는 공터 반대편에서 요리하느라 불을 지피고 있는 쪽으로 손을 흔들어 보이며 중얼거린다. 로리에게는 두 번 말할 필요도 없다. 여봐란듯이 사라지면서 그녀가 덧붙인다.

"그나저나 칼은 기분이 좋지 않나 봐. 아니면 적어도, 칼이 욕을 하면서 뭔가를 차고 있긴 해."

한번 흘긋 둘러보니 칼은 밖에 나와 있지 않다. 잠시 놀라지만, 곧 로리의 능력이 뭔지에 생각이 미친다. 로리는 귀를 기울이려고 잠깐 멈추기만 하면 거의 모든 것을 들을 수 있다.

"내가 가 볼게요."

나는 그녀에게 말하고 속도를 낸다. 그녀는 따라오려고 하다가 생각을 바꿨는지 내가 가게 내버려 둔다. 내 걱정을 감출 생각도 들지 않는다. 칼은 쉽게 화를 내는 성격이 아니고 계획을 세우는 일은 그를 진정시키고 심지어 *행복하게* 만들기까지 한다. 그래서 무엇이든 그를 흥분시킬 만한 일이 있다는 것이 오늘이 습격 전날이라는 것보다도 더 나를 걱정시킨다.

거의 모든 사람들이 밖에서 훈련 중이라서 노치는 비어 있는 것이나 다름없다. 아이들조차 어른들이 능력을 조절하고 쏘며 싸우는 법을 배우는 모습을 지켜보러 나간 상태다. 아이들이 발치에 모여들어 손을 잡아끌면서 자신들의 영웅인 추방당한 왕자에 대해서 멍청한 질문들을 던져 나를 귀찮게 하지 않아서 고맙기 그지없다. 나는 칼과는 달리 아이들을 위한 인내심이 없다.

모퉁이를 돌다가 침실 쪽에서 오고 있던 오빠랑 머리부터 먼저 들이받을 뻔 한다. 팔리가 혼자 히죽거리면서 그 뒤를 따르고 있지만 나를 발견한 순간 미소가 싹 사라진다.

*아.*

"메어."

그녀가 인사를 중얼거린다. 그녀는 멈추지도 않고 그대로 지나쳐 가 버린다.

쉐이드 오빠도 똑같이 하려고 하지만 나는 팔을 하나 뻗어 오빠가 가지 못하게 막는다.

"내가 뭐 도와줄 거라도 있니?"

오빠의 입술이 충동에 맞서 싸우려고 애를 쓰다가 결국 비틀리며 진절머리 나는 장난기 어린 미소를 짓고야 만다.

나는 그저 겉치레로 오빠를 건너보는 척 한다.

"오빠 훈련하고 있을 예정이었잖아."

"내가 충분한 연습을 하지 않았을까 봐 걱정하는 거야? 보증하는데, 메어, (오빠는 윙크를 한다.) 우린 훈련 많이 했어."

갑자기 이해가 간다. 팔리와 쉐이드 오빠는 한참 동안을 딱 붙어서 지내 왔다. 그럼에도 불구하고, 나는 크게 헉 소리를 내면서 오빠의 팔을 때린다.

"쉐이드 배로우!"

"야, 야, 모두 다 알고 있어. 네가 알아차리지 못한 게 내 잘못은 아니라고."

"그래도 나한테 말해줬어야지."

나는 뭐라도 오빠를 혼낼 거리를 찾아서 더듬거린다.

오빠는 그저 미소를 지은 채로 어깨만 으쓱한다.

"네가 나한테 칼에 대해서 뭐든지 얘기해 주는 것처럼?"

"그건……."

*다르잖아.* 그렇게 말하려고 했다. 우리는 하루 일과 중에 몰래 살금살금 빠져나가지도 않고, 심지어 밤에 어떤 일도 함께 하지 않는다. 하지만 쉐이드 오빠는 한 손을 들어 내 말을 막는다.

"만약 너도 똑같다면 말인데, 나는 정말로 알고 싶지 *않아.* 그리고 만약 실례를 용서해 준다면, 내 생각에 나도 훈련을 좀 해야 될 것 같거든, 네가 친절하게 지적했다시피."

오빠는 전투에 항복하는 사람처럼 손바닥을 앞으로 내민 채 물러난다. 나는 미소를 짓고 싶은 마음과 싸우며 가라고 손을 흔들어 오빠를 놓아준다. 작은 행복의 꽃이 가슴에 피어난다. 이토록 절망적인 수많은 나날 속에서는 낯선 감정이다. 나는 그 감정을 촛불처럼 소중히 간직한 채로 똑바로 살려 두려고 애를 쓴다. 하지만 칼의 모습을 본 순간 그 기분은 빠르게 사라진다.

그는 자신의 방의 뒤집힌 상자 위에 앉은 채로 무릎에는 익숙한 종이를 펼쳐 놓고 있다. 대령의 지도 중에 하나로 이제 공들여 그린 선들로 덮여 있다. 코로스 감옥의 지도, 아니면 적어도 카메론이 기억할 수 있는 한에서 그려낸 지도. 지도 한쪽 모서리가 타 버리지나 않을까 싶지만 칼은 자신의 불길을 바닥에 있는 구멍 안에만 잘 유지한다. 불이 붉은색 빛을 내며 춤추고 있어서 뭔가를 읽기 힘들 것이 틀림없는데도 칼은 눈을 찌푸린 채 그것을 들여다보고 있다. 방의 구석에는 메이븐의 끔찍한 쪽지들이 가득한 내 가방이 누구도 손대지 않은 채로 얌전히 놓여 있다.

느리게 나는 또 다른 상자를 끌어와서 그의 옆에 앉는다. 그는 알아차린 것 같이 보이지도 않지만, 그가 알아차렸음은 분명하다. 칼이 가진 군인의 감각에서는 아무것도 도망갈 수 없다. 내 어깨가 그의 어깨를 툭 치자, 그는 지도에서 눈도 떼지 않지만 손으로 슬그머니 내 다리 위를 잡고 온기를 전해 준다. 그는 손아귀 힘을 풀지 않지만 나는 그를 밀어내지 않는다. 결코 진정으로 그를 밀칠 수는 없으리라.

"뭐가 문제예요?"

손을 그의 어깨에 얹으며 묻는다. *이러면 지도가 더 잘 보이니까 그러는 거야.* 나는 스스로에게 변명한다.

"메이븐, 그의 어머니, 내가 토끼를 *싫어한다*는 사실, 그리고 이 감옥의 아주 기분 나쁜 배치를 제외하고 말이야? 전혀 문제없어, 물

184

어봐 줘서 고마워."

웃음을 터뜨리고 싶지만, 가까스로 미소만 지어 보인다. 이런 때에 농담을 하는 것은 전혀 칼답지 않다. 그런 악취미는 킬런에게나 맡겨 두면 된다.

"카메론은 점점 더 나아지고 있어요, 그게 도움이 된다면 말이지만요."

"정말?"

가슴을 울리며 나오는 그의 목소리는 나를 진동시킨다.

"그래서 그대가 더 이상 걜 훈련시키지 않고 여기 와 있는 건가?"

"카메론은 좀 먹어야 해요, 칼. 걘 침묵하는 돌로 만든 벽돌이 아니라고요."

여전히 코로스의 윤곽을 노려보며 칼은 쳇 소리를 낸다.

"상기시켜 주지 않아도 돼."

"그건 감옥 안에만 있잖아요, 칼, 감옥 나머지 부분들까지는 아니고. 누가 우릴 거기다 밀어 넣지 않는 이상 우린 괜찮을 거예요."

희망컨대 그가 내 말을 듣고, 이 이상한 분위기에서 스스로 좀 빠져 나왔으면 좋겠다.

"그 얘기 킬런에게 꼭 해 줘."

분하게도 그는 자신의 농담에 키득거리기까지 하는데, 그 웃음소리는 우리에게 필요한 군인이 아니라 학교 학생이 내는 웃음에 가깝게 들린다. 한술 더 떠서, 그는 내 무릎을 쥔 손에 힘을 준다. 아플 정도로 세게는 아니고, 자신의 생각을 분명히 전할 수 있을 정도로는 충분히 세게.

나는 그의 손이 거미라도 되는 듯 쳐서 밀어낸다.

"칼? 도대체 뭐가 문제예요?"

마침내 그가 고개를 불쑥 들고 나를 본다. 그는 여전히 미소를 짓고 있지만 그의 눈동자에는 웃음기가 한 조각도 없다. 어두운 무언가가 그 눈 위로 지나가며 그를 내가 전혀 알지 못하는 어떤 사람으로 변화시킨다. 그의 동생이 그에게 사형 선고를 내리기 전 보울 오브 본즈에서조차, 칼은 이런 모습을 보인 적이 없다. 그는 왕자가 아니라 두려워하고 심란하며 심지어 불쌍한 사람처럼 보였지만, 그럼에도 여전히 칼이었다. 나는 그 두려움에 잠긴 사람을 믿을 수 있었다. 하지만 이 사람은? 절망적인 눈동자에 정처 없이 손을 움직이는, 소리 내어 웃음을 터뜨리는 이 소년은? *이 사람은 대체 누구지?*

"목록이라도 만들어 줄까?"

그가 대꾸하며 더 크게 미소 짓자, 내 안의 무언가가 딱 부러진다. 나는 주먹을 둥글게 말고 그의 어깨를 세게 친다. 그는 덩치가 크지만 내가 때리는 가속도에 저항하지 않고 그대로 뒤로 넘어져 버려서 나는 허를 찔린다. 나도 그와 함께 넘어져서 우리는 흙바닥에 함께 쓰러진다. 그의 머리가 쿵 하고 공허한 소리를 내며 울리고, 그는 고통으로 신음한다. 칼이 일어나려고 할 때 나는 그를 도로 밀어뜨린 다음 내 아래에 단단히 깐다.

"마음을 가다듬을 때까지 일어날 생각 마요."

놀랍게도 그는 그저 어깨만 으쓱한다. 심지어 윙크까지 한다.

"대단한 보상이 아닌데."

"윀."

한때 노르타의 귀족 아가씨들은 티베리아스 왕자가 윙크를 해 주면 졸도까지 했을 텐데. 그 행동은 그저 내 속만 뒤집고, 나는 다시 주먹을 쥐고 이번에는 그의 배를 때린다. 적어도 그는 이를 악물 정도의 분별은 있어서 그의 눈은 더 없이 기쁘게도 윙크를 멈춘다.

"이제 정말로 문제가 뭔지 말해 봐요."

미소로 시작된 표정은 비틀리며 찌푸림으로 변하고, 그는 다시 머리를 뒤로 누인다. 그가 눈썹을 찌푸린 채 천장을 바라보며 생각에 잠긴다. *바보처럼 행동하는 것보다는 낫네.*

"칼, 우리랑 같이 코로스로 갈 사람이 11명이나 있어요. 11명이나 있다고요."

그가 턱에 힘을 준다. 그는 내가 무슨 말을 하려는지 알고 있다. *우리가 이 일을 성사시키지 못하면 죽게 될 11명, 그리고 우리가 그들을 빼내지 못하면 코로스에서 잃게 될 셀 수 없는 더 많은 이들.*

"나도 무서워요."

내 목소리는 예상보다 더 떨린다.

"난 저 사람들을 실망시키고 싶지도, 저 사람들을 다치게 하고 싶지도 않아요."

다시 한 번, 그의 손길이 내 다리를 쓰다듬는다. 하지만 그의 손길은 급하지도, 힘이 들어가 있지도 않다. 그저 단순히 내게 알려 주는 것이다. *내가 여기 있어.*

"하지만 그중에도 제일 무서운 건…… (진실의 날카로운 끝에 걸린 내 숨이 멎는다.) 내 자신의 일이에요. 난 그 발신 기기가 무서워요, 그 느낌을 다시 경험하게 될까 봐 무서워요. 난 엘라라 상왕비가 나를 사로잡으면 어떻게 할지 무서워요. 나도 내가 다른 사람들보다 더 가치 있다는 것, 내가 저지른 일들과 할 수 있는 일들 때문에 그렇다는 거 알거든요. 내 이름과 얼굴은 번개만큼이나 힘을 가졌고, 그 점이 나를 중요하게 만들었다는 것도. 그 점이 나를 더 높은 가치의 상품으로 만들죠."

*그 점이 나를 혼자로 만들고요.*

"그리고 내가 이런 식으로 생각하는 게 *끔찍해요*. 하지만 계속 그러게 돼요."

칼의 문제에서 출발한 일은 내 문제가 되었다. 여름 열기로 짙어진 길 위에서 내 비밀들을 그에게 털어놓았던 어두웠던 밤. 그 밤 나는 그의 돈을 훔치려고 했던 소녀였다. 겨울이 곧 닥쳐오는 지금, 나는 그의 인생을 훔친 소녀가 되었다.

내 고백의 가장 최악의 부분이 계속 머릿속에서 새장에 든 새처럼 풀어 달라고 달그락거린다. 그 말이 계속 이에 부딪히면서 자유롭게 해 달라고 빌고 있다.

"메이븐이 그리워요. 내가 그렸다고 생각한 바로 그 사람이 그리워요."

나는 칼의 시선을 마주치지 못하고 속삭인다.

내 다리에 얹힌 손이 동그랗게 주먹을 말고, 열기가 뿜어져 나온다. 분노. 칼은 읽기 쉬운 사람이고, 거짓말하는 늑대 굴에서 그토록 오랜 시간을 보낸 후라서 그 점은 환영할 만한 유예가 되어 준다.

"나도 걔가 그리워."

믿을 수 없을 정도로 놀라서, 나는 그를 획 도로 쳐다본다.

"무엇이 그 애를 잊기 쉽게 만들어 줄 수 있을지 모르겠어. 그 애가 원래 이런 식은 아니었다고 생각해 보기도 하고, 그 애 어머니가 그 애를 물들였다고 생각해 보기도 하지. 아니면 그 애가 그저 괴물로 태어났다고 생각해 보거나."

"누구도 괴물로 태어나지 않아요."

*하지만 어떤 사람들은 차라리 괴물로 태어난 거면 좋겠다. 그럼 그들을 미워하고, 죽이고, 그들의 죽은 얼굴들을 잊어버리기가 더 쉬웠을 텐데.*

"심지어 메이븐이라고 할지라도요."

본능적으로 나는 누워서, 내 심장을 그의 심장에 댄다. 재빠른 말재간과 푸른 눈을 가진 한 소년에 대한 우리의 기억을 고스란히 반영하듯 두 심장이 함께 뛴다. 영리하고, 잊힌, 동정심 많던 소년. 우리는 다시는 그 소년을 볼 수 없을 것이다.

나는 그의 목에 대고 중얼거린다.

"우리는 그를 보내주어야만 해요. 심지어 그게 그를 죽인다는 의미라고 해도요."

"만약 그 애가 코로스에 있다면……."

"내가 할게요, 칼. 당신이 못하겠다면."

그는 영원처럼 느껴지는 시간 동안 조용하지만 실제로 그 시간은 1분도 채 되지 않았을 것이다. 그럼에도 불구하고 나는 거의 잠이 들 뻔 한다. 그의 온기가 다른 어떤 궁전의 침대보다도 더 나를 깊은 잠으로 초대한다.

"그 애가 만약 코로스에 있다면, 난 자제력을 잃고 말 거야."

그가 마침내 말한다.

"난 내가 가진 모든 능력을 동원해서 그 애를 추적하겠지, 그 애와 엘라라 둘 다를. 그녀는 내 분노를 이용할 거고, 그걸 다시 그대를 향해 돌릴 거야. 그녀는 내가 그대를 죽이게 만들 거야, 마치 그녀가 내가……."

나는 손가락으로 그의 입을 더듬어서 그가 다음 말을 하는 것을 막는다. 그 말은 그에게 너무 많은 고통을 줄 것이다. 나는 복수심 외에는 어떤 투지도 남지 않은 남자, 하나뿐인 심장을 내가 부숴 버려서 심장조차 남지 않은 남자를 흘깃 바라본다. 또 다른 괴물이 진짜 형체를 갖추려고 기다리고 있다.

"그런 일이 일어나게 두지 않을 거예요."

나는 우리의 가장 깊은 공포를 밀어내며 말한다.

그는 내 말을 믿지 않는다. 그의 눈 속에 깃든 어둠에서 그걸 볼 수 있다. 오션힐에서 보았던 종류의 공허함이 다시 돌아오려고 위협하고 있다.

"우린 죽지 않을 거예요, 칼. 그러기에는 우린 너무 멀리까지 왔잖아요."

칼은 공허하고 고통스러운 웃음을 뱉는다. 그는 내 손을 부드럽게 밀어내지만 내 허리까지 밀어내지는 않는다.

"내가 사랑한 사람들이 얼마나 많이 죽었는지 알아?"

칼은 아마 내 맥박이 빨라지는 걸 느낄 것이다. 그를 생각하면 느껴지는 아픔을 숨기려 해 보기에는 지금 우린 너무 가까이 붙어 있다. 그는 내 동정에 거의 코웃음을 친다.

"전부 죽었어. 전부 살해당했지. *그녀의 손에.*"

*엘라라 상왕비.*

"그녀는 그들을 살해했고, 그러고 나서 그들을 지워 버렸어."

다른 사람이라면 그가 자신의 아버지에 대해서, 아니면 심지어 그가 메이븐이었다고 여겼던 자기 동생에 대해서 생각 중이라고 추측할지도 모르겠다. 하지만 나는 그를 더 잘 안다.

"코리앤 선왕비님."

나는 그의 어머니의 이름을 입에 올리며 웅얼거린다. 줄리언의 누이. 싱어 왕비. 칼은 그녀를 기억하지 못하지만 여전히 그녀를 위해 애도하고 있다.

"그것이 내가 오션힐을 가장 좋아하는 이유야. 아버지가 그곳을 그분에게 주셨거든."

나는 눈을 깜빡이며 하버베이의 궁전에서 있었던 악몽 같은 기억을 떠올려 본다. 우리가 살아 보려고 고군분투하는 동안 무슨 일들이 있었는지 기억해 보려고 애를 쓴다. 희미하고 느리게, 그 안을 압도하고 있던 색상이 기억에 떠오른다. 금색. 노란색. 오래된 종이처럼, 줄리언의 로브처럼. 제이코스 하우스의 색깔.

그것이 그가 그토록 슬퍼 보였던 이유이고, 그가 그 휘장들을 불태우지 못했던 이유다. 어머니의 문장들.

고아가 되는 것이 어떤 것인지 나는 모른다. 내겐 항상 어머니와 아버지가 계셨다. 누가 내게서 그분들을 빼앗아 갈 때까지 내가 결코 이해할 수 없을 감정이리라. 칼의 부모님이 모두 돌아가신 반면 우리 부모님은 안전하게 계시다는 것을 알면서도 이 순간에 그분들을 그리워하는 것은 잘못된 것만 같은 기분이다. 그리고 이제, 다른 모든 것보다도 나는 내 안의 추위가 싫고 홀로 남는 것에 대한 내 이기적인 공포심이 싫다. 우리 두 사람 중에서 칼이야말로 내가 지냈던 어떤 때보다도 더 외로운 사람인 것을.

하지만 우리는 우리의 생각과 기억들을 나누지 않는다. 이 순간에만 매달려 있을 수만은 없다.

"감옥에 대해 말해 봐요."

나는 억지로 새로운 주제를 꺼내서 말을 잇는다. 만약 이 문제가 날 죽이는 한이 있어도 칼을 이 슬럼프에서 꺼내 주어야만 한다.

그는 온몸이 들썩거릴 정도로 무거운 한숨을 쉬기는 하지만, 이 생각에서 벗어나는 것을 감사하게 받아들인다.

"그곳은 구덩이야. 아주 영리한 설계에 의해 보호되고 있는 요새지. 문들은 최상층에 있고, 감옥들은 그 아래에 존재해. 마그네트론이 움직일 수 있는 통로들이 모든 것들을 연결하고 있고. 손짓 한 번만으로도 우리는 10미터 아래로 곤두박질칠 거고, 통 바로 바다까지 처박힐 거야. 그들은 우리와 우리가 빼낼 사람들 모두를 학살하겠지."

"은혈 죄수들은 어때요? 그 사람들이 싸움에 꽤 도움이 될 거라곤 생각 안 해요?"

"침묵하는 돌로 된 감옥 안에서 몇 주를 보낸 후라면, 글쎄. 그들은 장애물 정도는 되겠지만, 그다지 많이는 아닐 거야. 그리고 그 점 때문에 그들의 탈출이 느려지겠지."

"그 사람들을…… 탈옥시키려는 건가요?"

그의 침묵이 충분한 대답이 되어 준다.

"그들은 그 자리에서 우리를 쓰러트릴 수도 있고, 나중에 우리를 추적할 수도 있어요."

"난 정치가는 아니지만 그래도 탈옥이 내 동생에게 약간의 두통 이상으로 제법 문제를 일으킬 수 있으리라고 생각해. 특히, 달아난 죄수들이 그의 정적들인 경우에 말이지."

나는 머리를 젓는다.

"마음에 안 드나?"

"믿을 수가 없어요."

"그거 참 놀랍네."

그가 건조하게 말한다. 그의 손가락 중 하나가 그의 동생의 장비가 내게 준 흉터를 따라서 둥글게 움직인다.

"잔혹한 힘만 가지고는 이 전쟁을 이길 수가 없을 거야, 메어. 얼마나 많은 신혈들을 그대가 모으는지와는 상관없어. 은혈들은 여전히 그대들보다 압도적으로 많고, 그들은 여전히 많은 이점들을 갖고 있잖아."

다른 종류의 전투를 옹호하는 군인이라니. 얼마나 아이러니인가.

"당신이 지금 뭘 하고 있는지 알고 있길 바랄 뿐이네요."

그가 내 아래에서 어깨를 으쓱한다.

"복잡한 정치는 내가 잘하는 영역은 아니긴 해. 하지만 시도는 해 볼 거야."

"내전이 벌어진다고 해도요?"

몇 달 전, 칼은 반역에 대해서 얘기했었다. 각각의 피 색 안에서 벌어지는 전쟁. 적혈 대 적혈, 은혈 대 은혈. 그는 아버지의 유산을 지키기 위해서 그런 전쟁을 벌이는 위험을 짊어질 순 없다고 했고, 심지어 그 전쟁이 정의롭다 해도 마찬가지라고도 했다. 침묵이 다시 우리 사이로 떨어지고, 칼은 대답하지 않는다. 더 이상 자신이 어느 곳에 서야 할지도 스스로 알 수 없는 게 아닌가 싶다. 반역자도 아니고, 왕자도 아니고, 자신의 불꽃을 제외한 어떤 것도 확신할 수 없는 상태.

"우리가 수적으로 열세일지는 모르지만 그렇다고 해서 그 사람들이 우리에 대한 대비가 되어 있다는 뜻은 아니죠."

*적혈과 은혈, 양쪽 다보다 더 강한 존재들.* 그것이 줄리언이 내가 어떤 존재인지 발견했을 때 나에 대해 했던 묘사다. 줄리언, 매우 놀랍게도, 어쩌면 그를 다시 만날 수 있을지도 모른다.

"신혈들은 어떤 은혈도 예측할 수 없는 능력들을 갖고 있어요, 심지어 당신조차 그래요."

"무슨 말이 하고 싶은 건데?"

"당신은 이 일을 당신이 이해하고 있으며 심지어 훈련시켜 온 능력을 가진 이들로 이루어진 군대를 이끈다고만 생각하고 계획하고 있잖아요."

"그래서?"

"그러니까 난 만약 경비가 닉스를 총으로 쏘려고 하거나, 마그네트론이 가레스를 떨어뜨릴 때 무슨 일이 일어날지 보고 싶거든요."

칼이 내가 하고 싶은 말을 깨닫을 데까지, 약간 시간이 걸린다. 닉스는 스톤스킨보다도 더 강하고 무적에 가깝다. 그리고 중력을 조종할 수 있는 가레스는 아무 때든 아무 곳에든 떨어질 일이 없다. 우리는 군대는 없지만 분명히 군인들을, 그리고 은혈 경비들이 어떻게 싸워야 할지도 모르는 능력자들을 가지고 있다. 그 말이 이해되고 나자 칼은 내 얼굴의 양옆을 붙들고는 나를 위쪽으로 끌어당긴다. 그는 단호하며 맹렬한 입맞춤을 하지만 그 키스는 내 취향에는 너무 짧게만 느껴진다.

"넌 정말 천재야."

그가 중얼거리고는 벌떡 일어난다.

"카메론한테 다시 가 봐, 모두를 준비시켜."

그는 완전히 정신이 나간 듯한 태도로 한 손에 지도를 쥔다. 삐딱한 미소가 다시 돌아오지만, 이번에는 그 점이 싫지 않다.

"이 계획은 먹힐 거야."

## 제25장

노치가 내 뒤로 깜빡거린다. 지난 몇 달간 살아온 집이 해릭의 손이 한 번 휙 움직이는 사이에 사라지는 모습을 지켜보고 있자니 경이롭기까지 하다. 언덕은 그대로 남아 있고 공터도 그대로지만 우리 캠프의 흔적은 그저 평평한 돌 위의 노래처럼 쓸려 사라진다. 심지어 방금 전까지만 해도 작별 인사를 하던 아이들의 목소리가 밤공기를 뚫고 메아리쳤는데, 여전히 거기 서 있을 아이들의 목소리도 전혀 들을 수 없다. 파라가 해릭과 함께 모두의 소리를 잠재우고, 어린 신혈들의 주위로 보호의 장막을 친다. 누구도 우리를 찾을 정도로 가까이 온 적은 없었지만, 그럼에도 보호 수단을 더하는 것은 내가 고백하고 싶은 것 이상으로 안심을 준다. 대부분의 다른 사람들은 노치를 위장하는 행동이 축하의 의미라도 된다는 것처럼 승리의 환호성을 내지른다. 짜증나게도 킬런이 가장 세게 휘파람을 불며 환

196

호하고 있다. 하지만 나는 킬런을 훈계하지 않는다. 간신히 우리가 다시 대화하는 기간으로 회복한 지금만큼은 아니다. 대신 나는 억지 미소를 짓고 이를 고통스러울 정도로 꽉 문다. 정말로 하고 싶은 말은 안으로 꾹꾹 밀어 넣어 둔다. *에너지를 좀 아껴두시지.*

쉐이드 오빠는 나만큼이나 조용하게 내 옆에 서 있다. 오빠는 이제는 텅 빈 공터를 돌아보지 않는다. 오빠의 눈은 차갑고 어두운 숲과 우리 앞에 놓인 과업만을 똑바로 보고 있다. 절뚝거리던 것은 이제 거의 완전히 사라져서, 오빠는 내가 간신히 따라갈 정도로 빠른 속도로 나머지 우리들을 이끈다. 비행기까지의 산행은 그다지 오래 걸리지는 않는다. 나는 그 모든 순간을 음미하려고 한다. 차가운 밤공기는 노출된 얼굴을 할퀴지만 하늘은 기쁘게도 맑다. 눈도, 폭풍우도 없다. *아직은.* 하지만 분명 폭풍우가 오고 있다. 내 손에 의해서든, 다른 누군가의 손에 의해서든 올 것이다. 그리고 새벽이 올 때까지 살아남을 이가 누가 될 것인지는 알 수 없다.

쉐이드 오빠가 내 어깨에 손을 얹으며 뭐라 중얼거리는데 들리지가 않는다. 오빠는 우리가 내니를 캔코르다에서 데려올 당시에 손가락을 다쳤다. 오빠가 아직 회복 중인 손가락 두 개를 꼬아 보인다. 스트롱암이 쉐이드 오빠를 붙들고는 점프해서 도망가기 전에 왼쪽 엄지손가락을 으스러트릴 뻔 했다. 물론 팔리가 오빠에게 즉시 응급 처치를 해 주었지만, 오빠의 다친 부위를 볼 때마다 늘 움찔하게 된다. 내가 저지른 짓의 대가로 다친 또 다른 우리 가족, 지사가 생각나기 때문이다.

오빠가 아까보다 더 큰 목소리로 다시 말한다.

"이 일은 이럴 만한 가치가 있어. 우린 옳은 일을 하는 거야."

*나도 그 사실은 안다.* 나 자신과 내게 가장 가까운 이들을 걱정하는 만큼이나, 나는 코로스가 올바른 선택임을 알고 있다. 존의 보증이 없다고 하더라도, 나는 우리의 길을 믿는다. 어떻게 가지 않을 수 있을까? 신혈들을 엘라라의 속삭임 하에 내버려 둘 수는 없다. 그들은 죽거나, 엘라라의 명령을 따르는 텅 비고 영혼 없는 껍데기가 될 것이다. 이것은 지금 우리가 살고 있는 것보다 훨씬 더 끔찍한 세상을 막기 위해서는 우리가 반드시 해야 하는 일이다.

그럼에도 불구하고 쉐이드 오빠의 보증은 내게는 안도감을 주는 따뜻한 담요 같다.

"고마워."

내 손을 오빠의 손 위에 얹으며 중얼거린다.

오빠는 대답 대신 기울어가는 달빛을 반사하듯 초승달 모양으로 하얗게 빛나는 미소를 짓는다. 어둠 속에서 보니, 오빠는 우리 아버지와 너무나 많이 닮았다. 나이 들기 전, 휠체어를 타기 전, 삶의 무게가 찾아오기 전의 아버지. 하지만 두 사람은 유사한 종류의 지성을 공유하고 있다. 두 사람 모두를 전선에서 살아남게 도와 준, 특별한 종류의 의심. 그리고 그 감각이 지금까지 여러 다른 전장에서 쉐이드 오빠를 살렸다. 오빠는 익숙한 동작으로 내 뺨을 톡톡 두드리고 나는 꼭 아이처럼 느껴진다. 싫지는 않다. 그 행동은 우리가 혈육이라는 점을 상기시켜 준다. 돌연변이 문제 말고, 탄생으로부터. 어떤 능력보다도 더 깊고 강한 무언가.

내 오른쪽에서는 칼이 걷고 있는데, 나는 그의 시선을 느끼지 못한 척 한다. 그가 지금 자신의 동생과 이제는 찢어진 혈육의 연대에 대해서 생각하고 있음을 알겠다. 그의 뒤에는 킬런이 사냥용 라이플을 맨 채로 숲에 비치는 모든 그림자를 샅샅이 살피며 따라오고 있다. 그 모든 다른 점들에도 불구하고, 이 두 남자는 놀라운 연결점들을 공유하고 있다. 그들은 둘 다 고아이며, 둘 다 버려졌고, 정신적 지주라고는 나밖에 없다.

시간은 내 바람과 달리 너무 빨리 흐른다. 순식간에 우리는 블랙런에 오르고 다음 순간 공기를 가르며 날고 있다. 우리 모두 앞에 놓인 어두운 절벽을 향해 달려가는 동안 시간은 점점 더 빨리 흐른다. *이 일은 이럴 만한 가치가 있어.* 나는 스스로에게 쉐이드 오빠가 해준 말을 몇 번이고 반복한다. 비행기를 위해서 침착함을 유지해야만 한다. 다른 사람들을 위해서 두려워하는 것처럼 보이지 않아야 한다. 하지만 심장이 가슴 안에서 쿵쿵 울리고, 너무 커서 다른 사람들이 들을 수 있을까 두렵다.

그 급한 박동에 맞서 싸우느라, 무릎 위에 놓은 비행 헬멧의 매끄럽고 차가운 표면에 팔을 둥글게 두르고 몸을 누른다. 번쩍이는 금속에 내 모습이 비친다. 그곳에서 나는 익숙한 동시에 낯선 모습, 메어, 메리어나, 번개 소녀, 적혈의 여왕, 그리고 아무것도 아닌 존재를 본다. 그녀는 두려워하는 것처럼 보이지 않는다. 엄격한 외모에 머리카락은 바싹 땋고 목에 꼬인 흉터를 가진 그녀는 돌로 된 조각상 같다. 그녀는 17살이 아니라 늙지 않을 것만 같고, 은혈이지만 아닌, 적혈이지만 아닌, 인간이지만…… *아닌* 그런 존재다. 진홍의 군대의 깃발에 그려진 얼굴, 수배 전단지 위의 얼굴, 왕자의 몰락의 원인, 도둑…… 그리고 살인자. 어떤 형태로도 변할 수 있는 인형이지만 그녀 자신만은 될 수 없다.

비행기에 남아 있던 비행복들이 검정과 은색이라서 오합지졸 제복을 입은 우리는 또한 그 덕분에 위장 효과까지 볼 수 있을 것이다. 사람들은 자신들의 비행복에 눈살을 찌푸린 채 자기 몸에 맞게 조정해 보려고 애를 쓴다. 늘 그렇듯 킬런은 칼라를 만지작거리면서 딱딱한 천을 조금이라도 느슨하게 만들어 보려고 한다. 닉스는 배꼽 위로 간신히 지퍼를 올리는 데 성공하지만 언제라도 지퍼가 터져나갈 것 같은 상태다. 대조적으로 내니는 미끄러지듯 자신의 옷 속으로 들어가다시피 하고, 나와는 다르게 팔다리 부분을 걷어 올릴 생각조차 하지 않는다. 그녀는 비행기가 착륙할 때쯤 다른 모습으로 변신하는데, 그 모습에 뱃속이 요동치고 헤아릴 수도 없는 감정으로 심장이 내달린다.

다행스럽게도 블랙런은 수송을 위해 설계된 덕분에 우리 11명이 모두 타고도 공간에 여유가 있다. 늘어난 무게가 속도를 좀 늦춰 주지 않을까도 기대해 보지만 계기판으로 판단해 보건대 평소랑 똑같은 속력으로 날고 있는 듯하다. 어쩌면 심지어 좀 더 빠른 것 같기도 하다. 칼은 할 수 있는 한 비행기를 높이 띄워 우리는 달빛을 벗어나 노르타의 해변을 따라 흘러가는 구름 속으로 안전하게 숨는다.

칼은 창문 밖을 노려보고 있다. 그의 눈이 구름에서 자신 앞에 놓인 빌어먹을 수많은 계기들로 휙 움직인다. 조종석의 옆자리에 앉아서 그토록 여러 주를 보냈음에도 불구하고 여전히 그 계기들이 각각 무슨 의미인지 전혀 모르겠다. 난 스틸츠에 살 때부터 열등생이었고, 그 점은 지금도 변하지 않았다. 그저 나에게는 칼이 가진 것 같은 마음이 없다. 나는 그저 지름길이나 어떻게 속이고 어떻게 거짓말을 하는지, 어떻게 훔치는지만 알 뿐이고, 사람들이 뭔가를 숨길 때 어떻게 달라지는지를 알아차릴 수 있을 뿐이다. 그리고 지금 이 순간, 칼은 분명히 뭔가를 숨기고 있다. 다른 이들의 비밀이라면 두려울 수도 있겠지만, 칼의 비밀은 나를 해치지 않으리라는 건 안다. 그는 자기자신의 약함, 자기자신의 공포를 보이지 않으려고 애를 쓰고 있다. 그는 힘과 권력 외에는 어떤 것도 믿지 않으며 자라 왔다. 그 세계에서 흔들리는 모습을 보이는 것은 가장 큰 실수다. 나 역시 두렵다는 것을 고백했음에도 몇 마디 속삭임으로는 수년간 믿어 온 신념을 깨트리는 것은 무리다. 꼭 나처럼 칼은 가면을 쓰고는, 심지어 내게도 그 뒤편에 숨은 모습을 보여 주지 않는다.

*이게 최선이야.* 실용적으로 생각하면 그게 맞다. 하지만 한편으로는 추방당한 왕자를 지나치게 염려하는, 끔찍하게 걱정하는 내가 있다. 이 임무의 육체적인 위험성에 대해서는 인지하고 있었지만, 오늘 오후까지만 해도 정신적인 부분에 대해서는 생각지 못했다. 코로스에서 칼은 어떤 존재가 될까? 자신이 지나온 것과 똑같은 길을 떠나게 될까? *조금이라도 떠날 수 있을까?*

팔리가 무기들을 숨겨놓은 곳을 12번째 체크한다. 쉐이드 오빠가 도우려고 나서지만, 그녀는 오빠를 때린다. 하지만 그 행동에는 전혀 힘이 들어가 있지 않다. 또 한 번 두 사람이 히죽거리는 미소를 주고받는 것이 보이고, 그녀는 마침내 오빠에게 '코르비움'이라고 쓰여 있는 통의 총알들을 세라고 시킨다. 다른 대부분과 마찬가지로 크랜스가 훔쳐 온 또 다른 수송품이다. 팔리의 연락망을 이용해서 그는 더 많은 총, 칼, 그리고 내가 상상해 보지도 못했던 다양한 다른 종류의 무기들을 가까스로 공수해 냈다. 모두가 자신들의 능력은 물론이고 원하는 모든 종류의 무기들을 바라는 만큼 무장하게 될 것이다. 나는 번개 말고는 아무것도 필요 없지만 다른 사람들은 좀 더 열성적으로 단검이나 권총을 차겠다고 주장한다. 닉스의 경우는 몇 주째 애용하고 있는 접히는 종류의 작살을 챙겨 왔다. 그는 작살을 가까이 끌어안은 채 손가락으로 날카로운 금속 부분을 아무렇게나 어루만지고 있다. 다른 사람이면 자기 손을 베고도 남았겠지만 닉스의 살은 다른 이들보다 훨씬 더 강하다. 또 다른 불사신 신혈인 다미안은 선례를 따라서 큰 식칼 비슷한 두꺼운 칼을 자신의 울퉁불퉁한 무릎 위에 올려놓고 있다. 칼날은 뼈까지 베어 버릴 것처럼 번뜩인다.

한편 카메론은 떨면서 작은 칼을 하나 챙기더니 칼집에 조심스럽게 넣는다. 카메론이 지난 3일간 훈련한 것은 단검 기술이 아니라 자신의 능력인 만큼, 단검은 최후의 보루로만 남아 쓸 일이 없기만을 바랄 뿐이다. 내 시선을 알아챈 카메론의 표정이 고통스럽게 변하기에, 한순간 그 애가 나를 찌를지도 모르겠다는 생각, 더 나아가서는 내 가면 사이를 꿰뚫어 볼지도 모르겠다는 생각이 든다. 대신 그 애는 알겠다는 듯 엄숙하게 고개를 끄덕인다.

마주 고개를 끄덕이며, 보이지 않는 우정의 손을 내민다. 하지만 카메론의 시선이 딱딱해지더니 날카롭게 고개를 돌려 버린다. 그 의미는 명확하다. *우리는 동맹이지만 친구는 아니야.*

"이제 얼마 안 남았어."

칼이 나를 쿡 찌르기에 몸을 돌린다. *너무 빨라.* 그런 생각마저 들지만 사실 우린 정확하게 계획대로 진행 중이다.

"이 작전은 먹힐 거예요."

목소리가 떨리지만 고맙게도 칼만이 내 말을 듣는다. 그는 내 약함을 쿡 찔러 터뜨리지 않고 그것이 곪도록 내버려 둔다.

"이 작전은 먹힐 거예요."

이번에는 심지어 더 약하게 들린다.

"누가 유리하지?"

그가 묻는다.

그 말은 처음에는 충격적이고, 그 다음은 찌르는 듯하고, 마지막으로는 안심을 준다. 예전 내 선생님이었던 아벤이 훈련 수업 때에 자신의 학생들을 짝지어 싸움을 붙일 때마다 했던 말이다. 그는 보울 오브 본즈에서도 같은 말을 다시 물었고, 다음 순간 램보스 스트롱암이 그를 살찐 더러운 돼지처럼 꿰어 버렸다. 나는 아벤을 끔찍하게 싫어했지만 그렇다고 해서 내가 그에게서 배운 것이 아무것도 없다는 뜻은 아니다.

우리는 허를 찌를 것이다, 우리에겐 카메론이 있다, 우리에겐 쉐이드 오빠와 가레스와 내니와 어떤 은혈조차 예측할 수 없는 능력들을 지닌 다른 다섯 명의 신혈들이 있다. 우리에겐 칼이라는 군사 전술 천재가 있다.

그리고 우리에겐 대의가 있다. 우리의 뒤로 적혈의 새벽이 떠오르기를 열망하고 있다.

"우리가 유리하죠."

칼의 미소는 내 것만큼이나 억지스럽지만 그럼에도 나를 따뜻하게 해 준다.

"그래, 역시 내 아가씨야."

다시 한 번, 그의 말에 안쪽에서 복잡하게 얽히던 감정들이 가라앉는다. 나는 딸깍 하는 라디오 잠금 소리와 함께 마음속에서 칼에 대한 생각을 모두 밀어낸다. 나는 시선을 내니에게 돌리고, 그녀는 대답 대신 고개를 끄덕여 준다. 눈앞에서 그녀의 육체가 나이든 여자에서 얼음처럼 푸른 눈에 검은 머리카락을 한 영혼이 없는 소년으로 변한다. *메이븐*. 그녀의 비행복은 외모와 함께 바뀌어서 번쩍이는 메달들과 피처럼 붉은 망토까지 제대로 갖춘 완전 새것 같은 검정색 제복으로 바뀐다. 왕관이 검정색 곱슬머리 위에 자리 잡는 모습을 보고 있자니, 그것을 비행기 밖으로 던져 버리고 싶은 욕구가 든다.

다른 사람들은 완전 넋을 빼고 잘못된 왕의 모습을 즐겁게 지켜보지만, 나는 오직 증오와 뒤틀린 후회 조금을 느낄 따름이다. 그러나 위장한 모습에도 불구하고 내니의 친절한 성품은 숨길 수가 없어서, 메이븐의 입술이 나도 너무나 잘 알고 있는 그 부드러운 미소를 그린다. 아주 고통스러운 한순간 사이, 나중에 드러났던 것처럼 괴물이 아니라 그저 내가 생각했던 바로 그대로인 소년의 모습을 볼 수 있다.

"훌륭해요."

억지로 그렇게 뱉는 내 목소리는 감정으로 인해 쉬어 있다. 킬런만이 그 사실을 알아챈 듯 보인다. 그는 시선을 내니에게서 나한테로 휙 돌린다. 나는 그에게 걱정하지 말란 뜻으로 가까스로 고개를 저어 보인다. 우리는 더 중요한 것들에 집중해야 한다.

"코로스 항공대, 여기는 '제1함대'다."

칼이 라디오에 대고 말한다. 다른 비행에서 기지들과 형식적인 인터뷰를 할 때면 그는 지루하고 흥미 없는 듯한 목소리로 말하기 위해 애를 쓰지만, 지금 그의 목소리는 몹시 사무적이다. 지금 우리는 이른바 제1함대로 알려져 있는 왕 전용의 운송 수단, 모든 검문검색의 위에 존재하는 비행기인 척 하고 있기 때문이다. 그리고 칼은 이특정한 인터뷰가 어떻게 진행되어야 할 것인지 직접 체험한 바가 있다.

"왕좌가 접근 중이다."

복잡한 콜 사인도 없고, 착륙에 대한 허가를 묻는 질문도 없다. 그저 근엄한 권위 외에는 아무 표현도 없고, 반대편의 상대방이 누구이든 감히 그를 거부하며 추궁하는 이는 아무도 없을 것이다. 예상했던 대로 응답하는 목소리는 말을 더듬는다.

"수, 수, 수, 수신, 제1함대."

남자가 말한다. 그의 깊고 초조해 하는 목소리는 자신의 불편한 기분을 전혀 숨기지 못한다.

"실례지만, 우리는 전하를 내일 오후까지는 뵙지 못할 거라고 예상하고 있었습니다."

*내일. 네 번째 날, 존이 우리에게 죽을 거라고 경고했던 바로 그날……* 그리고 그의 말이 옳았다. 메이븐은 감시병부터 프톨레무스와 에반젤린 같은 치명적인 전사들을 포함한 자신의 군대를 함께 데

리고 왔을 것이다. 우리는 그에게 전혀 상대가 되지 않았을 것이다.

뒤쪽으로 손을 흔들어 신호를 보내고 보니, 내니가 이미 와 있다. 메이븐의 모습을 한 그녀가 가까이 있는 것만으로도 피부에 소름이 돋는다.

"왕은 스스로의 계획만을 따르지."

라디오에 대고 말하는 그녀의 뺨이 은색으로 물든다. 그녀의 어조는 전혀 날카롭지 않지만, 그 목소리만큼은 착각 불가능하다.

"그리고 문지기에 불과한 이에게 내 용무를 설명할 필요도 못 느끼겠군."

라디오 반대편 끝에서 들린 쿵 하는 소리는 아마도 상대편이 자기 의자에서 떨어지는 소리 같다.

"네…… 네, 물론입니다, 전하."

우리 뒤로, 누군가가 소매로 막고 코웃음을 친다. 아마도 킬런일 것이다.

칼이 라디오 송화구를 다시 받으면서 내니에게 고개를 끄덕인다. 너무도 깊이 고통스럽다. 같은 종류의 고통이 칼에게서도 보인다.

"우리는 10분 내로 착륙할 예정이다. 코로스는 전하의 도착에 대비하라."

"직접 처리하도록 하겠습……."

하지만 칼은 상대편이 말을 마치기도 전에 라디오를 꺼 버린 후 안심한 미소를 짓는다. 다시 한 번, 다른 사람들은 환호성을 지르며 존재하지도 않는 승리를 축하한다. 그렇다, 장애물을 하나 넘었다. 하지만 더 많은 장애물들이 남아 있다. 우리 아래로 놓인, 워시의 불모지 끝자락에 자리한 회녹색 들판 밑으로 숨겨져 있는 감옥에서 그 모든 장애물들이 우리를 기다리고 있고, 이곳은 우리의 종말이 될지도 모른다.

* * *

블랙런이 매끄러운 코로스의 활주로 위로 착륙하는 동안 햇빛의 기운이 동쪽 수평선 위로 흐르지만, 그 위의 하늘은 여전히 깊고 숨이 막히는 푸른색이다. 이곳은 비행 중대들과 격납고가 넘쳐나는 군 기지는 아니지만 여전히 은혈들의 시설이며 뚜렷한 위험의 기운이 모든 곳에 널려 있다. 나는 머리 위로 비행 헬멧을 눌러써 얼굴을 가린다. 칼과 다른 이들도 따라서 헬멧을 머리 위로 쓰고 얼굴에 보호막을 내린다. 외부인이 보면 겁먹기 딱인 차림새다. 모두가 검정색에 가면을 쓰고 어리고 무자비한 왕과 동반하여 그의 감옥으로 간다. 경비들이 우리를 그냥 지나쳐 보내기를, 왕의 동행보다는 왕 자체의 존재에 더 많은 주의를 기울이기만을 희망한다.

더 오래 앉아서 시간을 끌 수 없어서, 할 수 있는 한 빨리 의자에서 일어난다. 안전벨트가 풀어지자 함께 흔들거리며 챙그랑 소리를 낸다. 나는 정말 가능한 하고 싶지 않지만 해야만 하는 일을 한다. 나는 내니의 팔을 잡는다. *그녀는 심지어 메이븐처럼 느껴진다.*

"사람들을 못 본 척 하세요."

헬멧 사이로 웅얼거리는 목소리로 그녀에게 말한다.

"전혀 친절해 보이지 않는 미소를 지으시고요. 잡담도 안 되고, 예의바른 대화도 안 돼요. 백만 가지 비밀을 가진 사람이지만 자신만이 다른 사람들이 알아야 할 유일한 중요한 존재라는 것처럼 행동하세요."

그녀는 성큼성큼 걸으면서 내 말에 고개를 끄덕인다. 칼과 나는둘 다 그녀에게 어떻게 메이븐처럼 행동할지 계속 가르쳐 왔다. 이 말은 그저 마치 시험 직전에 책을 한 번 훑긋 보는 것처럼 단순히 상기시키는 정도에 불과하다.

"난 바보가 아니야."

내니가 차갑게 대꾸하자 나는 그녀의 턱에 주먹질을 할 뻔 한다. 내니는 메이븐이 아니야. 이 말이 종소리보다 더 크게 내 머릿속에 울린다.

"확실히 제대로 감을 잡은 것 같네요, 내니."

킬런이 일어서면서 말한다. 그는 내 팔을 잡고 나를 살짝 뒤로 잡아당긴다.

"메어가 방금 당신을 거의 죽일 뻔 했다고요."

"다들 준비됐어?"

팔리가 비행기의 끝부분에서 소리를 지른다. 그녀는 얼른 리어 램프를 내리는 버튼을 누르고 싶은 마음에 손으로 버튼 부분을 더듬고 있다.

"대열을 갖춰!"

칼이 꼭 훈련 교관처럼 들리는 목소리로 명령을 부르짖는다. 하지만 우리는 그가 가르친 대로 줄을 맞춰 서고, 내니가 그 맨 앞에 선다. 칼은 그녀의 옆에 서서 그녀의 가장 치명적인 경호원의 역할을 맡는다.

"어디 최악의 결정을 실행에 옮겨 봅시다."

팔리가 말한다. 그녀의 말에 거의 미소를 지을 뻔 하는 순간, 그녀가 램프를 내리는 버튼을 누른다.

쉿 하는 소리가 나고 기어가 돌아가면서 전선들이 맥박치고, 우리 중 몇 명이 다시 볼 수 있을지 모를 마지막 아침을 환영하듯 비행기의 뒷부분이 하품을 하면서 열린다.

＊ ＊ ＊

한 떼의 군인들이 블랙런으로부터 적당히 떨어진 곳에 잘 훈련된 빽빽한 대형을 유지한 채 기다리고 있다. 왕을 모시는 것처럼 가장하고 있는 신혈들을 보자, 그들은 딱딱하고 완벽한 경례를 붙인다. 한 손은 심장에 올리고, 한쪽 무릎은 바닥에 꿇는다. 비행 헬멧의 보호막 뒤로 보이는 세상은 평소보다 더 어둡지만 그들 군복의 흐릿한 회색이나 뒤쪽으로 보이는 땅딸막하고 평범한 척 하고 있는 건물을 숨길 수는 없다. 청동 문도, 다이아몬드 유리로 된 벽도, 심지어 창문 조차 보이지 않는다. 그저 이 불모지의 버려진 들판 속으로 뻗어 나와 있는 것은 콘크리트 벽돌로 된 납작한 건물 하나다. *코로스 감옥.* 나는 저 멀리 그림자와 방사능이 춤추는 곳까지 뻗어 있는 활주로와 그 위의 비행기를 향해서 시선을 슬쩍 던진다. 한 쌍의 비행기가 어둠 속에 누워 있는 것이 보인다. 비행기의 둥그런 금속 부분은 통통하다. 감옥 전용 비행기로, 붙잡힌 사람들을 이송하는 데 쓰이는 것들이다. 모든 일이 계획대로 된다면, 그들은 곧 다시 한 번 날게 될 것이다.

우리는 침묵 속에서 코로스로 다가가며 발걸음을 맞추기 위해서 애를 쓴다. 칼이 내니의 옆에 서서 한쪽 주먹을 옆구리에 꽉 쥐고 걷는다. 그 바로 뒤를 따르는 내 왼쪽에는 카메론이, 오른쪽에는 쉐이드 오빠가 있다. 총을 몸에서 떼지 않는 팔리와 킬런이 대형의 가운데를 지킨다. 공기 자체에 전기라도 통하는 듯하고 위험이 빠르게 떠다니는 것처럼 보인다.

두려운 것은 죽음이 아니다, 더 이상은 아니다. 죽음을 두려워하기에는 너무 많이 죽음을 직면해 왔다. 하지만 감옥 그 자체에 대한 생각, 다시 감금되는 것에 대한 생각, 억지로 사슬에 묶인 채로 왕비의 의식 없는 꼭두각시가 될 거라는 생각을 나는 견딜 수가 없다. 그런 운명을 마주하느니 백 번이라도 죽음을 택할 것이다. 우리 중 누구라도 마찬가지이리라.

"전하."

군인들 중 하나가 말하며 자신이 왕이라고 믿고 있는 사람을 감히 올려다본다. 그의 가슴에 빛나고 있는 세 개의 교차하는 검이 새겨진 붉은색 메달로 볼 때 그의 직위는 대위다. 어깨에 있는 견장은 밝은 붉은색과 푸른색이고, 그것은 그의 하우스 색이다. *아이럴 하우스.*

"코로스 감옥에 오신 것을 환영합니다."

지시받은 대로 내니는 그를 못 본 척 지나가고, 그의 말을 일축하듯 창백한 손 하나를 흔든다. 그 동작이면 그녀의 정체성을 누구라도 확신하기 충분할 것이다. 하지만 군인들은 그대로 서 있고, 대위의 눈이 우리 위를 훑으며 우리의 제복을 살핀다. 그리고 그의 시선이 왕실의 군주와 늘 동반하는 감시병들의 부재를 알아차린다. 그는 망설이며 칼을 보고, 그의 칼날 같은 시선이 칼의 헬멧에 꽂힌다. 그는 아무 말도 하지 않지만 그럼에도 불구하고 그의 군인들은 우리 바로 옆에 대형을 갖추고 그들의 발걸음 소리가 우리 것과 함께 쿵쿵 울린다. *헤이븐, 오사노스, 프로보스, 매칸토스, 이그리에.* 나는 몇몇 제복에서 가문들의 색을 알아본다. 그리고 마지막인 이그리에 하우스, 아이즈의 가문이 우리의 첫 번째 타깃이다. 나는 카메론의 소매를 잡아끌고는 날카로운 시선에 금발머리를 하고 어깨에는 하얀색과 검정색 줄무늬를 달고 있는 수염이 난 남자를 향해 부드럽게 고개를 끄덕여 보인다.

그녀는 머리를 기울이고, 조용하게 집중하며 옆으로 주먹을 동그랗게 만다. 습격은 시작되었다.

내니의 다른 한쪽 옆에서 걷는 대위의 발걸음은 내가 간신히 알아차릴 수 있을 정도로 매끄럽다. *실크.* 그는 소냐 아이릴과 세련되게 위험한 팬서였던 그녀의 할머니처럼 똑같은 어두운 피부에 빛나는 검정색 머리카락과 각진 몸매를 하고 있다. 대위가 에이라 아이릴이 그랬던 것처럼 호기심을 보이는 일에 그토록 재능이 넘치지 않기만을 바란다. 그렇지 않다면 이 일은 예상보다 훨씬 더 힘들어질 것이다.

"요구하신 점들은 거의 완성되었습니다, 전하."

그의 말에는 소름끼치는 분위기가 있다.

"모든 감옥 구역은 개별적으로 폐쇄되고, 침묵하는 돌의 다음 수송선은 새 경비대와 함께 내일 도착합니다."

"좋아."

내니가 흥미 없다는 듯이 대꾸한다. 그녀의 속도가 조금 빨라지고, 대위도 자신의 속도를 조정하여 그녀의 속도에 맞춘다. 칼도 똑같이 하고, 우리도 그 뒤를 따른다. 꼭 추적처럼 보인다.

하버베이의 보안 센터가 조각한 돌과 번쩍이는 유리로 된 외관을 한 아름다운 구조물이었던 반면, 코로스는 주변을 둘러싸고 있는 황무지처럼 회색에 절망적인 모습이다. 유일한 입구는 검정색 철로 된 문으로 벽 위에 번쩍이며 자리하고 있고, 그 문이 감옥의 단조로움을 깨트린다. 경첩도 자물쇠도 손잡이도 없다. 그 문은 경련하는 입처럼, 심연처럼 보인다. 하지만 나는 문 옆에 위치한 작고 네모난 패널에서 유래한 전기가 모서리 주변으로 흐르고 있는 것을 느낄 수 있다. 열쇠로 돌아가는 스위치. 카메론이 말한 것과 꼭 같다. 열쇠는 아이럴이 목에 매고 있는 검정색 사슬에 달랑거리며 매여 있지만, 그는 그것을 느슨하게 풀지 않는다.

반짝이는 작은 눈들을 문 쪽으로 향하고 있는 카메라들도 있다. 그것들은 조금도 신경 쓰이지 않는다. 좀 더 신경 쓰이는 쪽은 우리를 둘러싸고 함께 앞으로 행군하고 있는 실크 대위와 그의 군인들이다.

"유감이지만 내가 자네를 모르는 것 같군, 조종사, 자네들 나머지도 그 부분에 있어서는 마찬가지고."

대위가 몸을 기울여서 내니 너머로 번뜩이는 시선을 칼에게 고정하며 촉구한다.

"관등성명을 대 주겠는가?"

손가락이 떨리는 것을 막기 위해서 주먹을 꼭 쥔다. 칼은 전혀 그런 기색도 없고, 머리조차 돌리지 않는 모습이 심지어 그 대위의 권위를 인정하는 것조차 꺼리는 듯해 보인다.

"조종사면 충분합니다, 아이릴 대위님."

아이릴은 예상대로 발끈한다.

"코로스는 내 관할과 보호 하에 있다, *조종사.* 만약 내가 자네를 어떤 절차도 없이 안으로 들일 거라고 생각했다면……."

"그렇다면 뭐지, 대위?"

내니의 입에서 나오는 모든 단어가 마치 칼날처럼 날카롭게 내 안의 깊은 부분을 썰어 내는 듯하다. 대위는 차갑게 굳으며 은색으로 질리고, 무분별한 말대꾸를 삼킨다.

"내가 마지막으로 확인했을 때까지는 코로스는 노르타에 소속되어 있었지. 그리고 노르타는 누구에게 속해 있나?"

"저는 제 일을 할 뿐입니다, 전하."

그는 더듬거리지만 전투는 이미 진 거나 진배없다. 그는 한 손을 다시 가슴에 얹고 경례를 한다.

"상왕비 전하께서 제게 이 감옥의 방어를 맡기셨고, 저는 전하의 명령과 함께 그분의 명령들에 복종하려고 합니다."

내니가 고개를 끄덕인다.

"그렇다면 나는 자네에게 저 문을 열 것을 *명령하지.*"

그는 물러서며 고개를 숙인다. 수수하게 땋은 은색 머리에 각진 턱을 한 나이 든 여자 하나가 군인들 틈에서 앞으로 나와 한 손을 철문에 댄다. 그녀가 사모스 하우스라는 것을 알기 위해서 어깨의 검정과 은색 줄무늬를 확인할 필요도 없다. 쇠는 마그네트론의 손길 아래에서 움직이며 효율적으로 뒷걸음질 치더니 날카로운 조각들로 바뀐다. 차가운 공기가 훅 밀려들며 우리의 머리 위쪽을 때리고, 희미하게 축축하며 어딘지 시큼한 냄새가 난다. 피. 하지만 그 너머 입구의 홀은 눈이 멀 정도로 하얀 새것 같은 타일들로 만들어져 있고, 각각의 타일은 얼룩 하나 없이 깨끗하다. 내니가 처음으로 안쪽으로 발을 들이고, 우리는 그 뒤를 따른다.

내 옆에서 카메론이 몸을 떨어서 나는 그녀를 부드럽게 슬쩍 찌른다. 할 수만 있었다면 그 애의 손을 잡아 주었을 것이다. 지금은 그저 이 일이 얼마나 끔찍할지 상상해 볼 수만 있을 따름이다. 반대 입장이었다면 나는 아마 아케온으로 돌아가기 전에 스스로 무너져 내렸을 것이다. 그럼에도 불구하고, 그 애는 나 때문에 자신의 감옥으로 되돌아왔다.

입구는 이상할 정도로 텅 비어 있다. 메이븐의 사진이나 휘장도 없다. 이곳에는 딱히 감동할 사람이 아무도 없으니 특별히 장식을 할 필요도 없다. 오직 카메라만 맹렬하게 돌아간다. 아이릴 대위의 군인들은 재빨리 자신들의 위치를 회복하고, 홀을 둘러싼 네 개의 문마다 그 옆에 자리를 잡는다. 뒤쪽의 검정색 문이 금속이 금속에 대고 미끄러질 때 나는 귀를 찢을 듯한 소음과 함께 닫힌다. 은색으로 칠해져 있는 왼쪽과 오른쪽의 문들이 감옥의 눈에 거슬리는 불빛 속에서 번뜩인다. 정면의 하나는 우리가 반드시 통과해야 하는 것으로, 토할 것 같은 핏빛 붉은색이다.

하지만 아이럴이 잠깐 멈추어서 은색 문들 중 하나를 가리켜 보인다.

"전하께서는 상왕비 전하를 뵙고 싶으실 거라고 생각합니다만?"

헬멧이 진심으로 고맙다. 헬멧이 아니었더라면 우리 일행의 얼굴 전체에 공포가 떠오른 것을 대위가 보고야 말았으리라. *엘라라 상왕비가 여기 있다.* 내 위장이 그녀를 마주해야 한다는 생각에 휙 뒤집혀서 거의 헬멧 안에다 토를 할 뻔 한다. 심지어 내니조차 창백해지고 최선을 다하지만 목에서는 쉰 목소리가 나온다. 내게서 몇십 센티 떨어져 있는 킬런을 등 뒤로 느낄 수 있다. 그는 조용하지만 그가 말하고 싶은 의미를 항상 그랬듯 들을 수 있다. *달려. 달려. 달려.* 하지만 달리는 것은 내가 더 이상 할 수 없는 무언가이다.

"상왕비 전하께서 여기 계십니까?"

칼이 덥석 문다. 잠시 동안 나는 그가 자신을 잊은 것이 아닐까 두렵다.

"아직도?"

그가 나중에 생각이 난 거짓말을 덧붙인다. 하지만 대위는 여전히 의심을 거두지 않는다. 그의 눈에 의심의 빛이 폭발하는 것처럼 스친다.

순간 크게 웃음을 터뜨리는 내니에게 축복 있기를, 그녀의 억지웃음은 차갑고 무심하다.

"어머니는 항상 당신이 원하실 때야 일을 마치시지, 자네도 알지 않나."

그녀는 칼을 질책하며 말한다.

"하지만 내가 이곳에 온 건 다른 용무다, 대위. 어머니를 귀찮게 해 드릴 필요는 없어."

대위는 친절한 미소를 짓는다. 그 미소는 꼭 그의 얼굴을 빈정대는 것처럼 바꾸고, 그의 멋진 외모는 더 흉한 무언가로 비틀린다.

"잘 알겠습니다, 전하."

킬런이 내 팔을 두드리는데, 그의 손길이 긴급하다. 그도 내가 본 것을 알아차린 것이다. *대위가 우리를 더 이상 믿지 않는다.* 몸을 돌려 나는 카메론의 팔꿈치를 잡고 꽉 쥔다. 그녀를 향한 다음 신호. 내 손길 아래서 그녀의 근육이 긴장한다. 그녀는 이그리에의 능력을 막기 위해서, 그가 다음에 올 일을 보지 못하게 하기 위해서 모든 힘을 쏟아 붓는다. 혼란이 이그리에의 얼굴에 스치지만 그는 우리에게 집중하려고 애를 쓰면서 고개를 흔든다. 그는 자신에게 무슨 일이 일어나는지 이해하지 못하고 있다.

"그럼 무슨 일로 오늘 여기에 오신 겁니까?"

아이럴이 여전히 날카롭고 악마 같은 미소를 띤 채 계속 말한다. 그는 우리를 향해서 나른하게 발을 딛는다. 그것이 그의 마지막 발걸음이 되리라.

"헬멧들을 벗으시지요."

"아니."

나는 그에게 말한다.

가벼운 숨결 한 번으로 나는 우리 모두를 내려다보고 있는 카메라들을 장악한다. 아이럴이 소리를 지르려는 듯 입을 벌리자마자 나는 숨을 뱉고, 카메라들은 불꽃놀이처럼 스파크를 뿜어내며 폭발한다. 전등이 다음 차례로 번쩍이며 깜빡거리고, 주위는 깜깜한 암흑과 번뜩이는 밝은 빛 사이를 번갈아 왔다 갔다 한다. 우리는 이 일에 대비가 되어 있다. 코로스의 군인들은 그렇지 않다.

불꽃이 타일을 따라 내달리며 하얀색 위로 이상하게 춤추는 빛을 수놓는다. 불꽃은 모든 문을 가로막으며 천장까지 치솟아 올라 효과적으로 우리를 깜빡거리는 어둠 속에 군인들과 함께 가둔다. 오사노스 군인인 님프가 서둘러 공기 중의 수분을 모으지만, 칼의 탁탁거리는 불과 싸우기에는 충분하지 않다. 스톤스킨이 나를 향해 돌진한다. 그의 살이 눈앞에서 돌로 변하지만 그는 닉스 마스튼이라는 이름의 벽에 부딪힌다. 다미안이 그에 합류하고, 두 명의 천하무적 신혈들은 군인들을 반으로 분리해 버린다. 다른 사람들은 더 잘하고 있다. 케샤는 프로보스 텔키의 심장을 폭발시켜서 그를 안쪽에서부터 찢어 버린다. 헤이븐 군인은 내 어둠에 맞서 최선을 다하고, 그늘을 기울이는 자신의 능력을 사용해서 검은색 안개로 어둠을 모으더니 갑자기 눈을 뜰 수 없는 화려한 빛으로 폭발시킨다. 헬멧조차 그 눈부심을 막을 도리가 없어서 나 역시 눈을 감아야만 한다. 눈을 뜨자, 헤이븐이 바닥에 누워 있고 그녀의 목에는 깊게 베인 흔적이 있다. 그녀는 은색 피를 타일 위에 토하고, 손에 칼을 든 우리 오빠가 그녀 너머로 서 있다. 오빠의 뒤로, 이그리에가 무릎을 꿇은 채로 머리를 붙들고 비명을 지른다.

"볼 수가 없어!"

그가 자신의 눈을 잡아 뜯으며 울부짖는다. 피가 그의 고통스러운 눈물에 섞인다.

"아무것도 볼 수가 없어, 무슨 일이 일어난 거야?! 이건 대체 뭐야?! 넌 대체 뭐야?!"

그는 딱히 누구를 향한 것도 아닌 말을 외친다.

카메론이 헬멧을 처음으로 벗는다. 그 애는 지난번 탈출할 때조차 사람을 죽여 본 적이 없다. 카메론의 얼굴 위로 온통 뒤틀린 공포가 떠오른다. 하지만 그 애는 능력을 풀지 않는다. 용기인지 악의인지 모르겠다. 땅 위에 쓰러진 남자가 울음을 멈추고, 허우적거리기를 멈추고, 마침내 숨이 멎고 나서야 그 애의 사일런스 능력이 그친다. 그는 눈을 크게 뜬 채 아무것도 보지 못하고 최후의 순간까지 눈멀고 귀 먼 채로 죽음을 맞는다. 생매장당한 기분이었을 것이다.

아마 1분이 조금 넘게 걸리거나 한 것 같다. 12명의 군인들이 타일 위에 시체가 되어 쓰러져 있다. 일부는 불에 타고, 일부는 전기구이가 되고, 일부는 총에 맞고, 일부는 머리를 안쪽부터 두들겨 맞았다. 케샤가 죽인 이들의 시체가 가장 지저분하다. 벽 전체가 그녀의 작업으로 온통 얼룩져 있는데, 그녀는 시끄럽게 헐떡이면서 자신이 한 일을 보지 않으려고 애를 쓴다. 그녀의 폭발 능력은 최고로 소름 끼친다.

가레스와 함께 마그네트론을 맡았던 로리만이 좀 다쳤다. 팔에 금속 조각이 박혔는데, 그렇게 심각한 건 아니다. 팔리가 제일 먼저 그녀의 옆으로 가서 마그네트론이 임시변통으로 만들어 던진 칼날 조각을 꺼내서 바닥 위로 쨍그랑 소리가 나게 던진다. 로리는 고통의 신음도 거의 흘리지 않는다.

"붕대를 깜빡했어."

팔리가 중얼거리더니 피를 흘리는 상처 위로 한 손을 누른다.

"당신은 붕대를 깜빡했겠죠."

에이다가 대꾸하며 자신의 옷 안쪽에서 하얀색 천으로 된 작은 조각을 꺼낸다. 그녀는 능숙하게 로리의 팔 주변을 묶는다. 붕대는 즉시 얼룩이 진다.

이런 상황에서 농담을 즐기는 유일한 사람답게 킬런이 혼자 키득거린다. 다행히 총에 재장전을 하는 데 집중하고 있는 그는 완벽하게 정상처럼 보인다. 총신에서는 연기가 나고, 그의 총알에 꿰뚫린 이들이 적어도 두 명은 되는 것 같다. 보기에는 그들 중 누구도 딱히 그에게 영향을 미친 것 같지 않지만, 나는 알 수 있다. 저 웃음에도 불구하고, 킬런은 이 피로 얼룩진 일에 전혀 어떤 즐거움도 느끼지 못하고 있다.

칼도 마찬가지다. 그는 죽은 아이럴 대위 위로 몸을 구부리고 그의 목에서 검은색 열쇠를 조심조심 챙긴다. *나는 그들을 죽이지 않을 거야.* 우리가 하버베이의 보안 센터를 습격하기 전에 그는 그렇게 말했었다. 그는 자신의 약속을 깼고, 바로 그 점이 어떤 전투보다도 더 깊게 그를 상처 입힌다.

"내니."

그가 아이럴에게서 시선을 떼지 못한 채 웅얼거린다. 떨리는 손가락으로 그가 대위의 눈을 영원히 감겨 준다. 그의 뒤에 나타난 내니가 아이럴의 얼굴에 집중하며 그를 뚫어져라 바라본다. 그녀의 모습이 대위의 모습과 똑같아지기까지는 한순간이면 충분하고, 나는 작은 안도의 한숨을 내쉰다. 가짜 메이븐이라 할지라도 참기 힘들기는 마찬가지였다.

아이럴의 벨트에서 치직거리는 잡음이 들린다. 지휘 본부에서 연락을 시도하는 것이다.

"아이럴 대위님! 대위님, 거기 아래에 무슨 일입니까? 카메라가 먹통이 됐습니다."

"그저 오작동이겠지, 더 퍼질 수도 있고, 아닐 수도 있고."

내니가 아이럴의 목소리로 대답한다.

"알겠습니다, 대위님."

카메론이 죽은 이그리에에게서 억지로 시선을 뗀다. 그 애는 붉은색 문에 자신의 손을 올린다.

"이쪽이에요."

죽음의 한숨이 가득하고 피가 뚝뚝 떨어지는 가운데 거의 들리지도 않는 목소리로 카메론이 말한다.

감옥의 지휘 본부가 신경처럼 맥동하면서 시설 내의 모든 카메라를 조절하는 것을 느낄 수 있다. 복도의 날카로운 모퉁이 사이로 나를 잡아끄는 그 흐름이 느껴진다. 입구처럼 복도들은 하얀 타일로 되어 있지만 그렇게 깨끗하지는 않다. 자세히 보면 시간이 흐르며 갈색으로 변색된 피가 타일 틈에 묻어 있다. 거기서 일어난 일들을 씻어 버리려고 누군가 애를 썼지만 충분히 해내지는 못했다. *붉은 피는 깨끗이 닦아 내기 무척 힘들지.* 코로스의 가장 깊은 곳에서 이런 악몽을 만들어 내고 있는 엘라라의 모습을 볼 수 있다.

그녀는 여기 어딘가에서 그 끔찍한 일들을 계속 하고 있다. 그녀는 어쩌면 이 소란에 대한 경고를 받고 지금 우리를 향해 오고 있는

지도 모른다. 그렇기를 바란다. 그녀가 지금 바로 이 모퉁이를 돌고 있다면 좋겠다. 그래서 내가 그녀를 죽일 수 있도록.

하지만 구부러진 길을 돌자 우리는 엘라라 상왕비 대신에 커다랗게 디(D)라고 쓰여 있고 자물쇠가 없는 또 다른 문을 마주친다. 카메론이 손에 칼을 쥔 채 문으로 달려가서 스위치 패널을 뜯는 작업에 착수한다. 순식간에 겉면이 풀어지고, 그 애의 손가락이 전선 사이로 파고든다.

"사령부에 가려면 여기부터 통과해야 해요. 안쪽에는 마그네트론 경비가 두 명 있어요. 준비하세요."

그 애가 머리를 문 쪽으로 홱 움직이며 말한다.

칼이 조용히 목청을 가다듬더니, 열쇠를 그 애 앞으로 흔들어 보인다.

"아."

카메론은 우물거리면서 볼을 붉히고 그의 손에서 열쇠를 가져간다. 그 애는 얼굴을 찌푸리고 스위치의 구멍에 열쇠를 끼운다.

"언제 할지 알려 줘요."

"가레스."

칼이 말을 꺼내기도 전에 이미 앞으로 한 발 나선 가레스가 금속 문 앞에서 준비를 한다. 여전히 아이럴 대위의 모습을 하고 있는 내니가 그의 옆에 선다. 그들은 둘 다 자신이 해야 할 일을 알고 있다.

다른 이들은 그렇게 확신하는 것처럼은 보이지 않는다. 케샤는 눈가에 눈물을 단 채로 마치 자기 팔다리를 잃을까 두려운 사람처럼 손으로 자신의 팔을 아래위로 경련하듯 만지고 있다. 어떻게 케샤를 위로해야 할지 알 수가 없다는 생각에 마음이 내려앉는다. 그녀에게 필요한 건 포옹일까, 따끔한 한마디일까?

"후방을 지켜요."

희망컨대 그 행복한 중간쯤이라 생각되는 안을 골라 그녀에게 명령한다. 그녀는 나를 쏘아보며 몸을 떤다. 땋은 머리가 다 풀어져서 그녀는 어두운 머리카락 한 뭉치를 세게 잡아당긴다. 느릿느릿 그녀는 고개를 끄덕이고, 우리 뒤의 텅 빈 복도를 지켜볼 수 있는 자리로 돌아선다. 코를 훌쩍이는 소리가 타일 바닥 위로 메아리친다.

"이제 그만."

그녀가 웅얼거린다. 하지만 그녀는 자신의 자리를 고수한다. 다미안과 닉스가 힘을 보태기보다는 연대 책임을 보여 주려는 마음에 각각 그녀의 양옆에 선다. 적어도 경비들이 여기서 무슨 일이 일어나는지 깨달을 때쯤엔 그들이 매우 훌륭한 벽이 될 수는 있겠다. *아마도 곧 그렇게 되겠지.*

칼은 나만큼이나 일이 긴급하다는 것을 잘 안다.

"지금."

그가 말하고는 우리 나머지와 마찬가지로 벽에 몸을 바싹 붙인다.

열쇠가 돌아간다. 스위치 안에서 전기가 튀어 오르고 문의 기계 구조를 따라 흐르는 것을 느낄 수 있다. 문은 위로 열리고, 휑뎅그렁한 감옥 구역을 드러내며 벽 안으로 긁히며 올라간다. 하얀색 타일로 된 복도와는 몹시 대조적으로 회색 감옥은 차갑고 더럽다. 물이 어디선가 뚝뚝 떨어지고 공기는 구역질나게 축축하다. 4개 층으로 된 감옥은 어둠 속으로 뻗어 있고, 각 층 위에 한 층이 쌓인 구조로 층들을 서로 연결하는 어떤 계단도 보이지 않는다. 천장의 각 구석마다 하나씩 달린 4개의 카메라가 모든 것을 지켜보고 있다. 나는 카메라들을 쉽게 꺼트린다. 유일한 빛은 깜빡거리는 노란색 등이지만, 위쪽으로 보이는 작은 채광창은 해가 떠오른다는 사실을 숨기지 못하고 푸르게 변하고 있다. 그 아래로 빛을 발하는 금속으로 만들어져 번쩍이고 있는 단 하나의 통로 위에 두 명의 마그네트론이 회색 제복을 입고 서 있다. 두 사람은 다가오는 소리에 몸을 돌린다.

"도대체 뭐……."

첫 번째 사람이 우리 쪽으로 발걸음을 딛으며 말한다. 그는 자신의 제복에 사모스의 색을 달고 있다. 그는 가레스의 어깨치에 서 있는 내니의 모습에 얼어붙는다.

"아이럴 대위님."

그 사모스 마그네트론 요원은 손을 흔들어서 구역 바닥의 금속 조각들을 얇게 들어 올려 우리의 눈앞에서 새로운 통로를 구성해 준다. 그 통로가 자신이 서 있던 통로와 연결되고, 가레스와 내니는 앞으로 걸어간다.

"신입입니까?"

나머지 요원이 키득거리더니 가레스를 향해서 음흉한 미소를 지으며 고개를 끄덕인다.

"어느 부대에 있다가 온 건가?"

내니는 가레스가 대답하기도 전에 끼어든다.

"감옥을 열어라. 산책 시간이다."

유감스럽게도 요원들은 서로 혼란스러운 시선을 주고받는다.

"고작 어제 다들 산책을 시켰습니다, 죄수들 산책 예정이⋯⋯."

"명령은 명령이다, 그리고 나 역시 명령을 받았고."

내니가 대꾸하며 아이럴의 열쇠를 들어 올려 대놓고 위협하듯 흔들어 보인다.

"감방을 열어."

"그럼 정말입니까? 왕이 다시 왔다는 게?"

사모스가 물으면서 머리를 흔든다.

"모두가 명령을 받드느라 대소동을 벌인다고 해도 놀랍지는 않습니다. 왕관을 쓰면 날카로워 보여야 되는 법인가 봅니다, 제 생각에, 특별히 자기 어머니가 여전히 주변을 살금살금 돌아다니고 있을 땐 더더욱 말입니다."

"확실히 이상한 사람입니다, 왕비 말입니다."

다른 사람이 뺨을 긁으면서 말한다.

"'웰'에서 도대체 뭐를 하고 있는 건지 모르겠습니다, 물론 알고 싶지도 않습니다만."

"*감방들.*"

내니가 더 딱딱한 목소리로 다시 말한다.

"알겠습니다, 대위님."

첫 번째 마그네트론이 웅얼거리고는 자신의 옆 사람을 팔꿈치로 찌른다. 둘은 함께 몸을 돌리고 천장부터 바닥까지 솟아 있는 감방들을 마주한다. 많은 감방들이 비어 있지만 일부는 침묵하는 돌 아래 쑤셔 넣어져 약해진 그림자들로 차 있다. 이제 곧 풀려나게 될 신혈 죄수들.

더 많은 통로들이 챙챙 소리를 내며 자리를 찾고, 그 소리는 알루미늄으로 된 벽을 거대한 망치로 때리는 것 같다. 통로들이 감방들을 연결하고, 구역의 둘레를 따라서 길을 만들고, 더 많은 금속 조각들이 움직이며 각 층을 연결하는 계단을 만든다. 잠시 동안 나는 경이로운 감각에 마비된다. 내가 마그네트론을 본 것은 전부 전투에서였고, 그들은 자신들의 능력을 죽이거나 파괴하는 데에만 사용하는 이들이었다. 결코 창조가 아니었다. 그들이 비행기를 설계하거나 호화스러운 운송수단들을 만드는 모습, 둘쑥날쑥한 철을 면도날처럼 얇게 저며 매끄럽게 아름다운 호를 그리도록 바꾸는 모습을 상상해 보는 것은 어렵지 않다. 아니면 심지어 에반젤린이 그렇게나 좋아했던 금속 드레스들을 만드는 모습도. 심지어 지금조차, 나는 그 모습들이 장관이었다는 것을, 그런 옷을 입은 소녀가 괴물이었다고 해도 인정하지 않을 수가 없다. 하지만 감옥의 문들이 하품하듯 열리고, 그 안에 있는 사람들이 휘청대면서 나오자 모든 경이로움과 흥분은 잊게 된다. 메이븐이 그들에게 어떤 미미한 이유라도 주었든 간에 이 마그네트론들은 간수이자 살인마이며 죄 없는 이들을 괴롭히거나 죽음으로 몰아넣은 사람들이다. 그들은 명령을 따르고 있지만, 그 명령들을 따르기로 선택한 것은 그들이다.

"자, 자, 나와라."

"일어서, 개들은 산책하러 갈 시간이야."

마그네트론 요원들이 속도를 내어 계속 움직이며 첫 번째 감방 줄로 빠르게 걸어간다. 그들은 신혈들을 간이침대에서 질질 끌어내고 산책을 갈 정도로 충분히 빨리 일어나지 못한 이들을 집어 던진다. 작은 소녀 하나가 위험하게도 거의 모서리 끝까지 밀려가 떨어질 뻔 한다. 그 애가 너무나 지사처럼 보여서 내가 앞으로 한 발 나서는 바람에 킬런이 나를 뒤로 확 잡아 당겨야 한다.

"아직 안 돼."

그가 내 귓가에 대고 속삭인다.

*아직 안 돼.* 나는 요원들이 문 쪽으로 가까이 더 가까이 다가올수록 그들을 요리해 버리고 싶은 충동에 주먹을 꽉 쥔다. 그들은 아직 우리를 보지 못했지만, 곧 분명히 보게 될 것이다.

칼이 제일 먼저 헬멧을 벗는다. 사모스가 총에 맞은 것처럼 잠깐 멈추어 선다. 그는 자신의 눈을 믿지 못하고 한 번 눈을 깜빡인다. 그가 반응하기도 전에 발이 땅에서 둥실 떠오르고 그는 천장을 향해 획 하고 날아간다. 다른 쪽도 중력 해방에 저항하지 못하고 바로 그 뒤를 따른다. 가레스가 그들을 튕기자, 그들은 뼈가 부러지는 역겨운 소리와 함께 콘크리트 천장에 세게 부딪힌다.

우리는 감옥 구역으로 몰려 들어가서 할 수 있는 한 빠르게 한 명씩을 맡는다. 나는 제일 먼저 떨어질 뻔 한 여자애에게 다가가서 그 애가 자기 발로 설 수 있게 돕는다. 그 아이는 작은 몸을 떨면서 쌕쌕거린다. 하지만 침묵하는 돌의 압력이 사라지자, 아이의 창백하고 축축한 뺨에도 색이 좀 돌아온다.

나는 헬멧을 벗는다.

"번개 소녀."

아이가 내 얼굴을 만지며 중얼거린다. 그 말에 마음이 아프다.

이 아이를 안고 달려 나가서 이 모든 일에서 벗어나게 해 주고 싶다. 하지만 우리의 임무는 더 멀리 있기에 그렇게 떠날 수는 없다. 이 작은 아이를 위해서라고 해도. 그래서 나는 아이가 떨리는 다리로 스스로 설 수 있게 도운 뒤 내 손을 꽉 쥔 아이의 손을 부드럽게 푼다.

"할 수 있는 한 최선을 다해 우리를 따라 오세요. 할 수 있는 한 최선을 다해 싸우세요!"

나는 구역 전체에 소리친다. 확실히 하기 위해 통로의 모서리에 몸을 기울이고, 그래서 모두가 내 말을 듣고 내 모습을 볼 수 있게 한다. 저 아래 멀리에서, 낮은 감방에서도 여전히 살아 있던 몇몇 죄수들이 벌써 금속 계단을 오르기 시작하고 있다.

"우리는 오늘 밤 이 감옥을 함께, 그리고 살아서 떠날 겁니다!"

지금까지, 나는 거짓말은 하지 않는 것이 좋을 거라고 생각했다. 하지만 거짓말은 사람들이 계속 갈 수 있게 만들어 주는 힘이고, 만약 내 기만이 이 사람들 중 단 하나의 목숨이라도 더 구할 수 있게 해 준다면 그것은 내 영혼과도 바꿀 가치가 있으리라.

**제26장**

눈 먼 카메라들이 우리에게 벌어 줄 수 있는 시간은 그리 길지 않다. 보아하니 그 시간은 이미 다 흘러간 모양이다. 시작은 복도 뒤쪽에서의 폭발부터다. 케샤가 폭발을 일으키는 내내 비명을 지르는데, 그녀는 자신이 이미 저지른 짓과 그럼에도 계속 살과 뼈를 폭발시켜야 한다는 것에 겁에 질린 상태다. 그 거친 울부짖음이 감방 구역 전체를 마비시키고, 안 그래도 이미 느린 신혈들은 정지해 버린다.

"계속 움직여요!"

팔리가 고함친다. 그녀의 미친 듯한 에너지는 사라지고 단호한 권위가 그 자리를 차지한다.

"에이다를 따라가요, 에이다를 따라가요!"

그녀는 그들을 양 떼처럼 몰고 간다. 그들 중 대다수는 계단으로 보내려면 온몸으로 힘껏 밀어야 한다. 쉐이드 오빠는 훨씬 도움이 된다. 오빠가 나이가 많거나 약해진 사람들을 낮은 층에서부터 점프시키자, 그들 대부분은 방향 감각을 상실한다. 킬런은 그들이 통로에서 발을 헛딛지 않도록 긴 팔다리를 유용하게 쓴다.

에이다는 팔을 흔들어서 신혈들에게 자신 옆의 문을 가리킨다. 커다란 검정색 문에는 씨(C)라고 쓰여 있다.

"저랑 함께 가요."

그녀가 소리친다. 그녀의 눈이 모든 것과 모든 사람 사이를 바쁘게 오가며 계산을 한다. 불가해한 일이지만 많은 수의 사람들이 내 쪽으로 오는데, 나는 그들 대부분을 에이다의 쪽으로 민다. 적어도 그 작은 여자애는 내 메시지를 알아듣는다. 아이는 에이다에게로 아장아장 걸어가서 그녀의 다리에 매달려 소음으로부터 숨으려고 애를 쓴다. 모든 소리가 구역 안에서 끔찍한 메아리를 만들고, 콘크리트 벽과 금속판에 부딪혀 짐승 같은 울부짖음으로 변형된다. 총소리가 다음으로 울리고, 착각 불가능한 닉스의 웃음소리가 뒤따른다. 하지만 이 습격이 계속된다면, 닉스도 계속 오래 웃을 수만은 없을 것이다.

이제 내가 가장 두려워하던 부분, 내가 가장 심하게 저항했던 부분이 닥친다. 하지만 칼은 확고했다. *우리는 찢어져야만 해.* 더 많은 영역을 커버하고, 더 많은 죄수들을 자유롭게 해 주고, 그리고 더 중요하게도 우리 자신이 안전하게 탈출하기 위해서. 그래서 나는 모여 있는 신혈들을 뚫고 흐름을 거슬러 가서 카메론의 옆에 선다. 그녀는 내 어깨 너머로 열쇠를 던지고, 킬런이 솜씨 좋게 그것을 받는다. 그는 우리가 가는 모습을 눈 한 번 깜빡이지 않고 지켜본다. 지금이 그가 나를 볼 마지막 기회가 될 수도 있다는 것을, 우리 둘 다 알고 있다.

칼이 내 뒤를 따른다. 몇 미터 뒤에서 그의 온기가 느껴진다. 그가 우리 뒤로 통로를 불태워 녹여 버리자, 우리는 다른 사람들과 분리된다. "지휘 본부"라고 쓰여 있는 맞은편 문에 도착하자, 카메론은 스위치 패널 작업에 착수한다. 나는 킬런과 오빠의 얼굴을 흘긋 바라보고 그들의 얼굴을 외우는 것 외에는 아무 일도 할 수가 없다. 케샤, 닉스, 그리고 다미안이 더 이상 뒤에 남아서 버틸 수 없어지자 상대의 맹습으로부터 재빠르게 달아나서 구역 안으로 사라진다. 총알들이 뒤를 따르고, 금속과 닉스의 살 위로 부딪히며 쨍 소리를 낸다. 다시 한 번 세계가 느려지고, 그저 전부 멈췄으면 좋겠다는 생각이 든다. 존이 여기에 있어서 내게 무엇을 하라고 말해 주었으면 좋겠다. 내가 올바른 선택을 했다고 말해 주었으면 좋겠다. 누가 죽을 건지 말해 주었으면 좋겠다.

뜨겁고 거의 델 것 같은 손이 내 뺨을 잡고 강제로 나머지 사람들에게서 몸을 돌리게 만든다.

"집중해."

칼이 내 눈을 쏘아보며 말한다.

"메어, 지금은 저 사람들을 잊어야만 해. 자신이 하는 일을 믿어."

그 말에 간신히 고개만 끄덕인다. 그저 간신히 대답할 수 있다.

"그래요."

우리 뒤로, 감옥 구역이 텅 빈다. 앞에서는, 스위치에서 불꽃이 튄다. 문이 밀리면서 열린다.

칼은 자신과 나를 동시에 그 안으로 밀어 넣고, 나는 타일로 된 또 다른 바닥 위로 세게 굴러 떨어진다. 내 몸이 내 생각보다 빠르게 반응하여, 번개가 주변으로 생명력을 얻으며 불꽃이 튄다. 홀 너머에 있는 지휘 본부와 내가 반드시 해야 되는 일만이 머릿속에 남을 때까지 번개가 킬런과 쉐이드 오빠에 관한 생각을 산산조각 낸다.

카메론이 말했던 것처럼 지휘 본부는 물결무늬가 있는 다이아몬드유리로 된 침투 불가능해 보이는 삼각형 모양의 방이다. 방은 제어판과 모니터용 화면들로 꽉 차 있고 그 안을 여섯 명의 군인들이 부산스럽게 돌아다니고 있다. 그리고 감옥과 같은 똑같은 금속 문들이 있다. 전부 해서 세 개이고, 각각의 문은 각 벽마다 하나씩 자리하고 있다. 나는 제일 앞장서 달려가면서 문이 열리기를, 그 안의 군인들이 위기에 잘 대처하기를 기대해 본다. 놀랍게도, 그들은 자기의자와 자리를 고수한 채로 나를 공포에 질려 크게 뜬 눈으로 바라본다. 나는 한 손을 문에 쿵 하고 내려치며 손을 타고 번지는 고통을 즐긴다.

"문 열어!"

나는 그 말에 무슨 힘이라도 있는 것처럼 소리 지른다. 대신 내게서 가장 가까운 쪽의 군인이 움찔하고 놀라며 벽에서부터 펄쩍 뛰어 물러난다. 그 군인도 대위의 증표를 달고 있다.

"하지 마!"

그가 한 손을 들어 자신의 동료 요원들을 진정시키며 명령한다.

머리 위로, 사이렌이 울리기 시작한다.

"자신들이 저러길 원한다면야."

칼이 중얼거리면서 반대편 문으로 움직인다.

쾅 하는 소리에 내가 풀쩍 뛰면서 몸을 돌리자, 거대한 화강암이 우리가 방금 통과한 금속 문의 자리를 막고 있다. 카메론이 제어 패널을 보고 히죽대고 있는데, 심지어 그 패널을 토닥이기까지 한다.

"시간을 몇 분이라도 더 벌어 줄 거야."

그 애가 몸을 일으키자 무릎에서 삐걱 소리가 난다. 지휘 본부의 광경을 본 카메론의 얼굴이 안 좋아진다.

"망할 바보들이 겁먹었네."

카메론이 으르렁거리면서 스틸츠의 뒷골목에서나 적절할 법한 아주 매우 저속한 손동작을 해 보인다.

"유리 너머로 저놈들한테 닿을 순 있어?"

대답 대신 나는 모니터용 화면으로 시선을 돌린다. 그것들이 연속해서 빠르게 폭발하며 군인들에게 불꽃과 깨진 유리조각을 마구 뿜어낸다. 사이렌이 낮은 끽끽 소리를 내다가 갑자기 멎는다. 지휘실 내부에 있는 모든 금속 조각이 전기로 인해 프라이팬 위에서 튀겨지는 계란처럼 벌떡 일어나서 군인들은 방의 가운데로 몰린다. 그들 중 하나가 내가 이해하지 못하는 동작으로 머리를 붙들며 풀쩍 쓰러진다. 그의 몸이 카메론의 꽉 쥔 주먹에 맞춰 흔들리며 능력을 빼앗아 가는 움직임에 맞서 싸운다. 피가 그의 귀, 코, 그리고 입에서 흘러내리기 시작한다. 그가 자신의 피에 질식할 때까지 그리 긴 시간이 걸리지 않는다.

"카메론!"

칼이 외치지만 그녀는 그의 말을 못 들은 척한다.

"줄리언 제이코스! 사라 스코노스! 그들은 어디 있지?"

나는 유리 너머로 다시 한 번 큰 소리로 외친다.

또 다른 군인 하나가 울부짖으며 쓰러진다.

"카메론!"

그 애는 전혀 멈출 기색이 없다. 꼭 멈추라고 할 수만도 없다. 이 사람들은 카메론을 감금하고 고문했으며, 그 애를 굶겼고, 심지어 그 애를 죽일 수도 있었다. 복수는 카메론의 권리다.

내 번개가 강력해지면서 유리 상자 안에서 튀어 오른다. 군인들은 그 자백색 분노를 피해 몸을 웅크린다. 각각의 번개가 탁탁 튀면서 내리치고, 그들의 살에 점점 더 가까이 가까이 몰아친다.

"메어, 멈춰……."

칼이 계속 소리를 지르지만, 나는 그의 말을 거의 듣지 않는다.

"줄리언 제이코스! 사라 스코……."

"G구역!"

이제 바닥을 기다시피하며 자신의 몸을 내 앞의 벽에 던진 대위가 고함을 지른다. 그의 손바닥이 내 얼굴에서 십 몇 센티미터 떨어진 유리를 철썩 친다.

"그들은 G구역에 있습니다! 저 문으로 가면 됩니다!"

"됐어, 가자!"

칼이 으르렁거린다. 대위의 시선이 내게서 추방당한 왕자에게로 움직인다.

카메론은 높고 분명한 소리로 웃음을 터뜨린다.

"당신 지금 이 사람들을 살려 둔 채로 떠나자는 거야? 이 사람들이 우리에게 무슨 짓을 했는지 알고 있어? 여기 있는 사람들 모두에게, 당신네 은혈들을 포함해서 말이야?"

"제발, *제발*, 우리는 명령을 따랐을 뿐입니다, *왕의 명령을*……."

대위가 또 다른 번개를 피하기 위해 머리를 수그린 채로 간청한다. 그의 뒤에서, 카메론의 두 번째 희생자가 몸을 안으로 만 채로 그녀의 사일런스 능력 앞에 굴복한다. 눈물이 그의 속눈썹에 수정 구슬처럼 매달려 있다.

"왕자 저하, 자비를 빕니다, *당신의 자비를*……."

나는 감방에 있던 그 작은 여자애를 생각한다. 그 애의 눈은 충혈되어 있었고, 옷 위로도 갈비뼈가 도드라진 것을 느낄 수 있었다. 나는 지사와 그 애의 부러진 손을 생각한다. 템플린의 피범벅이던 그 아기. 죄 없는 아이들. 나는 이 운명의 여름 이후로 내게 일어났던 모든 일들에 대해서 생각한다. 한 죽은 어부가 이 모든 문제의 발단이 되었던 그때 이후로. *아니, 그건 저 사람 하나의 잘못은 아니었지. 그건 저들 모두의 잘못이었어. 저들의 법, 저들의 징병제, 우리들 각 각 한 사람 한 사람을 파멸로 몰고 가는 저들. 저들이 이 최후를 스스로 불러들인 거다.* 심지어 지금조차, 카메론과 내가 자신들을 죽이려고 하는 바로 이 순간조차 저들은 칼의 자비를 간청한다. 저들은 은혈의 왕에게는 간청을 하고, 적혈의 여왕들에게는 침을 뱉는다.

물결무늬 유리 너머로 왕자가 보인다. 유리가 그의 얼굴을 일그러뜨려, 그는 좀 더 메이븐에 가깝게 보인다.

"메어."

칼이 오직 자신만이 들을 수 있을 것 같은 목소리로 속삭인다.

하지만 그의 속삭임은 지금 나를 멈출 수 없다. 나는 내 안에서 무언가 새로운 것, 익숙한 동시에 낯선 것을 느낀다. 혈통에서부터 받은 것은 아니지만 선택할 수밖에 없는 힘. 내가 어떤 존재로 태어났느냐가 아닌, 내가 어떤 존재가 되어야만 하는가에서 오는 힘. 나는 칼의 뒤틀린 상에서 몸을 돌린다. 나 또한 똑같이 뒤틀려 보이리라는 것을 안다.

나는 으르렁거리듯 이를 드러낸다.

"번개에는 자비가 없어."

예전에 오빠들이 유리 조각으로 개미를 태우는 것을 본 적이 있다. 이 일은 그것이랑 유사하다…… 그리고 더 끔찍하다.

＊ ＊ ＊

감옥 구역들이 개별적으로 봉인되어 있어서 죄수들이 탈출하기 어렵도록(거의 불가능하도록) 만드는 한편, 동시에 경비들이 서로 소통하기 훨씬 더 어렵게 만든다. 혼란은 번개나 불꽃만큼이나 효과적이다. 경비들은 자신들의 정해진 위치를 벗어나는 것을 꺼려하고, 특히 지금처럼 왕이 근처에 와 있다는 소문이 돌고 있을 때는 더욱 그렇다. 우리는 G구역에서 시끄럽게 떠들고 있는 4명의 마그네트론을 찾아낸다.

"사이렌 소리 들었잖아, 뭔가 분명 잘못된 게……."

"아마도 비상 훈련일 거 같은데, 꼬마 왕한테 보여 주려고……."

"무전기로 명령을 받지 못했어."

"그전에 들었잖아, 카메라들이 오작동했다고, 수신기도 마찬가지일 거야. 왕비가 다시 또 뭘 건드린 거 아닐까, 망할 마녀 같으니."

나는 그들의 주의를 끌기 위해 한 명에게 번개를 내리친다.

"잘못 찍었어."

금속 통로가 내 아래로 떨어지기 전에, 나는 문 왼쪽으로 있는 창살을 재빨리 붙든다. 칼은 오른쪽으로 움직이고, 그의 불꽃 아래로 창살들이 그대로 녹아내리면서 붉게 변한다. 카메론은 문간에 그대로 서서 집중하느라 눈썹 사이에 땀이 번들거리지만 딱히 기력이 떨어지는 기색은 없다. 마그네트론 중 하나가 뒤로 물러서던 자리에서 3개 층 아래의 콘크리트 바닥으로 떨어지면서 자신의 머리를 붙든다. 그는 즉시 의식을 잃는다. 둘이 남았다.

삐죽삐죽한 금속 우박을 동반한 폭풍이 시끄러운 비명을 지르고, 그 안의 작은 단검 조각들은 모두 나를 죽이려고 한다. 폭풍이 나를 치기 전에 창살을 놓고 아래쪽 감옥의 좁게 튀어나온 부분에 발이 닿을 때까지 미끄러진다.

"칼, 좀 도와줘요!"

내가 재빨리 다음 폭풍을 피하면서 외친다. 나는 금속 폭풍에 전기로 응수하지만, 마그네트론은 허공이 분명한 곳으로 과감하게 뛰어내린다. 떨어지는 대신 금속이 그와 함께 움직이자 그는 마치 열린 안마당을 가르며 달리는 것처럼 뛰어간다.

분하게도, 칼은 내 말을 무시하고는 감방의 녹은 쇠창살 사이로 들어가 버린다. 그의 등 뒤로 불꽃이 타오르며 다른 마그네트론이 그를 향해 던질 어떤 무기에서든 그를 지켜 준다. 불꽃 너머로 그를 간신히 볼 수 있지만, 그거면 내게는 충분하다. 그는 지금 끔찍하게 화가 났고, 그 이유에는 전혀 의문의 여지가 없다. 그는 내가 그 은혈들을 죽인 것이, 자신이 할 수 없는 일들을 한 것이 몹시 싫은 것이다. 군인이자 전사인 칼이 행동하기를 두려워하는 날이 오는 것을 볼 일이 생기리라고는 한 번도 생각해 보지 못했다. 지금 그는 할 수 있는 한 많은 감옥들을 여는 일에 집중하며, 도움을 구하는 내 간청을 무시하고 나를 혼자 싸우게 내버려 둔다.

"카메론, 저 사람을 떨어뜨려!"

나는 예상 밖의 협력자를 흘깃 올려다보며 고함친다.

"기쁘게 수락하지."

그녀는 이를 드러내고 나를 공격하고 있는 마그네트론을 향해 한 손을 뻗는다. 그는 발을 헛디디지만 떨어지지는 않는다. *카메론은 약해지고 있어.*

나는 감방들을 따라서 거의 미끄러질 뻔하며 발끝으로 걷는다. 손가락에는 매순간 부하가 걸린다. 나는 달리기는 잘해도 등반가는 아니라서, 이런 식으로는 거의 제대로 싸울 수가 없다. *거의.* 날카로운 다이아몬드 모양의 면도칼이 내 뺨을 긁고, 얼굴을 가로질러 상처를 낸다. 그 옆의 쇠창살을 잡을 때쯤 손아귀 힘은 약해지고 피 때문에 손이 계속 미끄러진다. 나는 마지막 남은 2미터 전후쯤 되는 높이를 떨어지고, 이 구역의 가장 깊은 바닥 위로 세게 구른다. 잠시 동안 숨도 쉬지 못한 채 내 머리 방향으로 쌩 하고 날아오는 거대한 창을 그저 눈만 뜨고 바라본다. 나는 몸을 굴려, 그 살인적인 공격을 재빨리 피한다. 또 다시 그리고 또 다시 비처럼 공격이 쏟아지고, 나는 살기 위해서 갈지자로 바닥을 뛰어야만 한다.

"칼!"

이번에는 두렵기보다는 화가 나서, 나는 다시 한 번 크게 소리를
지른다.

다음 순간 창들이 내게 닿기 직전에 녹지만, 너무 가까운 곳에서
뜨거운 철이 뚝뚝 떨어지며 퍼져서 내 등을 불태운다. 입은 옷의 천
이 흉터 속으로 녹아드는 동안 입에서 절로 비명이 빠져나온다. 살
면서 느껴 본 중에 거의 손꼽을 만한 최악의 고통이다. 메이븐의 발
신기에 이을 정도의 고통이라, 몹시 괴로운 혼수상태가 이어 찾아온
다. 나는 바닥에 쿵 하고 무릎을 꿇고, 그 충격으로 고통이 다리까지
흐른다.

고통은 보아하니 내 발화점 중에 하나인 모양이다. 우리 위로 높
이 자리한 채광창이 깨지고, 번개 한 줄기가 나를 향해 바로 내리꽂
힌다. 아주 짧은 한순간, 아래에서부터 보라색 나무가 자라는 것처럼
G구역의 열린 안마당에 가지와 혈관들이 피어난다. 그 나무가 마그
네트론 중 한 명을 때리고, 그녀는 비명을 지를 시간조차 없이 죽는
다. 다른 사람, 마지막으로 남은 경비는 이미 끝장난 상태다. 그는 카
메론의 맹렬한 의지에 맞서 자신의 몸을 말고 있다.

"줄리언!"

나는 소리 지른다.

"사라!"

칼이 바닥의 반대쪽 끝에서 펄쩍 뛰어 나타난다. 소리를 키우기
위해 손을 입가에 대고 나를 보지 않은 채 감옥들을 살핀다.

"외숙부!"

그가 포효한다.

"난 여기서 기다릴게."

카메론이 꼭대기 층의 열린 문간에서 우리를 지켜보며 말한다. 그 애는 다리를 흔들거리고 있다. 심지어 신음하고 있는 마지막 마그네트론을 바라보면서 뻔뻔스럽게 휘파람을 분다.

G구역은 신혈들이 있던 D구역처럼 눅눅하고, 고맙게도 반쯤 파괴된 상태다. 바닥 중앙부에는 내가 불러낸 거대한 번개의 유일한 흔적으로 연기가 나는 구멍이 남아 있다. 보이는 바로는 맨 아래층의 감방들은 거의 칠흑처럼 어둡지만 대부분 차 있다. 몇몇 죄수들은 서둘러 자신들의 창살로 달려 나와서 소란을 지켜보고 있다. *얼마나 많은 얼굴들을 알아볼 수 있을까?* 하지만 그들은 너무 핼쑥하고 너무 여위었으며 그들의 피부는 공포, 허기, 그리고 추위로 인해 거의 푸른색이다. 만약 여기서 몇 주를 지낸 후라면 그 사람이 칼이라고 해도 내가 알아볼 수 있었을지 의문이다. 은혈들에게는 좀 더 잘해 줬으리라 예상했지만, 정치범들은 비밀스러운 돌연변이들만큼이나 위험한 존재인 모양이다.

"여기."

껄껄대는 쉰 목소리가 대답한다.

나는 마그네트론의 시체 위로 발이 걸려 넘어질 뻔 한다. 발을 딛을 때마다 등의 화상에 고통이 느껴지지만 달려가기까지 한다. 손에 불을 켜고 쇠창살을 녹일 준비를 하고 있는 칼과 그곳에서 만난다. 그는 자신의 외삼촌을 구하고, 그로써 자신의 죄 일부에 대한 보상을 구하려고 한다.

감방 안의 사람은 약해 보이고, 마치 자신이 좋아하던 책처럼 오래되고 부서지기 쉬워 보인다. 피부는 하얗게 질려 있고, 남은 머리카락은 얇아지고 얼굴의 주름들은 몇 겹이나 깊어져 있다. 심지어 이도 몇 개 잃은 듯하다. 하지만 익숙한 갈색 눈동자와 여전히 그 깊은 안쪽에서부터 불타고 있는 번뜩이는 지성만큼은 전혀 착각할 수가 없다. 줄리언.

바라는 만큼 충분히 빨리 그에게 다가갈 수가 없어서 금속이 녹는 중에 너무 가까이 서성이기까지 한다. 줄리언. 줄리언. 줄리언. 내 스승, 내 친구. 첫 번째 쇠창살이 휘어지고 칼이 그것을 비틀어 떼어내자 내가 비집고 들어갈 정도로 충분히 큰 공간이 생긴다. 나는 침묵하는 돌의 질식할 것 같은 압력조차 거의 알아차리지 못하고 줄리언이 일어서도록 돕는 데에 집중한다. 그의 뼈가 툭 하고 부러질 것처럼 불안정하게 느껴져서, 한순간 과연 줄리언이 이 모든 일을 살아서 헤쳐 나갈 수 있을지 걱정이 된다. 다음 순간, 그가 나를 단단히 붙들고 집중하듯 눈썹을 찌푸린다.

"나를 저 경비에게 데려가 줘요. 그리고 사라를 빼냅시다."

예전의 정신력을 얼핏 보여 주며 그가 으르렁거린다.

"물론이죠. 그녀도 구하러 온 거예요."

그의 팔을 내 어깨 위에 걸치고, 그가 걷도록 돕는다. 줄리언이 나보다 훨씬 더 키가 큼에도 불구하고, 그는 놀라울 정도로 가볍다.

"우린 여기에 모두를 구하러 왔어요."

우리가 그를 감방 밖으로 꺼내 주자, 그는 발을 헛딛지만 계속 자신의 발로 선다.

"칼."

줄리언이 자신의 조카를 향해 팔을 뻗으며 웅얼거린다. 그는 손을 칼의 얼굴에 올리고 칼이 무슨 오래된 책이라도 되는 것처럼 그 추방당한 왕자를 살핀다.

"이미 벌어진 일입니다, 그렇죠?"

"네, 다 벌어진 일들이에요."

칼이 으르렁댄다. 그는 내 쪽은 보지도 않는다.

감옥은 줄리언의 외모는 바꿨는지 몰라도 줄리언이 어떤 사람인지는 바꾸지 못했다. 그는 다 이해한다는 듯이 침통한 표정이 된다. 그 점이 칼에게는 적잖은 위로가 된다.

"그런 생각들은 지금 여기에는 걸맞지 않아요. 나중에 합시다."

"나중에요."

칼이 따라한다. 마침내 그가 불타는 시선을 나를 향해 돌린다. 그 시선에 타 버릴 것만 같다.

"나중에."

"갑시다, 메어. 저 지겨운 놈한테로 나를 좀 데려다 줘요."

줄리언이 바닥에 누운 채 의식이 없는 경비를 가리킨다.

"내가 완전히 무용지물이 됐는지 아닌지 어디 한번 볼까요."

그가 절뚝거리며 추락한 요원에게 가는 동안 나는 줄리언의 말을 따라서 그의 목발 역할을 해 준다. 그동안 칼은 줄리언의 맞은편에 위치한 사라의 감옥을 여는 작업에 착수한다. 그렇게 서로 보이고 들리는 거리 안에서, 하지만 만질 수는 없게 떨어뜨려 놓다니. 그들이 견뎌야 했던 또 다른 고문이었으리라.

전에도 줄리언이 이런 일을 하는 것을 본 적이 있지만, 결코 이런 노력이나 고통의 기색을 본 적은 없다. 요원의 눈 하나를 벌리는 그의 손가락이 벌벌 떨리고, 그는 자신이 필요로 하는 목소리를 내기 위해서 몇 번이고 침을 삼켜야만 한다. 노래.

"괜찮아요, 줄리언, 우리 다른 방법을 찾아 봐요……."

"다른 방법이 우릴 죽일 수도 있어요, 메어. 내가 당신에게 아무것도 안 가르쳤나요?"

이 상황에도 불구하고 나는 미소를 짓고 만다. 그를 포옹하고 싶은 욕구를 누르고, 나는 미소를 숨기려고 애를 쓴다.

마침내 줄리언은 크게 숨을 내쉬며 눈을 반쯤 감는다. 그의 목에 혈관이 불쑥 튀어 올라 있다. 다음 순간 그가 눈을 번쩍, 크고 분명하게 뜬다.

"일어나라."

그가 일몰보다 아름다운 목소리로 말한다. 우리 아래에서 경비가 자신이 들은 대로 무기력하게 눈을 뜬다.

"감방들을 열어라. 전부 다."

비틀리는 날카로운 소리가 구역 안 위아래로 메아리치고, 모든 감옥의 창살이 동시에 열린다.

"계단과 통로를 만들어라. 모든 것을 연결해."

챙. 챙. 챙. 단검, 전기 때문에 부서진 조각들, 심지어 녹아 흐른 방울까지도 포함한 모든 금속 조각들이 납작해지고 다시 형태를 갖추며 연속해서 서로 부딪힌다.

"우리와 함께 걷자."

마지막 명령을 내리는 줄리언의 목소리가 떨리지만 마그네트론은 조금 느리긴 해도 복종한다.

"오늘 오다니 운이 좋아요, 메어."

줄리언은 일어서도록 돕는 나를 향해 말한다.

"어제 산책을 했거든요. 그래서 다들 평소에 그런 것처럼 심하게 약하지 않아요."

줄리언에게 존에 대해서, 그의 능력과 그의 충고에 대해서 말해 줄까 하고 진지하게 생각해 본다. 줄리언은 분명 그 이야기를 듣는 것을 아주 좋아할 것이다. *나중에.* 나는 스스로에게 말한다. *나중에.*

처음으로 나는 희망을 갖는다.

'*나중에*'*가 있을 거야.*


＊ ＊ ＊


혼란이 코로스 위를 덮친다. 총성이 복도마다 문 뒤마다 메아리 친다. 완전히 지친 은혈들 무리가 우리를 힘없이 따라오지만, 몇몇 은 불평할 힘이 남아 있는 모양이다. 그들 전부를 믿지는 않기에 지 켜보기 위해서 슬쩍 뒷걸음질을 쳐 본다. 많은 이들이 모퉁이를 돌 때마다 슬그머니 사라지고, 이곳을 벗어날 열망에 부풀어 다른 길을 택한다. 다른 이들은 복수를 찾아서 더 깊은 감옥 속으로 들어간다. 몇 명만이 번개 소녀를 따르고 있다는 수치심에 눈을 아래로 깐 채 로 우리 뒤를 쫓아온다. 하지만 그럼에도 그들은 여전히 우리를 따른다. 그리고 그들은 할 수 있는 한 최선을 다해서 싸운다. 그건 마치 고요한 연못에 돌을 하나 던지는 것과 같다. 작은 파문에서 시작하지만 분명히 점점 더 커진다. 각각의 구역들이 점점 더 쉽게 무너지고, 마지막에는 마그네트론들이 우리에게서 달아나야만 한다. 은혈들은 내가 하는 것 이상으로 상대를 죽이고, 마치 배고픈 늑대들처럼 자신들의 배신자들을 응징한다. 하지만 이것조차 계속되지는 않는다. 르롤란 오블리비언이 돌로 된 방어막을 날려 버리고 우리 앞에 J구역이 모습을 드러내자, 잔해들이 아래로 떨어지지 않고…… 위로 치솟는다. 무슨 일이 일어나는 것인지 이해하기도 전에, 나는 연기와 파편과 기이한 속삭임이 뒤섞인 회오리바람 속으로 빨려 들어간다.

카메론이 내 손을 붙들지만 마주 잡은 손이 서로 미끄러지면서 안개인 것이 틀림없는 속으로 그 애의 모습이 사라진다. 님프. 그림자와 어둑어둑한 노란 빛을 제외한 아무것도 볼 수가 없고, 그 빛은 꼭 먼 거리의 구름 낀 해처럼 보인다. 정신을 잃기 전에 나는 팔을 뻗어서 뭐라도 잡으려고 허우적거린다. 내 상처 난 손이 차갑고 흐느적거리는 다리에 닿자, 나는 등골이 오싹한 느낌에 멈춘다.

"칼!"

온통 울부짖는 소리가 내 외침을 삼킨다.

끙 하고 앓으며 나는 다리를 당긴다. 움직이지 않는 것으로 볼 때, 그건 분명히 시체의 다리가 틀림없다. 차가운 공포가 얼음장 같은 날카로운 손가락으로 내 마음을 찢어 놓는다. 이 시체 주인의 얼굴을 보고 싶지 않아서, 그냥 놓아 버리고만 싶다. 그건 누구라도 될 수 있다. 아무라도 될 수 있다.

안도를 느끼는 건 안 될 일이지만, 나는 안도하고 만다. 감옥의 창살 사이로 얽혀 있는 그 남자는 내가 아는 사람이 아니다. 한 다리는 창살에 감겨 있고, 나머지 하나는 여전히 덜렁거리고 있다. 그는 분명히 죄수이지만 나는 이 사람이 누군지 모르고, 그를 위해 애도하지도 않을 것이다. 화상 흉터로 인해 등이 거의 쪼개질 것처럼 느껴져서, 잠시 동안 나는 창살에 몸을 기댄다. 이 구역의 중력이 옮겨졌다. 가레스가 여기에 있다. 그 말은 킬런, 쉐이드 오빠, 팔리가 그다지 멀리 있지 않다는 뜻이다. 그들은 감옥의 반대편에 있을 예정이었다. 하지만 무언가가 그들이 어쩔 수 없이 이리 들어오게 만들었다. 아니면 그들 전부가 덫에 걸린 걸지도 모른다.

소리를 지르기 전에, 나는 다시 떨어지고 구역 전체가 빙글 도는 것처럼 보인다.

하지만 움직이는 것은 감옥이 아니다. 중력 그 자체다.

"가레스, 멈춰요!"

나는 허공에 대고 외친다. 아무도 대답하지 않는다. 적어도, 내가 들을 수 있는 사람은 아무도.

*작은 번개 소녀.*

그녀의 목소리는 두개골을 반으로 쪼개는 듯하다.

*엘라라 왕비.*

지금은 오히려 발신기가 나을 것 같다는 생각이 든다. 차라리 나를 죽일 수 있는 무언가, 내게 안전이든 죽음이든 하나를 줄 수 있는 무언가를 바라게 된다. 나는 여전히 떨어지고 있다. 어쩌면 이 추락은 그 둘 중 하나를 줄 수도 있다. 나는 그녀가 내 뇌를 갖고 놀며 내가 소중히 여기는 모든 것들을 털어 놓게 만들기 전에 죽을 수도 있다. 하지만 이미 내 정신 속으로 단단히 들어온 덩굴손을 느낄 수 있다. 손가락이 그녀의 명령에 따라서 뒤틀리고, 그 사이로 스파크가 튀어 오른다. *아니야, 제발 그러지 마.*

나는 구역의 반대편에 세게 부딪치고, 아마도 팔이 부러진 것 같지만 아무 고통도 없다. 그녀가 고통마저 가져간다.

마지막 거친 비명과 함께, 나는 내가 해야 할 일을 한다. 그리고 내 자유 의지를 몽땅 긁어모아서 아래쪽의 뒤틀린 창살 속으로 기어 들어간다. 침묵하는 돌로 된 감옥 속으로. 침묵하는 돌이 내 능력과…… 그녀의 능력을 깨트린다. 스파크가 죽고, 그녀의 제어 역시 깨지고, 눈도 뜨지 못할 정도의 고통이 내 왼팔을 타고 어깨까지 흐른다. 나는 눈물을 흘리면서 웃는다. 얼마나 적절한가. 그녀는 나와 다른 신혈들을 괴롭게 하기 위해서 이 감옥을 지었다. 그리고 지금, 이곳은 그녀가 그와 같은 일을 하도록 막기 위한 유일한 장소가 되었다.

이제 이곳이 내 마지막 피난처가 된다.

감방의 뒷벽에 자리를 잡고 앉아서(내 생각에 지금은 이곳이 바닥면이 된 것 같다.) 안개가 춤추는 것을 지켜본다. 총성이 점점 줄어드는데, 그것은 총알들이 느리게 날아가기 때문이거나 아니면 이렇게 시야가 끔찍이 안 보이는 곳에서 겨냥하는 것은 불가능한 일이기 때문일 것이다. 불꽃 뱀이 몸을 둥글게 말고 폭발하기에, 칼을 볼 수 있을 거라고 생각하지만 그의 모습은 결코 보이지 않는다. 나는 어쩼

든 그를 불러 본다.

"칼!"

하지만 내 목소리는 약하다. 나를 구한 침묵하는 돌은 동시에 나를 장악한다. 그것이 내 목을 누른다.

그녀가 나를 찾아내는 건 그리 오래 걸리지 않는다. 그녀의 신발이 내가 갇힌 우리의 창살 끝에 나타나고, 한순간 환각을 보는 거라는 생각마저 든다. 그녀의 지금 모습은 내가 기억하는 번쩍거리고 화려한 왕비의 모습이 아니다. 그녀의 드레스와 보석들은 사라지고, 간단한 군청색 제복에 하얀 무늬가 있는 옷을 입고 있다. 심지어 평상시에는 완벽하게 말아서 땋는 머리조차 그저 기름을 발라 매끄럽게 넘기고 간단하게 쪽을 졌다. 그녀의 관자놀이에 회색 얼룩이 보여서, 나는 다시 한 번 소리 내어 웃고 만다.

"우리가 처음 만났을 때도, 너는 이런 것과 꼭 같은 감옥에 갇혀 있었지."

그녀가 나를 더 잘 보기 위해 허리를 굽히며 혼잣말을 한다.

"창살로는 그때 날 막지 못했고, 지금 나를 막을 수도 없어."

"그럼 들어와 보든가."

나는 피를 뱉으며 말한다. *분명히 이가 하나는 빠졌겠네.*

"넌 여전히 똑같은 계집애구나. 세상이 널 바꿨을 거라고 생각했는데, 대신에 (그녀는 머리를 기울이고는 고양이 같은 미소를 짓는다.) 네가 세상을 조금이긴 하지만 바꿨지. 만약 네가 날 도와준다면, 넌 심지어 더 많은 것들을 바꿀 수 있을 거야."

웃느라고 숨도 제대로 쉬지 못할 지경이다.

"내가 얼마나 바보라고 생각하는 거야?"

*계속 말하게 해. 계속 정신을 다른 곳에 팔게 해. 누군가가 그녀를 곧 볼 거야, 누군가가 반드시 곧 그녀를 볼 거야.*

"그럼 마음대로 하렴."

그녀가 선 채로 한숨을 쉬면서 대꾸한다. 그녀가 내가 볼 수 없는 누군가에게 손짓을 한다. *경비구나.* 나는 공허한 체념 속으로 빠지며 생각한다. 그녀의 손이 다시 보일 때엔 권총을 들고 있고, 손가락은 이미 방아쇠를 당길 준비를 하고 있다.

"다시 한 번 네 머릿속에 들어가 볼 수 있었다면 재미있었을 거야. 넌 정말 아주 사랑스러운 망상들을 하거든."

*작은 승리네.* 나는 눈을 감으며 생각한다. 그녀는 결코 번개를 가질 수도 없을 것이고, 결코 나를 가질 수도 없을 것이다. *대신에 승리를 얻게 되겠지.*

다시 한 번, 몸이 떨어진다.

총알 대신에 쇠창살이 얼굴을 때린다. 제때에 눈을 딱 떠서 엘라라가 내게서 멀리 떨어지는 모습을 볼 수 있다. 총이 그녀의 손에서 흘러내리고 끔찍한 분노의 표정이 아름다운 얼굴을 비틀리게 만든다. 그녀의 경비들이 그녀와 함께 황급히 흩어지고, 노란 구름 속으로 사라진다. 그리고 누군가가 내 멀쩡한 팔을 쥐고 나를 자신에게로 잡아당긴다.

"어서, 메어, 내 혼자 힘으로는 너를 빼낼 수가 없어."

쉐이드 오빠가 창살 사이로 나를 편하게 해 주려고 애를 쓰면서 말한다. 숨이 막힌 채로 나는 할 수 있는 한 힘을 쥐어짜 몸을 빼낸

248

다. 그 정도면 충분했던 모양이었던지, 세상이 갑자기 오그라들고 안개가 사라지고, 눈이 멀 것처럼 하얀 타일 위에서 나는 눈을 뜬다.

기뻐서 주저앉을 뻔 한다. 사라가 나를 향해 달려오는 모습을, 그녀가 손을 내게로 뻗고 그녀의 발치에 킬런과 줄리언이 있는 모습을 본 순간, 정말로 나는 주저앉는다. 누군가 다른 사람이 나를 붙든다. 따뜻한 누군가가. 그는 나를 옆으로 돌리고, 팔에 느껴지는 조금의 압력조차 너무 아파서 나는 식식거린다.

"팔이 먼저, 다음에 화상, 그 다음에 흉터."

칼이 사무적으로 말한다. 사라가 나를 만질 때에 신음이 절로 나온다. 곧 기쁜 마비가 팔을 타고 퍼져 나간다. 뭔가 차가운 것이 내 등을 어루만지며 분명히 감염이 일어났을 화상을 치료한다. 하지만 내 흉측하고 구부러진 흉터에 치유의 손길이 미치기 전에, 나는 내 발로 일어서서 사라의 손길 밖으로 벗어난다.

복도의 끝에 있는 문이 바깥쪽으로 폭발하고, 빠르게 자라는 나무 몸통이 터져 나온다. 안개가 뒤따르고 우리는 엄청난 속도로 거기 휘말린다. 그림자가 마지막으로 온다. 그 그림자들이 누구의 것인지는 분명하다.

칼이 다가오는 가지들을 향해서 불꽃 폭풍을 날리고 태워 버린다. 하지만 타 버린 잉걸불들은 그저 굉음을 내는 회오리바람에 합류할 따름이다.

"카메론?"

나는 엘라라를 멈출 수 있는 유일한 사람을 찾아서 머리를 기울인다. 하지만 그 애를 어디서도 찾을 수가 없다.

"카메론은 벌써 나갔어, 이제 *가.*"

킬런이 소리를 지르며 나를 앞으로 민다.

엘라라가 원하는 것은 바로 나다. 내 능력뿐만이 아니라, 내 얼굴도 원한다. 그녀가 나를 제어할 수 있으면 그녀는 다시 나를 대변인으로 이용할 것이다. 나라 전역에 거짓말을 하도록, 자신이 말하는 것을 그대로 말하도록. 그것이 내가 다른 이들보다 더 빨리 달리는 이유다. 난 항상 제일 빠른 쪽이었다. 어깨 너머로 돌아봤을 때, 나는 다른 이들보다 몇 미터 앞서 있지만 보이는 광경에 그만 등골이 오싹하다.

칼이 강제로 줄리언을 밀려고 애를 쓰고 있고 있다. 그가 약해져 있기 때문이 아니라, 그가 계속 멈추려고 하기 때문이다. 줄리언은 엘라라를 마주하길 원한다. 그는 자신의 목소리로 그녀의 정신과, 그녀의 속삭임과 겨루려고 하는 것이다. 죽은 누이와 상처 입은 사랑과 부서지고 찢어 발겨진 자존심을 되갚기 위해서. 하지만 칼은 자신에게 남은 마지막 가족을 놓지 않을 터라, 줄리언을 마구 질질 끌고 가고 있다. 사라가 줄리언의 옆에 붙어서 공포에 질린 비명을 지르지도 못하고 한 손을 그에게 올린 채 따라온다.

다음 순간 나는 모퉁이를 돈다. 그리고 나는 무언가와 부딪친다. 아니, *누군가와.*

내가 결코 다시는 보고 싶지 않았던 또 다른 여인, 또 다른 사람이다.

팬서 에이라, 아이럴 하우스의 수장이 나를 석탄처럼 검은 눈으로 노려보고 있다. 그녀의 손가락은 여전히 침묵하는 돌에 의해 끝 부분이 회청색으로 물들어 있고 그녀의 옷은 다 망가진 넝마 상태다. 하지만 그녀의 시선에서 느껴지는 강철 같은 단단함으로 볼 때 힘은 이미 돌아온 상태인 모양이다. 피할 방법은 없고 그저 돌파하는 수밖에 없다. 나는 내가 달랐다는 사실을 내내 알고 있었던 또 한 사람을 죽이기 위해서 번개를 불러낸다.

그녀는 내가 할 수 있는 이상으로 반응하여 인간이 불가능할 정도의 민첩함으로 내 어깨를 붙든다. 하지만 목을 부러트리거나 목구멍을 꿰뚫는 대신에 그녀는 나를 옆으로 밀고, 뭔가가 내 머리카락을 헝클어트린다. 면도날처럼 날카롭고 거의 저녁 식사 접시만큼이나 커다란 구부러진 칼날이 빙글빙글 돌면서 내 얼굴을 바로 코 몇 센티미터 앞에서 스쳐 지나간다. 나는 충격으로 헉 소리를 내며 바닥에 엎어지면서 방금 잃어버릴 뻔 한 머리를 붙든다. 내 위에서 에이라 아이럴이 똑바로 서서 우리 위로 날아오는 칼날들을 재빠르게 피한다. 칼날들은 홀의 반대편 끝에서 날아오고 있는데, 그곳에는 과거를 생각나게 하는 또 다른 사람이 서서 자신의 익숙한 미늘 갑옷의 평판들을 뜯어서 금속 원반을 만들어 내고 있다.

"너희 아버지가 연장자를 공경하라고 가르쳐 주진 않더냐?"

에이라가 프톨레무스를 향해서 까르르 웃으면서 또 다른 칼날 아래로 재빠르게 피한다. 다음 것은 그녀가 마치 공기 중에서 만들어 낸 듯이 붙들어서 그를 향해 도로 집어던진다. 인상적이지만 쓸모는 전혀 없는 속임수라서, 그는 그것을 삐뚜름한 비웃음과 함께 손을 흔들어 날려 버린다.

"음, 적혈, 뭐라도 하지 그래?"

그녀가 내 다리를 발로 툭 치며 말한다.

나는 순간 경직된 채 그녀를 바라본다. 다음 순간 나는 억지로 몸을 일으킨다. 공포의 조그만 조각조차 사라진다.

"기쁘게 시행하지요, 마이 레이디."

복도 반대편 끝에서, 프톨레무스가 커다랗게 미소를 지으며 으르렁거린다.

"이제야 내 여동생이 경기장에서 시작했던 걸 끝낼 수 있겠군."

"네 여동생이 도망갔던 상대겠지."

나는 그의 머리를 향해 번개를 날리며 맞받아 외친다. 그는 벽을 향해서 옆으로 몸을 던지고, 그가 회복하는 사이에 에이라가 두 사람 사이의 거리를 좁히고 뛰어올라서 타일 벽을 걷어찬다. 가속도를 이용해서 그녀는 자신의 팔꿈치로 프톨레무스의 턱을 부순다.

나는 그녀의 뒤를 따른다. 내 뒤로 들리는 쿵쿵 울리는 발자국 소리들로 판단해 보건대, 뒤를 따르는 유일한 이가 나만은 아닌 모양이다.

불꽃과 번개. 안개와 바람. 금속 비, 구부러지는 어둠, 작은 별 같은 폭발들. 그리고 총알들, 항상 총알들이 바싹 뒤를 쫓는다. 우리는 전쟁 폭풍을 뚫고 앞으로 전진한다. 이 감옥의 끝이 나오기만을 기도하며 우리 모두가 최선을 다해 외워 둔 지도를 따른다. 여기여야 하는데, 여기가 아니고, 여기가 아니고. 안개와 그늘 속에서, 길을 잃는 것은 너무나 간단하다. 다음 순간 항상 중력의 경계를 빙글빙글 돌리고 있던, 때때로 도움보다는 해를 더 많이 끼치던 가레스를 만난다. 마침내 붉은색과 은색과 검정색 문이 있는 입구 홀을 찾았을 때쯤에는, 전신에 멍이 들고 힘은 빠르게 사라지는 중이다. 심지어 다른 사람들에 대해 생각하고 싶지도 않다. 줄리언과 사라. 그들은 나보다 더 일찍 이곳을 빠져나갈 수는 없었을 텐데. *밖으로 나가야만 해. 하늘로. 우리 모두를 구할 수 있는 번개를 향해.*

밖에서는 해가 떠오르기 시작했다. 워시가 지평선의 회색 연무 사이로 희미하게 모습을 드러내는 사이, 에이라와 프톨레무스는 계속 함께 본능에 따르는 춤을 추고 있다. 나는 블랙런과 활주로에 있는 다른 비행기들을 향해 시선을 보낸다. 신혈과 은혈처럼 보이는 사람들이 비행기에 기어오르고, 범위 내에 있는 모든 것에 탑승한다. 일부는 걸어서 탈출하길 바라며 들판으로 사라진다.

"쉐이드 오빠, 칼을 비행기로 보내 줘."

나는 소리를 지르며 칼의 칼라를 쥐고 달린다. 그가 항의하기도 전에, 쉐이드 오빠가 내 지시대로 그를 붙들고 100미터 떨어진 곳으로 점프한다. 오빠가 내 말을 이해할 거란 사실은 항상 변치않는 믿음이다. 칼은 우리의 유일한 두 조종사 중 하나다. 그는 여기서 죽어서는 안 된다. 우리가 이토록 탈출에 가까이 왔을 때에는 아니다. 날아가려면 우리에겐 그가 필요하다. 잘 날아가려면. 이어서 짧은 순간 후에, 쉐이드 오빠가 다시 나타나서 줄리언과 사라를 팔로 끌어안는다. 그들은 오빠와 함께 사라지고, 나는 안도의 한숨을 작게 내쉰다.

나는 뼛속 깊은 곳에서부터 내가 가진 모든 것을 끌어낸다. 그것이 나를 느리게 만들고 나를 약하게 만들고 내 의지를 가져가고, 마침내 무언가 더 강력한 것으로 바꾸어 준다. 기쁘게도, 하늘이 어두워진다.

킬런이 내 옆에 멈추어 서고, 라이플을 어깨에 대고 조준한다. 그는 정밀한 조준으로 우리의 추적자들을 하나씩 하나씩 쓰러트린다. 많은 군인들이 왕비의 앞을 막고 서서 그녀를 보호하고 있다. 그것이 그들 자신의 자유의지이든, 아니면 그녀의 의지이든 간에. 그녀는 곧 범위 내에 들어올 것이다. 내 능력과 동시에…… 그녀의 능력의 범위 안으로. 기회는 한 번뿐이다.

다음 일은 느린 동작으로 일어난다. 나는 나와 비행기 사이에서 전투를 벌이는 중인 은혈 두 명을 흘깃 바라본다. 마치 거대한 바늘처럼 길고 얇은 칼날이 에이라의 목을 꿰뚫고 은색 분수를 터뜨린다. 프톨레무스가 가속도 그대로 돌면서 그녀를 지나서 그대로 나를 향해 돌진한다. 나는 내가 생각한 것이 최악이 될 거란 예상에 몸을 아래로 수그린다.

무슨 일이 일어날 것인지 나로서는 도저히 알 수가 없다.

오직 한 사람만이 그럴 수 있었다. 존. 그는 이 모든 일을 외면했다. 그는 이 일이 일어나도록 내버려 두었다. 그는 우리에게 경고조차 해 주지 않았다. 그는 신경도 쓰지 않았다.

쉐이드 오빠가 내 앞에 나타난다. 이 모든 일에서 나를 구해 낼 생각으로. 대신에 잔인하게 번뜩이는 바늘이 오빠의 심장을 관통한다. 오빠는 무슨 일이 일어난 건지도 깨닫지 못한다. 오빠는 어떤 고통도 느끼지 않는다. 오빠는 무릎이 땅에 닿기도 전에 죽는다.

\* \* \*

그 뒤의 일은 어떤 것도 기억나지 않는다. 정신을 차려 보니 이미 우리는 하늘을 날고 있다. 내 얼굴은 눈물범벅이지만 나는 그것을 훔쳐내지 않는다. 손을 바라보니, 내 손들은 은색과 붉은색 양쪽 피 모두로 얼룩져 있다.

## 제27장

이건 블랙런이 아니다.

대신에 칼은 거대한 화물 수송용 비행기를 몰고 있다. 기계나 무거운 자동차들을 나르기 위해 설계된 물건이다. 이제 화물실은 300명이 넘는 탈주한 죄수들을 수용하고 있고, 많은 이들이 다쳤고 모두가 어쩔 줄을 모르고 있다. 대부분은 신혈들이지만 은혈들도 그 사이에 끼어서 자신의 정체를 알리지 않은 채로 때를 기다리고 있다. 적어도 오늘만큼은 그들은 똑같아 보인다. 넝마가 된 옷을 입고 기진맥진하고, 배고픈 사람들. 그들에게 내려가 보고 싶지는 않아서 나는 그대로 비행기 위층에 딱 붙어 있는다. 적어도 이 구역은 조용하다. 화물실과는 좁은 계단통으로 분리되어 있고 조종실과는 닫힌 문으로 나뉘어 있다. 나는 내 발치에 누운 두 구의 시체 앞을 지날 수가 없다. 하나는 하얀색 천 아래에 누워 있고, 꿰뚫린 심장 위로 붉은색

256

피가 꽃으로 피어 얼룩져 있다. 팔리가 그 위로 무릎을 꿇은 채, 움직이지도 않고 천 아래로 오빠의 차갑게 굳은 손가락을 꽉 쥐고 있다. 다른 시체에 천을 덮는 것은 내가 거절했다.

엘라라의 죽은 모습은 흉하다. 번개가 그녀의 근육을 온통 뒤틀어서, 그녀의 입 근육을 살아 있을 적에도 지어 본 적 없었을 것 같은 비웃음을 짓게 만들었다. 간단한 제복이 피부까지 요리했고, 옅은 금발도 거의 사라지고 거의 지저분한 몇 조각만이 남아 있다. 경비병들의 시체들은 말 그대로 알아보지 못할 정도로 변형되었다. 우리는 그 시체들을 활주로 위 여기저기에 남겨 놓고 왔다. 하지만 그럼에도 불구하고 왕비는 오해의 여지가 없다. 모두가 이 시체를 알아볼 것이다. 확실히 그렇게 만들 것이다.

"넌 누우러 가는 게 좋겠어."

시체가 킬런을 불편하게 만든다. 그 점은 분명하다. 이유를 모르겠다. 엘라라의 뼈 위에서 춤이라도 춰야 하는 거 아닌가.

"사라더러 널 좀 봐 달라고 할게."

"칼에게 코스를 바꾸라고 해."

그가 당혹감에 눈을 깜빡인다.

"코스를 바꿔? 무슨 얘기를 하는 거야? 우리는 노치로 돌아가는 중이야, 집으로 돌아가야……."

집. 나는 그 유치한 말에 콧방귀를 뀐다.

"우리는 턱 섬으로 돌아갈 거야. 칼에게 말해 줘, 부탁해."

"메어."

"제발."

그는 움직이지 않는다.

"혹시 너 미쳐 버린 거야? 거기서 무슨 일이 일어났는지 기억 안 나? 네가 다시 돌아오면 대령이 널 어떻게 할지도?"

*미쳤냐고.* 차라리 그랬으면 좋겠다. 정신이 삶이 주는 고문을 이기지 못하고 탁 부러져 버렸으면 좋겠다. 차라리 안식이 될 것이다, 그냥 단순하게 미쳐 버리는 건.

"대령도 확실히 시도야 할 수 있겠지. 하지만 이제는 우리 쪽이 너무 많아, 심지어 그 대령이 상대라도 그래. 그리고 내가 가져가는 걸 보면 그 사람이 이번에도 우리를 거절할지 의심스럽네."

"이 시체? 너 그에게 이 시체를 보여 주려는 거야?"

그가 속삭이며 보일 정도로 몸을 떤다. *킬런을 겁나게 하는 건 시체가 아니다.* 나는 조용하게 깨닫는다. *그건 나야.*

"모두에게 보여 줄 거야."

다시 한 번, 더 확고하게.

"칼에게 코스를 바꾸라고 말해. 칼은 이해할 거야."

그 공격에 킬런이 움찔하지만 나는 신경 쓰지 않는다. 그는 뻣뻣하게 몸을 굳히고 내가 말한 대로 전하기 위해서 뒤로 발을 끌며 사라진다. 조종실 문이 그의 뒤에서 쾅 하고 닫히지만 나는 거의 알아차리지도 못한다. 사소한 모욕들보다 더 중요한 것들에 신경이 쏠린 상태다. 자기가 대체 뭔데 내 명령에 토를 달아? 킬런은 아무도 아니야. 그저 운이 좋았던 낚시꾼 남자애일 뿐이지. 쟤를 보호하려고 했다니 나도 어리석었지. 쉐이드 오빠와는 달라. 순간 이동 능력자, 신혈, 위대한 남자. *어떻게 오빠가 죽을 수가 있지?* 그리고 오빠가 유일하게 죽은 사람은 아니다. 그래, 확실히 그 감옥이 무덤이 되어 버린 몇몇 사람들이 있다. 착륙하고 나서야 정확히 어떤 다른 이들이 블랙런을 타고 탈출했는지 알 수 있을 것이다. 그리고 우리는 섬의 활주로 위로 착륙할 것이다. 또 다른 외로운 동굴을 헤매지 않고.

"네 예언자가 이것도 말해 줬어?"

그것이 우리가 코로스를 떠난 이래로 팔리가 한 최초의 말이다. 아직까지 전혀 울지 않았건만 그녀의 목소리는 지난 며칠 동안을 비명을 지르며 보낸 것처럼 쉬어 있다. 그녀의 선명한 푸른 홍채 주변이 벌겋게 되어 끔찍하다.

"그 바보 존, 우리에게 이러라고 말해 줬던 그 사람 말이야."

그녀가 계속 말을 하며 내 쪽으로 고개를 돌린다.

"그자가 너에게 쉐이드가 죽을 거라고 말했어? *그랬어?* 그거라면 번개 소녀에게는 꽤나 치르기 쉬운 대가였을 거라는 생각이 드는데, 그래서 더 많은 신혈들을 네가 마음대로 조종할 수 있다는 의미라면 말이야. 네가 어떻게 싸워야 할지 생각조차 못하고 있는 전투에 써먹을 수 있는 더 많은 군인들을 얻기 위해서. 오빠 하나쯤이야 네 발밑에 엎드릴 더 많은 추종자들에 비하면 쥐꼬리만 하지. 그렇게 나쁜 거래는 아니었지, 안 그래? 특별히 왕비까지 덤으로 달려 오는데. 누가 아무도 모르던 죽은 남자를 신경이나 쓰겠어, 네가 *그녀의* 시체를 갖고 가는 마당에?"

내가 뺨을 철썩 때리자 그녀는 아픔보다는 놀라서 뒤로 한 걸음 물러난다. 그녀가 넘어지면서 천을 붙들고 잡아당기자, 오빠의 창백한 얼굴이 드러난다. 적어도 오빠는 눈을 감고는 있다. 그저 자는 것처럼 보인다. 나는 천을 다시 움직여 제자리로 돌린다. 오빠를 오래 바라볼 수가 없다. 하지만 그녀는 자신의 체격을 이용해서 어깨로 나를 밀어붙여 벽으로 몬다.

조종석 문이 쿵 하고 열리고, 소음에 놀란 두 남자가 밀려들어온다. 즉시 칼은 팔리에게 가서 그녀의 무릎 뒤를 치고, 그녀는 발을 헛딛는다. 킬런은 덜 적극적으로, 그저 자신의 팔을 내게 두르고 나를 땅 위에서 들어올린다.

"내 오빠였어!"

나는 그녀를 향해 소리 지른다.

그녀도 마주 고함을 친다.

*"그는 그 이상이었어!"*

그녀의 말이 기억에 방아쇠를 당긴다.

*그녀가 의심할 때에. 존은 그녀에게 그 말을 해 주라고 했다. 그녀가 의심할 때에.* 그리고 지금이 바로 그때다.

"존이 내게 해 준 말이 있어."

나는 킬런을 떨쳐 내려고 애를 쓰면서 말한다.

"네가 들어야 되는 말이야."

그녀는 다시 팔을 뻗으며 돌진하려고 하지만, 칼이 그녀를 뒤로 물린다. 그는 얼굴을 팔꿈치로 얻어맞지만, 그녀의 어깨를 단단히 붙든 손은 풀지 않는다. 그녀는 아무 곳에도 갈 수 없지만 그럼에도 불구하고 계속 저항한다.

*팔리, 넌 결코 언제 멈춰야 할지를 몰라. 나는 네 그 점을 찬탄하고는 했어. 지금은 그저 네가 불쌍할 뿐이야.*

"그가 네 질문에 대한 대답을 말해 주라고 했어."

그 말에 그녀가 잠깐 멈추고, 그녀의 숨이 작고 놀란 한숨으로 바뀐다. 그녀는 커다란 눈으로 나를 바라본다. 그녀의 심장 박동까지도 들리는 것 같다.

"대답은 '예'라고 말해 주랬어."

그게 무슨 의미인지는 모르겠지만 그 말이 그녀를 무너뜨린다. 그녀는 주저앉아서 손에 얼굴을 묻고, 짧은 금발 머리가 커튼처럼 그녀의 얼굴을 가린다. 어쨌든 눈물도 흘린다. *더 이상 싸우려고는 안 하겠네.*

칼도 그 점을 깨닫고 흔들리는 그녀에게서 물러난다. 그는 엘라라의 추한 팔에 거의 발이 걸릴 뻔 하지만 움찔하면서 잘 피한다.

"자리를 좀 비켜 주자."

그가 웅얼거리면서 내 팔을 멍이 들 정도로 세게 쥔다. 그는 내 저항에도 불구하고 나를 질질 끌고 나간다.

그녀를 남겨두고 가고 싶지 않다. 팔리가 아니라, 엘라라를. 그녀의 상처에도, 그녀의 화상에도, 그리고 그녀의 유리알 같은 죽은 눈에도 불구하고 그녀의 시체가 계속 죽어 누워 있을 거라는 사실을 믿을 수가 없다. 어리석은 걱정이지만 계속 그런 기분이다.

"맙소사, 너 대체 뭐가 문제야?"

이를 드러낸 칼이 우리 뒤로 조종실 문을 쾅 하고 닫아서, 팔리의 낮은 흐느낌 소리와 킬런의 노려보는 시선을 차단한다.

"너도 쉐이드가 그녀에게 어떤 존재였는지 알잖……."

"당신도 오빠가 내게 어떤 존재였는지 알잖아요."

나는 대꾸한다. 정중하게 구는 것은 내 목록 최상위 항목은 아니지만 나는 최선을 다한다. 어쨌든 목소리가 떨린다. *내게 가장 가까웠던 오빠. 나는 그를 전에도 잃었고, 지금 다시 잃었다. 이번에는 결코 돌아오지 못한다. 결코 돌아오지 못한다.*

"당신은 내가 다른 사람들에게 소리 지르는 걸 못 두고 보네요."

"네 말이 맞아. 넌 그냥 그 사람들을 죽여 버리잖아."

숨이 이 사이로 새어 나온다. *결국 이게 그 문제 때문이었어?* 나는 그를 향해 웃음을 터뜨릴 뻔 한다.

"적어도 우리 중에 하나는 할 수 있네요."

나는 최소한 고함을 지르는 싸움이 벌어질 거라고 생각한다. 돌아오는 반응은 더 나쁘다. 칼은 뒤로 한 걸음 물러나며 계기판에 쿵 하고 부딪힐 정도로 나와의 거리를 할 수 있는 한 벌리려고 애를 쓴다. 대개 물러서는 쪽은 내 쪽이었는데, 이제 더는 아니다. 그의 눈 뒤에서 무언가가 부서지면서 그가 자신의 불타는 피부 아래로 감추고 있던 상처가 은연중에 드러난다.

"도대체 네게 무슨 일이 일어난 거야, 메어?"

그가 속삭인다.

*내게 무슨 일이 일어나지 않았냐고 물어야 되지 않을까? 걱정할 거 없는 단 하루, 그거면 되지. 내게 이 일을, 피의 돌연변이와 함께 나 스스로 불러온 그 운명을 대비하게 만든 그 모든 것들을. 그리고 내가 그동안 저질렀던 그 많은 실수들. 칼을 포함해서.*

"오빠가 방금 죽었어요, 칼."

하지만 고개를 젓는 칼은 내게서 결코 시선을 떼지 않는다. 그의 시선은 불타는 듯하다.

"넌 지휘 본부의 그 사람들을 죽였지. 너랑 카메론이, 그 사람들이 *애원*하는 데도 불구하고. 쉐이드는 그때는 죽지 않았어. 이 모든 일을 그의 탓으로 돌리지 마."

"그 사람들은 은혈이었……."

"*나도* 은혈이야."

"난 적혈이고요. 당신이 우리를 수백도 넘게 죽였던 것이 없던 일인 것처럼 굴지 마요."

"그건 나를 위해서가 아니었어, 네가 죽인 방식으로는 아니었지. 난 명령을 따르고 왕에게 복종하는 군인이었어. 그리고 네가 죽인 그 사람들은 그저 아버지가 살아 계실 때에 내가 그랬던 것처럼 아무 죄가 없었어."

눈물이 눈을 아프게 찌르면서 흘러내리려고 한다. 얼굴들이 내 앞을 떠다닌다. 죽은 군인들과 요원들, 셀 수도 없이 많은 이들의 얼굴들이.

"왜 나한테 이 말을 하는 건데?"

나는 속삭인다.

"나는 내가 해야 할 일을 했어, 살아남기 위해서, 사람들을 구하기 위해서…… 당신을 구하기 위해서, 이 *아무것도 아닌* 멍청한 고집쟁이 왕자야. 모든 다른 사람들 중에서도 당신만은 내가 짊어진 짐을 알아 줘야지. 어떻게 *감히* 당신이 내가 이미 그런 것 이상의 죄책감을 느끼게 하려고 할 수 있어?"

"그녀는 너를 괴물로 만들고 싶어 했지."

그가 문 쪽을, 그 뒤의 뒤틀린 시체를 향해서 고개를 까닥인다.

"난 그저 그 일이 일어나지 않았음을 확신하려고 애쓰는 중이야."

"엘라라는 죽었어."

그 말은 와인만큼이나 달콤하다. *그녀는 죽었어, 그녀는 더 이상 나를 상처 줄 수 없어.*

"그녀는 더 이상 누구도 조종할 수 없어."

"하지만 그럼에도 불구하고, 넌 죽은 자들 누구를 위해서도 애도하지 않고 있잖아. 오히려 그들을 잊기 위해서 할 수 있는 건 뭐든지 하지. 네 가족을 말 한 마디 없이 버려뒀고. 자신을 제어할 수도 없어. 시간의 반은 남을 이끄는 일에서 달아나는 데 쓰고, 나머지 반은 자신이 아무도 건드릴 수 없는 순교자인 것처럼 행동하며 죄책감을 뒤집어쓴 채 세상에서 대의명분이 주어진 유일한 사람이 바로 자신뿐인 것처럼 굴잖아. 주변을 둘러 봐, 메어 배로우. 쉐이드는 코로스에서 죽은 유일한 사람이 아니야. 희생을 한 사람이 너뿐인 건 아니라고. 팔리는 자신의 아버지를 배신했어. 넌 카메론에게 자신의 의지에 반해서 우리에게 합류하도록 강요했고, 줄리언의 목록을 제외한 모든 것을 무시하기로 결정하더니 이제는 노치에 남은 아이들을 버려두기를 원하잖아. 뭐 때문에? 대령의 목을 밟아 버리기 위해서? 왕좌를 차지하려고? 너보고 잘못됐다고 말하는 누구든 죽여 버리기 위해서?"

질책당하는 아이가 된 기분이다. 말을 할 수도, 논쟁을 할 수도, 울지 않기 위한 어떤 일을 할 수도 없다. 스파크가 튀어나오지 않게 하기 위해서도 안간힘을 써야 한다.

"그리고 넌 여전히 메이븐에게 매달려 있지, 존재하지도 않는 사람에게."

그가 차라리 내 목에 손을 올리고 조르기라도 하는 편이 낫겠다.

"당신 내 물건들을 살폈어?"

"난 장님이 아니야. 네가 시체들에서 쪽지를 챙기는 걸 봤어. 네가 그것들을 없애 버릴 거라고 생각했지. 하지만 그러지 않기에…… 네가 그걸 어떻게 할 것인지 보고 싶다고 생각했어. 태워 버릴지, 그냥 버려 버릴지, 그 종이를 다시 은색 피에 절여서 돌려보낼지…… 하지만 보관할 줄은 몰랐지. 내가 네 옆에서 잠들어 있는 사이에 그걸 읽을 줄도 몰랐고."

"당신도 그가 그립다고 했잖아. 그렇게 말했잖아."

나는 속삭인다. 나는 좌절한 아이처럼 발을 쿵쿵 구르지 않기 위해서 애를 쓴다.

"그 애는 내 동생이야. 나는 그 애를 아주 다양한 방식으로 그리워 해."

뭔가가 날카롭게 내 손목을 긁는다. 내가 절망 속에서 스스로를 긁는 중이다. 육체적인 고통으로 내 안의 괴로움을 덮어 버리기 위해서. 그는 갈등하는 얼굴로 바라본다.

"내가 했던 모든 일들에 당신이 내 뒤에 있었어. 만약 내가 괴물로 변하는 중이라면, 당신 역시 마찬가지야."

내 말에 그는 시선을 떨어뜨린다.

"사랑이 눈멀게 했지."

"만약 이게 당신이 생각하는 사랑이라면……."

그가 내 말을 툭 자른다.

"난 네가 더 이상 누구를 사랑하기나 하는지, 네가 저기 밖에 있는 어떤 것이라도 도구와 무기가 아닌 것으로 보긴 하는지 모르겠다. 조종하고 제어하고, 희생시킬 사람들."

그런 고발에 대해서는 어떤 방어조차 불가능하다. 어떻게 내가 그의 말이 틀렸다는 걸 증명한단 말인가? 내가 한 일들을, 내가 하려고 애쓰는 일들을, 소중히 생각하는 모두를 안전하게 지키려고 내가 되어야 했던 것들을 어떻게 그가 보게 만들 수 있을까! 내가 얼마나 끔찍하게 실패했는지. 내가 얼마나 끔찍한 기분인지. 그가 그런 말들로 내게 얼마나 깊은 상처를 주었는지. 나는 칼이나 킬런이나 내 가족을 향한 사랑을 증명할 수 없다. 나는 그런 느낌들을 말로 표현할 수도 없고 그래서도 안 된다.

그래서 하지 않는다.

"아케온 폭파 사건 이후에 팔리와 진홍의 군대는 은혈들의 뉴스 방송을 책임을 인정하는 데 사용했어."

나는 천천히 체계적이고 침착하게 설명한다. 그것이 스스로 제정신을 붙들고 있을 수 있는 유일한 방법이다.

"난 이제 똑같은 일을 할 거야, 상왕비의 시체를 가지고. 이 왕국의 모든 사람들에게 내가 죽인 여자를 보여 주고 그녀가 가두어 놓았던 사람들, 신혈과 은혈들을 보여 줄 거야. 나는 메이븐이 이 경기를 왕국에 퍼뜨린 자신의 거짓말로 조종하도록 내버려 두는 일을 끝장낼 거야. 우리가 한 일들은 그를 쓰러트리기는 부족하지. 그 일을 우리 대신 나라가 하게 만들어야 해."

칼이 입을 떡 벌리고 나를 본다.

"내전?"

"하우스 대 하우스, 은혈 대 은혈. 오직 적혈들만이 하나로 일어설 거야. 그리고 우리는 그 덕분에 이길 수 있겠지. 노르타는 떨어지고, 우리는 일어날 거야, 새벽처럼 타오르는 적혈로."

간단하고, 대가가 크며 양쪽 모두에게 치명적인 계획. 하지만 우리가 밟아야 할 계단이다. *그들은 오래 전부터 억지로 우리가 이 길을 가게 만들었어. 나는 그저 해야만 하는 일을 할 뿐이야.*

"당신은 우리가 턱 섬에 착륙한 후에 노치의 아이들을 데리러 가도 돼. 하지만 나는 대령이 필요해, 이 일을 행동으로 옮기기 위해서 그의 자원들이 필요해. 그 사실을 이해했어?"

그는 간신히 고개만 끄덕인다.

"그 후에는, 음, 북쪽으로 갈 거야. 초크로, 내가 기꺼이 버려두었던 이들에게로 갈 거야. 당신은 당신 하고픈 대로 해도 돼, 왕자님."

"메어."

그의 손이 내 팔을 스치지만 나는 벽을 칠 정도로 움찔하며 물러선다.

"더 이상 내게 손대지 마."

그 말은 쿵 하고 닫히는 문처럼 들린다. 그랬던 것 같다.

✳ ✳ ✳

턱 섬은 조용하고 역겨울 정도로 밝다. 구름도, 바람도 없고 그저 가을 미풍과 햇빛만이 흐를 뿐이다. 이렇게 아름다운 날에 쉐이드 오빠가 죽을 리가 없을 것만 같은데, 오빠는 죽었다. 너무 많은 이들이 죽었다.

나는 제일 먼저 화물 수송기에서 내리고, 천을 덮은 들것 두 개가 뒤를 따른다. 킬런과 팔리가 그중 하나를 옮긴다. 그들은 쉐이드 오빠의 위로 한 손을 각자 올리고 있다. 하지만 지금 내가 신경 쓰고 있는 쪽은 다른 들것이다. 그녀를 들고 있는 남자들은 시체에도 겁에 질린 것처럼 보인다. 마치 내가 그렇듯이. 그녀의 차가운 시체를 바라보며 보낸 마지막 몇 시간은 이상한 위안이 되었다. 그녀는 일어나지 않을 것이다. 마치 칼이 다시는 내게 말을 걸지 않을 것처럼, 우리가 서로에게 뱉은 그 모든 말들 이후에는 결코 그러지 않을 것처럼. 칼이 어디에 있는지 모르겠다, 아니 그가 내리기나 한 건지 모르겠다. 나는 스스로에게 걱정하지 말라고 말한다. 칼에 대해 생각하는 것은 낭비다.

대령이 활주로를 가로질러 쳐 놓은 봉쇄선을 정확히 보기 위해서는 눈에 손을 대고 봐야 한다. 대령은 의료 수송차 맨 위에 앉아서, 하얀 옷들을 입은 간호사들에게 둘러싸여 있다. 에이다가 분명히 그에게 우리가 심히 도움이 필요하다고 전파를 통해 말을 전했음이 틀림없다. 그녀가 운전한 블랙런이 이미 여기에 도착해 있다. 시야에는 검은 그늘로만 들어온다. 내 뒤로 첫 번째 죄수가 활주로에 내리자, 익숙한 검정색 램프가 또 다른 비행기에서 아래로 내려온다. 내가 생각했던 것보다 더 적은 이들이 에이다를 따라서 내려온다. 그녀는 무장한 레이크랜즈 군인들과 딱딱한 방위군들, 그리고 호기심

넘치는 구경꾼들의 벽을 향해서 활기차게 걷기 시작한다. 조용하게 나는 자신을 저주한다. 내 가족들도 저기 와 있으리라. 자신들의 아이들을 보길 기다리면서. 하지만 그들은 우리 중 하나만을 보게 될 것이다.

*넌 자신의 가족은 신경도 쓰지 않지. 어쩌면 칼이 옳은지도 모르겠다.* 나는 분명히 정상적인 사람이라면 그래야 할 것 이상으로 그들을 잊고 있었다.

"그만하면 충분하네, 배로우 양."

대령이 손을 들면서 고함친다. 나는 그가 말한 대로 5미터쯤 떨어진 곳에서 멈춰 선다. 이렇게 가까운 거리에서는 우리를 겨냥하고 있는 총들과, 더 중요하게도 그 뒤의 사람들이 시야에 들어온다. 그들은 경계하고 있지만, 그렇게 안절부절못하고 있지는 않다. 그들은 사살 명령을 받은 것은 아니다, 아직까지는 아니다.

"자네가 훔쳐간 것을 돌려주러 온 건가?"

나는 억지로 웃음소리를 내어 서로를 안심시킨다.

"선물을 가져 왔습니다, 대령."

그의 한쪽 입매가 움직인다.

"자네가 말하는 선물이라는 게 이…… (내 뒤를 따르는 넝마를 입은 무리를 묘사할 적절한 단어를 찾는 모양이다.) 사람들 말인가?"

"저들은 오늘 아침까지는 죄수였던 이들입니다. 코로스라고 불리는 비밀 시설에 갇혀 있었던 이들이죠. 메이븐 왕의 명령에 의해서 수감되어서 실험당하고, 고문당하고, 그리고 살해당했지요."

뒤로 힐긋 시선을 던지면서, 아마도 마음을 다친 사람들을 보게 될 거라고 생각한다. 대신 내 눈에 들어오는 것은 지치지 않는 자부심이다. 통로에서 거의 떨어질 뻔 했던 그 작은 여자애가 거의 눈물을 보일 뻔 하긴 하지만 작은 주먹을 옆구리에 꼭 쥔다. 아이는 울지 않을 것이다.

"저들은 나처럼 신혈들입니다."

여자 아이의 뒤로, 지나치게 창백한 피부에 주황색 머리카락을 한 방어적인 십 대 하나가 몸을 똑바로 세운다.

"그리고 은혈들도 있습니다, 대령."

그는 내가 딱 기대했던 대로 반응한다.

"이런 멍청한, 이곳에 은혈들을 데려왔다고?!"

그는 공포에 질려 고함을 지른다.

"발사 준비!"

레이크랜즈 군인들이 아마도 한 줄에 대략 20명씩 두 줄로 나뉘며 그의 명령에 따른다. 그들의 총이 동시에 딸깍 소리를 내면서 총알들이 약실로 미끄러지며 장전된다. 발사 준비. 내 뒤에서 죄수들이 움찔하며 뒤로 물러난다. 하지만 누구도 간청하지 않는다. 간청이라면 이미 할 만큼 했다.

"공허한 위협이네요."

나는 미소 짓고픈 욕구를 누른다.

그의 손이 엉덩이의 권총으로 향한다.

"나를 시험하지 말게."

"당신이 받은 명령을 알고 있습니다, 대령. 그리고 그 명령이 번개소녀를 죽이라는 건 아니라는 것도요. 지휘부는 내가 살아 있기를 원하지요, 아닙니까?"

나는 엘리 휘슬을 기억한다. 내 일을 도와주라고 지시받았다고 했던 많은 방위군 중 하나. 그녀는 대령에게 전혀 상대가 되지 않겠지만 대령 또한 지휘부에는 상대가 되지 않는다. 누구든 그럴 수 있으랴.

대령의 날카로움이 조금 가시지만, 물러서지는 않는다.

"그녀를 앞으로 가져 와요."

나는 들것을 쳐다보면서 말한다. 두 남자가 할 수 있는 한 빠르게 내 말에 따른다. 그들은 엘라라의 들것을 내 발치에 내려놓는다. 덜덜 떨며 사라지는 그들의 움직임을 총이 좇는다. 심지어 이제는 심장, 머리 그리고 모든 부위 위로 총의 십자선을 느낄 수 있다.

"당신에게 주는 선물입니다, 대령. 보고 싶지 않습니까?"

나는 들것을 발로 툭 치며 하얀 천 아래의 시체를 쿡 찌른다.

무언가를 재빨리 알아차린 빛이 대령의 멀쩡한 눈에서 번뜩인다. 그 눈이 사람들 사이에서 팔리를 발견하자, 위로 올라간 눈썹이 조금 내려온다. 역겨운 충격과 함께 그 이유를 깨닫는다. 그는 *내가 팔리를 죽였을 거라고 생각했어.*

"이게 누구지, 배로우 양? 왕자인가? 자네가 가진 최고의 패를 살해한 것인가?"

"그건 아닌데."

사람들 사이에서 목소리 하나가 외친다. 칼이다.

대령에게 집중하는 쪽을 택한 나는 그를 쳐다보려고 몸을 돌리지도 않는다. 대령은 내 시선을 전혀 흔들림 없이 마주한다. 느리게 나는 한 손을 들고 다른 손을 뻗어서 천을 끌어내려 거기 누워 있는 그녀를 모두에게 보인다. 그녀의 팔다리는 이미 굳어 있다. 손가락들이 특히 뒤틀려 있고 오른쪽 손의 살 사이로는 뼈도 조금 보인다. 총을 든 군인들이 제일 먼저 반응을 보이며, 총을 조금 내린다. 한둘은 심지어 헉 소리를 내며 소리를 죽이려고 입을 막는다. 대령은 아무 말이 없이 침착한 채로 시체를 똑바로 바라본다. 한참 시간이 흐르고 나서 그가 눈을 깜빡인다.

"내가 생각하는 바로 그 사람이 맞나?"

그가 목 쉰 소리로 말한다.

나는 고개를 끄덕인다.

"메란두스 하우스의 엘라라, 노르타의 상왕비. 왕의 어머니. 신혈과 은혈 들을 가두기 위해서 지은 감옥에 갇혀 있었던 이들의 손에 죽었습니다."

그 설명에 그가 잠시 손을 멈춘다.

그의 붉은색 눈이 번뜩인다.

"이걸로 무슨 일을 계획하고 있는 건가?"

"왕과 이 나라에 그녀를 향한 작별 인사를 할 기회를 주어야 하지 않겠습니까, 안 그래요?"

미소를 짓는 대령의 모습은 꼭 팔리처럼 보인다.

✳ ✳ ✳

팔리 대령이 원래 위치로 돌아가며 외친다.

"다시."

"제 이름은 메어 배로우입니다."

카메라를 향해 멍청이처럼 들리지 않으려고 애쓰며 말한다. 지난 10분 동안 벌써 6번째로 자기소개를 하고 있는 중이다.

"저는 캐피탈 리버 밸리의 스틸츠 마을에서 태어났습니다. 저는 적혈입니다만 바로 이 능력 때문에 (나는 손을 뻗어서 전기로 된 공을 두 개 만들어 띄운다.) 티베리아스 6세 왕의 궁정으로 끌려가서 온통 거짓으로 꾸며진 새로운 이름과 새로운 삶을 받았습니다. 그들은 저를 메리어나 타이타노스라고 불렀고 세상에 대고 제가 은혈로 태어났다고 말했습니다. 저는 은혈로 태어나지 않았습니다."

움찔하며 나는 손바닥에 칼을 대고 이미 찢어진 살 위로 죽 긋는다. 텅 빈 격납고 안, 눈이 아플 정도의 불빛 아래에서 내 피는 루비처럼 깜빡거린다.

"메이븐 왕이 여러분께는 이것이 속임수였다고 했습니다."

스파크가 상처 사이로 춤을 춘다.

"이것은 속임수가 아닙니다. 그리고 저와 같은 모든 이들 또한 속임수가 아닙니다. 적혈로 태어났지만 낯선 은혈의 능력을 갖고 있는 여러분 모두 말입니다. 왕은 여러분들의 존재를 알고 있고, 지금 여러분을 사냥하고 있습니다. 저는 지금 여러분께 말씀드립니다, 달아나세요. 저를 찾으세요. 진홍의 군대를 찾으세요."

내 옆에서, 대령은 자랑스럽게 몸을 편다. 그는 자신의 붉은 눈으로도 식별이 충분치 않다 싶었는지 얼굴에 붉은색 스카프를 두르고 있다. 하지만 나는 불평하지 않는다. 그는 자신이 이전에 저지른 오류들을 인정하고 신혈들을 받아들이는 데 동의했다. 그는 이제 나 같은 이들이 지닌 가치를…… 그리고 힘을 알고 있다. 그에게는 우리까지 적으로 만들 만한 여유가 없다.

"은혈 왕들과는 달리, 우리는 우리들과 다른 적혈들 사이에 차이를 느끼지 않습니다. 우리는 여러분을 위해 싸울 것이고, 여러분을 위해 죽을 것입니다. 만약 그것이 새 세상을 의미한다면요. 도끼를, 삽을, 바늘을, 빗자루를 내려놓으십시오. 총을 드세요. 우리에게 합류하세요. 싸우세요. 새벽은 적혈처럼 붉게 타오르니, 일어나십시오."

이어질 부분을 생각하자 위장이 뒤틀리고 피부를 산으로 씻어 내고만 싶다. 손가락으로 너덜너덜한 머리카락을 붙들고 그녀의 머리가 다 낡아빠진 털털거리는 카메라를 향하도록 들어 올리면서, 나는 눈물을 참으려고 애를 쓴다. 그녀를 증오했던 만큼이나, 이 일은 더욱 끔찍하게 싫다. 본성에 역행하는 기분이고, 내 안에 남아 있을지도 모를 선량함의 한 조각에까지 반(反)하는 기분이다. 나는 이미 칼을 잃어 버렸다. 그를 내팽개쳤다. 하지만 이제 나는 내 영혼까지도 잃어가는 기분이다. 그럼에도 불구하고 나는 해야만 하는 대사를 뱉는다. 그 말들을 진심으로 믿고 있다는 점이 조금은 도움이 된다.

"싸우십시오, 그리고 이기십시오. 이 사람은 노르타의 상왕비인 엘라라입니다, 그리고 우리는 그녀를 죽였습니다. 이 전쟁은 불가능한 것이 아닙니다, 그리고 여러분과 함께라면, 우리는 이길 수 있습니다."

나는 눈을 깜빡이지 않으려고 최선을 다하며 자세를 유지한다. 눈만 깜빡여도 눈물들이 떨어질 것이다. 손에 있는 시체만큼은 생각하지 않으려고 한다.

"심지어 지금도, 우리의 부름에 대답하는 이들을 기다릴 준비를 마친 방위군들이 우리의 거주지를 계속 떠나는 중입니다."

"무장하십시오, 내 형제자매들이여."

대령이 앞으로 나오면서 말한다.

"여러분은 여러분들의 주인들보다 압도적으로 많고, 그들도 그 사실을 알고 있습니다. 그들은 그 사실을 두려워합니다. 그들은 여러분을 두려워하고 여러분들이 어떤 존재가 될지 두려워합니다. 숲 속의 휘슬들을 찾으십시오. 그들이 여러분들을 집으로 인도해 줄 겁니다."

여섯 번의 시도 후라서, 우리는 마침내 완벽한 합창으로 마무리를 한다.

"새벽은 적혈처럼 붉게 타오르니, 일어나라."

"노르타의 은혈들에게도 말씀드립니다."

나는 엘라라를 쥔 손에 힘을 주며 재빨리 말을 잇는다.

"여러분의 왕과 상왕비는 거짓말을 해 왔으며…… 여러분들을 배반했습니다. 진홍의 군대는 오늘 아침에 감옥 하나를 해방시켰고 그 안에서 우리는 적혈과 은혈이 모두 수감되어 있던 것을 발견했습니다. 아이릴, 르롤란, 스코노스, 제이코스 그리고 더 많은 하우스들의 실종된 사람들입니다. 그들은 부당하게 투옥된 채 침묵하는 돌 아래에 고문 받으며 존재하지도 않는 범죄 때문에 죽음을 앞두고 있었습니다. 그들은 지금 우리와 함께 있습니다, 그들은 살아 있습니다. 여러분이 잃어버린 이들이 살아 있습니다. 그들을 돕기 위해서 일어나십시오. 우리가 구해 내지 못한 이들의 복수를 위해서 일어나십시오. 일어나서, 우리와 함께하십시오. 여러분의 왕은 괴물이기 때문입니다."

나는 카메라 깊은 곳을 노려본다. 그가 이것을 보게 되리라.

"메이븐은 *괴물*입니다."

대령이 모욕당한 얼굴이 되어 입을 헤벌리고 나를 본다. 카메라가 멈춘다. 그가 화를 내며 자신의 스카프를 뜯어낸다.

"무슨 일을 한 건가, 배로우?"

나는 그를 마주 쏘아본다.

"당신의 삶을 훨씬 더 쉽게 만들어 줬을 뿐입니다. 분열시키고 정복하세요, 대령."

나는 카메라를 정리하고 있는 사람들을 손가락으로 가리킨다. 그들의 이름을 기억하는 것도 귀찮다.

"당신들은 은혈들이 있는 병영으로 가서 그들 모습을 필름에 좀 담아요. 경비들이 나오게 하면 안 돼요. 내 지시를 명심해요. 이건 나라를 전화로 몰고 갈 거고, 심지어 메이븐이라고 할지라도 불을 끌 수는 없을 테니까."

그들은 동의를 표하기 위해 말을 할 필요도 없다. 나는 발로 휙 돌아선다.

"내 일은 끝입니다."

대령이 내 뒤를 졸졸 따라온다. 심지어 내가 격납고 밖으로 나서는데도 계속 뒤를 따른다.

"배로우, 나는 우리가 일을 다 마쳤다고 말하지 않았네만……."

그는 으르렁거리지만 내가 잠깐 멈추자, 그도 멈춘다. 난 이제 사람들을 겁먹게 하기 위해서 번개를 꺼낼 필요도 없다. 더 이상은 아니다.

"돌아서게 해 보든가요, 대령."

나는 팔을 뻗어서 그에게 감히 당겨 보라고 내민다. 감히 나를 시험해 보라고.

"어서요."

한때 이 남자가 칼을 감옥에 집어넣었다. 그는 얼마나 많은지도 알지 못하는 군인들을 이끌고, 아마도 더 많은 군인들을 죽였을 것이다. 그가 얼마나 많은 전투를 겪었는지, 얼마나 여러 번 죽음을 모면했을지 나는 모른다.

그는 나 같은 여자애를 두려워할 이유가 전혀 없음에도 두려워하고 있다. 나는 그와 대등한 존재가 되어 턱 섬에 돌아왔다, 아니 대등한 존재 그 이상이 되어 돌아왔다. 그리고 그도 그 사실을 알고 있다.

나는 그를 마주보기 위해 느릿하게 몸을 돌리지만, 그건 지금은 그렇게 하고 싶기 때문이다.

"뭐가 당신을 바꿨죠, 대령? 당신 자신의 분별력 때문도 심지어 지휘부에서 온 명령 때문도 아닌 것을 내가 아는데."

한참 동안 시간을 끈 후에, 그가 고개를 끄덕인다.

"따라오게. 그들이 자네를 만나길 요청했다네."

## 제28장

코로스에서 온 300명에 대령의 군대의 증강 병력들까지 더해져서 섬 여기저기에 무리지어 있다 보니 턱 섬은 기억 속에서보다 더 작게 보인다. 그는 그들을 다 지나서 내가 따라가려면 낑낑거려야 할 정도로 빠른 속도로 안내한다. 새 군인들의 상당수가 레이크랜즈 사람들이고 부두에서부터 옮기는 중인 총과 음식처럼 먼 북쪽에서부터 밀입국한 이들이지만 노르타 사람들도 꽤 많은 수가 있다. 농부, 하인, 탈영병 심지어 문신을 하고 있는 기술자들까지도 병영들 사이의 열린 공간에서 훈련하고 있다. 많은 이들이 지난 몇 달 사이에 온 사람들이다. 이들은 조치를 피해서 달아난 첫 번째 사람들로 많은 이들이 분명히 뒤를 따를 것이다. 그 생각에 미소를 지으려고 했지만, 요즘은 미소 짓는 것도 쉽지 않다. 흉터가 당기면서 머리까지 아프다. 활주로에서는 익숙한 비행기가 굉음을 내고, 블랙런이 하늘로 올라간다. 노치를 향하는 것이 분명하고, 아마 칼이 조종대를 잡고 있으리라. 더 잘됐다. 나는 그가 주변을 슬금슬금 다니면서 내 모든 행동을 지켜보며 판단하는 것이 싫다.

1번 병영. 지난번에 마지막으로 이곳에 들어왔을 때는 몰래 들어간 거였다. 이제 나는 대낮에 옆에는 대령을 끼고 입구로 들어가고 있다. 우리는 물 아래로 난 벙커의 좁은 복도를 걸어가고 레이크랜즈 군인들은 매번 내가 지나가기 쉽도록 옆으로 물러선다. 이 장소를 몹시 의식하게 되는 건 한때 내가 이곳의 죄수였기 때문이지만 더 이상 이 아래의 어떤 것도 두렵지 않다. 우리는 천창의 파이프를 따라서 이동한다. 병영들과 전체 섬의 맥동하는 심장부를 향하고 있다. 제어실은 작고 붐비며 화면과 라디오 장비들로 꽉 차 있고 모든 평평한 면마다 지도들이 붙어 있다. 팔리가 명령을 내리고 있는 모습을 볼 수 있을 거라고 생각했는데 그녀의 모습은 어디서도 보이지 않는다. 대신에 레이크랜즈 군인들의 푸른색과 진홍의 군대의 붉은 색이 적절하게 섞여 있다. 두 사람만이 두껍고 빛바랜 녹색 군복에 검정색 무늬가 있는 옷을 입고 있다. 어떤 나라나 왕국을 상징하는 색인지 전혀 모르겠다.

"방을 비워라."

대령이 중얼거린다. 전혀 소리를 지를 이유가 없다. 사람들은 재빨리 그의 말에 복종한다.

녹색 옷을 입은 한 쌍만 제외하고. 그들이 이 상황을 기다리고 있었다는 직감이 온다. 그들은 이상하게 함께 움직이는데, 우리를 향해서 완벽하게 맞추어 돌아선다. 양쪽 다 제복 위로 배지를 달고 있는데 하얀색 원 안에 어두운 녹색 삼각형이 있다. 마지막으로 이곳에 왔을 때에 밀수품 상자 위에서 똑같은 모양을 본 적이 있다.

두 남자는 쌍둥이로, 상대를 불안하게 만드는 부류다. 똑같지만, 어쨌든 그 이상이다. 양쪽 다 구불구불한 검은 머리카락을 모자라도 쓴 것처럼 머리에 꼭 붙이고 있고, 진흙색 눈동자에 갈색 피부, 그리고 턱수염은 더없이 깨끗하다. 두 사람 사이의 유일한 차이점은 흉터다. 한 명의 오른쪽 뺨에 칼로 그은 듯한 선이 있고, 다른 하나는 왼쪽에 흉터가 있다. 두 *사람을 구별하라고 있는 건가.* 차가운 전율과 함께, 나는 심지어 그들이 동시에 눈을 깜빡이기까지 한다는 것을 깨닫는다.

"배로우 양, 마침내 당신을 만나게 되어서 기쁩니다."

오른쪽 흉터가 손을 내밀지만 그것을 잡기가 꺼려진다. 그는 신경 쓰는 것 같지도 않아 보인다.

"내 이름은 래시고 내 형제는……."

"타히르입니다."

다른 쪽이 끼어든다. 그들은 자신들의 머리를 우아하게 숙이는데, 다시 한 번 놀랍도록 똑같은 타이밍이다.

"우리는 당신과 당신 사람들을 찾아서 먼 거리를 여행해 왔답니다. 그리고 기다렸지요……."

"……더 이상 길게 느껴질 수도 없을 것 같은 시간을요."

래시가 타히르의 말을 마무리한다. 대령을 바라보는 그의 눈 깊숙이 혐오의 감정이 스치는 것이 보인다.

"우리는 당신께 전할 메시지를 가져왔습니다, 그리고 제안도요."

"누가 보낸 건가요?"

숨이 가빠지고 거의 기절할 것 같다. 분명 이 남자들은 신혈들이다. 이들의 유대는 정상적인 것이 아니다. 그리고 이 사람들은 노르타나 레이크랜즈 출신이 아니다. *먼 거리를 여행했다고 그들이 말했지. 어디서부터?*

그들은 음악적인 합창으로 말한다.

"몬트포트 자유 공화국입니다."

갑자기 줄리언이 여기 내 옆에 있었으면, 그래서 내가 그의 수업들과 그가 그토록 가까이 두고 아끼던 지도들을 기억할 수 있게 도와줬으면 싶다. 몬트포트, 산악 국가, 너무 멀어서 세계의 반대편처럼 느껴지는 곳. 하지만 줄리언은 내게 그곳이 남쪽의 피에드몬트처럼 왕자들 무리에 의해 지배된다고 했는데. 그 왕자들 모두가 은혈이라고 했고.

"이해가 안 가네요."

"팔리 대령도 마찬가지였죠······."

타히르의 말에 래시가 끼어든다.

"공화국은 잘 보호되고 있기 때문입니다. 산들에 둘러싸여 있고······."

"······눈과······."

"······벽들에 둘러싸여······."

"······고의적으로 숨겼기 때문이지요."

*이거 매우 짜증나기 시작한다.*

내 불편한 기분을 알아차린 래시가 덧붙인다.

"죄송합니다. 우리의 돌연변이는 우리의 뇌를 연결하고 있어요. 그게 좀……."

"불편하네요."

내가 그의 말을 대신 끝내자 그들은 동시에 미소 짓는다. 하지만 대령은 여전히 붉은 눈을 번뜩이면서 노려보고 있다.

"그래서 당신들도 신혈인가요? 나처럼?"

두 번의 끄덕임.

타히르가 말한다.

"몬트포트에서는 우리를 아든트(Ardent)라고 부릅니다만 나라마다 다 다르겠지요. 아무도 적혈이자 은혈인 존재들을 어떻게 부를지에 합의할 수 없으니까요. 이 세계 곳곳에 우리 같은 많은 이들이 있습니다. 일부는 공화국에서처럼 공개적으로 존재를 드러내고, 아니면 당신의 나라에서처럼 몸을 숨기고 있지요."

그는 시선을 대령에게 돌리고는 두 가지 의미를 담아 말을 한다.

"하지만 우리의 유대는 국가의 경계보다도 더 깊습니다. 우리는 우리 종족을 보호합니다, 그렇지 않으면 아무도 해 주지 않을 것이기 때문에요. 몬트포트는 20년 동안 숨어 있었으며 무자비한 탄압의 재 위로 쌓아 올린 우리의 공화국입니다. 당신께서도 이 사실을 이해하시리라고 믿어요."

정말로 그렇다. 나는 심지어 커다랗게 미소까지 짓는다. 그 때문에 고통이 느껴짐에도 불구하고.

"하지만 우리는 이제 숨지 않을 겁니다. 우리는 군대와 우리만의 비행 부대를 갖고 있으며 더 이상 그 힘을 놀릴 수는 없겠죠. 노르타나 레이크랜즈 같은 왕국들이 있는 한, 나머지 모든 나라들이 여전히 존재하는 한은. 적혈들이 죽어 가는 동안은, 그리고 아든트들이 심지어 더 나쁜 운명을 마주하는 한은 안 되겠지요."

*아.* 그래서 대령이 우리를 받아들인 것이다. 우리의 선량함이나 심지어 필요성 때문도 아니고, 바로 공포 때문에. *또 다른 선수가 게임에 참가했는데 그 선수는 그가 이해할 수도 없는 존재다.* 그들은 적어도 공통의 적을 갖고는 있다, 그 사실은 틀림없다. *은혈들. 메이븐 같은 사람들. 우리도 적을 공유하고 있다.* 하지만 한기가 느껴지는데, 그것을 무시할 수가 없다. *칼은 은혈이고, 줄리언도 은혈이다. 이 사람들은 그들에 대해서 어떻게 생각할까?* 대령처럼 나는 뒤로 물러나서 이들이 진정으로 원하는 것이 무엇인지 보아야 한다.

"공화국의 대표인 프리미어 데이비슨께서 우리를 대사로 보내셨습니다. 진홍의 군대에 우정의 손길을 내밀기 위해서죠."

래시가 손을 자신의 허벅지 위에서 비틀며 말한다.

"팔리 대령은 2주 전에 기꺼이 이 동맹을 받아들였습니다. 그의 상관인 지휘부의 '붉은 장군들'도 그렇고요."

*지휘부.* 팔리의 수수께끼 같던 말이 이제는 이토록 가깝게 느껴진다니. 그녀는 결코 자신의 말을 설명했던 적이 없지만 이제 나는 진홍의 군대에 대해서 조금씩 더 알기 시작한다. 붉은 장군들에 대해서 한 번도 들어 본 적은 없지만 나는 침착한 표정을 유지한다. 그들은 내가 얼마나 많은(혹은 얼마나 적은) 이야기를 들었는지 전혀 모르니까. 쌍둥이가 이야기를 하는 내용으로 판단해 보건대, 그들은 나 역시 진홍의 군대의 지도자 중 한 명이라고 생각하고 있는 모양이

다. 나는 스스로도 간신히 통제하고 있는데.

"우리는 대륙 전체에 걸쳐 여러 나라들의 유사한 단체들과 복잡하고 긴밀한 망을 형성하고 있습니다, 마치 수레바퀴의 살과 같죠. 그리고 공화국이 그 중심에 있습니다."

래시의 눈이 나를 꿰뚫는다.

"우리는 이곳의 어떤 아튼트에게든 여러분을 보호해 줄 뿐만 아니라 자유를 보장해 드릴 수 있는 안전한 통로를 제공하겠습니다. 싸우지 않아도 됩니다, 그저 자유롭게 살아가는 겁니다. 그게 우리의 제안입니다."

심장이 거칠게 뛴다. *그저 자유롭게 살아가는 겁니다.* 얼마나 여러 번이나 내가 소망했던 것인가? 셀 수도 없다. 과거 스틸츠에서 내가 평범하다고 고통스럽게 생각했을 때, 내가 아무것도 아니었던 때에조차 원했던 것이다. 나는 그저 살고 싶었다. 스틸츠가 평범한 삶의 가치와 희귀성을 내게 알려 주었다. 하지만 또한 다른 어떤 것, 더 가치 있는 교훈 또한 가르쳐 주었다. 바로, *모든 것에는 대가가 있다는 것.*

"그래서 그 대가로 요구하는 건 뭡니까?"

나는 대답을 들을 생각도 없이 중얼거린다.

래시와 타히르가 무거운 시선을 주고받고, 침묵의 대화 속에서 눈을 가늘게 뜬다. 그 형제들이 서로 말도 없이 이야기를 나누고 있다는 건 분명하다. 마치 엘라라가 예전에 속삭이던 것처럼.

"프리미어 데이비슨께서는 '당신'이 그들을 호위해 주시기를 정중히 요청하십니다."

그들이 함께 대답한다.

"요청"이라니. 전혀 그런 게 아니다.

"당신들은 그 능력을 볼 때 선동가라 할 만하네요, 다가올 전쟁에 어마어마한 도움이 되겠어요."

*싸우지 않아도 됩니다.* 그 말이 내게는 적용되지 않을 거라는 걸 알았어야만 했는데.

"당신들은 자신들만의 군대를 만들어서, 자신들이 직접 뽑은 아든트들을 옆에 끼고……."

*신혈 왕이 네가 그를 위해서 지은 왕좌에 앉게 될지도 모르지.*

며칠 전 내가 카메론을 강제로 우리 일행에 끌어들였을 때, 그녀가 내게 그렇게 말했다. 이제야 나는 그녀가 느낀 기분이 정확히 어땠는지 알겠고 너무나 끔찍하게도 그녀의 말이 사실이 될 수도 있다는 것을 느낀다.

"하지만 오직 아든트들만인가요?"

나는 발을 침착하게 움직이며 대꾸한다.

"그저 신혈들만? 말해 봐요, 당신들의 공화국이라는 건 정말로 어떤 형태죠? 혹시 그저 은혈 주인님들을 새로운 종류로만 바꾼 거 아닌가요?"

형제들은 그대로 앉은 채로 날카로운 눈으로 나를 바라본다.

"오해하셨군요."

타히르가 말하며 자신의 왼쪽 눈 아래의 흉터를 두드린다.

"우리는 당신과 같아요, 메어 배로우. 우리는 우리가 어떤 존재인가 때문에 고통받아 왔고 그저 누구도 이 운명을 마주하지 않기만을 소망할 뿐입니다. 우리는 우리와 같은 존재들에게 피난처를 제공하는 겁니다. 특별히 당신께요."

*거짓말쟁이들 같으니. 둘 다 거짓말쟁이다.* 그들이 제공하는 건 내가 올라서 연기를 펼칠 또 다른 무대 그 이상 아무것도 아니다.

"나는 내가 있는 곳이 좋습니다."

나는 대령을 바라보며 그의 좋은 쪽 눈에 시선을 맞춘다. 그는 더 이상 노려보고 있지 않다.

"나는 달아나지 않을 거예요, 적어도 지금은요. 이곳에는 처리해야 할 일들이 많이 남아 있습니다. 당신들이 신경 쓸 필요도 없는 적혈들의 문제이지요. 함께 데려가고 싶은 신혈들이 있다면 함께 떠나도 좋습니다만, 나는 아닙니다. 그리고 만약 당신들이 내 의지에 반하는 어떤 것이라도 내게 하게 만들겠다면, 나는 당신들 두 사람을 모두 튀겨 버리겠어요. 난 당신들의 피가 무슨 색인지, 그리고 어떤 자유를 당신들이 주장하는지는 신경 쓰지도 않으니까요. 당신들의 지도자에게는 약속들만으로는 나를 살 수 없을 거라고 전해요."

"그렇다면 행동은 어떻습니까?"

깔끔하게 손질된 눈썹 한 쪽을 들어 올리며 래시가 제안한다.

"그러면 당신을 지도자님이 계신 곳으로 모셔갈 수 있겠습니까?"

전에도 경험해 본 일이다. 그들이 자신을 뭐라고 칭하든 간에, 왕이라면 지겹도록 겪어 본 나다. 하지만 쌍둥이에게 침을 뱉는 건 어떤 이득도 없을 것이기에, 대신 나는 어깨만 으쓱한다.

"행동을 보여 줘 봐요, 그 뒤에 다시 얘기하죠."

싱긋 웃으며 나는 몸을 돌린다.

"내게 메이븐 캘로어의 머리를 가져다준다면 당신 지도자는 나를 발받침으로 쓸 수도 있을 거예요."

타히르의 대꾸에 내 피에 한기가 흐른다.

"당신은 암늑대를 이미 죽이셨잖습니까. 그 새끼를 죽이는 것쯤이야 아무것도 아닐 겁니다."

＊ ＊ ＊

나는 빠르게 걸어서 제어실을 나온다.

"낯설구먼, 배로우 양."

"뭐라고요?"

나는 으르렁거리며 대령을 마주보며 이를 드러낸다. 내가 이 병영 안을 평화롭게 걷게 좀 내버려 둘 수도 없나. 그의 열린 표정 드러난 이해의 빛에 나는 한 발 물러선다. 누군가에게 *이해*를 바란들 결코 대령만큼은 꿈도 못 꿔 본 상대인데.

"자네는 이곳에 수많은 추종자들과 함께 왔지만, 정말로 함께하고 싶은 이들은 잃었지."

그는 한쪽 눈썹을 추켜세우며 차갑고 축축한 통로 벽에 몸을 기댄다.

"마을 소년, 자네의 왕자, 그리고 내 딸은 모두 자네를 피하고 있는 것처럼 보이더군. 그리고 물론, 자네 오빠는……."

내가 재빨리 한 걸음 앞으로 딛자 그는 잠깐 멈추고, 겁에 질려 침묵한다.

"애도를 표하네."

그는 한참의 침묵 후에야 중얼거린다.

"가족을 잃는 것은 결코 쉽지 않지."

그의 방에 있던 사진이 기억난다. 그에게는 또 다른 딸과 아내가 있었고, 두 사람은 지금 여기 없다.

"우리 모두 시간이 좀 필요하죠."

나는 그거면 충분하기를 바라며 말한다.

"그들에게 너무 오랜 시간은 주지 말게. 그들이 자네의 죄들에 대해 너무 깊이 생각하게 두는 건 좋지 않아."

진심으로 반박할 마음조차 안 드는 것은 그가 옳기 때문이다. 나는 내게 가장 가까운 이들을 쓸어버린 후에 그들에게 내 안의 괴물을 드러냈다.

"그리고 자네가 언급한 적혈 문제라는 건 뭔가? 내가 더 알아야 할 것이 있나?"

비행기에서 나는 칼에게 북쪽으로 갈 거라고 말했다. 반쯤은 분노로 인해 그에게 무언가를 증명하고 싶었기 때문이었고, 반쯤은 그것이 정말로 해야만 하는 옳은 일이었기 때문이었다. 너무 오랫동안 그 일들을 무시해 왔기 때문이기도 했고.

"며칠 전에 우리는 군 명령을 하나 가로챘어요. 아이들로만 구성된 첫 번째 부대가 초크로 향하는 중입니다."

에이다가 했던 말들이 기억나서 숨이 잠깐 걸린다.

"아이들은 떼죽음 당할 겁니다. 참호를 더 지나서 바로 살상지대로 진군할 거예요. 5000명이나 되는 아이들이 도살될 겁니다."

"신혈들?"

대령이 묻는다.

나는 머리를 젓는다.

"내가 아는 한은 아닙니다."

그는 권총에 손을 올리고, 척추를 쭉 펴더니 바닥에 침을 뱉는다.

"뭐, 지휘부가 자네를 도우라고 내게 명령하긴 했지. 내 생각에 우리가 함께 유용한 무언가를 할 수 있는 때가 온 것 같구먼."

＊ ＊ ＊

의무실은 조용하여 기다리기 좋은 곳이다. 은혈들이 사용하기로 계획된 병영을 떠나도 좋다고 허락받은 사라가 이미 부상당한 이는 누구라도 재빨리 치료해 주었다. 그 덕에 침대들은 텅 비어서 딱 하나만 차 있다. 나는 내 자리에 옆으로 누워서 앞의 긴 유리창을 바라본다. 거짓된 푸른 하늘은 철회색으로 희미해졌다. 어쩌면 또 다른 폭풍일 수도 있고, 아마도 내 눈이 어두워졌기 때문일 수도 있다. 그저 오늘 더 이상의 햇빛을 보기가 싫다. 이불은 부드럽고 너무 많이 빨아서 낡았다. 머리끝까지 이불을 뒤집어쓰고 싶은 욕구를 억지로 누른다. 그렇게 하면 기억이 떠오르는 것을 막을 수도 있을 것만 같다. 기억들은 강철 파도처럼 점점 더 세게 부딪힌다. 쉐이드 오빠의 마지막 모습, 눈을 크게 뜨고 한 손은 내게 내민 채로, 가슴에서 피가 터져 나오기 직전의 순간. 오빠는 나를 구하러 돌아왔고 그래서 죽었다. 한참 몇 달 전에 내가 지사와 그 애의 부러진 손을 마주

할 자신이 없어서 숲에 숨었을 때에 이미 이 일이 시작된 것 같은 기분이다. 이제 나는 가족들에게 돌아가서 쉐이드 오빠가 남긴 구멍을 마주해야 한다는 생각조차 견딜 수가 없다. 가족들은 내가 어디 있는지, 그들이 아들을 대가로 치른 여자애가 어디 간 것인지 분명 궁금할 것이다. 하지만 내가 여기 있는 걸 찾아낸 사람은 배로우 가족이 아니다.

"나중에 다시 올까요, 아니면 죄책감을 느끼는 걸 드디어 끝낸 참인가요?"

재빨리 일어나니 줄리언이 내 침대 발치에 서 있는 모습이 보인다. 그의 혈색이 돌아왔고, 사라에게 고맙게도 잃어버린 치아들도 돌아왔다. 하지만 턱 섬에 남아 있는 물건들 중에 찾아 입은 어울리지 않는 옷들 때문에, 그는 다시 자신의 늙어 보이는 모습으로 돌아왔다. 미소나 아니 어쩌면 고맙다는 말이라도 듣길 기대했지, 훈계는 생각도 못했다. 더구나 줄리언에게서부터는.

"여기서는 여자애가 한순간의 평화도 얻지 못하나요?"

나는 씩씩거리며 다시 얇은 베개 위로 풀썩 드러눕는다.

"내 계산으로는 당신은 거의 한 시간을 숨어 있었어요. 그건 한순간보다는 길다 싶은데요, 메어."

옛 선생은 친절하게 굴기 위해 최선을 다하지만 잘되지 않는다.

"굳이 알고 싶다면, 난 대령을 기다리고 있어요. 우리는 작전을 계획해야 하고, 그는 지원자를 모으는 중이라고요."

그러니 그만해. 하지만 줄리언을 단념시키는 건 쉽지 않다.

"그리고 당신은 낮잠을 자는 편이 시간을 좀 더 쓸모 있게 쓰는 법이라고 결론을 내렸다는 거군요, 그러니까, 신혈들에게 연설을 하거나, 조마조마해 하는 은혈들 한 무리를 진정시키거나, 치료를 좀 받거나, 아니면 슬픔에 빠진 가족들과 이야기를 나누거나 하는 것보다도 더 말이죠?"

"당신 강의 따위 하나도 안 그리웠어요, 줄리언."

"거짓말 잘하네요, 메어."

그가 미소를 지으며 말한다.

그는 심하게 재빨리 우리 사이의 거리를 좁히더니 내 옆에 앉는다. 샤워를 마친 그에게서 깨끗하고 청결한 냄새가 난다. 이 거리에서 보니 그가 얼마나 말랐는지, 그의 눈빛이 얼마나 공허해졌는지 알겠다. *심지어 사라조차 마음을 고칠 수는 없다.*

"그리고 강의는 듣는 사람이 필요하죠. 당신은 분명히 내 말을 더 이상은 듣고 있지 않으니까요."

그는 목소리를 더 낮추고 내 얼굴을 기울여서 내가 자신을 보게 만든다. 나는 너무 지쳐서 그가 그렇게 하게 내버려 둔다.

"그 문제에 있어서라면, 누구의 말도 안 듣는 거겠죠. 심지어 칼의 말도요."

"당신도 나한테 소리 지를 건가요?"

내 말에 그는 슬프게 미소 짓는다.

"내가 그런 적 있어요?"

"아뇨."

나는 그러지 않을 수 있다면 좋겠다고 생각하며 속삭인다.

"아뇨, 그런 적 없어요."

"그리고 지금 시작하려고 하는 것도 아니에요. 나는 그저 당신에게 당신이 꼭 들어야 할 얘기를 해 주려고 왔을 뿐이에요. 당신이 귀를 기울이도록 만들지도 않을 거고, 당신이 따르도록 만들지도 않을 겁니다. 당신이 선택하면 돼요. 그래야 한다면."

"알겠어요."

"내가 예전에 누구든 누구라도 배신할 수 있다고 했죠. 그 말 기억하고 있다는 거 알아요."

*아, 기억하고말고요.*

"그리고 그 말을 다시 할게요. 누구든, *어떤 것이든*, 누구라도 배신할 수 있어요. 심지어 그 어떤 것이 당신의 심장일지라도요."

"줄리언……."

"누구도 악마로 태어나지 않아요, 마찬가지로 누구든 홀로 태어나지는 않지요. 그들은 선택과 환경 때문에 그렇게 *되는* 겁니다. 후자의 것은 당신이 어떻게 뜻대로 할 수 없지만, 전자의 것은……. 메어, 나는 당신이 몹시 염려돼요. 당신에게 일어나 버린 일들, 누구도 겪어서는 안 되는 일들이었죠. 당신은 끔찍한 일들을 보았고, 끔찍한 일들을 했으며, 그 모든 것이 당신을 바꿀 겁니다. 나는 만약 당신이 잘못된 기회를 얻는다면 어떤 존재가 될 것인지 몹시 염려가 돼요."

*나도 그래요.*

나는 그의 손 위에 내 손을 덮는다. 그 감촉은 충분히 위안을 주지만 약하다. 우리의 연결은 잘 쳐 봐야 껄끄러운 정도고, 어떻게 그 사실을 고쳐야 할지도 모르겠다.

"노력할게요, 줄리언."

나는 중얼거린다.

"노력할게요."

마음 뒤편에서부터 궁금증이 인다. 줄리언은 언젠가 나에 관한 이야기를 할까? 내가 무언가 끔찍하고 형편없는 존재, 마치 엘라라 같은 누군가, 자신을 사랑해 줄 무엇도 누구도 남지 않은 그런 존재가 되고 나면? 나는 그저 노력했던 소녀가 될까? *아니야, 그 길은 생각할 수 없어. 생각하지 않을 거야. 나는 메어 배로우야. 나는 충분히 강해.* 나는 이미 끔찍한 일들을 했고, 그 일에 대한 용서를 구할 자격도 없다. 하지만 나는 그럼에도 불구하고 줄리언의 눈에서 용서를 본다. 그리고 그 용서가 나를 희망으로 채워 준다. 나는 괴물이 되지 않을 거야, 앞으로 다가올 날들에 해야만 하는 일들을 할지라도. 나는 내 자신이 누구인지 잃지 않을 거야. 비록 그것이 나를 죽인다 하더라도.

"자, 가족들의 숙소로 슬슬 걸어가 볼래요, 아니 혹시 길을 알려 줘야 하나요?"

코웃음만이 픽 나온다.

"당신인들 길을 알긴 해요?"

"연장자에게 던지는 질문으로는 그다지 예의바르지 못하네요, 번개 소녀."

"모든 것에 질문을 던지라고 하던 스승님을 모신 적이 있어서요."

그가 눈을 반짝이더니 자랑스럽게 약한 가슴을 두드린다.

"당신의 스승님은 똑똑한 사람이었네요."

나는 그의 눈이 기울어지며 그 안의 빛이 사라지는 것을 알아차린다. 그의 시선이 내 노출된 쇄골에 남은 낙인으로 향한다. 가릴까도 곰곰이 생각해 보지만, 굳이 움직이지 않기로 결정한다. 내게 남은 엠(M)자의 화상을 적어도 그의 앞에서는 숨기지 않으리라.

"사라가 고칠 수 있을 거예요. 사라를 데려올까요?"

그가 웅얼거린다.

떨리는 다리로 나는 일어선다. 다른 많은 흉터들은 그녀가 고쳐 줬으면 하더라도, 이것만큼은 아니다.

"아니에요."

*우리 모두에게 기억을 되살리도록.*

팔짱을 끼고, 우리는 빈 의무실을 나선다. 하얀색 방이 꾸준히 회색으로 물드는 사이, 우리의 발걸음이 울려 퍼진다. 밖에는 그림자가 세상 위로 퍼지고 있다. 겨울이 문 앞에서 우리를 기다리고 있다. 곧 문을 두드리리라. 하지만 나는 찬 공기가 좋다. 나는 찬 공기에 깨어난다.

중앙 마당을 가로질러서 3번 병영으로 향하는 동안, 나는 구내에 주목한다. 몇몇 익숙한 얼굴들이 서로 다양한 그룹으로 섞여서 몇몇은 훈련을 하고 몇몇은 상품들을 운반하거나 그저 어슬렁거리고 있다. 에이다가 한 손에 기계 설명서를 든 채로 망가진 자동차 아래로 들어가는 것이 보인다. 로리가 연장 더미 사이를 뒤적이며 그녀의 옆에 무릎을 꿇고 있다. 몇 미터 떨어진 곳에서는 다미안이 한 무리의 방위군에 섞여서 함께 조깅을 하고 있다. 그들이 노치에서 온 사람들 중에 보이는 유일한 이들이라, 그 점에 위장이 뒤틀린다. *카메*

론, 닉스, 내니, 가레스, 케샤는 다들 어디 있지? 토할 것 같은 기분마저 들지만 나는 힘들게 그 감각을 삼킨다. 지금으로서는 확실히 죽었다는 것을 알고 있는 사람을 위해 애도할 힘밖에 남아 있지 않다.

줄리언이 3번 병역으로 들어가는 것은 허용되지 않았다. 그는 입을 꼭 다문 채 미소를 지으면서 내게 그 사실을 알려 준다. 그의 말에서 업신여김이 묻어난다. 그 명령을 강요할 방법도 없건만 늘 그렇듯 그는 그 명령에 순종한다.

"난 그저 '좋은' 은혈처럼 굴려고 하는 중이라서요."

그가 건조하게 말한다.

"대령은 우리가 우리 병영 밖을 돌아다닐 수 있게 해 줄 정도로는 *친절하게* 굴었답니다. 그의 신뢰를 배신하고 싶지는 않아요."

"나중에 찾아갈게요."

나는 그의 어깨를 꼭 쥔다.

"거기 상황이 점점 더 나빠질 게 뻔하네요."

줄리언은 그저 어깨만 으쓱한다.

"사라는 치료에 시간을 끌고 있어요. 너무 많은 은혈들이 닫힌 공간에 갇힌 채, 음식도 제대로 제공받지 못한 채로 지내는 건 원치 않아서요. 그래도 다들 당신이 그들을 위해 무슨 일을 했는지 알고 있어요. 그들로서는 소란을 피울 이유는 없는 셈이죠, *아직은요.*"

*아직.* 간단하지만 효과적인 경고. 대령은 그토록 많은 은혈 거주민들을 다루는 법을 모르고, 분명히 곧 실수를 저지를 것이다.

"최선을 다할게요."

나는 한숨을 쉬며 점점 늘어만 가는 할 일 목록에 폭동 가능성을 가라앉히기를 추가한다. 엄마 앞에서는 울지 말기, 팔리에게 사과하기, 5000명의 아이들을 구하는 방법을 찾아내기, 한 무리의 은혈들 달래기, 벽에 구멍을 내고 머리를 처박기. 다 가능할 것 같네.

병영은 기억과 같이 미로 같은 얽힌 길과 교차로로 가득하다. 나는 한두 번 길을 잃지만 마침내 보라색 스카프가 손잡이에 매달린 문을 찾아낸다. 단단히 닫혀 있어서 문을 두드려야만 한다.

브리 오빠가 문을 연다. 얼굴이 울어서 빨갛고 즉시 나도 비슷해진다.

"왜 이렇게 오래 걸렸어."

오빠가 내가 들어갈 수 있게 뒤로 물러나며 으르렁거린다. 나는 오빠의 날카로운 어조에 움찔하지만 받아치지는 않는다. 대신에 한 손을 오빠의 팔에 올린다. 브리 오빠는 움츠리지만 나를 밀어내지는 않는다.

"미안해."

나는 오빠에게 말한다. 그러고 나서, 더 크게, 방의 나머지 이들에게 들리도록 말한다.

"더 일찍 못 와서 죄송해요."

지사와 트래미 오빠가 짝도 안 맞는 의자에 앉아 있다. 엄마는 침대 중 한 곳에 몸을 말고 계시고 아빠는 엄마 옆의 의자에 단단히 앉아 계시다. 엄마가 베개에 얼굴을 숨긴 채로 몸을 돌리시는 반면, 아빠가 똑바로 나를 보신다.

"넌 해야 할 일들이 있었잖니. 우리도 다 이해한다."

아빠는 언제나처럼 무뚝뚝하지만 좀 더 모욕적으로 말씀하신다.

내가 감수해야 할 일이다.

"여기부터 왔어야 했어요."

나는 방 안으로 좀 더 움직인다. 이토록 조그만 공간 안에서도 이토록 어찌할 바를 모를 수도 있을까?

"오빠의 시체를 가지고요."

"우리도 봤어. 아주 작은 바늘 하나로, 녀석이 죽었지."

브리 오빠가 엄마 맞은편 침대에 앉으며 끼어든다. 침대가 오빠의 어마어마한 무게로 가라앉는다.

"나도 기억해."

스스로의 말을 멈추지도 못하고 나는 중얼거린다.

지사가 의자에서 몸을 비틀고, 가느다란 다리를 들어올린다. 그녀는 다친 손을 움직여 보며 정신을 다른 데로 팔려고 노력한다.

"누가 쉐이드 오빠를 죽였는지 언니는 알아?"

"프톨레무스 사모스. 마그네트론이야."

경기장에서 칼이 그 끔찍한 남자를 죽였어야 했다. 하지만 그는 자비를 베풀었다. 그리고 그의 자비가 내 오빠를 죽였다.

"나도 그 이름 알아."

트래미 오빠가 긴장된 공기 위에 뭘 더 추가하려는지 말한다.

"그놈이 네 처형인 중 하나였지. 널 잡진 못했지만, 그놈이 쉐이드를 잡았군."

그 말은 고발처럼 들린다. 나는 오빠 눈에 어린 상처를 마주하는 대신 내 신발만 바라보며 시선을 내린다.

"적어도 그놈에게 복수는 해 줬지?"

브리 오빠가 도저히 가만히 있을 수 없다는 듯이 다시 일어선다. 오빠는 겁을 주려고 애를 쓰며 나를 내려다본다. 이제 나는 더 이상 이런 것에 겁먹지 않는다는 걸 오빠는 다 잊었나 보다.

"그랬지?"

"난 많은 사람들을 죽였어."

목소리가 갈라지지만 계속 말한다.

"얼마나 많은지도 모를 정도야, 그저 그중에 하나가 왕비였다는 것밖에 몰라."

마침내 나를 마주보기로 마음먹으신 엄마가 침대에서 몸을 일으키신다. 엄마의 눈은 온통 눈물로 젖어 있다.

"왕비라고?"

엄마가 숨도 못 쉬고 속삭이신다.

"우리는 그녀의 시체도 가져왔어요."

나는 거의 열렬할 정도로 말한다. 엘라라의 시체에 대한 이야기는 오빠를 애도하는 것보다 훨씬 쉽다. 그래서 나는 그들에게 방송에 대해서, 우리가 어떤 일을 하려고 하는지에 대해서 이야기한다.

그 끔찍한 방송은 오늘 밤, 저녁 뉴스 시간대에 나갈 것이다. 뉴스 시청은 조치의 추가 사항 중 하나로 이제는 의무적인 행사다. 왕국의 모든 사람들은 거짓말을 먹으며 저녁 시간에 정치 선전을 강제로 들어야 한다. 젊고 열렬한 왕, 전선에서의 또 다른 승리, 그 비슷한 것들을. 하지만 내일은 아니다. 대신 노르타는 죽은 왕비를 보게 될 것이다. 그리고 세상은 우리가 전투 준비를 외치는 소리를 듣게 될 것이다. 브리 오빠는 내전에 대한 생각에 거의 미친 것처럼 미소를 지으며 서성거리고 트래미 오빠도 늘 그렇듯이 브리 오빠를 뒤따른다. 두 사람은 이미 함께 아케온으로 쳐들어가서 화이트파이어 펠리스의 폐허 위로 붉은 깃발을 날리는 꿈에 대해 서로 흥분해서 지껄이는 중이다. 지사만이 덜 열광적이다.

지사가 쓸쓸한 얼굴로 말한다.

"그 말은 언니가 그리 오래 이곳에 머무를 수 없다는 거겠네. 사람들이 언니를 곧 본토로 불러들일 거 아냐, 다시 신병을 모집해야 하니까."

"아니, 신병 모집하러는 안 갈 거야, 적어도 한동안은 못 가."

가족들 사이에, 특히 엄마에게 희망의 불꽃이 이는 것을 견딜 수가 없다. 보통 가족들에게는 거의 아무 얘기도 하지 않지만, 지난번 내가 떠날 땐 너무 갑작스럽기는 했다. 다시 또 그런 짓을 저지를 수는 없다.

"난 초크로 가려고 해, 아마 곧."

아빠가 너무 큰 소리로 고함을 지르셔서 순간 아빠가 휠체어 밖으로 떨어지는 게 아닐까 싶다.

"절대 안 돼! 내가 숨이 붙어 있는 한은 안 된다!"

아빠는 요점을 강조하시며 씩씩대신다.

"내 자식들 중 아무도 다시는 그 장소로 돌려보내지 않을 거다. 결코. 그리고 감히 내가 너를 막을 수 없을 거라고 대들 생각은 말거라, 왜냐하면 나는 막을 수도 있고, 막을 거니까."

과거 초크에서 아빠는 다리와 폐를 잃으셨다. 아빠는 그곳에 너무 많은 것을 바치셨다. 그리고 지금, 아빠는 나도 그렇게 잃게 될 거라고 생각하시는 것 같다.

"아빠가 그러시리라는 거 저도 확신해요."

나는 아빠에게 농담을 던지려고 해 본다. 보통은 먹힌다.

하지만 이번에는 아빠는 손사래를 치시더니 너무 빨라서 내 정강이를 칠 정도로 휠체어를 굴려서 다가오신다. 아빠는 악마처럼 노려보시며 떨리는 손가락 하나를 들어서 내 얼굴을 찌르신다.

"약속해라, 메어 배로우."

"그럴 수 없는 거 아빠도 아시잖아요."

그리고 나는 아빠에게 이유를 털어놓는다. 5000명의 아이들, 5000명의 아들딸들. 카메론은 내내 옳았다. 피의 경계선은 여전히 현실이며, 그들이 더 이상 그것 때문에 고통받아서는 안 된다.

"다른 누가 대신 가라고 해."

아빠는 무너지지 않으려고 최선을 다하시며 으르렁대신다. 결코 아버지가 우는 모습을 보길 바라 본 적도 없고, 지금으로서는 그저 이 장면을 잊을 수만 있다면 좋겠다.

"대령이든, 그 왕자든, 누구 다른 사람이 그 일을 할 수 있잖아."

아빠가 내 팔을 바다에 빠진 사람처럼 꽉 쥐신다.

"다니엘."

부드럽고 안심시키는 듯한 엄마의 목소리는 텅 빈 하늘에 단 하나 떠 있는 하얀 구름 같다.

"그 앨 보내 줘."

손목에서 아빠의 손을 억지로 떼어낼 때야 나도 울고 있었다는 사실을 깨닫는다.

"우리가 메어랑 같이 갈게요."

브리 오빠가 내가 안 된다고 말하기도 전에 그 말들을 간신히 뱉어낸다. 아빠의 얼굴이 보라색이 되고 슬픔은 분노에 자리를 내어준다.

"네놈들은 내가 심장마비로 죽길 바라기라도 하는 게냐?"

아빠는 첫째 오빠를 마주보기 위해서 몸을 휙 돌리신다.

트래미 오빠가 끼어든다.

"잰 초크에 한 번도 가 본 적이 없으니 거기가 어떤지도 모를 거예요. 우린 알고요. 복무 기간 대부분을 전방의 참호에서 보냈으니까요."

나는 고개를 흔들고는 아빠가 정말로 이성을 잃으시기 전에 오빠의 말을 한 손을 들어 막는다.

"대령이 함께 갈 거야, 그도 초크를 본 적이 있으니, 굳이 오빠들이 그럴 필요는……."

"아마도 레이크랜즈 쪽에서였겠지."

브리 오빠가 이미 자신의 짐 가방을 꺼내서 *무얼 가져가야 할지* 찾아보느라 물건들을 살피고 있다.

"하지만 노르타의 참호들은 설계가 다를걸. 그는 바로 공격당하게 될 거야."

지금까지 브리 오빠 입에서 나온 말 중에 가장 현명한 말인 것 같다. 오빠는 머리가 좋기로 유명했던 건 아니지만 그래도 따지고 보면 거의 5년 가까이를 전선에서 살아남았다. 그건 결코 운만은 아닐 것이다. 나는 두 오빠가 용감하다는 것을, 내가 가능하리라고 생각했던 것 이상으로 두 사람이 용감하다는 것을 깨닫는다. 한때 나는 오빠들이 내 삶의 얼마나 많은 부분들을 놓쳤는지에 대해서만 생각했다. 하지만 나 역시 마찬가지였다. 오빠들은 내가 기억하는 그 사람들이 아니다. 오빠들은 나 이상의 전사가 되었다.

내 침묵에 두 사람은 그대로 짐을 싸기 시작한다. 오빠들에게 오지 말라고 말하고 싶다. 내가 진심으로 그 말을 한다면 오빠들도 귀를 기울일 것이다. 하지만 그럴 수가 없다. 쉐이드 오빠가 내게 필요했던 것만큼이나 내게는 오빠들이 필요하다.

제발 또 다른 오빠를 무덤으로 몰고 가는 일만큼은 없기를 바랄 뿐이다.

한참 후에, 나는 내가 떨고 있다는 사실을 깨닫는다. 그래서 나는 침대의 어머니 옆자리로 기어 올라간다. 어머니가 나를 한참 동안 안아 주신다. 나는 울지 않으려고 최선을 다한다. 내 최선은 언제나 부족하다.

## 제29장

거대한 식당은 붐비지만 식사를 위해서는 아니다. 대령이 "최우선 작전"을 공표한 건 고작 한 시간 전일 뿐인데 방은 대령이 직접 고른 사람들뿐만 아니라 지원자들로 붐비고 있다. 레이크랜즈 사람들은 조용하고, 훈련이 잘 되어 있으며 딱딱하다. 방위군들은 더 소란스럽지만 그 속에서도 팔리는 혼자 조용하다. 그녀는 다시 대위의 지위를 회복했지만 전혀 알아차린 느낌이 없다. 그녀는 침묵 속에 앉아서 손에 붉은 스카프를 무심히 감고 있다. 오빠들과 함께 내가 혼란 속으로 걸어 들어가자, 소음은 사라지고 모든 눈이 나를 좇는다. 팔리만 제외하고. 그녀는 전혀 올려다보지도 않는다. 로리와 다미안은 내가 방으로 걸어 들어가자 박수를 치기까지 해서 나는 얼굴을 붉히고 만다. 에이다가 그에 합류하더니 기쁘게도 내니가 일어서서 그녀에게 합류하고, 카메론도 함께한다. 이들은 *해냈구나.* 나는 작게 숨을 내쉬면서 안심하려고 애를 쓴다. 하지만 여전히 닉스, 가레스, 아니면 케샤의 흔적은 보이지 않는다. *그들은 오지 않겠다고 생각했을 수도 있어. 지금까지의 위험에 질렸을 수도 있잖아.* 팔리의 옆에 앉으면서 계속 그 생각만을 한다. 브리 오빠와 트래미 오빠가 뒤를 따르고, 내 바로 뒤의 의자에 경호원처럼 앉는다.

우리가 마지막으로 도착한 건 아니다. 막 노치에서부터 돌아온 해릭이 슬쩍 들어오더니 나를 향해 퉁명스럽게 고개를 끄덕여 보인다. 그는 문을 연 채로 잡고, 킬런이 뒤따라 들어온다. 칼이 들어오고 그의 뒤를 따라서 줄리언과 사라까지도 들어오는 모습을 보자 심장이 두 배로 빨리 뛴다. 내 입장에는 방이 조용해졌지만 이번엔 반대의 현상이 일어난다. 세 명의 은혈들의 모습을 보자 많은 이들이 벌떡 일어나고, 대부분은 레이크랜즈 사람들이다. 소음 사이로 분명하게 알아들을 수만은 없지만 그 의미만은 분명하다. *우린 당신들이 이곳에 오는 것을 원치 않는다.*

칼과 나는 소란 사이로 1초 정도 눈을 맞춘다. 그가 방 뒤쪽의 자리를 찾으며 먼저 눈을 돌린다. 줄리언과 사라는 그의 옆에 딱 붙어 앉으며 야유를 무시하는 반면 킬런은 자리를 찾아 앞으로 온다. 그는 의자 하나를 끌고 와서는 내 옆에 털썩 앉는다. 우리가 마치 점심 식사 자리에 앉아 있다는 듯이 킬런은 가볍게 고개를 끄덕여 보인다.

"그래서 이게 다 무슨 일이야?"

킬런의 목소리는 소음 위로 들릴 정도로 충분히 크다.

나는 친구를 당황한 얼굴로 바라본다. 우리가 마지막으로 보았을 때, 그는 나를 팔리에게서 떼어내는 중이었고 내 존재 자체가 불쾌하다는 표정이었다. 이제 그는 그저 미소만 짓고 있다. 그는 심지어 옷에서 사과 하나를 꺼내더니 내게 먼저 한 입 먹으라고 주기까지 한다. 떨리지만 확실하게, 나는 그 선물을 받아든다.

"넌 네가 아니었어."

킬런이 내 귀에 대고 속삭인다. 그는 사과를 다시 가져가더니 한 입 깨문다.

"그 일은 잊어버려. 하지만 다시 그런 식으로 탈선하거든 스틸츠 식으로 혼 좀 나야 할 거야. 응?"

미소를 짓자 흉터가 찌르르한다.

"그래."

나는 목소리를 더 낮춰 오직 그 애만이 들을 수 있게 대답한다.

"고마워."

잠시 동안 그는 이상하게 생각에 잠긴 얼굴로 가만히 있는다. 그 러더니 그는 한 손을 흔들면서 히죽거린다.

"제발, 난 네가 더 끔찍한 순간도 많이 봐 왔어."

안심을 주려는 거짓말이다. 그래도 나는 그가 계속 거짓을 말하게 둔다.

"자, 이 최우선 사업이란 거 대체 뭐야, 그래서? 네 생각이야, 대령 의 생각이야?"

마치 그 말이 큐 사인이라도 된 것처럼 대령이 혼란 속으로 들어 오며 손을 크게 뻗어서 조용하라고 신호한다.

"내 거야."

나는 불평하는 소리가 잦아드는 사이에 중얼거린다.

"조용하시오."

명령을 뱉는 그의 목소리는 채찍을 휘두르는 것 같다. 레이크랜즈 군인들은 즉시 복종하고 잘 훈련된 자세로 착석한다. 그의 시선은 다른 반대자들 역시 조용히 시키기 충분한다. 그는 방 뒤쪽의 칼, 줄리언, 그리고 사라를 가리킨다.

"저 세 명은 은혈들이오, 그렇소, 하지만 대의를 위해 증명된 동맹들이오. 그들이 이곳에 참석하도록 내가 허가했소. 여러분은 그들을 다른 동맹군이나 우리 형제자매에게 하듯이 대우해 주시오."

그 말에 모두가 침묵한다. 지금까지는.

"여러분은 이곳에 무엇인지 알지도 못하는 작전에 지원하기 위해 참석하였소. 그것은 진정한 용기이고 나는 여러분 모두의 그 점을 높이 사고 싶소."

그는 식당의 앞쪽에 자리를 잡으며 계속 말한다. 그가 이런 일을 전에도 해 본 적 있다는 걸 알겠다. 이런 분위기와 짧게 자른 머리와 붉은 눈동자가 그에게 권위의 옷을 입히고, 그의 명령조의 목소리 또한 마찬가지 효과를 준다.

"여러분도 아시다시피, 징병 연령이 낮춰지면서 15살 이상의 더 어린 군인들이 징병되었소. 현재 그들로 구성된 부대 하나가 전선으로 향하고 있다고 하오. 5000명의 강하지만, 고작 2달 훈련받은 아이들이 말이오."

화난 웅성거림이 군중 사이로 퍼져간다.

"우리는 메어 배로우와 그녀의 팀에게 이런 정보를 준 것에 감사하는 바이오."

나는 움찔하지 않을 수가 없다. *내 팀이라니.* 그들은 팔리도 심지어 칼도 아니고, 나에게 소속되어 있다.

"배로우 양은 또한 이 비극이 일어나기 전에 멈추려고 하는 첫 번째 지원자이기도 하오."

킬런의 목이 삐걱거리며 재빨리 돌아간다. 그가 초록색 눈을 크게 뜨는데, 그것이 화가 나서인지 감동받아서인지 나는 모르겠다. 어쩌면 둘 다 조금씩 섞인 걸 수도 있고.

"그들은 어린 부대라는 별명으로 불린다고 합니다."

나는 사람들에게 제대로 연설하기 위해서 억지로 일어선다. 사람들의 기대하는 시선은 하나하나가 마치 단검 같이 느껴진다. 레이디 블로노스의 수업이 이럴 때는 확실히 도움이 된다.

"우리 정보에 따르면, 아이들은 참호들을 지나서 초크 지역의 가운데로 그대로 진군한다고 합니다. 왕은 그들이 죽기를 바라고, 그 결과 우리들이 침묵 속에서 공포에 질리기를 바라는 겁니다. 그리고 우리가 아무것도 하지 않는다면, 왕은 성공하게 될 겁니다. 나는 하나는 팔리 대령이, 하나는 내가 이끄는 각각 두 갈래의 작전을 제안하려고 합니다. 나는 코르비움 바깥쪽에서 부대로 침투할 예정입니다. 14살로 통할 만한 군인들을 이용하여, 은혈 장교들을 아이들로부터 떼어놓는 것이 목적입니다. 우리는 그 다음에 초크로 바로 이동합니다."

나는 시선을 억지로 뒤쪽 벽에 붙들기 위해 최선을 다한다. 그러지 않으면 눈이 칼에게로 자꾸 돌아가려고 하기 때문이다. 이번에 눈길을 돌리는 쪽은 내 쪽이 된다.

"그건 자살 행위입니다!"

누군가가 소리친다.

대령이 내 옆으로 움직여 와서 머리를 젓는다.

"내 군대가 북쪽에서 기다리고 있을 거요, 레이크랜즈 참호 선 쪽에서. 나는 그쪽 군대 안에 연락책을 갖고 있고, 배로우 양이 건너올 시간을 충분히 벌어 줄 수 있소. 그녀 일행이 우리 쪽까지 오면, 우리는 에리스 호수로 후퇴할 겁니다. 두 대의 곡물 수송용 화물선이면 모두가 충분히 건너갈 수 있고, 거기서부터는 분쟁 지역으로 들어가게 될 거요."

"터무니없습니다."

칼이 서 있다는 사실을 알려고 굳이 올려다볼 필요도 없다. 그는 얼굴을 붉히고 주먹을 꼭 쥔 채 그런 어리석은 작전에 짜증을 낸다. 그 광경에 하마터면 미소를 지을 뻔 한다.

"100년 동안 어떤 노르타의 군대도 결코 초크를 건넌 적이 없어요. 당신들은 그걸 아이들 한 무리와 함께 할 수 있다고 생각하는 겁니까?"

그는 나에게로 몸을 돌리고 애원한다.

"당신들이 숲에 숨어서 코르비움으로 다시 돌아오려면 훨씬 운이 좋아야 할 겁니다. 다른 어떤 것보다도 그 망할 살상지역을 건너서 오는 일에 제일 운이 필요할 거라고요."

대령은 이 말에도 침착하게 대처한다.

"참호들에 들어가 본 지 얼마나 되었소, 왕자 저하?"

칼은 흔들리지 않는다.

"6개월 전입니다."

"6개월 전이면, 레이크랜즈는 전선에 9개의 부대를 유지하고 있었소, 노르타의 수에 맞춰서. 오늘 부로, 그들은 2개 부대만 남았소. 초크는 뻥 뚫린 공간이 되었지만, 당신 동생은 그 사실을 알지도 못하지."

"덫인가? 아니면 우회로인가, 그렇다면?"

칼이 이것이 무슨 의미인지 궁금해하며 더듬거린다.

대령이 고개를 끄덕인다.

"레이크랜즈에서는 타리온 호수를 건널 계획이오. 당신네 군대들이 아무도 원하지 않는 쓰레기 지역을 방어하느라 바쁜 사이에. 배로우 양은 눈가리개를 하고도 긁힌 상처 하나 없이 그곳을 통과해 올 수 있을 겁니다."

"그리고 그게 정확히 내가 의도하는 바입니다."

느리게, 분명히, 내 마음은 냉혹해진다. 나는 내가 용감하게 보이기를 바란다. 실제로는 그런 기분을 전혀 느낄 수가 없기에.

"누가 나와 함께 가겠습니까?"

그럴 거라고 익히 생각했지만 킬런이 제일 먼저 일어선다. 많은 다른 이들이 뒤를 따른다. 카메론, 에이다, 내니, 다미안, 심지어 해릭도. 하지만 팔리는 아니다. 그녀는 바닥에 뿌리박힌 듯 앉아서 자신의 부관들이 그녀의 자리를 차지하도록 내버려 둔다. 스카프로 손목을 너무 세게 조여서 손이 창백한 푸른색이 될 지경이다.

나는 그를 보지 않으려고 애를 쓴다. 분명히 애는 쓴다.

방의 뒤쪽에서, 추방당한 왕자가 일어선다. 그가 내 시선을 맞받는다. 마치 그 눈만으로도 내게 불을 붙일 수 있다는 듯이. *낭비다.*
내 안에는 더 이상 탈 것이 남아 있지 않다.

✳ ✳ ✳

막 갈아엎은 흙의 흔적과 거머리말의 일부 조각들로 볼 때 턱 섬
공동묘지의 무덤은 새것이다. 적당한 돌들을 골라서 비석 대신 세웠
고, 사랑했던 이들의 이름을 공들여 새겨 놓았다. 쉐이드 오빠의 나
무판자로 된 관을 땅 속으로 묻으며 배로우 가의 모두가 주변을 둘
러싸고 있는 지금, 나는 우리가 운이 좋다는 것을 깨닫는다. 적어도
우리에게는 묻을 수 있는 몸이라도 남아 있으니. 너무나 많은 무덤
들에 흙 말고는 아무것도 없다. 그들의 이름도 돌 위에 조각한다. 닉
스, 케샤, 그리고 가레스. 그들의 몸들은 두고 왔으나 잊지는 않으리
라. 에이다의 말로는 그들은 블랙런이나 화물 수송기에 오르지 못
했다고 한다. 그들은 코로스에서 죽었다. 에이다의 흠잡을 데 없는
계산에 의하면 42명의 다른 이들과 함께 그곳에서 죽었다. 하지만
300명이 살아남았다. 45명의 목숨과 맞바꾼, 300명. *괜찮은 거래였
어.* 나는 스스로에게 말한다. *간단한 합의지.* 그 말은 내 머릿속에서
조차 고통스럽다.

팔리는 찬바람 속에서도 코트 입기를 거절한 채 스스로를 꼭 안
고 있다. 대령도 적절한 거리만큼 떨어진 곳에 서 있다. 대령이 이곳
에 온 것은 쉐이드 오빠를 위해서가 아니라 슬픔에 잠긴 자신의 딸
을 위한 것임에도 그는 전혀 그녀를 위로하려는 어떤 움직임도 보이

지 않는다. 놀랍게도 지사가 팔리의 옆에 서서 한 팔을 그녀의 허리에 두르고 온기를 나눈다. 지사의 그런 행동을 내버려 두는 팔리의 모습을 보며 나는 충격으로 거의 쓰러질 뻔 한다. 그 둘이 만난 적이 있는지도 몰랐는데, 두 사람은 꽤 친밀해 보인다. 어쨌든 슬픔 아래로 나는 질투심 약간을 느낀다. 아무도 나를 위로하려고 하지 않는다. 킬런조차. 쉐이드 오빠의 장례식은 그에게는 너무 견디기 힘든 것이라서 그는 아무도 자신이 우는 것을 볼 수 없을 만큼 멀리 떨어진 저 위쪽에 앉아 있다. 킬런은 머리를 점점 숙여서 브리와 트래미 오빠가 관 위로 흙을 덮는 모습을 볼 수 없을 정도다.

우리는 아무 말도 하지 않는다. 너무 힘들다. 휘파람 부는 소리를 내는 바람이 스치고, 내게는 온기가 절실하다. 위안을 주는 열기가 그립다. 하지만 칼은 여기 없다. 내 오빠가 죽었고, 칼에게는 차마 그를 묻는 우리 모습을 지켜볼 용기가 없다.

마지막으로 흙을 덮으시는 엄마의 눈은 건조하다. 엄마에게는 더이상의 흘릴 눈물이 남아 있지 않다. 적어도 그것만큼은 우리에게도 공통점이 있는 셈이다.

*쉐이드 배로우.* 오빠의 비석을 읽어 본다. 그 글자들은 발톱으로 그은 듯 보이고, 우리 부모님이 아니라 야생 동물이 쓴 것처럼 보인다. 오빠가 여기 묻혀 있다니 이상하다. 오빠는 집이나, 강 옆, 오빠가 그토록 사랑했던 숲에 있을 것만 같다. 모래 언덕과 콘크리트에 둘러싸인 척박한 섬이 아니라, 텅 빈 하늘만이 오빠의 곁을 지킬 이곳이 아니라. 이건 오빠가 겪어야 할 운명이 아니었다. *존은 이 일이 일어날 걸 알고 있었어. 존은 이 일이 일어나도록 내버려뒀어.* 어두

운 생각이 계속 된다. 아마도 이건 또 다른 거래, 또 다른 협상이었을 거야. 아마도 이건 오빠가 만나게 될 최선의 운명이었을 거야. 가장 영리하고 내게 가장 가까웠던 오빠, 나를 항상 구하러 와 주던 오빠, 항상 무슨 말을 할지 알고 있던 오빠. 이게 어떻게 오빠의 끝일 수가 있어? 어떻게 이게 공평하다 할 수 있어?

이 세상의 어떤 것도 공평하지 않다는 것을 나는 다른 누구보다도 더 잘 알고 있다.

시야가 흐릿하다. 얼마나 오래인지도 모를 시간 동안 단단히 다진 땅을 바라보고 있는 사이에 묘지에는 나와 팔리만이 남는다. 고개를 들자 슬픔과 분노가 휘몰아치는 폭풍 같은 얼굴로 그녀가 나를 쳐다보고 있다. 바람이 그녀의 머리카락을 흐트러뜨린다. 지난 몇 달 동안 많이 자란 머리는 거의 그녀의 뺨에 닿는다. 팔리가 어찌나 머리카락을 거칠게 뒤로 밀어 넘기는지 두피가 찢어지지 않을까 걱정될 정도다.

"난 너랑 함께 가지 않을 거야."

그녀가 억지로 그 말을 뱉는다.

나는 그저 고개만 끄덕인다.

"넌 충분히 많이 해 줬어, 충분한 것 이상이었지. 이해해."

그 말에 그녀가 콧방귀를 뀐다.

"이해하기는. 난 지금은 나 자신을 지키는 것 이상은 신경 쓸 여력이 없어."

그녀의 눈이 다시 무덤을 향한다. 눈물 한 방울이 흐르지만 그녀는 알아차리지도 못한다.

"내 질문에 대한 대답 말이야."

그녀는 더 이상 나는 생각하지도 않은 채 중얼거린다. 다음 순간 그녀는 머리를 흔들더니 더 가까이 다가온다.

"그건 어쨌든 대단한 질문도 아니었어. 나도 마음 깊이는 알고 있었지. 내 생각에 쉐이드도 알았던 것 같아. 쉐이드는 정말 통찰력이 있으…… *있었으니까.* 너랑 다르게."

"네가 잃은 모든 사람들, 정말 유감이야."

그러고 싶었던 이상으로 너무나 직설적인 말이 튀어나간다.

"진심으로 유감……."

그녀는 사죄를 거절하듯 손만 흔들어 보인다. 그녀는 심지어 내가 어떻게 그 사실을 알고 있는지에도 관심이 없는 듯하다.

"쉐이드, 어머니, 동생. 그리고 아버지도. 아버지는 살아 계신지는 몰라도, 나는 아버지 역시 잃었어."

우리가 턱 섬에 돌아왔을 때 대령의 얼굴 위로 지나치던 근심, 그 짧은 걱정의 빛을 기억하고 있다. 그는 분명 자신의 딸을 염려하고 있었다.

"난 그렇게까진 생각 안 해. 사랑받던 아이가 정말로 아버지를 잃을 수는 없는 거니까."

바람이 불어 그녀의 얼굴 위를 머리카락이 덮고, 그녀의 눈에 드러난 충격의 빛이 가려진다. 충격과…… 희망. 그녀는 한 손으로 배를 이상할 정도로 부드럽게 덮으면서 다른 한 손으로는 내 어깨를 토닥인다.

"네가 이 일을 죽지 않고 마무리하길 바란다, 번개 소녀. 넌 완전히 끔찍하지는 않아."

그녀가 내게 한 말 중에 가장 친절한 말이었으리라.

다음 순간 그녀는 돌아서서 결코 뒤돌아보지 않고 가 버린다. 몇 분 후 그 자리를 떠날 때에, 나도 뒤돌아보지 않는다.

지금으로서는 쉐이드 오빠나 다른 이들을 제대로 애도할 만한 시간이 없다. 24시간 동안 벌써 두 번째로 나는 블랙런에 올라야만 하고, 내 마음은 무시한 채 싸울 준비를 갖춰야 한다. 저녁까지 기다리자는 것은 칼의 생각으로 우리가 내보내는 불법 방송이 전국에 나가는 동안 섬을 떠나기로 되어 있다. 메이븐의 개들이 우리를 추격해 올 때쯤에 우리는 벌써 하늘을 날아 코르비움 외곽의 숨겨진 착륙장에 가 있을 것이다. 대령은 계속 북쪽으로 향할 예정이다. 그는 어둠을 틈타 호수를 가로질러 선회할 계획이다. 계획대로라면 아침까지 우리는 국경의 양쪽에서 각자의 부대를 이끌고 있을 터이다. 그 다음은 진군이다.

＊ ＊ ＊

마지막으로 부모님 곁을 떠났을 때는 미리 경고해 드릴 틈이 없었다. 어쨌든 그 편이 지금보다 훨씬 쉬웠다. 가족들에게 작별 인사를 하는 것은 너무 힘들어서 블랙런과 그것이 주는 익숙한 안전함으로 도망쳐 버리고 싶다. 하지만 나는 억지로 힘을 내어 부모님 모두를 안아 드리고 그분들께 비록 그것이 거짓말이라고 하나 내가 드릴 수 있는 한 안심을 시켜 드리기 위해서 노력한다.

"브리 오빠랑 트래미 오빠를 안전하게 지킬게요."

나는 엄마의 어깨에 머리를 기대며 속삭인다. 엄마의 손가락이 내 머리카락을 만져서 재빨리 땋아 주신다. 머리카락의 회색 부분이 계속 퍼져서 이제는 거의 어깨까지 닿아 있다.

"너도 마찬가지야."

엄마가 마주 속삭이신다.

"너 자신도 보호해야지, 메어. 부탁이다."

움직이고 싶지 않지만, 나는 엄마에게 고개를 끄덕인다.

아빠의 손이 내 손목을 잡더니 부드럽게 잡아당긴다. 그렇게 화를 내셨음에도 불구하고, 아빠는 내가 가야 한다는 사실을 상기시켜 주신다. 아빠의 눈길이 내 어깨 너머로 우리 뒤의 블랙런을 향한다. 다른 이들은 벌써 탑승한 후라서, 활주로에는 배로우 가족들만이 남아 있다. 사람들이 내게 사생활 비슷한 것을 주고 싶었던 게 아닌가 싶다. 비록 내게 그런 것이 아무 필요 없지만 말이다. 지난 몇 달간 구멍 하나에서 살아 왔고, 그 이전에 살았던 궁전은 카메라와 경비가 득시글대는 곳이었다. 이제 관람꾼쯤은 신경도 쓰이지 않는다.

"언니한테 줄 게 있어. 전에 만들어 둔 거야."

지사가 멀쩡한 손을 내밀며 말한다. 지사는 검정색 비단 조각을 흔든다. 그 천은 기름으로 짠 것처럼 차갑고 매끄럽다.

붉은색과 금색의 꽃들이 천 위에 장식되어 있고, 그것은 숙련된 장인의 솜씨다.

"기억나."

나는 손가락을 불가능할 정도로 완벽한 물건 위로 움직이며 웅얼거린다. 지사가 이것에 수를 놓은 것은 아주 오래 전으로, 요원이 그 애의 손가락을 부러뜨리기 전날 밤이었다. 이 천은 지사의 운명처럼 미완성이다. 손을 떨며 나는 천을 손목에 감는다.

"고마워, 지사."

나는 주머니에 손을 넣는다.

"나도 너한테 줄 게 있어, 내 동생."

싸구려 장신구. 우리를 둘러싸고 있는 겨울 바다색과 어울리는 귀걸이 한 쪽이다.

귀걸이를 받아들며 지사가 숨을 멈춘다. 눈물이 빠르게 쏟아지지만, 나는 그 모습을 지켜보지 않는다. 나는 가족 모두에게 등을 돌리고 블랙런에 오른다. 램프가 내 뒤로 닫히고, 심장이 멈출 때쯤 우리는 하늘 위를 달리고 바다 위에 높이 떠 있다.

레이크랜즈로 향하는 대령을 따라가는 인원에 비하면 내 부대는 수가 거의 없다시피하다. 결국 내가 고를 수 있던 사람들은 어린 부대에 소속된 것처럼 연기를 할 수 있는 어려 보이는 이들이었고 가급적 복무 경험이 있어서 군인처럼 행동하는 법을 아는 사람이어야만 했다. 18명의 방위군들이 그 목적에 맞았고 우리와 함께 하늘을 날고 있다. 킬런이 그들과 함께 앉아서 우리의 긴밀한 분위기에 그들이 적응하도록 도와주는 중이다. 에이다는 우리와 함께 오지 않았고, 다미안이나 해릭도 마찬가지다. 그들은 십 대로 보이기에는 나이가 너무 많아서 대령과 함께 이동하여 할 수 있는 범위에서 대의를 위한 도움을 줄 예정이다. 내니는 실제 나이에도 불구하고 그렇게까지 나이 제한에 영향을 받지 않는다. 그녀의 모습이 깜빡거리더니 다양한 여러 젊은 얼굴들로 반복하며 바뀐다. 당연히 카메론은 우리와 함께했다. 이건 따지고 보면 애초에 그녀의 생각이었고, 그녀는 아드레날린으로 펄쩍펄쩍 뛰는 중이다. 카메론은 자신의 남동생에 대해서 생각하는 중이다. 나는 그녀가 부럽다. 카메론에게는 그를 구할 수 있는 기회가 아직 남아 있다.

칼과 오빠들을 위장시키는 것이 가장 힘들 것이다. 브리 오빠는 어려 보이는 얼굴이지만 어떤 15살짜리보다도 체격이 지나치게 크다. 트래미 오빠는 너무 키가 크고, 칼은 너무 잘 알려져 있다. 하지만 이 세 사람의 가치는 그들의 외모나 심지어 힘에 있는 것이 아니라, 전선에 대한 지식에 있다. 세 사람 없이는 그런 미궁을 통과해서 초크의 악몽 같은 불모지로 들어갈 사람이 없으리라. 내가 초크를 본 것은 오직 사진 속에서나 신문 방송들, 그리고 내 꿈속에서뿐이다. 내 능력을 알게 된 이후로 나는 내가 결코 그곳에 갈 필요가 없을 거라고 생각했다. 그 운명에서 달아났다고만 생각했다. 내 생각이 얼마나 잘못이었는지.

"코르비움까지 3시간."

계기판에서 얼굴도 들지 않고 칼이 외친다. 그의 옆자리는 내 자리로 예약되어 있는 터라 확고히 비어 있다. 하지만 나는 그의 옆자리에 앉지 않을 것이다. 내가 홀로 쉐이드 오빠의 장례식을 대면하도록 그가 나를 방치한 후에는 결코.

"새벽은 적혈처럼 타오르니, 일어나라."

방위군들이 합동으로 말하며 바닥에 총의 끄트머리를 두드린다. 우리 모두 깜짝 놀란다. 칼은 반응하지 않으려고 애를 쓴다. 그럼에도 불구하고 그가 불쾌해하며 입매를 끌어올리는 것이 보인다. *나는 그대의 혁명의 일부가 아니야.* 그는 한때 그렇게 말했다. *뭐, 분명 그렇게 보이기는 하네요, 왕자님.*

"새벽은 적혈처럼 타오르니, 일어나라."

나는 조용하지만 분명하게 말한다.

칼이 대놓고 얼굴을 찌푸리며 창문을 노려본다. 그런 표정을 하니 꼭 자기 아버지처럼 보여서 나는 그가 어떤 사람이 될 수 있었을지 생각해 보게 된다. 생각이 깊은 전사 왕자가 되어, 뱀 같은 에반젤린과 결혼했겠지. 메이븐은 칼이 대관식 첫날밤에 죽었을 거라고 했지만, 나는 정말로는 그의 말을 믿지 않는다. 반대로 불꽃이 금속을 제련했을 것이다. 그는 살아남아서 통치했을 것이다. 그 치세가 어떠하였을지, 그것까지는 모르겠다. 한때 나는 칼의 마음을 안다고 생각했지만 이제는 그것이 불가능하다는 것을 깨닫고 있다. 누구의 마음도 진정 이해하는 것은 불가능하다. 그것이 심지어 자신의 것이라고 해도 말이다.

질식할 것 같은 침묵 속에서 시간이 흐른다. 비행기 안의 우리는 고요하지만, 땅 위에서는 일이 진행 중이다. 내 메시지가 전국의 스크린 위로 방송 중이다.

아케온의 상업 구역 가운데에 서서 세계가 변화하는 모습을 지켜보고 있다면 좋겠다. 은혈들이 내가 바라는 대로 행동할까? 그들이 메이븐의 배신이 무엇인지를 볼 것인가? 아니면 외면할까?

"코르비움에서 화재 발생."

칼이 조종석 유리에 기댄 채 입을 쩍 벌린다.

"도시 중심부와 리버 타운 빈민가 일대로군."

그는 어째야 할지 모르겠다는 듯 손으로 머리를 쓸어 올린다.

"폭동이야."

심장이 풀쩍 뛰어올랐다가 급락한다. *전쟁이 시작되었어. 그리고 그 대가가 무엇이 될지는 알 수가 없다.*

비행기의 나머지 사람들이 환호성을 지르고 손뼉을 치고, 참을 수 없을 정도로 많은 이들이 악수를 한다. 나는 자리에서 일어나다 발이 걸릴 뻔 한다. 난 결코 발이 걸리는 법이 없다. 결코. 하지만 나는 간신히 다치지 않고 비행기의 뒤편으로 이동한다. 어지럽고 역한 감정에 먹지도 않은 저녁 식사를 벽 전체에 토할 것만 같다. 한 손으로 금속 벽을 짚자 그 차가움에 진정이 된다. 조금은 도움이 되지만 머리가 여전히 빙빙 돈다. *너도 이 일을 원했어. 너도 이걸 바랐다고. 네가 이 일이 일어나게 만들었잖아. 이건 협상이야. 이건 거래라고.*

유지하려고 몹시 애를 써 온 제어가 갈라지기 시작한다. 비행기의 모든 전기가 느껴지고 모든 엔진의 흐름이 느껴진다. 전기가 머릿속에서 맥박하며 자백색의 지도를 그리는데, 서 있기에 너무 밝다.

"메어?"

킬런이 자신의 자리에서 일어선다. 그가 한 손을 뻗은 채로 나를 향해 한 걸음 디딘다. 그 모습이 꼭 쉐이드 오빠가 마지막 순간에 취한 모습을 연상시킨다.

"괜찮아."

나는 거짓말을 한다.

꼭 종이 땡 하고 울리는 것만 같다. 칼이 즉시 자리에서 일어나서 나를 찾아낸다. 그는 강하고 신중한 걸음으로 비행기를 가로지르고, 그의 신발이 금속 바닥에 딱딱 부딪힌다. 다른 이들은 불꽃의 왕자를 멈추기에는 너무 두려운 나머지 그가 지나가도록 내버려 둔다. 그런 두려움에 공감할 수는 없지만 나는 그에게 몸을 돌린다. 그가 나를 붙들고 빙그르르 돌린다. 전혀 부드럽게 굴 생각도 없는 모양이다.

"진정해."

그가 쏘아붙인다. 내 성질을 받아 줄 시간이 없다. 나는 그를 떠밀고픈 욕구에 경직되지만 그가 뭘 하려고 애쓰는지는 이해하고 있다. 나는 동의한다는 뜻으로 그의 말대로 하려고 노력하면서 고개를 끄덕인다. 그가 조금 진정한다.

"메어, 진정해."

다시 말하는 그의 목소리가 이번엔 나를 위해 내가 기억하는 만큼 부드러워진다. 비행기의 맥박만 아니라면 노치의 우리 방 간이침대에 누워 여전히 꿈속을 헤매고 있는 척도 할 수 있을 것 같다.

"메어."

비행기 꼬리 부분이 폭발하기 직전 경보음이 수 초 간 울린다.

그 힘에 나는 등부터 넘어지고 어찌나 세게 박았던지 별이 보인다. 입에서 피 맛이 나고, 타오르는 열기가 느껴진다. 칼이 없었더라면 그대로 불길이 나를 집어삼켰을 것이다. 대신 불길은 어머니의 손길처럼 무해하게 그의 팔과 등을 핥는다. 불길은 치솟은 만큼이나 재빠르게 가라앉고, 칼의 힘에 눌려 사라지며 잉걸불로 남는다. 하지만 아무리 칼이라고 해도 비행기 뒷부분을 다시 만들어 낼 수야 없고, 하물며 우리가 추락하는 것을 막을 수도 없다. 기차가 내지르는 고함 비슷한 소음이 1000명은 되는 밴시가 내지르는 비명처럼 머리를 쪼갤 듯 위협한다. 나는 금속이든 살이든 일단 할 수 있는 한 아무거나 붙든다.

시야가 회복되자 검은색 하늘과 구릿빛 눈동자가 눈에 들어온다. 우리는 별똥별 사이에 갇힌 두 아이들처럼 서로를 붙들고 있다. 우리 주위로 블랙런이 산산조각나고, 등골이 오싹한 끼기기긱 소리를 내며 찢어진다. 시간이 흐르며 비행기의 더 많은 부분들이 그저 얇은 금속 기둥만이 남을 때까지 사라져간다. 밖은 얼어붙을 듯 춥고 숨도 쉬기 어려우며 자유의지로는 어떤 것도 움직일 수가 없다. 나는 아래의 기둥에 붙어 내게 남은 모든 힘으로 매달린다. 가늘게 뜬 눈 사이로 아래쪽의 어두운 대지가 끔찍하게도 점점 가까워지는 것이 보인다. 그림자 하나가 쏜살같이 지나간다. 그림자는 전기 심장과 번쩍이는 날개를 갖고 있다. *스냅 드래건이다.*

블랙런의 나머지 부분과 함께 위장이 곤두박질친다. 비명을 지를 힘을 모을 수조차 없다. 하지만 다른 사람들은 확실히 비명을 지르고 있다. 사람들이 고함을 치고, 애원하며 중력의 힘으로부터 자비를 구하는 소리들이 들린다. 익숙한 쨍 소리와 함께 비행기 구조가 사방에서 덜덜거린다. 금속이 서로 부딪히는 소리다. *재조합된다.* 헉 하고 나는 우리에게 지금 무슨 일이 일어나고 있는지 깨닫는다.

비행기는 더 이상 비행기가 아니다. 그것은 감옥, 금속으로 만든 덫이다.

무덤이다.

말을 할 수만 있었다면, 칼에게 미안하다고, 그를 사랑한다고, 내 겐 그가 필요하다고 말했으리라. 하지만 바람과 강철의 추락이 내 숨을 앗아간다. 말을 할 수가 없다. 한 손으로 내 목을 붙들고 내가 그를 보게 하려고 애를 쓰는 그 손길이 아플 정도로 익숙하다. 나처 럼 그 역시 말을 할 수가 없다. 하지만 나는 나처럼 사과하는 그의 말을 들을 수 있고, 그 역시 내 말을 이해한다. 우리는 서로만을 바 라본다. 지평선 위로 보이는 코르비움의 빛들도, 우리를 향해 다가 오는 대지도, 우리가 맞게 될 운명도 보지 않는다. 그의 눈 외에는 아무것도 없다. 어둠 속에서조차 그 눈동자들은 빛난다.

바람이 너무 강해서 머리와 피부를 찢을 것 같다. 어머니가 땋아 주신 머리는 이미 다 풀어져서 어머니의 마지막 흔적은 사라졌다. 우리가 맞게 될 최후를 누구도 알지 못한다면 내가 어떻게 죽었는지 누가 어머니에게 얘기해 드릴 수 있을지 궁금하다. 정말 메이븐이나 생각해 낼 법한 죽음답다. 이건 분명히 그의 생각일 것이다. 우리를 함께 죽이고, 어떤 일이 다가오는지 깨닫도록 시간을 주는 것은.

감옥이 잠깐 멈추자 나는 비명을 지른다.

흔들거리는 팔 아래로 나 있는 딱딱한 풀들이 손가락 끝에 살짝 닿는다. *어떻게?* 몸을 일으키며 궁금해진다. 균형을 잡기란 쉽지 않 아서 나는 넘어진다. 감옥이 내 움직임에 나무에 매달린 그네처럼 흔들린다.

"움직이지 마."

칼이 내 목 뒤쪽에 한 손을 댄 채 신음한다. 강철봉을 꽉 붙들고 있는 다른 한쪽 주먹이 붉은색으로 빛나고 있다.

그의 시선을 좇아서 숲 건너편 공터에 우리 주변으로 넓은 원을 그리고 서 있는 사람들을 바라본다. 그 은색 머리카락은 오인하려야 할 수가 없다. 사모스 하우스의 마그네트론들. 그들은 팔을 쭉 뻗고 다함께 움직이며 감옥을 느리게 내려놓는다. 감옥이 마지막 몇 센티미터를 떨어지는 순간 모두의 입에서 꺅 소리가 나온다.

"풀어 줘."

그 목소리는 번개처럼 느껴진다. 나는 칼의 손을 뿌리치고 내 발로 벌떡 일어나서 감옥 끝부분으로 전력질주 한다. 옆면에 부딪히기 전에 봉들이 사라지고 스스로의 가속도에 못 이겨 나는 튕겨나간다. 발이 걸리면서 반쯤 얼어붙은 풀에 부딪히며 무릎이 미끄러진다. 누군가가 내 얼굴을 걷어차서 나는 진흙탕을 뒹군다. 그 방향으로 스파크를 날리지만 나를 공격한 사람은 너무 빠르다. 나무가 대신 쪼개지며 시끄러운 쩍 소리와 함께 넘어진다.

스트롱암의 무릎이 내 등을 때리고 나는 폐 속의 공기까지 두들겨 맞은 듯 격하게 메다꽂힌다. 플라스틱으로 코팅된 듯한 이상한 느낌의 손가락이(어쩌면 장갑인지도 모르겠지만) 내 목을 더듬는다. 나는 그의 손길을 긁으면서 번개 불꽃을 틔우지만 전혀 먹히는 것처럼 보이지 않는다. 그는 전혀 힘들이지 않고 나를 들어 올려서 목이 졸리지 않으려면 발끝으로 버둥거려야만 한다. 비명을 지르려고 해 보지만 전혀 쓸모가 없다. 공포가 내 안을 찔러 나는 눈을 크게 뜬 채 이 일에서 빠져나올 방법을 찾는다. 대신에 그저 여전히 감옥에 갇힌 친구들이 헛되이 철창을 잡아당기고 있는 모습만이 보인다.

금속이 다시 비명을 지르며 뒤틀리고 구부러지며 각각의 철창이 개별적인 감옥으로 바뀐다. 멍든 한쪽 눈으로 나는 금속 뱀이 칼, 킬런, 그리고 다른 이들의 손목과 발목과 목을 칭칭 감는 모습을 지켜본다. 곰처럼 커다란 브리 오빠조차 칭칭 감기는 줄에는 방어할 방법이 없다. 카메론은 할 수 있는 한 마그네트론을 하나하나씩 침묵시키려고 애를 쓴다. 하지만 너무 많은 이들이 있다. 하나가 쓰러지면 다음 이가 그의 자리를 대체한다. 칼만이 정말로 저항하는 중으로, 자신에게 근접하는 모든 철창들을 녹여 버린다. 하지만 그는 막 하늘에서 떨어진 상태다. 아무리 잘해 봤자 방향감각을 잃은 상태고, 한쪽 눈 위로 난 상처에서 피가 흐르고 있다. 철봉 하나가 그의 머리 뒤쪽을 때리자 그는 의식을 잃고 쓰러진다. 눈꺼풀이 퍼득거리기에 나는 그가 일어나기만을 바란다. 대신 은색 덩굴이 그를 칭칭 감고 꼼짝 못하게 묶는다. 그의 목을 감은 것은 점점 깊게 파고들어서 거의 목을 조를 지경이다.

"그만둬!"

나는 목소리를 향해서 몸을 돌리며 목 졸린 소리를 낸다. 이제 나는 내 빈약한 근육을 사용하는 구식 방법으로 스트롱암의 손아귀에서 벗어나려고 애를 쓴다. 그보다 더 헛된 일도 없으리라.

"그만둬!"

"그대는 전혀 협상할 위치가 아닌데, 메어."

메이븐은 여전히 어둠 속에, 그림자 속에 숨어 수줍은 척 한다. 나는 그의 검은 윤곽이 다가오는 것을 그의 머리 위의 뾰족한 왕관으로 인해 알아차린다. 그가 별빛 아래로 걸어오자, 짧고 불유쾌한 만족이 느껴진다. 그의 얼굴은 자신감 넘치는 느릿한 말투와는 어울리지 않는다. 눈 아래로는 멍처럼 진한 다크서클이 보이고 앞이마가 땀으로 번들거린다. 어머니의 죽음에 그도 비용을 치른 것이다.

내 목을 잡은 손길이 조금 느슨해져서 나는 말을 할 수가 있다. 하지만 나는 여전히 발끝을 차가운 풀과 얼어붙은 진흙 위로 미끄러트리며 흔들거리고 있다.

*협상도 안 돼, 거래도 안 돼.*

"칼은 네 형이잖아."

나는 생각할 틈도 없이 말한다. *메이븐은 그 사실을 전혀 신경 쓰지 않는데.*

"그리고?"

그는 어두운 한쪽 눈썹을 추켜세운다.

땅 위에서는 킬런이 구속을 풀려고 애를 쓰며 꿈틀거린다. 대답하듯 구속은 더 단단히 조이고, 그는 쌕쌕거리며 숨이 막힌다. 그 옆에서는 칼의 눈꺼풀이 깜빡댄다. 칼이 의식을 회복하고 있어. 그러고 나면 메이븐은 분명히 그를 죽일 텐데. 시간이 없어, 시간이 전혀 없어. 이 두 사람을 살려 둘 만한 어떤 것도, 어떤 것도 내게는 없다.

마지막 분노, 공포, 그리고 절망의 폭발과 함께 나는 자신을 풀어버린다. 나는 엘라라 메란두스를 죽였다. 나는 그녀의 아들과 그 군인들을 죽일 수도 있을 것이다. 하지만 스트롱암이 대비를 하고 있다가 다시 내 목을 조른다. 그가 낀 장갑은 내 번개로부터 그의 피부를 보호하기 위한 자신의 소임을 정확하게 해 낸다. 나는 그의 손길에 숨 막히는 소리를 내며 저 위의 하늘을 향해 번개를 불러 보려고 애를 쓴다. 하지만 시야가 깜빡대고 귓가에서 느릿한 맥박이 들린다. 구름이 모여들기 전에 그가 나를 목 졸라 죽일 것이다. 그리고 다른 사람들도 나와 함께 죽을 것이다.

*그를 살려 두려면 무엇이라도 할 거야. 그와 계속 함께 있을 수 있다면. 다시 홀로 되지 않기 위해서.*

그동안 내 번개는 결코 약하거나 쓸쓸하게 보인 법이 없었다. 스파크들이 죽어 가는 심장 박동처럼 느릿하게 희미해진다.

"거래할 것이 있어."

나는 쉰 목소리로 속삭인다.

"아?"

메이븐이 한 발짝을 더 딛는다. 그의 존재에 피부에는 닭살이 돋는다.

"말해 봐."

다시 한 번, 내 목이 느슨해진다. 하지만 스트롱암은 내 목 혈관에 엄지를 누른 채 위협을 가한다.

"나는 마지막까지 너한테 맞설 거야. 우리 모두가 그럴 거야, 그렇게 죽을 거라고. 우리는 심지어 네 어머니한테 그랬듯 너를 우리랑 같이 죽음으로 데려갈 수도 있어."

메이븐의 눈꺼풀이 파드닥대는 것만이 그가 느끼는 고통의 유일한 흔적이다.

"그대는 그 일에 대가를 치르게 될 거야, 내 말을 명심해."

엄지가 그 말에 대답하듯 더 깊게 누르는 것이, 아마도 분명 멍을 남길 듯하다. 하지만 분명히 메이븐이 얘기한 대가는 이 정도가 아닐 것이다. 그가 우리를 위해서 예비시켜 놓은 것들은 훨씬, 훨씬 더 최악일 것이다.

칼의 손목을 감싼 철봉들이 붉어지며 열기로 인해 빛난다. 가느다랗게 뜬 눈에 별빛이 반사된 채, 그가 옅은 숨을 쉬며 나를 바라본다. 그대로 누워 있으라고, 내가 할 수 있는 일을 하게 내버려 두라고 말해 줄 수 있다면 좋겠다. 그가 그토록 여러 번이나 내 목숨을 구했던 것처럼 나 또한 그를 구할 수 있게 해 달라고.

그 옆의 킬런은 고요하다. 그는 다른 누구보다도 더 나를 잘 알고, 내 표정을 분명하게 이해한다. 느리게 그가 턱에 힘을 주고는 머리를 양옆으로 젓는다.

"저 사람들을 보내 줘, 저 사람들을 살려 줘."

나는 속삭인다. 스트롱암의 손아귀는 사슬처럼 느껴지고, 나는 그 손가락들이 금속 뱀처럼 구불거리며 나를 향해 기어 오는 모습을 그려 본다.

"메어, 그대가 협상이라는 말의 정의를 이해하고나 있는지 궁금한걸."

메이븐이 코웃음을 치며 더 가까이 다가온다.

"그대가 내게 뭔가를 주기는 해야지."

*난 돌아가고 싶지 않아요. 어떤 누구를 위해서라고 해도요.* 내가 발신 기기에서 살아남은 후에, 그리고 이것이 다 무엇을 의미하는지 칼이 깨달은 후에, 나는 칼에게 그렇게 말했었다.

*항복해. 내게 돌아오라고* 간청하던 메이븐의 쪽지에는 그렇게 쓰여 있었다.

"우린 싸우지 않을게. 난 싸우지 않을 거야."

스트롱암이 나를 떨어뜨리자, 내 벽이 산산조각 난다. 나는 올려다 볼 수가 없어서 고개를 숙인다. 마치 절을 하는 것 같은 느낌이다. *이것이 나의 협상이다.*

"나머지 사람들을 보내 줘, 그러면 내가 너의 죄수가 될게. 내가 항복할게. 내가 돌아갈게."

풀 위의 내 손에만 집중한다. 서리의 차가움은 익숙하다. 추위가 심장과 점점 커지고 있는 구멍에서 부르짖는다. 내 턱 아래를 붙드는 메이븐의 손은 따뜻하다 못해 역겨운 열기로 불타고 있다. 감히 나를 만지는 손길은 분명한 메시지이다. 그는 번개 소녀가 두렵지 않거나 적어도 그렇게 보이고 싶은 것이다. 그는 억지로 내가 자신을 쳐다보게 만들고, 그곳에는 한때 그였던 소년은 전혀 남아 있지 않다. 오직 어둠뿐이다.

"메어, 안 돼! 바보처럼 굴지 마!"

킬런이 간청하는 소리가 간신히 귀에 들어온다. 머릿속을 빙빙 돌게 만드는 소음이 너무 시끄럽고 너무 고통스럽다. 전기의 웅웅거리는 소리는 아니지만 무언가 다른, 내 안에서 나는 소리다. *스스로의 신경이 저항하는 비명을 내지르고 있다.* 하지만 동시에, 나는 토할 것 같은 비틀린 안도를 느낀다. 나 때문에, 내 선택 때문에 너무 많은 이들이 희생해 왔다. 내 차례가 찾아와서 운명이 준비해 둔 벌을 받아들이는 것은 공평할 따름이다.

메이븐은 존재하지도 않는 거짓말을 찾아 나를 샅샅이 살핀다. 그리고 나도 똑같이 한다. 그의 가식적인 행동에도 불구하고, 그는 내가 해낸 일들과 번개 소녀의 말과 영향력을 *두려워하고 있다.* 그는 날 죽여 땅에 묻으려고 이곳에 왔다. 이제 그는 더 큰 상을 찾아낸다. 그리고 나는 기꺼이 그에게 그 상을 내밀 것이다. 그는 타고나길 배신자이지만, 이것은 그가 인정할 만한 협상이다. 그의 눈에서 그 사실을 읽을 수 있다. 그의 쪽지에서도 그 사실을 읽었다. 그는 *나를* 원하고, 내 고삐를 다시 붙들기 위해서는 무슨 일이라도 할 것이다.

킬런이 다시 한 번 자신의 구속에 저항하며 꿈틀거리지만 전혀 소용이 없다.

"칼, 뭐라도 해 봐!"

그가 자신 옆의 몸을 강타하며 고함을 지른다. 그들을 구속한 봉들이 서로 부딪히며 공허한 챙 소리가 울린다.

"메어가 못하게 해!"

그를 바라볼 수가 없다. 그가 나를 다르게 기억해 줬으면 좋겠다. 내 발로 서서, 스스로를 제어하는 모습으로. 이런 모습 말고.

"거래가 성립된 거야?"

메이븐에게 나를 다시 그의 금박 새장 속으로 넣어 달라고 애원하며, 스스로를 거지로 떨어뜨린다.

"약속을 지키는 사람이 될 거야?"

자신의 말을 인용하는 나를 향해 메이븐이 미소 짓는다. 그의 이가 번뜩인다.

다른 사람들이 구속을 풀려고 덜컹거리면서 고함을 지르고 있다. 아무 소리도 들리지 않는다. 이미 준비가 된 거래 외에는 아무것도 마음에 들어오지 않는다. 이 일이 다가오는 것을 존은 아마 봤을 것이다.

메이븐의 손이 턱에서 목으로 움직인다. 그가 손에 힘을 준다. 스트롱암보다는 부드럽지만 훨씬 더 고통스럽다.

"거래는 성사되었다."

## 에필로그

며칠이 지난다. 적어도, 내 생각에는 며칠이었던 것 같다. 대부분의 시간을 발신기기에 시달리면서 무지근하게 아픈 눈먼 상태로 보낸다. 더 이상 그렇게까지 아프지는 않다. 간수들이 이른바 투여량을 완벽하게 조절해서 의식은 잃되 두개골이 쪼개질 것 같은 고통은 주지 않을 정도로만 사용한다. 매번 그 기계에서 풀려날 때면 시야가 깜빡거리면서 하얀 옷을 입은 사람들이 다이얼을 돌리는 모습이 보이고 기계가 다시 딸깍거린다. 곤충이 뇌 속으로 파고드는 것처럼 째깍거리고, 항상 째깍거린다. 때때로 나는 당겨지는 느낌을 받지만, 결코 완전히 깨 본 적은 없다. 때때로 메이븐의 목소리가 들린다. 그러고 나면 하얀색 감옥이 검정색과 붉은색으로 바뀌는데, 양쪽 다 견딜 수 없을 정도로 지나치게 강하다.

이번에 정신을 차리고 나자, 아무것도 째깍거리지 않는다. 세상이 너무 밝고 가볍게 흐릿하지만, 그 아래로 추락하지는 않는다. 나는 정말로 깨어난다.

깨끗한 사슬은 아마도 플라스틱이거나 어쩌면 다이아몬드유리인지도 모른다. 손목과 발목이 사슬로 묶여 있는데, 편안하다고 하기에는 지나치게 조이지만 그 안에서 몸이 돌 정도로는 충분히 느슨하다. 수갑들은 끔찍하게도 연약한 살에는 지나치게 날카롭고 뾰족하다. 얕게 찔리는 부위는 상처가 나 이미 해진 상태로 피가 배어나오고 있다. 창백한 색의 단순한 드레스와는 대조적으로 붉은 피는 물린 자국처럼 보이지만 누구도 굳이 닦아 줄 정도로 신경 쓰지는 않은 모양이다. 이제 메이븐은 내가 어떤 존재인지 숨길 수가 없으니, 자신이 가진 뒤틀린 계획이 무엇이든 간에 세상에 대고 이 사실을 보일 수밖에 없을 것이다. 사슬이 챙 소리를 내고, 나는 내가 장갑차량에 타고 있다는 것을 깨닫는다. 차량은 움직이고 있다. 창도 없고 벽만 둘러싸고 있는 형태로 볼 때 죄수를 위한 차량이 틀림없다. 내 사슬이 서로 연결된 채로 가볍게 흔들린다.

맞은편에는 달걀처럼 대머리인 남자 두 명이 하얀 옷을 입고 있다. 그들은 아벤과 놀랄 정도로 닮은 모습이다. 필시 그의 형제거나 사촌이거나 한 모양이다. 그것이 이 숨 막히는 듯한 감각과 숨쉬기 어려운 점을 설명해 준다. 이 남자들이 내 능력을 잠재운 채 나를 내 몸 속의 인질로 만든다. 이상하게도, 그런데도 이 사람들에게는 사슬이 필요한 모양이다. 번개가 없으면 나는 고작 17살, 이제 막 18살이 될 여자애에 불과한데. 순간 미소 짓지 않을 수가 없다. 나는 내 생일을 스스로의 자유의지로 죄수가 되어 보내게 생겼다. 작년 이맘 때쯤에는 전선으로 행군하고 있으리라고 생각했는데. 이제 나는 나를 몹시도 죽이고 싶은 것처럼 보이는 남자 두 명과 함께 굴러가는 수송 차량에 갇혀서 어딘지도 모른 곳으로 향하는 중이다. 그다지 처지가 개선되었다고는 볼 수 없겠다.

그리고 결국에는 메이븐이 옳았던 듯하다. 그는 우리가 내 다음 생일을 함께 보내게 될 거라고 했었다. 메이븐은 정말로 약속을 지키는 남자인 모양이다.

"오늘이 무슨 요일이에요?"

내 질문에 아무도 대답하지 않는다. 그들은 눈 하나 깜짝하지 않는다. 내 존재를 침묵시키기 위한 그들의 집중은 완벽하고 깨지지 않는다.

밖에서는 낯설고 둔한 함성 소리가 점점 커지기 시작한다. 무엇인지 파악이 안 되지만 그런 것에 에너지를 낭비하고 싶지는 않다. 어차피 곧 알게 될 것이 분명하다.

내 생각은 틀렸다. 고작 몇 분 후에, 수송 차량이 서서히 멈추고 뒷문이 확 열린다. 고함 소리의 원인은 열광적인 군중이다. 끔찍한 한순간 동안, 메이븐이 나를 보울 오브 본즈로 다시 보내서 죽이기로 결심한 건가 싶다. *일을 제대로 끝내고 싶을 테니까.* 누군가가 내 사슬을 확 잡아 당겨서 나는 앞으로 밀린다. 차 밖으로 거의 굴러 떨어질 뻔 하지만 아벤 사일런스 중 한 명이 마지막 순간에 나를 붙든다. 친절함에서라기보다는 필요해서이다. 나는 예전의 번개 소녀처럼 위험해 보여야만 하는 것이다. 아무도 약해진 죄수는 신경 쓰지 않는다. 아무도 훌쩍거리는 겁쟁이를 향해 야유하지 않는다. 그들은 몰락한 정복자, 살아 있는 트로피가 보고 싶은 것이다. 그것이 바로 지금의 내 모습이다.

나는 기꺼이 이 새장 속으로 발을 디뎠다.

항상 그렇듯이.

어디에 서 있는지 깨달은 순간 몸이 벌벌 떨린다.

아케온의 브리지. 예전에 나는 이 다리가 불타고 무너지는 모습을 보았으나 힘과 권력의 상징은 다시 재건축되었다. 그리고 나는 이 다리를 맨발로 걸어서 건너야만 한다. 족쇄를 차고 포획자의 손아귀에 든 채로. 나는 고개를 들 수가 없어서 땅만 쳐다본다. 그토록 많은 이들의 얼굴과 그토록 많은 카메라들을 바라보고 싶지 않다. 내가 부서져 내리는 모습을 보게 할 수는 없다. 그게 메이븐이 원하는 바라면, 나는 결코 그에게 내어 주지 않으리라.

행진 따위 쉬울 거라고 생각했다. 결국, 지금까지 계속 익숙해진 일이니까. 하지만 이건 전보다 훨씬 더 나쁘다. 숲의 공터에서 느꼈던 안도의 떨림은 사라지고 공포가 자리를 차지한다. 내 유명한 얼굴 아래의 갈라진 틈을 찾아 모든 눈이 나를 훑는다. 틈은 너무나 많다. 사람들의 고함 소리를 듣지 않으려고 애를 쓰고, 몇 초 동안은 성공한다. 다음 순간 대부분의 사람들이 무엇을 외치는지, 내가 보도록 그들이 들고 있는 끔찍한 물건이 무엇인지 깨닫고 만다. 이름들. 사진들. 죽거나 실종된 모든 은혈들. 그들 모두의 운명에 내가 손을 뻗쳤다. 사람들은 나를 향해 고함을 치며 어떤 물건보다도 더 상처를 주는 말들을 던진다.

브리지의 저쪽 끝에 이르러 붐비는 시저의 광장에 도착할 때쯤,

눈물이 멈출 수 없을 정도로 빠르게 흐른다. 모두가 보고 있다. 발걸음을 딛을 때마다 몸이 굳는다. 내가 갖고 있지 않은 것, 스스로를 구할 수 없는 능력을 향해 손을 뻗어 본다. 마치 올가미가 이미 내 목을 조이고 있는 것처럼 간신히 숨만 쉴 수 있다. *내가 무슨 일을 저지른 거지?*

화이트파이어 팰리스의 계단 위로 내 추락을 보기 열망하는 수많은 이들이 모여 있다. 귀족과 장군들은 모두 애도의 검정색 옷을 차려 입고 있다. 상왕비를 위해서다. 에반젤린의 옷은 수정 못으로 된 암청색으로 그녀가 움직일 때마다 번뜩여서 유독 눈에 띈다.

한 사람만이 회색 옷을 입고 있다. 그에게 잘 어울리는 유일한 색상이다. 존. 왜 그런지, 그는 나머지 사람들과 함께 서서 내가 다가오는 모습을 지켜보고 있다. 그의 피처럼 붉은 눈동자에 내가 결코 받아들일 수 없는 사죄의 빛이 어려 있다. *존이 가게 내버려 두는 게 아니었는데.* 나는 스스로를 저주한다.

예전에 그는 내가 홀로 일어설 거라고 했다. 이제 나는 그가 거짓말을 했음을 안다. 내게 일어난 일은 확실히 추락이니까.

간수들이 나를 당겨서 강제로 왕을 향해 움직인다. 메이븐이 모두의 앞에서 나를 죽이고 자신의 궁의 계단을 내 피로 물들일지 궁금하다. 그가 일어서자 나는 움찔한다. 우리는 군중의 얼굴 앞에서 약혼한 사람들처럼 순전히 서로만을 마주본다. 하지만 이건 결혼식이 아니다. 이건 아마도 나의 장례식, 나의 최후가 될 것이다.

메이븐의 손 아래에서 무언가가 번뜩인다. *아버지의 검인가? 처형자의 칼날일까?* 그가 내 목에 무언가를 채우자 순간 차가움에 나는 몸을 떤다. *개 목걸이.* 보석을 박고 금박을 입힌, 끝이 날카로운 끔찍하게 아름다운 물건이다. 검은색으로 차려 입은 내 앞의 왕과 내 쇄골에 새겨진 낙인 외에는 아무것도 느낄 수 없을 때까지 눈물이 시야를 흐리게 만든다.

목걸이에는 사슬이 달려 있다. *개 줄이다. 나는 개 이상의 존재도 아니다.* 메이븐이 그 줄을 손에 단단히 쥐고, 나는 그가 나를 연단 위로 질질 끌고 갈 거라고 생각한다. 대신에 그는 똑바로 선다.

손 안의 사슬을 시험하느라 거세게 잡아당기는 메이븐의 손길에 나는 그의 쪽으로 발을 헛디딘다. 목걸이의 뾰족한 끝들이 살을 파고든다. 거의 숨이 막힐 지경이다.

"그대가 어머님의 시체를 전시했지."

메이븐이 악문 이 사이로 그 말을 뱉는 동안 그의 입술이 내 귓가를 스친다. 고통에 메이븐의 음성이 떨린다.

"그대에게도 똑같이 해 줄 거야."

그의 표정은 읽기 어렵지만 그 의미는 분명하다. 한 손으로 그가 자신의 발을 가리킨다. 그의 손가락들은 내 기억보다 더 하얗다.

나는 그가 말하는 대로 한다.

나는 무릎을 꿇는다.

# 감사의 말

어떤 한 분에게 감사의 말을 드리기 전에, 남은 피자 조각에 먼저 고맙다고 해야 될 것 같아요. 제가 지금 먹고 있는 중이랍니다. 정말로 맛있네요.

지난번처럼 저는 너무 많은 분들께 감사를 빚졌기에 여기에 그분들을 모두 포함시키려고 최선을 다할 예정이에요. 처음이자 가장 중요한 분들은 제 부모님이세요. 그분들은 넌더리나는 지원 수준을 유지하고 계시거든요. 솔직히 두 분이 아니셨다면 저는 이 일을 마무리하지도, 계속해 나가지도 못했을 거예요. 그리고 물론, 제 아기 남동생 앤드류가 있어요. 이제는 어떻게 해서든 성인이긴 하지만요. 그 일이 일어났을 때, 글쎄, 난 네가 계속 자라는 모습을 보는 게 기쁘고 자랑스러웠단다. 제 조부모님들(조지와 바바라, 메리와 프랭크)께도 엄청난 사랑과 감사의 말씀을 드립니다. 저는 네 분 모두를 대단히 소중하게 생각하고 있고, 특히 두 분이 몹시 그립습니다. 그리고 우리 가족의 나머지 분들, 고모, 이모, 삼촌, 사촌 기타 등등 모든 분들께도 여러분이 보내 주신 우정과 지지에 감사드립니다. 출판의 길을 가고 있는 작가인 미쉘에게는 특히 감사와 축하의 말을 전하고 싶네요.

지난번 감사의 말이 유독 길었기에, 이번에는 좀 글자 수를 줄여 보려고 애를 쓰고는 있어요. 동서 양쪽에 있는 제 모든 친구들에게도 감사드립니다. 괴짜처럼 굴어서 미안해. 내 허튼소리를 참고 견디거나 때때로 격려해 준 모건과 젠, 특히 고마워.

벤더스핑크 팀에도 정말 감사드립니다. 『레드 퀸: 적혈의 여왕』을 극장으로 가져가는 업무에서 어마어마한 진보를 보이고 계신데, 제 자신의 극대본 집필 경력이 계속 등등 뜰 수 있게 해 주신 건 언급할 필요도 없겠죠. 크리스토퍼 코스모스, 다니엘 뱅, 제이크스, JC, 데이비드 그리고 모든 인턴 분들과 모든 도와주시는 분들. 그리고 물론 제니퍼 허친슨과 사라 스코트에게도 감사드립니다. 여기서 우리가 어디로 갈 수 있을지 기다릴 수 없을 정도예요. 마지막으로 무슨 일이 일어나든 항상 제 등 뒤를 지켜보고 계신 제 변호사, 스티브 영거에게도 감사드립니다.

뉴 리프 리터러리 팀에게 감사하려면 몇 페이지도 모자라지만, 가능한 요약해 볼게요. 그분들은 의문의 여지없는 최고입니다. 상하좌우 어느 쪽에서 보나 제 에이전시의 모든 분들은 터무니없을 정도로 재능이 넘치는 분들이며 저는 그분들과 함께 착륙할 수 있었던 제 행운의 별들에 감사할 따름입니다. 조, 포우야, 다니엘르, 재키, 제이다, 제스, 캐슬린 그리고 데이브, 저를 대할 때 흥미진진하게 거들먹거려 주어서 고마워요. 수지에게는, 늘 말하고 싶었는데, 그건 이게 사실이라서 그래요. 당신은 멋지고 비할 데 없는 사람이며 내가 일을 할 수 있는 이유랍니다.

제 쏟아내는 칭찬이 그렇게까지 역겹지 않을 경우를 대비해서 조금만 더 계속할까 해요. 저는 『레드 퀸: 적혈의 여왕』의 성공이 작은 기적이나 다름없다고 생각하기에, 하퍼 틴 출판사에 계신 분들을 성인으로 추대할 수밖에 없어요. 다른 무엇보다도 더 먼저 말씀드려야 할 분은 제 첫 편집자인 카리 수더랜드로 제게 처음이자 유일한 계약을 제시하고 제 원고를 믿어 준 분이죠. 또 다른 보물 같은 편집자 크리스틴 프티는 심지어 이야기에 관한 대단한 감각으로 무장한 안내자입니다. 제 진흙 같은 생각들은 다듬어 사랑스러운 이야기 조각들로 만들어 주신 인내에 감사드립니다. 그리고 또한 엘리자베스 린치(핀), 너무 열심히 일하고 저를 잘 견뎌 주셨어요. 하퍼의 나머지 분들도 마찬가지입니다. 케이트 잭슨(비록 당신의 음식 블로그가 제 뇌를 떠나지 않았지만 말이에요.), 수잔 카츠, 수잔느 머피, 젠 클론스키, 다른 모든 마법사 여러분들. 마케팅 분야에는 지칠 줄 모르는 엘리자베스 워드, 카라 브래머, 정말로 셀레브러티 슈퍼스타인 마고 우드와 에픽 리즈의 나머지 분들이 계십니다. 『레드 퀸: 적혈의 여왕』은 여러분들 중 누구 한 명만 없었어도 그렇게 해낼 수 없었을 거예요. 제 사랑스런 홍보 담당자인 지나, 더 사랑스러운 독자 분들을 만날 수 있게 해 주신 분이시죠. 편집과 생산에 있어서 알렉산드라 알렉소, 릴리안 선, 스테파니 에반스, 에리카 퍼거슨, 그웬 모튼 그리고 조시 바이스에게도 감사를 전합니다. 여러분이 아니셨다면『레드 퀸: 적혈의 여왕』과『레드 퀸: 유리의 검』은 알아들을 수 없는 덩어리에 불과했을 거예요. 판매에 있어서 안드레아 패폰하이머, 케리 모이나흐, 케이시 파버, 수잔 예거, 그리고 젠 와이간드가 있네요. 카이틀린 로스, 국제적으로 출판사들과 조정을 맡아 준 것에 큰 소리로 감사의 말씀을 드립니다. 마지막으로(하지만 결코 감사의 마음이 적어서 그런 것은 아닙니다.) 미술 팀이 있네요. 그렇게 정말로 마술적인 물건들이 나올 수 있다고 생각도 못했어요. 정말로요, 여러분 제 책 표지 보셨나요? 이건 정말 사람이 만들 수 있는 표지가 아니랍니다. 어쨌든 여러분의 예술 작업에 감사드리고, 사라 카우프만, 앨리슨 도널티, 바브 핏츠시몬스 그리고 토비 & 피트, 정말 이분들께는 의지할 수밖에 없어요.

지금껏 책을 출판하고 공식적으로 문학의 세계에서 살아오면서, 저는 이곳이 얼마나 광활한지, 그리고 또 얼마나 겁나는 곳인지 깨닫고 있습니다. 제 위치를 아기 작가에서 출판 작가로 그토록 매끄럽고 쉽게 올려 주신 모든 분들께 너무나 감사드립니다. 블로거 분들과 비디오 블로거 분들, 트위터리안 분들, 독자 분들, 아니면 메시지 전달용 비둘기를 이용하시는 분들까지도 전부 다 해서,『레드 퀸: 적혈의 여왕』과『레드 퀸: 유리의 검』을 지속적으로 밀어주고 계신 모든 분들께 감사하고, 또 감사하고, 또 감사합니다. 그저 지지만을 보여 주신 모든 동료 작가분들께도 그 우정에 감사드립니다. 이름을 줄줄이 나열해야겠지만 너무 많은 분들이 계신 데다가 솔직히 여러분들을 제 친구라고 칭하는 것 자체가 너무나 떠벌리는 기분이네요.

그리고 다시 한 번 말씀드리지만, 엠마 데리올트, 『레드 퀸: 적혈의 여왕』를 욕망해 주고 친절한 주석을 달아 주셨으며 항상 기꺼이 대화해 주어 고마워요.

전통을 따라서, 사람이 아닌 몇 가지에도 감사하고자 합니다. 뭐, 첫 번째는 사람들 집합이기는 해요. 뉴잉글랜드 패트리어츠에게. 작년에 슈퍼볼에서 이겨 줘서 진짜 고마워요. 그 전통 좀 계속 이어 봅시다. 프리 브래디. 위키피디아랑 내셔널 파크 서비스, 스코틀랜드, 타깃, 샌디에이고 코믹콘, 계절의 변화, 캐시미어 스카프, 멋진 새 프린터, 지구본, 크림을 너무 많이 얹지 않은 커피, 제 델타 포인트, 그리고 브런치에도요. 그리고 제 개인적인 영감의 원천인 톨킨, 롤링, 마틴, 스필버그, 루카스, 잭슨, 베이에게도 감사드립니다. 네, 바로 그 마이클 베이에게 말 좀 할게요, 내 앞에서 꺼져!

거의 다 했어요. 남은 말들은 좀 반복이지만 중요해서요. 지금까지 읽어 오셨으니 조금만 더 계속 읽어 주세요. 모건에게. 수지에게. 그리고 다시 한 번 제 부모님께. 이 모든 것들이 여러분과 함께 시작되고 끝납니다.

**옮긴이** | 김은숙

번역하다가 자기도 모르게 작품에 빠져 작업을 잊고 다음 페이지를 읽다가 정신 차리기를 몇 번씩 반복하는 초보 번역가. 소설 취향은 잡식성. 번역한 책으로 『미술관을 터는 단 한 가지 방법』(공역), 「웨이크 시리즈」(전3권), 『레드 퀸: 적혈의 여왕』(전2권) 등이 있다.

# 레드 퀸 : 유리의 검 II

1판 1쇄 펴냄 2016년 7월 15일
1판 2쇄 펴냄 2019년 12월 16일

**지은이** | 빅토리아 애비야드
**옮긴이** | 김은숙
**발행인** | 박근섭
**편집인** | 김준혁
**책임편집** | 최고운
**펴낸곳** | 황금가지

**출판등록** | 2009. 10. 8 (제2009-000273호)
**주소** | 06027 서울 강남구 도산대로 1길 62 강남출판문화센터 5층
**전화** | 영업부 515-2000  **편집부** 3446-8774  **팩시밀리** 515-2007
**홈페이지** | www.goldenbough.co.kr

도서 파본 등의 이유로 반송이 필요할 경우에는 구매처에서 교환하시고
출판사 교환이 필요할 경우에는 아래 주소로 반송 사유를 적어 도서와 함께 보내주세요.
06027 서울 강남구 도산대로 1길 62 강남출판문화센터 6층 민음인 마케팅부

ISBN 979-11-5888-105-4  04840(2권)
     979-11-5888-106-1  04840(세트)

㈜민음인은 민음사 출판 그룹의 자회사입니다.
황금가지는 ㈜민음인의 픽션 전문 출간 브랜드입니다.

Black
Romance
Club

## 블랙 로맨스 클럽을 열며

로맨스 소설에도 흐름이 있다. 한참 인기를 지속하던 칙릿 이후 10대에서 출발해서 무서운 속도로 영역을 넓혔던 인터넷 소설 시장에 이어, 과히 광풍이라고 부를 수 있을 정도로 전 세계를 평정한 뱀파이어 소설이 최근의 주류를 이루고 있다. 하지만 한 작품이 인기를 끌고 나면 그 뒤로는 아류작이 쏟아져 나오는 시장의 특성상, 너무나 천편일률적인 작품들이 유행에 따라서 서점을 채우고 있다.

블랙 로맨스 클럽은 바로 이 획일화 되어 있는 로맨스 소설 시장에 대한 고민에서 출발했다. 사실 로맨스 소설은 다 비슷한 게 당연한 것 아니냐고? 천만의 말씀. 그냥저냥 잘생긴 남자랑 예쁜 여자가 만나서 악역 조연들에게 시달리며 오해를 겹겹이 쌓아가다가 어느 순간 너를 너무 사랑하니까 하고는 결혼에 골인하면 되는 거 아니냐고? 부디 블랙 로맨스 클럽을 통해 그 편견을 버려 주시길 바란다.

블랙 로맨스 클럽 편집부는 로맨스라면 흔히 떠올리는 소재나 플롯 등에서 벗어나 다양한 소재를 다룬 신선한 소설, 탄탄한 이야기 구조를 기반으로 재미와 감동을 전해 주는 소설만을 엄선하고자 한다. 시리즈의 작품들은 하나 같이 기존의 로맨스 소설의 공식을 깨는 개성 넘치는 작품들로, 시대를 초월한 재미를 추구하는 작품만을 선정했다. 추리, 호러, 스릴러, SF, 판타지, 역사, 좀비 등 소설에서 기대할 수 있는 모든 이야기에 로맨스라는 양념이 덧붙여진 종합 선물 세트와 같은 다양한 소설들로 독자들에게 색다른 재미를 드리고자 한다. 블랙 로맨스 클럽의 '블랙'은 하얀색, 분홍색, 빨강색 등의 색조로 흔히 표현되는 로맨스 소설을 뒤집어 개성 넘치는 로맨스 소설을 담고자 하는 출판사의 마음을 담고 있다.